폴라리스

Polaris

정경윤 장편소설

폴*라*리스

가하

폴
라
리
스

지은이 정경윤
펴낸이 이형기
펴낸곳 도서출판 가하

초판인쇄 2014년 1월 3일
1판 2쇄 2014년 2월 5일
출판등록 2008년 10월 15일 제 318-2008-00100호

주소 서울 영등포구 양평로 67, 1209 (당산동5가, 한강포스빌)
전화 02-2631-2846   **팩스** 02-2631-1846

www.ixbook.co.kr

ISBN   978-89-6647-895-8   03810

값 9,800원

2011년 12월 23일 저녁 7시.

범애(汎愛) 제약의 창사 35주년 기념 파티가 백제호텔 영빈관 홀에서 열렸다.

이번 창립기념식은 범애제약 대표이사인 차영철의 61세 생일, 즉 회갑연의 연장인지라 다른 어떤 해의 파티보다 규모가 더 크고 무척이나 호화스러웠다. 초청된 범애제약 임원진들을 포함한 각계각층의 내빈 300여 명 모두 고급 기념품을 선물 받았고 테이블 위에는 은제 식기에 담긴 최고급 양식 코스 요리와 명품 와인이 떨어질 새 없이 줄을 잇고 있었으며, 초빙된 유명 MC와 가수들이 중간중간 흥을 돋워주어 하객들은 식이 진행되는 내내 지루할 틈이 없었다. 공식 행사가 끝난 후엔 칵테일파티가 바로 이어졌는데, 범애제약의 모토인 '치유의 사랑'에 걸맞게 자선모금 행사도 함께 열리고 있었다.

"옛말도 다 맞는 건 아닌가 봐. 가지 많은 나무에 바람 잘 날 없다던데 저 집은 어째 무풍지대야."

"아 참. 저 집 막내딸이 요즘 누구랑 혼담 오간다고 하지 않았던가?"

비슷한 계층의 내빈들은 저마다 혼맥, 학연, 지연 등 각종 고리들로 연결되어 있었다. 담소를 나누던 중 나온 말에 일행의 시선은 일제히 이시형에게 몰렸다.

집안 배경을 배제한다면 무척 평범한 인상에 존재감마저 희미해 별로 눈에 띄지 않던 시형은 그 시선들이 부담스러웠던지 손을 내저으며 멋쩍은 웃음을 지었다.

"어르신들 소개로 몇 번 만나서 차 한 잔 했을 뿐인걸요."

"무슨 소리야. 차 한 잔이 술 한 잔 되고, 술 한 잔이 한 병 되고, 그러다 보면 결국 호텔 더블베드 위에서 아침인사 하는 법 아니겠어?"

곁에 서 있던 모(某) 유통회사 사주의 아들이 음흉한 미소를 지으며 저질 농담을 던지자 시형은 비실비실 웃으며 뒷머리를 북북 긁었다.

"어휴, 형님들도 참."

내실 있는 대기업 화정그룹의 3세 중 한 명인 시형은 미국 유학을 중도 포기하고 돌아와 방황하던 중 최근 집안의 권유로 범애제약 차 회장의 막내딸 민정과 맞선을 봤다.

민정은 스물네 살인 시형과 동갑으로 대학 졸업을 앞두고 빈둥거리고 있었는데 얼굴도, 몸매도 평범한 데다 그다지 지적인 여자도 아니어서 처음엔 별로 마음이 가지 않았지만, 꽤나 잘나가는 형제들 사이에서 천덕꾸러기 취급을 받고 있는 등 그와 비슷한 점도 있었고 애교 많은 성격에 비해 여러모로 상처가 많은 듯 보였다. 안쓰러워진 나머지 계속 대화를 나누다 보니 시형은 왠지 민정에게 애틋한 마음이 들어 이후로 자청해 몇 번 더 만나 꽤 많은 시간을 보냈고, 그러다 돌아보니 어느새 둘은 깊은 사이가 되어 있었다.

"저 여자는 누구지? 연예인인가?"

누군가가 묻는 말에 그 자리에 있던 남자들의 시선이 일제히 옮겨갔다. 범애제약 안주인 박 여사의 바로 곁, 과연 못 보던 여자의 얼굴이 눈에 띄었다.

여자는 무척 아름다운 얼굴로 눈부신 미소를 짓고 있었는데, 그 모습을 본 그들은 이내 경탄의 한숨을 내쉬는 대신 이상한 기분에 일제히 고개를 갸웃거렸다.

기묘한 그 느낌을 굳이 정의하자면 '모순'이었다.

선이 가늘고 균형이 잘 잡힌 몸매의 여자는 매력 발산에는 눈곱만치도 도움되지 않을 어두운 톤의 정장 원피스 차림에 긴 생머리를 촌스럽게 목 뒤에서 질끈 묶었음에도 전체적인 분위기가 꽤나 화려하고 야하게 느껴졌다.

얼굴 생김새가 천박했다면 그런가 보다 했겠지만, 그것도 아니었다. 여자의 얼굴은 무척 투명하고 순수해 보였다. 길고 진한 속눈썹 그늘이 드리워진 눈은 깊고 그윽해 보였고 콧날은 자연스럽게 오뚝 솟아 있었으며 부드러운 호를 그리고 있는 도톰한 입술은 조명 빛을 반사해 깨끗한 아침이슬처럼 반짝이고 있었다.

그림으로 그려놓은 듯 아름답고 순수하며 선(善)해 보이는 그 외모 안에서 야하거나 천박하게 느껴질 만한 부분은 전혀 없었다.

그런데도 여자에게선 분명 성적(性的) 매력이 진하게 느껴지고 있었다. 그게 비단 그들에게만 국한된 일인지 아닌지는 모르겠지만, 이쯤 되면 이상한 일이 아닐 수 없었다.

그때 일행 중 누군가가 낮게 휘파람을 불며 중얼거렸다.

"아아. 누군가 했더니, 서 사장님 양녀(養女)였구나."

"서 사장님이라니?"

"범애제약 공동창업주 서종근 사장 말이야. 왜, 교통사고로 갑자기 죽어가지고 그 유산 때문에 한참 떠들썩했었잖아."

"아아, 기억 나. 그런데 그 애가 벌써 저렇게 컸어? 장례식 때 중학교 갓 졸업한 애였는데?"

"그게, 가만 보자, 벌써 7년 전 일이니까."

"세상에, 벌써 그렇게 됐나? 아무튼 그때 차 회장님 참 대단했었지."

이렇다 할 친족들도 없던 범애제약 서종근 사장이 하루아침에 저세상 사람이 되었을 때, 덩그러니 홀로 남겨진 양녀와 막대한 그의 유산 문제로 한동안 세상이 떠들썩했었다. 고인(故人)은 생전에 유언장도 작성해두지 않았던 터라 고아원 출신 양녀의 친부모라 자처하고 나선 사람들만 수십여 명, 진흙탕도 그런 진흙탕이 따로 없었기 때문이었다.

그때 아이의 법정후견인으로 나선 차영철 회장은 곧장 범애재단을 설립해 서종근이 남기고 간 막대한 재산을 주저 없이 기탁하고서 아무런 대가 없이 그의 양녀를 가족의 일원으로 보듬어 안았다. 참으로 반듯하고 훈훈한 일이 아닐 수 없었고, 그 일로 차영철은 고매한 인격과 큰 배포를 또 한 번 드높이기도 했다.

"맞아, 맞아. 높으신 분들 중 겉으로만 훌륭한 사람인 척하는 사람도 많은데 차영철 회장님은 정말 존경스러운 분이지. 가장이 저렇게 인자하니 당연히 가족 분위기도 좋을 수밖에."

파티가 진행되는 동안 범애제약 총수 일가는 차별 없는 사랑과 따뜻한 치유의 메시지를 담고 있는 회사 이미지에 걸맞게 단란한 가족 분위기를 과시하고 있었다. 시종일관 따뜻한 눈길로 가족들을 돌아보는 대표이사 차영철, 미륵보살을 연상케 하는 우아하고 부드러운 미소의 안주인 박영자, 그리고 사이좋게 웃고 있는 그들의 3남 1녀와 죽은 전(前) 동업자의 아름다운 딸까지. 확실히 그들의 모습은 가정불화나 추문(醜聞)을 꼬리표처럼 달고 다니는 타 재벌가들과는 전혀 달라 보였다. 그 훈훈한 모습이 기업 이미지를 한층 더 업그레이드 시키고 있는 것은 당연한 일이었다.

"흐음, 그런데 경영권은 과연 어떻게 될까? 난 차남 쪽에 걸겠어."

"무슨 소리야? 장남 차민수가 부사장 자리에 앉아 저렇게 눈을 시퍼렇게 뜨고 있는데 뜬금없이 웬 차남?"

"장남이라도, 글쎄. 어리바리한 데다 어깨의 짐이 버거워 보이지 않아? 그리고 여자 문제로 소문도 안 좋아. 전에 혼담 오갔던 수성그룹에서 차민수를 인간 취급도 안 한다는 소문도 있던데? 아무튼 그게 언제가 될지는 모르겠지만 언젠가는 저 능력 좋고 서글서글한 동생한테 다 뺏기고 말걸. 재미없는 예스맨이라곤 해도, 저렇게 웃는 얼굴로 네, 네, 하면서 완벽하게 해내는 인간들이 종국에는 제일 뒤통수 때리는 법이지."

차영철 회장의 차남이자 범애제약 영업이사 지혁은 올해 서른 살이었는데, 아닌 게 아니라 제 형과는 딱 정반대 타입이었다.

얼굴에 지친 기색이 잔뜩 드리워진 다섯 살 위의 형 민수와는 달리 차지혁은 환한 얼굴에 사람 좋은 미소를 띠고 있었다. 능력 충만하면서도 행동이 겸손하고 유순한 그는 국내 최고 대학의 학부를 졸업한 후 평사원으로 입사해 놀라운 실적을 보이며 차 회장의 기대를 충족시켰다. 다소 나이 들어 보이는 금테 안경과 재미도, 매력도 없는 모범생 스타일, 그리고 '예스맨'의 비굴함이 잔뜩 밴 구부정한 어깨가 마이너스 요인이긴 했지만, 그가 장남을 뛰어넘는 특출한 인재일 것이라는 의견에 이견(異見)을 내는 사람은 없었다.

그런데 그때, 누군가가 뜬금없는 말을 내놓았다.

"제아무리 '예스맨'이라 해도, 다 '예스'는 아닌 모양이던데?"

"그건 또 무슨 소리야?"

"차지혁 말이야. 서 사장 양녀하고 유독 사이가 안 좋다더라고. 유학 가기 전에는 시비가 붙어서 죽도록 두들겨 패기까지 했다고 하던데?"

"뭐? 누가 누굴 패?"

"차지혁이 서 사장 양녀를."

"말도 안 돼! 저 순한 차지혁이 누굴, 그것도 여자를 때렸다고?"

"그래. 내 사촌 동생한테서 직접 들은 얘기야. 걔가 서 사장 양녀하고 예고 동창이거든. 일이 있었던 다음날 얻어맞은 입술이 다 터지고 얼굴이 퉁퉁 부어서 학교에 나왔는데, 때린 사람이 저 집 차남이라고 한동안 소문이 자자했었어."

"아아. 그러고 보니, 나도 그 소문 들었어. 평생 적(敵)이라곤 없이 살아왔던 차지혁이 지금까지 못 죽여 안달일 정도로 눈엣가 시처럼 여기는 게 서 사장 양녀라는 말."

"아니, 왜?"

"글쎄, 난들 아나? 성격이 상극일 수도 있겠지."

주위 사람들이 떠들고 있는 믿을 수 없는 말에 시형은 눈을 크 게 뜨고 다시 한 번 차 회장 일가 쪽을 돌아봤다. 그런 말을 듣고 나서라 그런지, 같은 자리에 있음에도 불구하고 둘 사이에선 묘한 거리감 같은 것이 느껴졌다. 가만히 관찰해보니 과연 두 사람은 눈 이 마주칠 때마다 서로를 잡아 죽일 듯 노려보며 이를 갈았다. 대 체 둘 사이에 무슨 사정이 있었기에.

별 영양가 없는 가십 위주의 대화는 그룹 중 누군가가 자리를 뜨는 바람에 거기서 끊겼다.

화장실에 가기 위해 담소를 나누던 무리를 이탈한 시형은 식장 으로 돌아온 후 이리저리 자리를 옮겨 다니며 시간을 때우다가 곧 두 사람의 일에 대해 까맣게 잊고 말았다.

잊고 있던 그 일을 시형이 다시 환기하게 된 것은 파티 분위기 가 한껏 무르익었을 때 즈음이었다.

"안녕하세요."

누군가가 반갑게 인사를 건네는 소리에 시형은 고개를 돌렸다.

한 손에 샴페인 잔을 들고 서서 부드럽게 웃고 있는 여자는 조금 전 호사가들의 입방아에 오르내리던 바로 그 서은서였다.

"이시형 씨…… 맞으시죠?"

서은서의 눈동자는 갓 태어난 양의 그것처럼 까맣고 순결해 보였지만 저 깊숙한 곳의 욕망을 부추기듯 은밀하고 촉촉한 물기를 머금고 있었다. 금방이라도 과즙을 뚝뚝 흘릴 것처럼 탱글탱글하게 반짝이는 그녀의 입술 사이로 가느다란 미성(美聲)이 흘러나오자 시형은 돌연 눈앞이 아찔해지며 알 수 없는 흥분에 사로잡혔다.

"아, 네……, 그렇습니다만."

대답을 들은 그녀의 눈매가 갈대처럼 부드럽게 휘었다.

"민정이 통해서 말씀 많이 들었어요. 전부터 인사 한 번 드려야지 하고 있었는데 이제야 뵙네요. 정말 반가워요. 서은서예요."

바로 코앞에서 본 그녀는 멀리서 봤던 때보다 훨씬 더 아름다웠다. 서은서, 서은서, 가만히 속으로 이름을 되뇌어보던 그는 악수를 청하는 그녀의 손을 살며시 잡아보았다.

맞닿은 손은 보기보다 꽤 차가웠다. 그러나 뼈대가 가늘고 긴 그녀의 손가락과 여리고 보드라운 손바닥이 시형의 손아귀 안으로 다 들어온 순간, 그는 무슨 일인지 미칠 듯 뜨거운 갈망에 전율하고 말았다.

그것은 살아오는 동안 단 한 번도 느껴본 적 없는 기묘한 흥분이었다. 견딜 수 없는 갈증이 허벅지 사이로 몰려 내려가더니 순식간에 가랑이춤이 뜨끈하고 묵직해졌다. 고작 악수 한 번에 말이다.

이렇게 형식적이고 가벼운 접촉만으로 몸이 동하다니. 지금껏 숱한 여자를 거쳐오는 동안 전혀 마주한 적 없는 일이었기에 조금 전까지만 해도 미소를 띠고 있던 그의 얼굴이 돌연 뻣뻣하게 굳었다.

"어머, 안색이 안 좋으세요. 무슨 문제라도……?"

은서가 묻자 시형은 가까스로 정신을 차리고 심호흡을 한 뒤 고개를 저었다.

"아, 아무것도 아닙니다."

대답을 듣고도 은서는 한동안 걱정스러운 눈으로 그를 올려다봤다. 따뜻하고 다정한 그 눈길에 잠시나마 떠올렸던 음탕한 생각이 미안해진 시형은 애써 시선을 돌렸지만, 은서는 아무것도 눈치채지 못했던지 진지하게 대화를 이어갔다.

"민정이랑 동갑이라고 하셨지요?"

"네."

"그럼 저하고도 동갑이세요."

해사하게 웃는 은서의 얼굴을 마주본 시형은 그제야 약간 마음이 편해져 미소를 지으며 물었다.

"곧 졸업하시겠군요?"

"네."

"전공은요?"

"음악 했어요. 피아노요."

은서의 대답에 이번엔 시형이 반가운 듯 목소리를 높였다.

"그래요? 제 막냇동생이 올해 고등학교에 입학하는데, 걔가 피아노 전공을 하고 싶어 하거든요."

"그렇지 않아도 벌써 민정이한테서 들었어요. 혹시 입시 쪽으로 궁금한 게 있으면 언제든지 연락주세요. 도움이 될지는 모르겠지만."

은서는 세상 어두운 면이라곤 단 한 번도 못 본 사람처럼 경계심 없는 태도로 시형에게 휴대전화 번호를 알려주었고, 그는 한 자라도 놓칠세라 그녀의 번호를 하나씩 꼭꼭 눌러 자신의 휴대전화에다 저장했다.

"아, 이거 정말 감사합니다."

"아니에요. 민정이 애인이시잖아요. 당연한 일인걸요."

"두 분이 아주 우애가 좋으신가 봐요."

"저한테 민정이는 친자매나 마찬가지, 아니, 그보다 더 소중한 존재거든요. 잘해주세요. 정말 천사처럼 착한 애예요."

"그런가요?"

"그럼요. 아마 그 애를 알면 알수록 더욱더 놀라실걸요."

때 묻지 않은 표정으로 화사하게 눈웃음 짓는 서은서는 그동안 시형이 만나왔던 골빈 여자들과는 확실히 달라 보였다. 범접할 수 없을 만치 아름다우면서도 사람에게 편안히 다가가는 방법을 아는 여자. 다정하고 좋은 여자라는 생각이 들었다. 짧은 순간 시형은 은서에게 깊은 호감을 느꼈다.

"민정이한테서 시형 씨가 친절하고 좋은 분이시라고 들었는데, 역시 들은 그대로네요."

흐뭇한 표정의 시형을 물끄러미 올려다보던 은서가 문득 의미심장한 말을 덧붙였다.

"굉장히 매력적이시기도 하고요. 민정이가 부러워요."

은서가 수줍은 듯 뺨을 살짝 물들이며 고개를 돌리자 가느다란 목덜미가 조명 아래 하얗게 드러났다. 그 옆모습이 또 순수하면서도 더없이 자극적이었다.

"아…….."

시형은 금 숟가락을 입에 물고 태어난 것을 뺀다면 자기가 별 볼일 없는 놈이라는 것을 스스로도 아주 잘 알고 있었다. 그런데 이렇게 시선을 단번에 뺏어갈 정도의 미녀에게서 그런 말을 들으니, 예의상 하는 말이란 것을 알면서도 어째 묘하게 가슴이 설렜다.

"어머, 초면에 제가 실례를……."

"아닙니다. 그런 말이라면 하루 종일 듣고 있어도 좋을 것 같은데요."

시형의 너스레에 은서는 그를 올려다보며 또 한 번 초승달처럼 모양 좋은 눈웃음을 쳤다.

바로 그때였다. 그녀의 눈웃음에서 묘한 낌새가 감지되었다. 뜨겁고 축축한, 뭔가 강렬한 것을 기대하게 만드는 분위기.

"여기, 조금 덥지 않나요?"

붉어진 얼굴에 손부채질을 하며 수줍게 웃던 서은서는 길고 가느다란 손가락을 들어 원피스의 칼라 버튼을 하나 풀었다. 앙가슴으로 곧장 이어질 그녀의 피부는 눈이 부시도록 뽀얗게 빛나고 있었다.

그제야 시형은 확실히 깨달을 수 있었다. 조금 전 그가 서은서에게서 기묘한 흥분을 느꼈던 것은 다분히 의도된 반응이었다는 것, 그리고 그녀가 자신을 향해 지금 노골적인 유혹의 메시지를 던지고 있다는 사실을 말이다. 억지로 가라앉혀두었던 그의 피가 또 한 번 시끄럽게 들끓기 시작했다.

"은서 씨. 혹시 애인, 있어요?"

"네?"

"애인 있냐고요."

"저 말씀이세요?"

"그럼, 이 자리에 은서 씨 말고 또 누가 있어요?"

"어머……."

"다른 뜻은 없습니다. 그냥 궁금해서 여쭌 거예요."

마주보던 은서의 눈에서 강한 기대감 같은 것을 엿본 시형은 어금니가 간질간질할 정도로 가슴이 설렜다. 의심은 마침내 확신으로 변했다.

"애인이라면……."

수줍게 미소 지으며 대답을 하려던 은서의 얼굴에서 일시에 웃음기가 가셨다. 시형의 어깨 너머 어딘가를 보고 있던 그녀는 입을 가리고 있던 손을 치우더니 다소곳이 말했다.

"아무래도 저는 자리를 비켜야겠네요."

뒤를 돌아본 시형은 차민정이 둘째 오빠인 차지혁을 액세서리처럼 달고서 곧바로 이쪽으로 다가오고 있는 것을 확인했다.

"아, 아닙니다. 굳이 비켜주실 필요는 없어요. 괜찮으니 다 함께……."

"제가 불편해서요."

조금 전 언뜻 들었던 이야기를 떠올린 시형이 물었다.

"차지혁 씨 때문인가요?"

아무 대답도 건너오지 않자 시형은 안타까운 어조로 다시 물었다.

"혹시 차지혁 씨가 은서 씨 괴롭혀요?"

불편한 기색으로 어쩔 줄을 몰라 하던 서은서는 고개를 가로저으며 다급하게 둘러댔다.

"아, 아니에요. 그런 건 아니고…… 사이가 그다지 좋지 않아서요."

"왜죠?"

"글쎄요. 저 사람하곤 전부터 유독 잘 안 맞네요."

전에 지혁에게서 폭행당했다는 것이 사실인 듯, 은서는 어울리지 않게 몹시 겁에 질린 눈길로 지혁을 한 번 곁눈질하더니 이내 딱딱하게 굳은 표정으로 한 마디를 덧붙이고 자리를 떴다.

"만나서 정말 반가웠어요. 다음에 또 뵙죠."

왠지 모를 아쉬움과 애틋함까지 느껴지는 그녀의 뒷모습이 점점 멀어지는 것을 보고 있던 시형의 등 뒤에서 예상했던 대로 익숙한 목소리가 들려왔다.

"시형 씨."

조금 전까지만 해도 곁에 바싹 붙어 따라오고 있던 차지혁은 오는 길에 어딘가로 사라졌는지, 그를 부른 사람은 민정 혼자였다.

"세상에나, 인사하는 사람이 얼마나 많던지. 아까부터 이쪽으로 오려고 했는데 계속 붙들려 있었지 뭐예요. 아잉. 저 기다리시느라 많이 심심하셨지요?"

민정은 한껏 교태 어린 목소리로 말하며 혀를 쏙 빼물고 웃었지만, 예뻐 보이려는 그 눈물겨운 노력에도 불구하고 어째 눈가에 주름이 자글자글 잡힌 것만 두드러졌다. 시형은 어색하게 둘러대며 평소답지 않게 민정의 눈길을 피하고 말았다.

"좋은 날이니 바쁜 건 어쩔 수 없지요. 오빠는요?"

"같이 오고 있었는데 갑자기 중간에 말도 없이 사라져버렸어요. 어디로 갔을까."

"담배라도 피우러 간 모양이죠."

심드렁한 시형의 대꾸에 민정은 어깨를 으쓱하며 습관적으로 또 혀를 빼물었다.

"우리 집에서 담배 안 피우는 남자는 지혁 오빠밖에 없는걸요. 아마 또 누군가한테 붙들려 간 걸 거예요. 하여튼 바쁘다니까요, 오빠들은."

"그렇군요."

"그런데……."

끈적끈적한 애교가 묻어 있던 민정의 말소리가 잦아들었다. 그녀는 잠시 말을 끊고 시형을 올려다보며 한동안 주저하다 어렵게 말을 이었다.

"조금 전까지 은서랑 있는 것 같던데요?"

"아, 네."

"둘이서…… 무슨 얘기 했어요?"

친자매나 다름없던 은서의 말과는 달리, 슬쩍 올려다보는 민정의 눈동자에는 노골적인 의심과 불안이 서려 있었다.

시형은 의아한 표정으로 잠시 그녀를 내려다보다 이내 아무렇지도 않게 대답했다.

"간단히 인사만 나누었어요."

시형의 말에 민정은 안도한 표정으로 활짝 웃더니 충고했다.

"그 계집애는 절대 가까이 하지 마세요. 말 한 마디라도 섞으면 안 돼요."

"네? 무슨……?"

민정은 의아한 표정으로 내려다보는 시형의 팔에다 제 팔을 꼭 끼며 덧붙였다.

"전 살다 살다 저렇게 뼛속까지 재수 없는 계집애 정말 처음 봤다니까요."

말이 다 끝나기도 전, 시형의 얼굴이 잔뜩 찌푸려졌다.

보이지 않는 곳에서 민정을 칭찬했던 은서와 험담을 늘어놓는 민정. 정말 알기 쉽지 않은가.

"시형 씨, 이번 주말에 나랑 영화 보러 갈래요?"

"아……, 주말엔 좀 바빠서……."

"그럼 언제 시간 되세요?"

민정은 애가 단 표정으로 슬며시 시형에게 몸을 기댔지만, 그는 이미 그녀를 보고 있지 않았다.

"으음. 글쎄요."

은서가 사라진 방향을 한참이나 바라보던 시형은 이내 잔뜩 아쉬운 한숨을 내쉬며 입맛을 쩍 다셨다.

백제호텔 특유의 고풍스럽고 화려한 디자인의 엘리베이터 벽에 홀로 기댄 서은서는 휴대전화의 메시지를 내려다보고 있었다. 네 자리 숫자만 적혀 있을 뿐인 그 의심스러운 문자 메시지에는 발신자의 이름도, 전화번호 표시도 없었다.

무표정한 얼굴로 콧노래를 흥얼거리며 메시지를 지워버린 그녀는 18층에서 맑은 차임벨 소리와 함께 문이 열리자 느긋한 발걸음으로 엘리베이터를 벗어나 복도를 걷기 시작했다.

파티 도중 누구인지도 모를 사람에게서 호출을 받았다면 보통 사람은 의아해하거나 불안해했겠지만, 그녀의 걸음에서는 조금의 망설임이나 불안감 따위는 전혀 엿보이지 않았다. 호출을 한 사람이 누구인지 이미 잘 알고 있는 듯 말이다.

푹신한 양탄자 위로 나긋나긋 발걸음을 옮기던 그녀는 금색 '1806'이 양각(陽刻)되어 있는 주니어스위트룸 앞에서 방향을 돌린 후, 살짝 열려 있던 문을 밀고서 자연스럽게 안으로 들어섰다.

룸 키가 홀더에 꽂혀 있지 않았던지, 입구 센서 등(燈)은 그녀의 움직임을 감지하지 못했다. 컴컴한 어둠 속에서 잠김 방지 도어스토퍼를 안쪽으로 젖힌 그녀는 문을 닫고 힐을 벗어 아무렇게나 툭툭 내던진 후 고양이처럼 사뿐사뿐 걸음을 옮겼다.

한 남자가 화려한 야경이 내려다보이는 전면 창 앞에 뒷모습을 보인 채 서 있었다.

아래로 길게 늘어뜨린 남자의 오른손 손가락 사이에서는 반 정도 타들어간 담배가 희미한 연기를 흩날리고 있었고, 한숨처럼 긴 그의 날숨을 타고 좀 더 진한 연기가 공중으로 길게 뿜어져 나왔다가 이내 허무하게 사라졌다.

기다란 두 다리를 마치 기둥처럼 땅에 박아두고서 늘씬한 허리를 꼿꼿이 세운 남자는 상의를 입지 않은 상태였다. 탄탄하고도 섬세한 근육들이 잘 자리한 그의 등은 실루엣이 꽤 멋져 보이긴 했으나 결코 아름다운 등이라 할 순 없었다. 달빛이 차갑게 그늘을 드리우고 있는 그의 등에는 마치 뱀 여러 마리가 기어가는 모양을 연상케 하는 흉터가 깊고 선명하게 자리하고 있었다.

"오래 기다렸어?"

언뜻 보기만 해도 눈살이 찌푸려질 정도로 끔찍한 남자의 흉터에도 은서는 전혀 아무렇지도 않은 듯 그의 등을 똑바로 응시하며 걸음을 옮겼다.

"별로."

남자의 바로 옆 콘솔 위엔 필시 그의 포켓에서 나왔을 지갑과 담배, 그리고 딱딱한 디자인의 금제 프레임 안경 따위들이 놓여 있었다. 반쯤 열려 있는 말보로레드 갑 안에 담배가 몇 대 남지 않은 것과 호텔 비품인 재떨이에 벌써 몇 개나 처박혀 구겨져 있는 꽁초들을 확인한 은서는 못 말린다는 표정으로 피식 웃어버렸다.

히터가 돌지 않는 것을 감안해도 객실 내부는 너무 썰렁했다. 아니나 다를까, 활짝 열린 창문 사이로 한겨울의 찬바람이 새어 들어오고 있었다.

곧장 남자의 뒤로 바싹 다가간 은서는 그의 등에 새겨진 상흔
(傷痕)을 어루만지며 소곤거렸다.

"안 추워? 감기 걸리면 어쩌려고 문을 이렇게 활짝 열어놨어?"

부드럽게 등을 쓸어주던 그녀의 손길이 어느 순간 은밀해지는
가 싶더니 서서히 아래로 향했다.

탄탄한 복근을 느릿하게 훑은 은서의 손은 배꼽 아래 거뭇한
수풀을 지나 대담하게도 정장 바지 안 깊숙한 곳까지 파고 들어갔
지만, 남자는 놀라기는커녕 아무렇지도 않은 표정이었다. 재떨이
에 담배를 비벼 끈 남자는 천천히 고개를 돌려 그녀를 내려다보고
툭 내뱉었다.

"답답해서."

깊고 은밀한 곳을 천천히 어루만지는 손을 거두지 않은 채, 은
서는 그의 어깨에다 쪽 소리가 나도록 입을 맞추며 물었다.

"갑자기 방은 왜 잡았어?"

"안 들키게 했으니 걱정 마. 이현석 시켜서 현금결제 했으니
까."

"그런 걱정 같은 건 안 해. 어련히 잘 알아서 하셨을까. 묻고 싶
은 건 그쪽이 아니라고."

남자가 상반신을 돌리자 은서는 포옹을 풀고 한 발짝 뒤로 물
러섰다.

달빛에 희미하게 드러난 그녀의 얼굴을 가만히 내려다보던 그
는 천천히 고개를 숙여 그녀의 입술에 짧게 입 맞추었다.

입술 표면만 살짝 부딪쳤던 가벼운 접촉에 이어, 이번엔 조금

더 깊고 열린 키스가 이어졌다. 벌어진 입술 사이로 두 사람의 촉촉한 점막이 맞닿자마자 두 개의 혀가 상대의 입술 안쪽 저 깊은 곳으로 맹렬하게 파고들었다.

두 사람이 마치 살아 있는 뱀처럼 축축한 혀를 한데 얽었다가 미끄러뜨리듯 풀기를 반복하며 깊고 진한 키스를 즐기는 동안, 방 안에서는 싸늘한 겨울 공기와 매캐한 담배 냄새, 그리고 그들의 진한 향수 내음이 줄곧 어지러이 뒤섞이고 있었다.

그가 자신을 왜 불러냈는지에 대한 은서의 의문은 이 격렬한 키스 한 번으로 산뜻하게 풀렸다. 그녀는 그의 입술을 꽉 붙들어 매려는 듯 필사적으로 키스에 매달리며 손을 움직이더니 성마르게 그의 바지 버클을 풀고 지퍼를 끌어내리기 시작했다.

그 순간, 뜨겁고 진한 키스를 퍼붓고 있던 그가 입술을 떼더니 그녀의 손을 꽉 잡아 움직이지 못하게 했다.

"그만."

"왜……?"

"자리를 꽤 오래 비웠어. 의심 살지도 몰라."

그녀는 연회장에서의 순수하고 단아한 이미지의 서은서라는 여자와 동일 인물이라는 것을 도저히 믿을 수 없을 정도로 잔뜩 풀어진 눈을 하고 있었다.

"하아, 조금만, 조금만 더……. 딱 한 번만 제발, 응?"

가느다란 숨을 할딱거리며 애원하는 그녀에게 가볍게 키스한 그는 욕정으로 잔뜩 거칠어진 숨을 애써 고르더니 단호하게 내뱉었다.

"안 돼."

은서는 잔뜩 달아오른 숨을 다스리려는 듯 몇 번 깊게 심호흡하더니 이내 매끈했던 미간을 확 구기며 볼멘소리로 타박했다.

"이게 뭐야! 겨우 키스 한 번 하려고 주니어스위트를 잡았단 말이야?"

"미학(美學)이라고 해두든지."

"처음부터 키스를 안 하면 되잖아. 하여튼 밝히긴."

은서의 핀잔에 피식 웃음을 터뜨린 그는 콘솔로 손을 뻗더니 담뱃갑을 찾아 다시 한 대를 입에 물며 내뱉었다.

"네가 나빠. 누가 그렇게 섹시하게 하고서 돌아다니래?"

남자의 말에 은서가 어이없다는 투로 투덜거렸다.

"이렇게 촌발 날리고 딱딱한 옷차림을 섹시하다고 느끼는 건 오빠밖에 없을걸. 결국 오빠가 밝힌다는 말밖에 더 돼?"

"거기 나 말고도 한 놈 더 있었잖아."

"뭐?"

"화정그룹 이시형 말이야. 그 머저리 새끼, 아주 정신 못 차리고 침 질질 흘리던데."

담배 필터를 씹느라 분명치 않은 발음으로 중얼거리는 그의 입술을 물끄러미 바라보던 은서의 만면(滿面)에 일순 소름 끼칠 정도로 섬뜩한 미소가 번졌다.

"보고 있었구나?"

"그래."

"그럼, 그때 차민정 얼굴도 봤어? 얼굴 새파래져서 발 동동 구르는 거 봤어?"

"그렇게 좋으니?"

남자의 되물음에 박수를 치며 크게 깔깔거리고 웃던 은서는 별안간 얼굴을 딱 굳히더니 싸늘한 어조로 대꾸했다.

"장난해? 좋으려면 아직도 멀었지."

남자가 피식 웃으며 소파로 걸어가 털썩 자리에 앉자 은서는 한동안 그의 표정을 살피다 가까이 다가가 물었다.

"혹시 그 멍청한 놈 질투하는 거야?"

"질투라는 단어는 이럴 때 쓰는 말이 아닌 걸로 알고 있는데."

심드렁한 대답에, 은서는 다리를 활짝 벌리고 스스럼없이 남자의 허벅지 위에 걸터앉더니 목을 끌어안은 채 가만히 그의 눈동자를 들여다봤다.

"알잖아. 나한텐 죽어도 오빠뿐인 거."

그녀가 마치 나무를 타고 오르는 아이비처럼 부드럽게 감겨오자 그는 물었던 담배를 도로 내려놓고 못마땅한 한숨을 내뱉었다.

"물론 그 새끼랑 가까워지는 게 오빠 마음엔 안 들겠지만, 여흥(餘興)으로 여길 순 없을까?"

은서의 애교 가득한 목소리에 그는 등 뒤로 길게 드리워진 그녀의 머리카락을 쓸어 넘겨준 후 부드러운 뒷목덜미에다 입을 맞추었다.

"잊지 마. 넌 내 거야."

"무슨 당연한 소릴 하고 있어?"

자극적인 혀 놀림에 그녀는 더운 숨을 뿜어내며 몸을 부르르 떨었다. 그 떨림을 음미하려는 듯 잠시 눈을 감았던 그는 이내 자잘한 키스를 퍼붓고 올라와 귀밑의 예민한 피부까지 혀로 길게 핥아 올리더니 돌연 눈살을 찌푸렸다.

"귀 뒤엔 향수 뿌리지 말라고 했잖아."

"아아, 또 잊어버렸네. 미안."

한참이나 키득거리던 은서는 천천히 자리에서 일어나 옷매무새를 가다듬었고, 그런 그녀를 물끄러미 올려다보던 그가 중얼거렸다.

"배고프다."

"좀 전에 먹었잖아. 이름만큼이나 거창했던 '차영철 회장 회갑 기념 주방장 특선 코스 요리' 말이야."

우스워 죽겠다는 듯 깔깔거리며 빈정대는 은서를 올려다보던 그가 툭 내뱉었다.

"그딴 거 먹고 비위 상하느니 차라리 굶는 게 낫지."

"굶었어?"

눈을 크게 뜨고 놀라던 은서는 이내 발을 동동 구르더니 타박했다.

"아무리 그렇다고 굶으면 어떡해! 속 버린단 말이야!"

은서는 곧이라도 울음을 터뜨릴 듯 눈물을 글썽거렸다. 잔뜩 걱정스러운 표정으로 잔소리를 늘어놓는 그녀의 뺨을 손 내밀어 살며시 쓰다듬어본 그는 희미하게 웃으며 중얼거렸다.

"세월이 흘러도 눈물 많은 건 여전하네, 서은서."

"오빠 앞에서만 그렇지, 뭐."

"아아, 네가 해주는 밥 먹고 싶다."

"내일 점심때 와. 특별히 먹고 싶은 거라도 있어?"

"네가 주는 거라면 뭐든지 좋아."

"뭐든지?"

"그래. 썩은 거라도 먹을 수 있어. 의심스러우면 시험해봐."

"하여튼 못 말린다니까."

옷차림을 단정히 하고 머리까지 깔끔하게 다시 묶은 은서는 방 안을 휙 둘러보더니 침대 위에 아무렇게나 내팽개쳐져 있던 드레스셔츠를 가져와 그에게 건넸다.

셔츠 소매에 팔을 꿰어 넣는 그를 내려다보고 있던 그녀가 나직이 물었다.

"얼마나 더 기다려야 해?"

담담한 어조였지만 그 안엔 정체를 알 수 없는 고통과 조바심이 잔뜩 묻어 있었다.

애틋한 눈으로 그녀를 올려다보던 그는 느긋한 표정으로 대답했다.

"조금만 더 참아. 이제 거의 다 돼가니까."

그가 씩 웃으며 셔츠 단추를 채우자 은서는 침대로 다가가 그 위에 내팽개쳐놓았던 클러치 백을 집어 들고서 그 안에서 구강청정 스프레이를 꺼내 휙 던졌다. 작은 병을 날렵하게 잡아챈 그가 입 안의 담배냄새를 지워내는 동안 그녀는 창가의 콘솔에서 금테 안경을 집어 들고 돌아오더니 타이를 매고 있던 그의 얼굴에 맞추어 조심스럽게 걸쳐주며 볼멘소리를 했다.

"안경 진짜 마음에 안 드네. 슈퍼맨 주인공처럼 멍청해 보여. 아니, 슈퍼맨은 뿔테 안경이었던가?"

"금테든 뿔테든 슈퍼맨은 싫은데."

"왜? 히어로잖아."

"전신타이츠의 영웅놀이는 사절이라고. 난 뼛속부터 악역(惡役) 체질이라서."

"그래?"

"실망했어?"

"아니. 상관없어. 영웅이든 악역이든, 난 무조건 오빠 편이니까."

어둠 속에서 두 사람이 키득거리는 소리가 길게 울리다 잦아들었다.

재미없는 수다를 30분째 듣는 동안 내내 이유 없이 두통에 시달리던 시형은 민정이 부친의 부름을 받고서 잔뜩 아쉬운 표정으로 자리를 뜨자 하마터면 환호성을 내지를 뻔했다. 지끈거리는 머리를 지압하며 웨이터가 가져다준 얼음물을 한 모금 마시니 이제야 좀 살 것 같던 그는 연회장을 둘러보다 서은서를 발견하고 반색을 하며 그쪽으로 자리를 옮겼다.

벌써 몇 시간째 이어지는 파티에도 그녀는 여전히 흐트러짐 하나 없이 단정한 차림이었다. 그러나 분위기는 아까와 사뭇 달랐다.

"은서 씨. 또 만났네요."

"아……, 네."

그녀는 시형이 말을 걸었는데도 어쩔 줄을 몰라 하며 바닥 여기저기를 살피고 있었다.

"혹시 뭐 잃어버렸어요?"

"목걸이를……. 아아, 어디 갔지? 이상하다, 분명히 아까만 해도 있었는데……."

무척이나 소중한 목걸이였던지, 창백한 안색에 몹시 당황한 표정으로 두리번거리고 있는 그녀는 건드리면 당장 울음이라도 터뜨릴 듯 보였다.

"조그마한 별이 달린 목걸이죠?"

시형의 말을 들은 은서의 얼굴에 순식간 화색이 돌았다.

"혹시! 주우셨어요?"

"아, 아니, 그런 건 아니고, 아까 걸고 계신 걸 봤습니다."

화려한 별 모양 펜던트가 흔히 볼 수 있는 디자인이 아니었기에 눈여겨봤던 목걸이였다.

"아아……."

금세 실망한 표정으로 기가 죽는 은서에게서 말 못할 애틋함을 느낀 시형은 두 팔을 걷어붙이고 아예 바닥에 무릎까지 꿇는 정성을 보였다.

"제가 함께 찾아드리죠."

믿음직스러운 시형의 태도에도 은서는 여전히 걱정스러운 표정으로 불안하게 주위를 둘러보고 있었다.

그때, 웨이터 한 명이 다가오더니 그녀에게 불쑥 물었다.

"서은서 씨 되십니까?"

"네, 그런데요?"

"이걸 전해달라는 부탁을 받았습니다."

웨이터는 정중한 태도로 호텔 로고가 찍힌 편지봉투를 건넸다. 안에 뭔가가 들어 있는지, 봉투 아랫부분이 제법 도톰하고 묵직해 보였다.

웨이터가 자리를 뜨자마자 그녀는 봉투 안을 확인했다. 내용물은 역시나 그녀가 찾고 있던 바로 그것이었다. 멜리다이아몬드가 여러 개 세팅된 별 모양 프레임 가운데 1캐럿 다이아몬드가 박힌 펜던트 목걸이.

"이야, 목걸이 찾으셨네요. 다행입니다."

얼마나 긴장했던지 은서가 대답도 하지 못한 채 안도의 한숨을 길게 내쉬자 시형은 흥미로운 표정으로 덧붙여 물었다.

"뭔가 의미라도 있는 별인가요?"

"폴라리스예요. 칠흑 같은 어둠 속에서도 방향을 알려주는 별이죠."

혼잡한 연회장, 목걸이를 물끄러미 내려다보는 서은서의 눈동자는 기묘한 색을 발하고 있었다. 평온하면서도 격정적이고 한없이 순수하면서도 농염해 보였다.

은서가 목걸이를 착용하는 것을 바라보는 동안 시형은 그녀가 발산하는 강한 매력에 홀린 나머지 이곳이 어디인지조차 잊고 말았다. 단추 두 개가 슬며시 풀어진 그녀의 검은색 원피스 안, 가슴골이 시작되는 위치의 새하얀 피부를 배경 삼아 캐럿 다이아몬드가 찬란하게 빛을 반사하고 있었다.

폴
라
리
스

또 한 번 타는 듯한 목마름에 애써 마른침을 삼키던 시형은 흥분을 가라앉히기 위해 말을 돌렸다.

"그런데 모서리가 너무 뾰족해서 좀 위험해 보이는데요."

그 말에 은서는 어딘지 싸늘해 보이는 미소를 짓더니 대답 대신 알 수 없는 질문을 내놓았다.

"적어도 이 정도는 돼야 삼킬 엄두를 못 내지 않겠어요?"

시형이 어리둥절한 표정을 하자 은서는 의미심장한 웃음을 지으며 덧붙였다.

"예전에 아무거나 막 주워 삼키는 개를 한 마리 키웠었거든요."

"아아, 그렇군요."

시형은 흐뭇하게 웃다 이내 또 다른 의문을 떠올리고 물었다.

"그런데, 누가 알고 이걸 보냈을까요……?"

"글쎄요. 저도 정말 궁금하네요."

내놓은 대답과는 달리 목걸이를 찾아준 사람에 대해 별로 궁금하지 않은 듯 서은서의 태도는 무척 담담해 보였다.

같은 시각, 10미터쯤 떨어진 곳에서 한 남자가 손수건으로 안경을 닦으며 그들을 똑바로 보고 있었다.

펜던트를 쓰다듬으며 안도의 미소를 짓고 있는 은서를 날카로운 눈으로 확인한 남자는 이내 안경을 쓰고서 비굴해 보일 정도로 사람 좋은 미소를 지으며 곧장 인파 속으로 사라졌다.

I. 미로의 입구

2004년 2월 7일.

경기도 양평의 한 야산 아래 위치한 목조 별장이 꽤 오랜만에 시끌벅적했다. 별장 주인 서종근이 양녀 은서의 중학교 졸업을 축하하기 위해 절친한 친구이자 동업자 차영철의 가족을 초청해 파티를 벌인 것이다.

화기애애한 분위기에서 간단한 다과를 즐긴 그들은 해 질 무렵부터 본격적으로 바비큐 파티를 시작하려 했으나 숯이 젖어 있었던지 불이 영 시원치 않았다. 참다못한 차영철이 장남 민수를 불러 심부름을 시켰다.

"민수야, 네가 차 몰고 내려가서 숯 좀 사 오너라."

연기 때문에 오만상을 찌푸리고 있던 민수는 잔뜩 귀찮은 표정으로 투덜거렸다.

"에에? 제가요? 하아……, 나가기 싫은데. 그리고 새 차에 먼지 묻는단 말이에요."

심드렁한 대답에 차영철이 탐탁지 못한 표정을 하자 그때까지 숯에 불을 붙이려 안간힘을 쓰고 있던 차남 지혁이 몸을 일으키며 선선히 말했다.

"제가 금방 다녀오겠습니다."

"내 이럴 줄 알았다니까. 항상 지혁이만 일을 도맡아 하잖니. 민수 너도 가끔은 좀 움직이란 말이다. 성의를 보이라고, 이 녀석아!"

차영철이 민수를 향해 핏대를 높여가며 힐난하자 지혁이 서글서글한 미소를 지으며 그를 말렸다.

"아버지, 형님은 회사에서 일하다 왔으니 피곤할 거예요. 저야 제대한 지 얼마 안 돼서 당장 하는 일도 없잖아요. 그만하세요."

때리는 시어미보다 말리는 시누가 밉다더니. 민수는 잡아먹을 듯한 눈으로 지혁을 노려봤지만, 눈치가 없는 건지 아니면 보고도 못 본 체하는 건지 지혁은 그저 사람 좋은 웃음만 지을 뿐이었다. 웃는 낯에다 대놓고 화를 낼 수도 없어 답답해진 민수는 부친과 서사장 앞에서 담배를 꺼내 입에 물었다가 또 한 번 심하게 꾸중을 듣고 말았다.

차 키를 꺼내들고 산비탈을 따라 걸어 내려간 지혁은 주차장에 세워진 RV 차량에 올랐다. 부친이 가끔 몰고 다니다 얼마 전에 지혁에게 물려준 것으로 이미 5년 넘게 탄 낡은 차였다.

운전석의 싸늘한 가죽시트에 몸을 묻고 잠시 허공을 응시한 지혁은 긴 한숨을 내쉬고 시동을 걸었다. 새하얀 입김 사이로 뭔가가 눈에 띈 것은 바로 그때였다.

"오빠아! 잠깐만요! 스톱. 스톱!"

산비탈을 위태위태하게 뛰어내려와 차 조수석에 찰싹 붙어 창문을 두드려댄 사람은 오늘 축하파티의 주인공 서은서였다.

조수석 창문을 내린 지혁은 부드럽게 웃으며 물었다.

"무슨 일 있니? 뭐가 그렇게 급해?"

가쁜 숨을 몰아쉬던 은서는 빨갛게 언 코와 볼을 연방 손으로 비비며 물었다.

"어디 가요, 오빠?"

"편의점."

"나도 따라가면 안 돼요?"

"추운데 뭐 하러. 필요한 거 있으면 말해. 내가 사다줄 테니까."

예상치 못한 대구에 당황했던지 은서의 얼굴이 살짝 굳었다. 한동안 우물쭈물하던 그녀는 지혁의 눈치를 살피더니 허락도 없이 조수석 문을 벌컥 열고서 좌석에 올라탔다. 그 바람에 스커트가 말려 올라가 그녀의 날씬한 허벅지가 훤히 드러났다.

애써 못 본 척 고개를 돌린 지혁은 어쩔 수 없다는 듯 차를 출발시켰고, 두 사람이 탄 차는 이내 차갑게 언 산비탈 위로 위태롭게 흔들리며 달리기 시작했다.

"급하게 필요한 물건이라도 있어?"

지혁의 물음에 은서는 돌연 얼굴이 새빨개져서 헛기침을 하더니 어렵게 대답했다.

"아니요. 그, 그냥 바람 좀 쐬고 싶어서요."

"왜? 자리가 불편해서?"

"아니에요. 그냥 오빠랑……, 아, 아니, 정말 별 이유 없어요."

"그래?"

지혁이 피식 웃으며 관심을 거둬버리자 그녀는 눈치라곤 전혀 없는 그를 야속한 시선으로 곁눈질했다.

운전대를 붙잡고 있는 지혁의 옆모습은 기분 탓인지 전과는 사뭇 달라 보였다. 짧아진 머리카락과 제법 탄탄해진 몸 때문인지도 몰랐다.

"제대 축하해요, 오빠. 고생 많았지요?"

"남들 다 하는 건데, 뭐."

"그래도. 가기 전보다 살이 쏙 빠졌어요. 피부도 좀 타고."

"그동안 편지 보내주고 면회도 와줘서 고마웠어."

지혁이 눈치 없이 환하게 웃으며 건넨 말에 은서의 양 뺨이 새빨갛게 달아올랐다.

"벼, 별로, 다른 뜻이 있어서 그런 건 아니었어요. 면회는 그저 아빠 따라서 간 것뿐이고……."

"음, 그래? 난 네가 와줘서 꽤 반가웠는데, 아무래도 아저씨한테 억지로 끌려왔었나 보네."

"어, 어머! 아니에요! 억지로 간 거 아니에요! 절대로 아니에요!"

은서가 크게 당황하며 펄펄 뛰자 지혁은 우스워 죽겠다는 듯 키득거리다 화제를 바꿨다.

"졸업 축하해. 미처 선물 준비 못해서 미안하다."

"아니에요. 바쁠 텐데 오늘 와준 것만으로도 고마워요, 오빠."

"아니야, 바쁠 일도 없고 너뿐 아니라 민정이 졸업 축하하는 자리이기도 하니까."

그 소리에 실망한 듯 은서는 입술을 비죽이 내밀며 괜스레 스커트자락을 신경질적으로 구겼다 펴기를 반복했다.

"완전 코흘리개 꼬맹이였던 서은서가 벌써 이렇게 컸다니."

"코흘리개 꼬맹이라니, 오빠 무슨 말을 그렇게 해요?"

"아니야, 진짜였어. 지금도 생생하게 기억하는걸. 아저씨가 너 처음 소개시켜주셨던 날, 딱 보고 유치원생인 줄로만 알았는데 2학년이라고 해서 얼마나 놀랐다고. 민정이만 작은 줄 알았더니 더 작은 애도 있구나 하고……."

추억을 떠올리며 흐뭇하게 웃는 지혁을 물끄러미 바라보던 은서가 그의 말허리를 끊더니 진지하게 되물었다.

"오빠. 정말 그때 날 처음 봤어요?"

"갑자기 그게 무슨 소리야?"

"그 전에, 나 병원에 있을 때 왔던 적 없어요?"

"네가 병원에 있을 때라면 우리가 서로 알기도 전인데 그럴 리가 있나."

"그건…… 그렇죠."

은서가 잔뜩 실망한 표정을 하자 지혁이 의심스러운 표정으로 물었다.

"왜 그래?"

고개를 들어 지혁과 시선을 마주한 은서는 안경 렌즈 너머 그의 눈동자를 유심히 살피며 대답했다.

"아니요. 아무것도 아니에요."

닮았다. 그렇지만 미묘하게 달라. 누구였을까, 그 사람은.

"지면 안 돼. 힘 내."

"목화예고라고 했던가?"

지혁의 질문에 상념에서 깨어난 은서는 다소 과장된 태도로 고개를 끄덕이더니 힘주어 말했다.

"네, 오빠. 나도 이제 고등학생이에요!"

은서가 내놓은 다소 뜬금없는 말에 지혁은 어이없다는 듯 대꾸했다.

"그걸 누가 몰라?"

그러고 보니 벌써 열일곱 살이었다. 웃을 때 버들가지처럼 낭창하게 휘는 눈매라든지 두꺼운 모직코트를 입어도 다 감출 수 없는 몸의 곡선이라든지, 마냥 어리게만 보였던 은서는 어느새 설익은 여자 냄새를 풀풀 풍기고 있었다.

"고등학교 들어가면 더 힘들 거야. 열심히 해라. 물론 너라면 어련히 알아서 잘하겠지만."

"네. 열심히 할게요."

자신 있게 대답을 내놓는가 싶더니, 은서가 이내 몸을 비비 꼬며 어쩔 줄을 몰라 했다.

"그런데……. 저기……, 오빠 혹시……."

할 말이라도 있는지 계속해서 우물쭈물하던 은서는 지혁과 눈이 마주치자마자 얼굴을 확 붉히더니 입을 딱 다물어버렸다.

"아까부터 자꾸 왜 그래? 화장실 가고 싶어?"

"하아. 아무것도 아니에요."

길게 한숨을 쉬더니 아무 말도 하지 않는 은서를 보며 지혁은 또 한 번 사람 좋은 웃음을 보이고는 중얼거렸다.

"싱겁기는."

동업자 가족들의 모임 분위기는 내내 화기애애했다. 바비큐 파티가 마무리될 때 즈음 시작된 차영철 회장과 서종근 사장의 사업 이야기가 길고 심각해지기 전까진 말이다.

두 사람이 편하게 이야기를 나눌 수 있도록 나머지 일행들은 먼저 일어나 자리를 비켜주기로 했다.

어둠이 내린 별장 위로는 별이 촘촘하게 박힌 밤하늘이 펼쳐져 있었다. 사방이 적막해서인지 별장에서 나와 집으로 돌아가는 손님들의 대화와 발소리가 제법 크게 산중에 울렸다.

"민정아, 이제 그만 좀 하렴."

"흥! 내 맘!"

산비탈을 내려와 주차장까지 향하는 길, 잠시도 쉴 새 없이 투덜거리는 민정을 보다 못한 박 여사가 큰 소리로 딸을 나무랐다.

"민정이 너도 이제 곧 고등학생 아니니. 제발 철 좀 들어라, 응?"

"엄만. 애도 아니고 도대체 중학교 졸업식 같은 거 누가 축하한다고 이 난리야? 친구들은 다들 놀러 갔는데 나만 은서 저 계집애 때문에 붙들려서 도대체 이게 무슨 꼬라지냐고!"

중병으로 한때 죽음의 고비까지 넘겼던 은서에게 있어서 입학식이나 졸업식은 누구보다도 큰 의미였다. 그렇기에 서 사장은 몇 달 전부터 딸의 중학교 졸업을 여러 사람에게 알려 축하받고 싶어 했었다.

"은서한테는 특별한 날이잖니. 아저씨 마음을 헤아려드리진 못할망정, 얘가!"

"어차피 출석일수만 잘 채우면 졸업시켜주는 학교, 특별할 게 뭐가 있다는 거야? 아아, 전에 저 계집애 죽을 뻔했던 것 때문에? 칫. 별꼴이야. 그게 나랑 무슨 상관인데? 재수 없어. 종민이 오빠도 없고 지루해 뒈지는 줄 알았단 말이야!"

민정의 투덜거림은 끝도 없이 이어졌다. 완전히 포기한 박 여사는 민정에게서 관심을 거두고 민수의 차로 다가갔다.

"내가 조수석에 앉을 테니 은서랑 민정이는 뒤에 타거라."

그 소리에 민정이 펄쩍 뛰었다.

"뭐? 은서도 같이 타고 가는 거야?"

"당연하잖니? 아버지들 말씀 길어지는데 거기서 언제까지나 기다릴 수도 없고, 우리가 집에 가는 길에 은서 데려다주고 가야지."

박 여사의 말이 미처 끝나기도 전, 민정이 차 뒷문을 열고 안으로 쏙 들어가더니 외쳤다.

"안 돼! 누워서 가려고 했는데 이 계집애가 타면 좁아서 못 눕는단 말이야!"

"민정아, 엄마 슬슬 창피해지려고 한다. 그쯤 해둬라."

박 여사가 제법 엄한 표정으로 싸늘하게 나무라자 눈치를 본 민정의 어깨가 움츠러들었다.

"엄마아……."

"정 그러면 민정이 넌 지혁이 차로 내려오든지."

"싫어! 지혁이 오빠 지금 뒷정리 중이잖아. 날도 추운데 언제 갈 줄 알고 기다리란 말이야? 그리고 내가 왜 민수 오빠 새 차 놔 두고 다른 차를 타야 하는데?"

차영철 회장의 장남 민수는 올해 스물여덟 살이었지만 벌써 3년 전에 상무이사 직함을 달았다. 차 회장 덕에 힘 한 번 들이지 않고 황금 낙하산을 탄 것을 두고 주위 시선은 곱지 않았지만, 그는 전혀 아랑곳 않은 채 최근 부친의 것보다 훨씬 더 비싼 최고급 외제 대형 세단을 뽑아 보란 듯이 몰고 다녔다.

"야, 차민정. 내가 너 따위 모시고 다니겠다고 이 비싼 차 뽑은 줄 알아?"

"어머머, 오빠, 야박하게 정말 이러기야? 어쨌든 은서는 여기 못 태워! 엄만 앞에 타고 은서 넌 지혁 오빠 똥차나 타고 가! 뒷자리 다 내 꺼! 메롱!"

민정은 번쩍번쩍하고 미끈한 고급 승용차 뒷자리를 온몸으로 사수하더니 혀를 쏙 빼물고 얄미운 표정으로 벌렁 드러누워버렸다.

박 여사가 몹시 난감한 표정으로 돌아보자 은서는 풍성한 꽃다 발과 졸업장이 담긴 쇼핑백을 고쳐들고서 밝게 웃으며 말했다.

"그럼 저는 지혁 오빠 차로 내려갈게요."

"아유, 이거 미안해서 어쩌지? 쟤 고집이 어디 보통이어야지. 내 딸이지만 참……."

혀를 끌끌 차며 민정을 한 번 흘겨본 박 여사는 부드러운 손길로 은서의 코트 깃을 여며주며 말을 이었다.

"가는 길에 아줌마가 우리 은서 맛있는 거 사주려고 했는데 안 되겠네. 오늘은 여기서 헤어지고, 우리 다음번에 민정이 몰래 둘이서 데이트하자, 응?"

박 여사의 다정한 눈웃음과 말투는 2월 산중의 냉기마저 봄바람으로 변하게 할 정도로 따스했다.

"늘 고맙습니다, 아줌마."

"얘가 또! 그런 말은 그만두래도. 네가 그럴 때면 꼭 남처럼 느껴져서 아줌만 정말 서운하단 말이야."

부모 얼굴도 모르는 고아 출신인 데다 양부인 서 사장은 독신이었기에 은서는 엄마의 사랑이란 것을 접해본 적이 한 번도 없었다. 그런 그녀에게 있어서 평소에 살갑게 대해주고 이것저것 챙겨주는 박 여사는 무척이나 고맙고 특별한 존재였다. 진짜 엄마가 있다면 이렇지 않을까 싶을 정도로 말이다.

오솔길 사이로 멀어지는 자동차 미등을 향해 오래도록 손을 흔들며 박 여사 일행을 배웅한 은서는 발걸음을 돌려 별장 뒤편으로 향했다.

어떤 집안 행사든지 귀찮은 뒷정리나 자질구레한 일들은 모두 지혁의 차지였다. 누가 시키는 것도 아닌데, 심지어 일을 대신해주는 고용인들이 있어도 마찬가지였다. 바른생활 책에서 방금 튀어나온 사람 같은 지혁은 어떨 땐 바보스러워 보일 정도였고, 그런 그를 두고 혹자들은 '호구'라며 수군거리기까지 했다.

그렇지만 남들이 뭐라고 하든 은서는 그런 지혁이 좋았다.

스물세 살, 그 또래의 남자 대학생들처럼 겉멋이나 허세를 부리지 않는 것도 좋았고 유순한 성격에 존경스러우리만치 정직하고 성실한 것 역시 좋았다. 철모르던 시절 품었던 호감은 세월이 흐르는 동안 어느새 이성을 향한 강한 끌림으로 바뀌어 있었다.

"오빠한테 오늘은 꼭 물어봐야 해. 오늘은 꼭."

주문처럼 중얼거리며 별장 건물의 목재 덱을 끼고 오른편으로 돌아가자 옥외 바비큐장이 나타났다. 예상했던 대로 은서가 찾는 장본인 지혁은 거기에 있었다.

그런데 무슨 일이었을까. 이쪽을 등진 채 우뚝 서 있는 그의 뒷모습이 어쩐지 평소와는 달리 무척이나 부자연스러워 보였다.

기묘한 이질감의 근원지는 바로 등이었다.

누구에게나 노력해도 잘 고쳐지지 않는 습관들이 하나씩은 있는 법인데 지혁의 경우엔 그게 자세였다. 늘 비굴하게 움츠리고 다니는 어깨 덕에 지혁의 등은 항상 굽어 있었다. 언젠가 그녀는 '오빠, 어디 아파요? 왜 그렇게 허리를 못 펴요?'라고 물어 그를 난처하게 만든 적도 있었다. 그런데, 그랬던 그가 등을 꼿꼿이 세운 채 서 있었던 것이다.

반듯한 자세로 서 있는 지혁을 보는 건 무척이나 생소한 경험이었다.

저 사람이 원래 저렇게 컸었나.

어둡고 캄캄한 산중엔 작은 불씨들이 어지러이 날아다니고 있었다. 그 사이로 우뚝 서 있는 그의 너른 어깨와 탄탄한 등에는 평소의 유순한 얼굴이나 미소를 떠올릴 수 없을 정도로 섬뜩하고도 압도적인 기운이 서려 있었다.

이상한 기분에 은서는 발소리를 죽인 채 살금살금 그의 등 뒤로 다가가 슬쩍 고개를 빼 위를 올려다봤다.

"오빠……?"

짧은 순간 마주친 지혁의 눈은 꼭 지옥불이 활활 타오르는 듯 강렬하고 오싹해 보였다. 등골을 따라 서늘한 기운이 쫙 흘러내렸다.

처음 보는 모습에 놀란 은서가 겁에 질려 눈을 크게 뜨고 한 발 뒤로 물러서는 순간, 지혁은 씩 웃더니 가슴을 쓸어내리며 핀잔을 주었다.

"깜짝 놀랐잖아. 소심한 사람을 놀리다니. 못써."

"아……, 오빠 방금 그거……."

"응? 뭐가?"

평소처럼 순하게 웃는 지혁의 얼굴은 언제나 그랬듯 서글서글하고 사람 좋아 보일 뿐이었다.

아무래도 안경 렌즈에 반사된 불빛 때문에 착각을 한 모양이었다. 불씨가 날아다니는 것을 보고 짐작했던 대로, 그릴 아래엔 타다 남은 숯불이 벌겋게 불을 밝히고 있었다.

다소 마음을 놓은 은서는 쇼핑백을 내려놓고 코트 소매를 걷어붙였다.

"아무것도 아니에요. 정리하는 거 도와줄게요, 오빠."

"괜찮아. 나 혼자 해도 되니까 넌 민수 형 차로 먼저 내려가."

"방금 다들 출발했어요."

"뭐? 같이 가지 왜 남았어?"

"민정이가 뒷자리에 누워서 가겠다고 고집 부려서요."

"그랬구나. 어쩐지 미안하네."

"아니에요. 전 오빠랑 가는 게 더 좋아요."

"그럼 금방 끝내고 내가 데려다줄게. 추우니까 넌 안에 들어가
서 기다려."

"안은 좀……."

은서의 표정이 어딘지 모르게 어두워졌다.

"왜?"

"응접실에서 지금 우리 아빠랑 오빠네 아빠가 심각한 말씀 나
누고 계셔서요."

서로 막역한 친구이자 오랜 사업 파트너인 차 회장과 서 사장
은 범애제약 경영 문제로 평소에도 크고 작은 다툼을 벌이곤 했
다. 물론 대부분의 다툼은 그날이 다 가기도 전에 각자의 사과로
마무리되었고 트러블 역시 무난히 잘 해결되었지만 요즘 들어 분
위기가 심상치 않았다. 어린 은서의 눈으로 보는 것이니 속 깊은
사정까진 몰라도 두 사람이 어떤 안건을 두고 서로 대립하고 있는
거라는 눈치는 챌 수 있었다.

"저기요, 오빠."

한동안 주저하던 은서는 어렵게 물었다.

"혹시……, 사업이 잘 안 되는 거예요? 요즘 우리 아빠, 밤에도 잘 못 주무시는 것 같고 가끔씩 오빠네 아빠한테 화도 내시는 것 같고……. 혹시 항암제 신약 개발 때문일까요?"

은서의 말에 그릴을 걷어내던 지혁의 손길이 멈칫했다.

"역시 그런 거겠죠? 돈이 많이 들어가는 만큼 잘 벌리질 않아서?"

외환위기에도 굳건히 버텨냈을 정도로 건실했던 범애제약은 야심차게 시장에 내놓은 신제품 프로젝트들이 연달아 실패하는 등 최근 경영 악화에 시달리고 있었다. 차 회장에게 있어선 이런 상황에서 서 사장이 리스크 큰 신약 개발에만 매달리는 게 탐탁지 않을 수밖에 없었다.

"물론 항암제 신약 개발에 많은 돈이 들어가긴 하겠지만, 그래도……, 그래도 어딘가에는 그걸 기다리면서 하루하루 버티는 사람들이 있을 테니까……, 그러니까 그만두지 말았으면 좋겠어요……."

천천히 손을 내민 지혁은 짓궂은 표정으로 은서의 머리를 마구 쓰다듬어 헝클어뜨린 후 부드럽게 말했다.

"넌 아무 걱정 하지 마. 어른들이 다 알아서 하실 거야."

지혁의 다정한 위로에 은서는 다소 안심한 듯 한숨을 내쉬며 머리를 정돈했다.

"오빠."

지혁을 올려다보는 은서의 얼굴이 어느새 붉게 달아올라 있었다. 수줍음이 잔뜩 밴 눈으로 그를 올려다본 그녀가 조심스럽게 말을 이었다.

"오빠. 나, 뭐 하나 물어봐도 돼요?"

"얼마든지."

그릴을 한쪽에 세워두고 숯불을 정리하던 지혁이 바비큐 통 안에서 뭔가를 발견해 집어 들고서 그녀에게 불쑥 내밀었다. 은박지에 싸서 구운 고구마였다.

벙어리장갑을 낀 손으로 받아든 은서는 뜨거운 고구마를 손 안에서 이리저리 굴리며 한참이나 주저하다 마침내 마음을 정했던지 비장한 어조로 물었다.

"저기요……, 오빠 혹시……, 여자친구 있어요?"

"뭐?"

뜨악한 눈으로 한참이나 은서를 내려다보던 지혁은 피식 웃더니 성의 없이 되물었다.

"그걸 네가 알아서 뭐 하게?"

지혁이 은근슬쩍 대답을 피하는 걸 눈치 챘던지, 은서는 그의 소매를 붙잡고 늘어지며 집요하게 물었다.

"있어요? 없어요?"

얼마 전부터 은서가 미묘한 시선으로 자신을 바라보는 것을 지혁 역시 어느 정도는 느끼고 있었다. 한동안 몹시 난처한 표정을 하고 서 있던 지혁은 손을 내밀어 장난스럽게 은서의 인중을 쓱 문질러버렸다. 장갑에 묻어 있던 숯검정이 그녀의 입술 위에다 우스꽝스러운 수염을 남겼다.

"악! 뭐예요! 하라는 대답은 안 하고, 너무해!"

코밑을 문지르며 격하게 항의하는 은서를 짓궂게 바라보던 지혁이 차 키를 불쑥 내밀었다.

"내 차에 물티슈 있으니 그걸로 닦아. 간 김에 시동도 걸어두고."

야속한 표정으로 지혁을 흘겨보던 은서는 딱 그의 체온만큼 따뜻하게 달아오른 키홀더를 받아 쥐고서 의기양양한 어조로 덧붙였다.

"대답 안 하는 거 보니까 없네. 맞죠?"

여전히 아무 대꾸도 없이 뒷정리에만 열중하고 있는 지혁을 바라보던 은서는 환하게 웃었다.

그때, 차 회장과 서 사장이 또 한 번 의견 충돌을 일으켰는지 별장 쪽에서 격한 다툼 소리가 들려 왔다.

은서의 얼굴에서 돌연 웃음기가 가셨다. 금세 눈물이 고인 눈으로 올려다보며 지혁의 소맷자락을 붙잡은 그녀의 손은 가늘게 떨리고 있었다.

"오빠……, 어떡해요."

장갑을 벗은 지혁은 두 손으로 은서의 귀를 막아주며 나직이 속삭였다.

"괜찮아. 걱정하지 마."

은서의 귓바퀴에 닿은 지혁의 손은 조금 전까지만 해도 불 정리를 하고 있던 사람의 그것이라곤 생각할 수 없을 정도로 차디찼다.

"손이 왜 이렇게 차가워요?"

마주보고 있던 지혁이 뭐라고 하는 듯 또 한 번 입술을 달싹였지만 은서에겐 아무 소리도 들리지 않았다. 얇은 안경 렌즈 아래 그의 눈동자 역시 바닥을 가늠할 수 없는 해구처럼 어둡기만 할 뿐, 그 안에선 아무런 감정도 읽어낼 수 없었다.

왠지 불길한 예감이 든 은서는 눈을 돌려 하늘을 바라봤다.

다가올 혼란을 예고하듯, 어느새 까만 밤하늘에 비구름이 꾸역꾸역 몰려오고 있었다.

불길한 예감은 적중했다.

그날 지혁의 차를 얻어 타고 먼저 귀가한 은서는 잠도 자지 않은 채 다음날 새벽녘까지 서 사장을 기다렸지만, 그는 끝내 돌아오지 못했다.

안개길 운전 부주의에 의한 교통사고라고 했다. 사고 당시 생사여부조차 확인할 수 없었다. 인적 없는 국도변의 논바닥에 처박힌 서 사장의 차가 발견된 것은 사고로부터 이미 몇 시간이나 지난 후였다고 했다.

양부의 갑작스러운 죽음을 전해들은 은서는 모든 것이 꿈은 아닌지 혼란스러워졌다. 지금까지의 생이 주마등처럼 그녀의 눈앞을 스쳐 지나갔다.

태어나자마자 한겨울 차디찬 콘크리트 바닥에 버려졌다고 했다. 산부인과가 있는 골목 어귀에서 발견된 여자 아기의 부모는 끝끝내 나타나지 않았고, 저체온증으로 위험한 고비를 넘긴 후 가까스로 목숨을 부지한 아이는 이후 조은서라는 이름을 달고 보육원에서 자라게 되었다.

그랬던 그녀는 여덟 살이 되던 해, 초등학교에 입학한 지 얼마 되지 않았던 봄에 급성 림프구성 백혈병 진단을 받아 또 한 번 맨몸으로 모질고 차디찬 세상 바람에 맞서게 됐다.

병원 생활은 답답하긴 했어도 그리 나쁘지는 않았다. 보육원에서 같은 방을 쓰는 아이들과 책이나 장난감을 놓고 서로 싸우거나 하는 일도 없었고, 만날 고아라고 놀리며 짓궂게 괴롭히는 친구들이 있는 학교에 안 가도 됐으니까. 병원 사람들 모두 친절하고 좋은 사람들이어서 이대로 병원 생활을 계속했으면 하는 철없는 생각마저 들 정도였다.

그러나 그런 속 편한 생각도 그리 오랫동안 지속되진 못했다.

언제부턴가 은서는 하루에 한 번씩 찾아와 그녀의 손을 잡고 내려다보는 보육원 원장이 불편해지기 시작했다. 깊은 사정은 모르겠지만 '아, 내가 이분을 곤란하게 만들고 있구나.' 하는 눈치였다.

은서가 지내고 있던 보육원의 원장은 무척 좋은 사람이었다. 아이들을 포함해 많은 직원들이 그녀를 좋아하고 따랐는데, 그런 사람이 아픈 아이 앞에서 불편한 기색을 보였을 정도로 당시 보육원의 경제 사정은 좋지 않았다. 거기다 암 치료 혜택이 많던 시절도 아니었기에 은서의 치료비 부담은 점점 더 커져가고 있었다.

그러던 어느 날, 문병을 온 원장이 은서의 손을 꼭 잡더니 몹시 주저하다 물었다.

"은서야. 우리, 뭘 좀 해보면 어떨까?"

해보자는 일의 정체를 전혀 몰랐던 은서였지만, 한 가지만은 확실하게 알 수 있었다. 그녀가 지금 그걸 하겠다고 대답하면 원장이 좀 덜 곤란해할 것이란 사실 말이다.

일에 대해 꼬치꼬치 물어보지도 않은 채 냉큼 하겠다고 대답하는 은서의 천진난만한 얼굴을 본 원장은 돌연 그 자리에서 무너지더니 미안하고 또 미안하다며 서럽게 소리 높여 울었다.

무슨 일인지 전혀 알 수 없었던 그 일은 바로 신약 임상시험이었다. 딱한 사정을 아는 담당 의사의 권유로 범애제약의 신약 항암제 2상 임상시험에 지원했던 것이다. 임상시험의 대가로 그녀는 무상으로 신약을 투여받고 치료비 지원도 받을 수 있었다.

그 사람을 처음 만난 건 그 항암제가 들어가기로 한 당일 아침이었다.

태어나자마자 차가운 땅바닥에 버려져 줄곧 고아원 신세를 지고 있었던 은서에게 있어서 그것은 생전 처음 보는, 아주 크고 고급스러운 곰 인형이었다.

보들보들한 갈색 털에 까만 코가 앙증스럽게 달려 있는 그 테디 베어를 안겨주며 괜찮은지를 묻는 중년 남자는 휠체어를 타고 있었다.

어린 은서는 그가 같은 병원 어디에 입원한 환자인 줄만 알고 물었다.

"아저씨는 다리가 아파서 왔어요?"

가볍게 웃음을 터뜨린 그는 고개를 가로젓고서 미소 지으며 대답했다.

"아니. 아저씨는 아주 어렸을 때부터 아팠어. 가난해서 제때 예방주사를 못 맞았거든."

"어? 아저씨도 얘기하지 그랬어요? 여기 병원에서는 공짜로 약 주던데요."

그는 은서의 그 말 한 마디에 무척이나 복잡한 표정을 지었고, 이내 어디 불편한 곳은 없는지 묻고서 이것저것 살뜰하게 챙겨준 후 함께 왔던 사람들을 몰고 돌아갔다.

당시 범애제약의 연구진에게 있어 완벽한 표적 항암제 개발은 기술적으로 아직 무리였다. 그날 아침 투여된 신약 항암제는 곧 암세포뿐 아니라 은서의 멀쩡한 세포들까지 맹렬하게 공격해, 항암제가 들어간 지 반나절도 지나지 않아 그녀는 끔찍한 구토와 사지 경련에 시달리기 시작했으며 이어서 코와 입에서 피까지 쏟기도 했다.

그렇게 힘들 때 곁에 아무도 없다는 것은 어린 나이에 무척이나 견디기 힘든 일이었다. 고통을 달래주는 이가 아무도 없으니 나아야겠다는 의지 같은 것도 생길 리 만무했다. 결국 며칠 만에 은서는 식음을 전폐한 채 가느다란 링거 줄에 의지해 꺼져가는 숨을 붙들고 있는 처지가 되고 말았다.

휠체어를 탄 예의 그 중년 남자가 정기적으로 은서를 찾아오기 시작한 건 바로 그 즈음이었다.

은서가 음식을 거부하는 바람에 기력이 떨어져 치료가 힘들다는 소식을 전해 들었다던 그는 매일 저녁 시간에 신기하고 예쁜 장난감이나 재미있어 보이는 책을 하나씩 들고 와 그녀의 눈앞에다 흔들어 보이며 밥을 다 먹으면 주겠다고 약을 올려댔다. 똥강아지, 똥강아지 하면서 말이다.

완전히 삶아 흐물흐물하고 아무 맛도 없어진 환자식을 꾸역꾸역 먹고 토하고, 먹고 또 토하는 일이 반복되었다. 그래도 그의 따뜻한 체온과 주어지는 상(賞)이 탐났던 은서는 안 먹겠다는 말만은 끝까지 하지 않았다.

잘했다고 등을 토닥여주며 내려다보는 그의 웃는 얼굴은 너무도 다정하고 따뜻했다. 누군지는 모르겠지만 이 사람이 내 아빠라면 얼마나 좋을까. 매일매일 그가 오는 시간이 점점 더 기다려졌고 가버리는 시간이 아쉬워졌다.

안타깝게도, 임상시험은 결국 실패로 돌아가고 말았다.

범애제약의 신약 항암제는 다른 환자에겐 어땠는지 몰라도 은서에겐 듣지 않았다. 전혀 효과를 보이지 않은 채 끔찍한 부작용만 안겨주었을 뿐이었다.

무균실에서 죽음의 고비를 맞이하고 있던 때였다. 은서에게 찾아온 그는 인터폰을 들고서 담담한 어조로 말을 걸어왔다.

"우리 은서, 소원이 뭐지?"

한참이나 물끄러미 그를 건너다보던 은서는 힘없이 답했다.

"아저씨 다리가 낫는 거……."

그 소리에 굵은 눈물 두 줄기가 그의 뺨을 타고 주르륵 흘러내렸다. 그는 고개를 저으며 다시 한 번 물었다.

"아니, 그런 거 말고, 은서가 하고 싶은 것 말이야."

희망과 절망이 뒤섞인 눈빛으로 허공 어딘가를 응시한 그녀는 다 꺼져가는 목소리로 대답했다.

"피아노도 쳐보고 싶고 자전거도 타보고 싶고 놀이공원도 마음껏 가봤으면. 아저씨, 나……, 살고 싶어요……."

말하다 말고 기력이 다해 또 한 번 잠들었다 깨어났을 때, 은서가 마주한 것은 천국의 풍경이 아니었다.

밝은 얼굴의 간호사가 임상시험 중단을 알렸고 대신 지금부터 최고 수준의 집중치료를 받게 될 거라는 소식을 전해줬다. 그 말을 들은 은서는 또 보육원 원장을 곤란하게 만들어선 안 된다고 생각했지만, 다행히도 그런 일은 일어나지 않았다. 완치될 때까지의 치료비는 전액 범애제약의 높은 분이 대기로 했고, 그는 가난한 보육원에도 지원을 해주기로 약속했다고 했다.

그 범애제약의 높은 분이 그 사람, 서종근이었다는 것을 은서가 마침내 알게 된 것은 무균실에서 내려올 때 즈음이었다.

서 사장의 적극적인 지원 하에 은서의 병세는 어느 정도 호전되는 듯했지만, 결국은 2차 관해도 실패했다. 더 이상의 화학 요법은 의미가 없으니 골수이식을 하자는 의사의 말에 은서는 또 한 번 무너졌다. 태어난 순간 차디찬 땅바닥에 버려져 피붙이라곤 아무도 없는 신세였으니 맞는 골수를 찾기 위해 얼마를 기다려야 할지 막막할 뿐이었다.

기약도 없는 골수 이식을 기다리는 동안 서 사장은 회사에서 시간이 날 때마다 은서를 찾아와 계속해서 희망을 주고 끈질기게 손을 붙잡아주었다. 언젠가 다 나아서 병원을 나가게 되면 커다란 피아노와 분홍색 자전거를 사주겠다고 약속했으며 놀이공원에도 꼭 데려가주겠다고 했다.

가장 큰 고비가 다가와 모두가 포기했을 때조차, 그는 다 꺼져 가는 은서의 생명의 불씨를 끝끝내 놓지 않고서 끈덕지게 숨을 불어 넣어주었다.

"우리 똥강아지, 어서 일어나 아저씨 딸 해야지."

기적적으로 맞는 골수를 찾은 것은 그의 지극한 정성 덕이었을 것이다.

골수 이식이 끝나고 은서가 또다시 그 지긋지긋한 무균실에서 한 달 넘게 지내는 동안, 서종근은 가정법원에서 은서의 입양 허락을 받아 왔다.

그렇게 조은서에서 서은서가 된 날, 두 사람은 마주보고 앉아 '거꾸로 읽어도 서은서'라면서 박장대소했다.

거부반응 때문에 몹시 힘들었을 때에도 은서는 오직 그가 곁에 있어준 덕에 견딜 수 있었다.

지긋지긋했던 병원 생활을 털고서 양부(養父)의 손을 잡고 처음 '집'으로 들어갔을 때, 꿈꿔본 적도 없을 정도로 으리으리한 방 안에서는 그랜드 피아노와 분홍색 자전거가 주인을 기다리고 있었다.

믿을 수 없는 기적. 마술 같은 사람.

은서에게 있어서 양부 서종근은 그런 사람이었다. 비록 피는 섞이지 않았어도 그녀를 태어나게 한 소중한 이. 새로운 삶을 선물한, 조물주와 마찬가지의 절대적인 존재였다.

그런 존재를 하루아침에 잃은 것이다. 그러니 그 상실감은 이루 말할 수가 없었다.

검은 상복 자락을 움켜쥐는 은서의 손 위로 파란 핏줄이 불끈 돋아났다.

"내가……, 내가 억지로라도 같이 가자고 졸랐어야 했는데……, 흑, 아니, 거기서 하룻밤 자고 날 밝은 후에 아빠랑 같이 나왔어야 했는데……, 내가 기다리고 있어서 그 새벽길에 억지로 나오셨다가……."

각계 인사들로 이루어진 조문객이 줄을 이어 찾았던 서 사장의 빈소는 새벽이 깊어진 후에야 비로소 한산해졌다. 텅 빈 빈소에서 멍하니 부친의 영정 사진을 올려다보던 은서는 또 한 번 몰려오는 죄책감에 오열했다.

"내 탓이야. 다 내 탓이야……! 으흐흑!"

"은서야, 네 잘못 아니야. 그런 생각 하지 마."

담담한 지혁의 위로에도 전혀 마음은 나아지지 않았다. 나아질 수 있을 리가 없었다.

"내 탓이야……, 내가……, 나 때문에 아빠가……, 흑."

"네 잘못 아니라고. 너, 그렇게 자책하면 앞으로 못 살아."

"이게 뭐예요, 아빠?"

"우리 은서 졸업 선물이지. 어서 풀어봐."

"목걸이네요? 와아, 정말 예뻐요."

"폴라리스란다. 은서야, 북극성은 항상 그 자리에서 빛난다는 걸 알고 있지?"

"네."

"힘든 시절 잘 극복하고 여기까지 온 우리 은서가 아빠 정말 자랑스러워. 이건, 언젠가 네가 인생의 미로 앞에서 방향을 잃거나 지쳐 헤매게 될 때 의지가 되어주길 바라는 마음에서 준비한 거란다. 그러니까 잃어버리면 안 돼."

"고맙습니다. 꼭 소중히 간직할게요, 아빠."

손에 들린 별 모양 펜던트를 내려다보던 은서의 눈앞이 뿌옇게 흐려졌다. 졸업 축하 선물이자 부친의 유품이 되고 만 펜던트는 눈치 없이 새하얗게 반짝거리고 있었다.

"장례식 끝날 때까지만 울어라. 그 후엔 울면 안 돼."

쉴 새 없이 눈물을 툭툭 떨어뜨리는 은서를 내려다보며 지혁은 비장한 어조로 덧붙였다.

"이제 너 혼자니까 맘 단단히 먹어야 해."

이제 혼자.

서 사장에게 입양되어 그와 함께한 시절은 지금까지 살아온 인생의 극히 일부분이었을 뿐, 은서는 태어나면서부터 외톨이였고 죽음이 바로 눈앞까지 다가왔을 때조차 외톨이였다. 그런데 왜일까. 다시 외톨이가 됐다는 사실이 왜 이렇게 견딜 수 없이 괴로운 걸까. 아마도 그동안 양부(養父)에게서 받은 사랑이 너무 컸던 탓이리라.

"무서워요, 오빠……. 나 너무 무서워, 흐흑."

물끄러미 바라보기만 하는 지혁의 앞에서 더욱더 고개를 숙인 은서는 소리 죽여 흐느끼며 조그맣게 중얼거렸다.

"무서워요. 이제 어떡해요. 나 혼자서 어떻게 살아가야 해요. 너무 막막해요."

잔뜩 웅크리고 벌벌 떠는 은서의 작은 어깨를 내려다보던 지혁은 무슨 일인지 몹시 고통스러운 듯 인상을 쓰며 고개를 돌려버렸다.

그때, 잠시 자리를 비웠던 박 여사가 돌아왔다.

"은서야, 너 아직도 이러고 있었어? 가서 눈 좀 붙이라니까."

"아줌마……."

"이러다 몸 상해, 이것아! 산 사람은 살아야지. 너 지금 꼬박 이틀째 곡기도 끊고 잠도 안 잤잖니. 여긴 오빠들한테 지키라고 할 테니까 넌 이제 가서 밥도 먹고 눈도 좀 붙여, 응? 제발 부탁이다, 은서야."

걱정 어린 박 여사의 목소리엔 물기가 잔뜩 묻어 있었다. 그녀가 눈물을 글썽이며 어깨를 토닥여주자 은서는 또 한 번 걷잡을 수 없이 울음이 복받쳤다.

"흐흑. 불쌍한 울 아빠, 가시는 길이라도 제가 끝까지 지킬 거예요."

백짓장처럼 창백한 얼굴에 온통 눈물범벅을 하고 금방이라도 쓰러질 듯 휘청거리면서도 은서는 고집스럽게 자세를 고쳐 앉았다. 작고 가녀린 몸에 걸친 검은 상복은 이 세상에 혼자 남은 그녀를 더욱더 안쓰러워 보이게 했다.

"어쩌자고 이런 핏덩이를 혼자 남겨두고 가셨을까……. 야속하기도 하지……, 흐흑."

박 여사가 손수건으로 눈물을 찍어내며 돌아앉는 순간, 어디선가 차 회장까지 나타나 은서의 손을 굳게 잡고 토닥였다.

"은서야, 앞으로 이 아저씨만 믿어라. 아저씨가 널 돌봐주마. 그 친구 딸이니 넌 내 딸이나 마찬가지야. 네가 행복해야 내가 죽어서 네 아버지 볼 낯이 서지 않겠니."

서 사장의 사고 소식을 전해들은 차 회장은 그 자리에서 혼절했다. 은서의 졸업 축하 파티를 벌인 후 별장에 남아 회사 일로 가벼운 다툼을 했던 게 마지막이 될 거라곤 전혀 생각지 못했던 그는 어린 은서를 대신해 서 사장의 시신을 확인하고 오열하다 또 한번 쓰러지고 말았다. 그 이후 지금까지 차 회장은 나서서 서 사장의 장례 절차를 밟고 자신뿐만 아니라 처자식에게 조문 접객을 하도록 하는 등 친구이자 동업자의 마지막 길을 살뜰히 돌봐주고 있었다.

친족이라곤 한 명도 없어 눈앞이 캄캄했던 은서에게 있어서 차영철 회장 부부는 천군만마보다 더 든든하고 위안이 되는 존재가 아닐 수 없었다. 마치 캄캄한 어둠 속에 한 줄기 빛이라도 되는 듯했다.

"고맙습니다, 아저씨. 고맙습니다."

"고맙긴."

"아저씨……."

울음을 애써 참으며 입술을 깨무는 은서를 차 회장 부부는 계속해서 위로하고 쓰다듬어주었다.

　그 훈훈한 광경을 보고 있던 지혁의 입매가 주의 깊게 보지 않으면 눈치 채지 못할 정도로 슬쩍 비틀렸다. 한동안 말없이 그들을 내려다보고 있던 지혁은 이내 차갑게 돌아서서 자리를 떠버렸다.

2. 혼란의 시작

2004년 2월 28일 오후.

쨍그랑!

범애(汎愛) 제약 회장 저택의 본관 2층에서 작은 소란이 벌어졌다.

회장 사모인 박 여사의 방 한가운데에 가정부 한 명이 쭈그리고 앉은 채, 박살나 널브러진 화병을 쓸어 모아 펼쳐진 신문지 위로 옮겨 담고 있었다.

보름 전 날짜의 조간신문에는 최근 핫이슈였던 범애제약의 공동 창업주 서종근의 장례식, 그리고 거액의 유산을 상속받게 된 양녀 서은서에 대한 기사가 제법 비중 있게 올라 있었다.

[지난 8일 교통사고로 사망한 故 서종근 전(前) 범애제약 사장의 장례식이 11일 오전 11시 40분 충남 천안시 천안공원묘역에서 거행됐다. 장례식은 고인의 딸인 서은서(17) 양과 지인 100여 명이 지켜보는 가운데 한 시간 가량 진행되었다.

1951년 천안에서 출생한 故 서종근은 한국대학교 약학박사 출신으로, 1976년 현(現) 범애제약 대표이사인 차영철 회장과 함께 범애제약을 설립하고 국내 천연물 소재 신약개발에 혁혁한 공을 세운 인물이다. 소아마비로 하반신불수 장애를 갖고 있던 고인은 생전에 소아암 환아(患兒)들에게 각별한 관심을 쏟아 꾸준한 기부와 후원을 이어왔으며, 지난 1997년에는 당시 9세의 나이로 암 투병 중이었던 은서 양을 가정법원의 허락 하에 입양한 바 있다.

한편, 친족도 없이 독신으로 지냈던 고인의 유산은 대주주로 있던 범애제약과 범애 홀딩스의 주식 수십만 주와 부동산, 그리고 보험금 등을 포함해, 확인된 것만 이미 수백억에 달하는 것으로 알려져 있다. 유일한 상속자인 은서 양이 미성년자인 데다 고인이 생전에 유언장도 작성하지 않았던 것으로 알려져 상속된 유산의 행방에 시선이 쏠린 가운데, 어제인 16일 법원은 범애제약의 차영철 대표이사를 은서 양의 법정 후견인으로 선임했다. 고인과 생전에 각별했던 차영철 회장이 후견인으로 자원했던 것으로 밝혀졌는데, 이는 故 서종근 전(前) 사장의 사망 소식이 공식 보도된 지난 9일 새벽 이후, 고아 출신으로 충남 모 보육원에서 자라왔던 은서 양의 친부모를 자처하고 나선 이들이 줄을 이어 은서 양이 혼란에 빠진 것을 안타까운 처사라고 알려져 있다.

차 회장은 차후 故 서종근 사장의 유산 일체를 재단에 신탁한 후, 은서 양이 성인이 될 때까지 아무런 조건 없이 후원을 맡기로 해……]

"아이, 머리야. 머리가 깨질 것 같아."

올해 51세의 박영자는 적당히 살진 몸에 후덕하고 인자한 얼굴의 소유자였는데, 무슨 일인지 낮잠을 자고 일어난 그녀의 얼굴은 평소답지 않게 몹시 예민해 보였다.

"지금 몇 시지? 파주댁, 우리 민수 좀 불러와요."

장남인 민수를 찾는 박 여사에게 가정부는 조심스럽게 고개를 들고 대답했다.

"민수 도련님 퇴근 시간 아직 멀었는데요."

"그럼 민정이라도 불러요."

"민정이 아가씨는 오전에 나가서 아직……."

"계집애가 밤낮 없이 어딜 쏘다닌담? 그것 빨리 치우고 전화해서 들어오라고 해요."

시커멓게 그늘진 눈밑 살과 성형수술 후 부기가 채 빠지지 않은 아랫입술은 그녀가 짜증을 내며 힘없이 투덜거릴 때마다 부자연스럽게 씰룩거리고 있었다.

가정부가 대답하고 나가려는 순간 노크 소리와 함께 문이 열리더니 차남 지혁이 안으로 들어섰다.

"어머니, 무슨 일이세요?"

선(善)한 인상의 지혁이 그 얼굴만큼이나 순한 어조로 부드럽게 안부를 묻자 방 안의 경직됐던 분위기가 조금 누그러졌다.

침대에서 내려온 박 여사는 비척비척 걸어가 소파에 앉은 후, 테이블 위에 놓여 있던 진통제 병뚜껑을 돌려 열고서 길쭉하고 하얀 정제 두 알을 손바닥 위에다 털어놓았다.

방 안을 둘러본 지혁은 무슨 일이 있었는지 금세 눈치 챈 듯 재빠르게 테이블로 다가와 유리컵에다 물을 따라 박 여사에게 건넸다.

"머리가 또 아프세요?"

지혁이 건넨 물로 진통제를 삼킨 박 여사는 지친 표정으로 그의 얼굴을 건너다봤다.

항상 서글서글한 웃음을 띤 얼굴이지만 얇은 안경 렌즈에 가려진 지혁의 눈동자는 바닥이 보이지 않을 정도로 깊어, 가끔은 스물세 살밖에 안 된 이 새파란 녀석이 무슨 생각을 하고 있는지 전혀 알 수 없을 정도였다.

박 여사는 지혁에게 주었던 시선을 애써 거두며 애처롭게 중얼거렸다.

"평소 안 자던 시간에 낮잠을 잤더니 그런가 보다. 걱정할 것 없어. 은서 짐 정리는 끝났니?"

"거의 다 된 것 같아요."

서종근 사후(死後) 정확히 20일째 되는 날인 오늘 오전, 은서는 부친과 함께 살던 집에서 짐을 모두 빼 차 회장의 저택으로 옮겨왔다.

"아아, 머리야."

창문을 꼭 닫아놓았건만 별채에서 들려오는 피아노 소리는 꽤나 컸다. 오전 내내 피아노 조율하는 소리에 이어 난해한 멜로디까지, 예민한 박 여사의 두통을 유발한 게 뭔지 알고도 남았다.

"어머니, 이틀 전에도 약 드셨잖아요."

"내가…… 그랬던가?"

걱정 가득한 지혁의 물음에 기억을 더듬어본 박 여사는 과연, 이틀 전 장남 민수의 일로 차 회장에게서 잔소리를 들은 후 지독한 편두통을 앓았던 것을 떠올렸다.

"검사라도 한번 해보세요. 계속해서 두통에 시달리시잖아요."

안타까워 못 견디겠다는 표정의 지혁을 물끄러미 바라본 박 여사는 그제야 부드럽게 웃음을 지으며 대꾸했다.

"괜찮다. 조금 아프고 말겠지."

"아니에요. 말 나온 김에 지금 김 선생님한테 전화 드리고 병원에 모셔다 드릴게요."

지혁은 소파에서 일어나 박 여사의 곁으로 옮겨 앉으며 한사코 고집을 부렸고, 그런 그를 보는 그녀의 눈동자에 잠시 복잡한 감정이 스쳤다. 민수고 종민이고 민정이고 모두들 제 일에만 바빠 어미는 뒷전인데 지혁만은 그동안 한결같이 박 여사의 곁을 지키고 있었다.

박 여사는 천천히 손을 내밀어 지혁의 등을 어루만졌다.

"지혁아."

"네, 어머니."

박 여사가 천천히 손을 놀려 쓸어주는 동안, 지혁의 구부정한 등은 전혀 미동도 없었다.

"난 정말 괜찮다니까. 걱정 마라."

"그럼 별채에 건너가 있을 테니 조금이라도 안 좋으시면 언제든지 말씀하세요."

마치 잘 길들여둔 개처럼 온순한 태도, 세상 누가 또 이렇게 살 가울까 싶을 정도로 달콤하고 다정한 어조. 박 여사는 자식들이 모두 지금의 지혁처럼 자라줬다면 아무 걱정도 없을 텐데, 하고 아쉬운 기분이 들었다.

　　"그래. 누가 뭐래도 너밖에 없구나."

　　"새삼스럽게 무슨 말씀이세요."

　　지혁을 바라보는 박 여사의 얼굴에 더없이 만족스러운 미소가 번졌다.

　　피아노 선율은 방 다섯 칸짜리 2층 별채를 울림통 삼아 쩌렁쩌렁하게 퍼지고 있었다.

　　이전까지 창고로 쓰였던 서쪽 구석방은 커다란 침대와 흰색 야마하 그랜드피아노가 공간의 대부분을 차지하고 있었고, 미처 정리하지 못한 짐들이 여기저기에 널브러져 있는 바람에 과장을 좀 보태자면 발 디딜 틈이 없을 정도였다.

　　은서는 오후 햇살이 쏟아지는 창가에서 입구를 등지고 앉아 발랄한 멜로디의 쇼팽 에튀드 Op. 25-9 '나비'를 연습하고 있었지만 안타깝게도 은서의 연주는 마치 물먹은 솜을 질질 끌고 가는 듯 무겁고 지치게 들렸다. 그 안에서 가벼움이나 익살스러운 매력은 도저히 찾아볼 수가 없는 것이, 그녀가 불안한 기분을 떨치기 위해 억지로 노력 중이라는 것이 그대로 전해져왔다.

　　지혁은 굳은 표정으로 한동안 은서의 뒷모습을 바라보고만 있었다.

빤히 바라보는 시선을 느꼈던지, 은서가 문득 뒤를 돌아봤다.

바뀐 환경 탓이었을까, 아니면 모진 일을 겪고서 갑자기 성장하기라도 했던 걸까. 검은 원피스를 입고 말간 낯으로 쳐다보는 열일곱 살 계집애는 이전과 달리 아찔할 정도로 묘한 분위기를 풍기고 있었다. 처음엔 그저 애처로움인 줄로만 알았으나 그게 아니었다. 한창 나이 사내의 시각과 후각을 한껏 자극하는, 묘하게 유혹적인 그 느낌은 색기에 가까웠다. 그녀의 말마따나 더 이상은 코흘리개 애송이가 아니었다. 바지 포켓 속에 찔러 넣어둔 지혁의 손이 저도 모르게 단단한 주먹으로 변했다.

"오빠."

아무 대답이 없자, 은서는 붉고 선명하게 도드라진 입술로 그를 다시 불렀다.

"지혁 오빠."

복잡한 눈으로 물끄러미 그녀를 바라보고만 있던 지혁은 평소처럼 부드러운 미소를 짓고서 물었다.

"짐 정리 다 했어?"

"아직요. 피아노 조율 잘 됐는지 확인해보고 있었어요."

"방 치우는 것 좀 도와줄까?"

"아, 아니에요. 괜찮아요."

얼굴을 붉히며 손사래를 치던 은서는 뒤늦게 뭔가를 눈치 챘던지 눈을 동그랗게 뜨며 물었다.

"아! 혹시 연습하는 소리, 시끄러운가요?"

"시끄러운 건 아니지만 어머니가 요즘 몸이 좀 안 좋으셔. 두통 때문에 힘들어하시는데, 조율 이상 없는 거 확인했으면 오늘은 좀 쉬는 게 어때?"

지혁의 다정하고 친절한 충고에 은서는 서둘러 자리에서 일어나 건반 뚜껑과 상판을 닫았다.

"죄송해요. 조심할게요."

"아니야. 평소엔 괜찮으니까 집에서 했던 것처럼 편하게 연습해. 우리 가족 다들 클래식 좋아하거든."

"네."

"기운 내라."

위로를 전한 후 곧장 뒤로 돌아 그 자리를 뜨려던 지혁은 이내 부르는 소리에 걸음을 멈추었다.

"오빠."

은서는 지혁의 뒷모습을 가만히 바라보다 담담한 어조로 말을 이었다.

"또다시 혼자가 돼서 정말 막막했어요. 아저씨랑 아줌마가 받아주지 않으셨다면 정말 힘들었을 거예요. 그치만 이젠 괜찮아요. 여긴 오빠네 가족들도 있고 든든한 오빠도 있으니까. 그러니까나, 힘낼게요. 이제 안 울게요."

아무런 대꾸도 하지 않고, 심지어 뒤도 한 번 돌아보지 않은 채 지혁은 그저 구부정한 등을 보이고 서 있기만 할 뿐이었다.

"정말 고마워요, 오빠."

그 말에 마침내 천천히 뒤를 돌아본 지혁이 의미심장한 웃음을 짓더니 툭 내뱉었다.

"고맙다는 말 그렇게 쉽게 하는 거 아니야."

마치 텅 빈 우물 밑바닥에서 울리는 메아리처럼 공허하게 느껴지는 목소리였다. 은서는 문득 그날 밤 별장에서 지혁의 뒷모습을 봤을 때 맞닥뜨렸던 기묘한 느낌을 떠올렸다.

"오빠……?"

그가 자리를 뜬 이후로도 이상한 기분은 쉽게 떠나질 않아, 그녀는 닫힌 문을 꽤 오랫동안 멍하니 바라보고 있었다.

"정말 오랜만에 한자리에 모인 것 같구나."

차 회장의 저택 본관 응접실에 온 가족이 둘러 앉아 다과를 들고 있었다.

인자한 미소를 짓고 있는 박 여사, 따분한 표정의 민수, 서글서글하게 웃고 있는 지혁, 멋들어진 헤드폰을 낀 채 딴청부리고 있는 종민, 뭐가 그리 마음에 안 드는지 연방 입을 삐죽거리며 툴툴거리는 민정을 눈으로 죽 훑은 차 회장은 시선을 돌려 은서를 바라봤다.

무릎을 모으고 다소곳이 앉아 있던 은서는 차 회장과 눈이 마주치자마자 환하게 웃어 보였다. 부친을 잃은 지 20일 남짓, 아직 슬픔에서 다 벗어나진 못했겠지만 어느 정도 기운은 차린 듯해 보였다.

"우리 은서, 방은 마음에 드니? 급하게 도배하고 가구 준비한다고 미흡한 점이 있었을지도 모르겠구나."

"아늑하고 좋긴 한데…… 조금 추워요."

은서가 어렵게 말을 건네자 차 회장은 민망할 정도로 대뜸 박 여사에게 호통을 쳤다.

　"애 방이 춥다는데 당신은 집에서 그런 거 신경 안 쓰고 뭐 하는 거야!"

　"맨 끝이기도 하고 오랫동안 안 쓰던 방이라 그런가 봐요."

　"어서 사람 불러다 고쳐줘! 안 그래도 몸도 약한 애 감기라도 들면 어쩌려고 그래?"

　필요 이상으로 목소리를 높이는 차 회장과 몹시 쩔쩔매는 박 여사를 보고 주눅이 든 은서는 손을 내저으며 덧붙였다.

　"아, 아니에요. 저녁 무렵엔 살짝 따뜻해지는 것 같았어요. 너무 신경 안 쓰셔도 돼요."

　"너도 이제 우리 가족의 일원이니 그런 말은 말거라. 필요한 게 있거든 언제든 아줌마 아저씨한테 말하고, 그저 엄마 아빠다 생각하면서 편하게 대해. 알겠지?"

　차 회장의 말이 끝나기도 전, 박 여사의 찻잔 받침이 테이블에 부딪치며 신경에 거슬리는 소리를 냈다.

　"너희들도 마찬가지다. 친남매처럼 서로 우애 깊게 잘 지내도록 해라."

　차 회장의 말에 착실하게 대답한 사람은 장남 민수와 차남 지혁뿐이었다. 종민은 여전히 헤드폰에서 흘러나오는 음악에 귀를 기울이며 삐딱한 태도를 보이고 있었고 민정은 입을 한 발이나 내밀며 대꾸했다.

　"우애는 무슨 우애. 이런 고아 년이랑 같은 집에서 살게 되다니, 안 그래도 식구 많아 복작거려 죽겠는데…….”

“네가 우리 때문에 불편하다니, 지나가던 개가 웃겠다. 위아래도 모르고 제멋대로 휘젓고 다니는 주제에.”

민수가 피식 웃으며 핀잔을 주자 민정은 발끈하며 빈정거렸다.

“어머, 오빠는 꼭 뭐나 아는 것처럼 말한다? 일주일에 이틀이라도 집에서 잔 적이나 있어? 허구한 날 외박이면서. 어제도 안 들어왔지? 아니, 이틀 연속이었던가? 어젠 누구네 집에서 잤어? 그제 잤던 여자랑 같은 여자야?”

“야!”

얼굴이 벌게진 민수가 민정의 말을 끊고서 사납게 노려보자 차 회장이 한심하다는 표정으로 끼어들어 둘을 말렸다.

“그만들 좀 해라. 어째 너희는 세월이 흘러도 그렇게 철이 안 드는지 모르겠다. 쯧쯧. 저것들은 대체 누굴 닮았는지.”

그 소리에 박 여사의 매끈했던 미간이 종잇장 구겨지듯 우그러들었다.

“여보. 특별히 더 하실 말씀 없으시거든 애들 이만 건너가 쉬게 해주세요.”

응접실의 벽시계를 올려다보고 시각을 확인한 차 회장은 고개를 끄덕였다.

남매들이 차례차례 방을 떠나고 마지막으로 은서가 나가려 하는데 갑자기 차 회장이 은서를 불렀다. 뭔가 중요한 할 말이라도 있는 듯 진지한 표정이었다.

"은서는 잠깐 남아서 나랑 얘기 좀 하자. 여기 앉거라."

"네, 아저씨."

"너, 인감도장 지금 가지고 있지?"

"인감도장이라면……, 네. 그런데 갑자기 그건 왜요?"

"그것, 며칠 안에 김 변호사 편에 맡겨라."

은서가 눈을 동그랗게 뜨고 건너다보자 차 회장은 사람 좋은 웃음을 지어 보이며 덧붙였다.

"어려운 사람들을 돕는 건 네 아버지 특기였지. 그 친구 생전 뜻을 받들어 재단을 설립해 유산 일체를 신탁하긴 했다만……, 너는 이제 어쩔 거냐."

"저야 뭐, 전에 아빠가 제 앞으로 해주신 부동산이랑 주식이……."

은서의 대답에 차 회장은 역시 어린애로군, 하는 표정으로 몹시 안타깝게 말을 이었다.

"아저씨가 네 후견인으로 있을 수 있는 건 네가 성인이 되는 날까지만이야. 그 후엔 네가 오롯이 네 힘만으로 평생 살아가야 하는데, 그 재산만 가지고 되겠니? 지금이야 네가 어리니 그게 큰돈처럼 보이지만 앞으로 인생이 얼마나 길어? 네 앞으로 된 재산을 안전하게 투자해 크게 불려줄 테니 나중에 네가 커서 독립할 때 들고 나가거라. 내가 죽어서 네 아버지를 떳떳하게 볼 수 있으려면 그 방법이 최선이라 생각한다."

뭔가 크게 와 닿기는 하는데, 어쩐지 형체 없는 안개를 보는 것처럼 흐릿하게 들리기도 했다. 현재 은서 본인 명의로 되어 있는 재산은 평생 흥청망청하며 살 수 있을 정도까진 아니었지만 그렇다고 해서 그리 적은 액수도 아니었다.

"아……."

은서는 짧은 시간 동안 깊은 갈등에 빠졌다. 이 아무도 없는 세상에서 유일하게 손 내밀어준 차 회장 부부를 못 믿는 건 아니었으나 부친이 다른 누구도 아닌 은서의 손에 직접 쥐여주었던 재산이었기 때문에 그렇게 쉽게 결정할 수가 없었다.

"혹시 아저씨가 떼어먹을까 봐 그러니?"

"아니, 아니에요! 그럴 리가요! 그런 건 아니지만……."

"걱정하는 게 당연하지. 하지만 돈이라면 아저씨도 많단다. 나는 네 코 묻은 돈 탐낼 정도로 궁한 사람이 아니야."

지금껏 곁에서 미동도 없이 앉아 있던 박 여사가 조심스럽게 덧붙였다.

"은서야, 네가 회장님 아니면 누굴 또 믿겠니. 우리 회장님은 법 없이도 사실 분인데."

"허허, 당신이 그렇게 얘기하면 얘가 우릴 더 못 믿잖소. 그럼, 이 문제는 시간을 두고 천천히 생각해본 후에 얘기하자꾸나."

"그래. 아직은 혼란스러울 거야. 우리 은서, 마음 정하면 그때 편하게 맡기렴."

껄껄 웃어넘기는 차 회장과 부드럽게 다독이는 박 여사를 마주한 은서는 괜히 은인들을 의심하는 것 같아 몹시 미안하기도 했지만 한편으론 불안하기도 했다.

본관을 벗어나 밖으로 나온 은서는 까만 밤하늘을 올려다봤다.

두꺼운 구름에 가려진 하늘 어디에서도 별은 보이지 않았다.

- 지혁이 잠깐 나오너라. -

갑작스러운 문자를 받고 별채 밖으로 나온 지혁은 나이트가운 차림으로 정원 잔디밭에 서서 담배를 꺼내고 있는 차 회장 곁으로 다가갔다.

"아버지, 추운데 왜 나와 계세요?"

"바람 좀 쐬고 싶어서."

"답답하세요? 드라이브라도 시켜드릴까요?"

지혁의 다정한 물음에 차 회장은 감동한 눈으로 그를 건너다보다 이내 고개를 저으며 중얼거렸다.

"참으로 아까운 사람이 갔어."

지혁은 생전의 서종근을 떠올리며 씁쓸한 눈으로 하늘을 바라봤다.

차 회장의 입에서 뜬금없는 소리가 흘러나온 것은 그때였다.

"지혁아, 우리가 쟤를 저렇게 놔둬서야 되겠니?"

"누굴요?"

"은서 말이다."

갑자기 나온 은서 이야기에 지혁의 표정이 미묘하게 굳었다.

"은서가 왜요?"

"아무것도 모르는 아이니 앞으로 살 길은 마련해줘야지."

"어린애도 아니고 이미 다 큰 애인데요. 자기 살 길은 자기가 알아서 찾는 거죠."

그 소리에 차 회장이 의외라는 듯 놀란 눈으로 지혁을 돌아보며 말했다.

"허, 다른 사람도 아닌 지혁이 네가 그런 소릴 다 하다니, 별일이구나."

지혁이 약간 당황한 기색을 보이자 차 회장은 인자한 미소를 지으며 말을 이었다.

"철이 든 줄 알았는데 아직도 멀었어. 그렇게 박정하게 구는 거 아니다. 제 앞으로 된 얼마 되지도 않는 재산, 누구 꼬임에 넘어가 사기라도 당하면 큰일이지. 만약 은서가 그리 된다면 내가 먼저 간 친구에게 큰 죄를 저지르게 되는 것 아니겠니."

무슨 뜻인지 생각하는 듯 아무 말 없는 지혁에게 차 회장은 조곤조곤한 어조로 말을 이었다.

"내가 그 애의 재산을 위탁받아 투자를 좀 해서 불려줄 생각인데, 애가 아직 상 치른 지 얼마 안 돼서 나를 이상하게 생각할 수도 있을 것 같아. 그래서 말인데, 지혁이 네가 은서랑 친하지?"

"아……, 네."

"잘 달래서 인감도장 좀 받아 오거라."

"은서 인감도장을요?"

"그래. 재산 착실하게 불려서 애 독립시킬 때 쥐여줄 생각이다."

잠시 주저하던 지혁이 고개를 끄덕이며 순순히 대답했다.

"네. 제가 얘기해볼게요."

"지혁아, 내가 남에게 베푼 건 그대로 다시 돌아오는 법이니 항상 덕을 쌓으며 살아야 한다."

그 말에 말문이 막히기라도 한 듯 지혁은 입을 굳게 다물고 웃으며 고개만 끄덕였다.

이윽고 손에 들고 있던 담배를 입에 문 차 회장은 몸 여기저기를 뒤지다 낮게 혀를 찼다. 라이터를 안 가지고 나온 모양이었다.

"아이고, 불이 없네. 쯧쯧."

잠시 주저하던 지혁이 제 포켓에서 플라스틱 라이터를 꺼냈다.

"제가 붙여드릴게요."

"응? 웬 라이터니? 넌 담배도 안 피우잖아."

의아한 표정으로 건너다보는 차 회장에게 담뱃불을 붙여준 지혁은 머쓱한 웃음을 보이며 대답했다.

"아버지가 라이터 자주 잃어버리시잖아요. 그래서 몇 개 사서 들고 다녔어요."

"세상에나. 이런 효자가 어디 있을까. 역시 우리 지혁이밖에 없구나."

차 회장은 잔뜩 감동한 듯 지혁의 어깨를 툭툭 두드려주며 생각에 잠겼다.

입 안의 혀처럼 군다는 말을 그림으로 그려낸 것 같은 성격이랄까. 필요한 것을 너무도 잘 알고 적재적소에 나타난다. 부모 말에 한 번도 싫다, 아니다, 부정의 말을 해본 적도 없다. 하나를 가르치면 열을 알고, 국내 최고 대학의 경영학부에 수석 입학한 수재이면서도 늘 겸손하다. 어떻게든 군 면제를 받기 위해 안간힘을 썼던 장남 민수와는 반대로 군에 자원입대해 성실하게 만기 제대했다. 욕심만 앞서고 늘 여자 문제로 골머리를 썩이게 하는 민수나 아예 집에서 내놓은 삼남 종민과는 달리 사고 한 번 친 적도 없어, 도무지 입 댈 구석이라곤 없는 녀석, 그게 바로 지혁이었다.

그런 지혁을 볼 때마다 차 회장은 몹시 안타까운 생각이 들었다. 이 녀석이 사내다운 야망과 오기만 가진다면 금세 두각을 나타낼 수 있을 텐데. 아쉽게도 지혁은 언제나 웃는 얼굴에 때론 비굴할 정도로 유순했다. 야망이나 오기를 담을 그릇이 결코 아니었다.

"지혁아. 너, 앞으로 어쩔 셈이냐."

"네?"

"정말 이 아비 뒤를 이을 생각 없느냐 말이다."

"형님이 있잖아요."

"민수 그 녀석이 영 미덥지 않아 하는 소리야. 너도 잘 알잖니. 입사하자마자 내가 상무 자리에 앉혀줬는데, 그 자식, 3년이 지난 지금에도 뭐 하나 제대로 해내는 일이 없어. 머리가 멍청해 이해도 느린 주제에 가르쳐주면 배울 생각이라도 해야지, 시간만 나면 계집애들 뒤꽁무니만 쫓아다니는데 어디 앞으로 믿고 맡길 수나 있겠니?"

회사 이야기만 나오면 지혁은 꿀 먹은 벙어리가 되곤 했다. 분명 생각이 있는 듯한 눈치를 보이면서도 조개처럼 입을 다물어버리는 것이다.

지금까지 그랬던 것처럼 또 한 번 지혁이 말을 아끼고만 있자 차 회장은 몸이 달 대로 달아 다시 한 번 물었다.

"졸업 후 계획이라도 있을 거 아니냐. 그렇게 부끄러워 말고 아비한테 한번 털어놔봐."

한참 동안 주저하던 지혁은 결국 끝까지 입을 다물어 차 회장을 잔뜩 안달 나게 만들었다.

"아직 고민 중이에요. 결정하는 대로 아버지께 먼저 말씀드릴게요. 죄송합니다."

아쉬운 표정으로 입맛을 쩍 다신 차 회장은 길게 한숨을 내쉬고 말했다.

"신중한 것도 좋지만, 사내라면 기회가 왔을 때 저돌적으로 밀어붙이는 힘도 필요한 법이란다."

"죄송합니다."

"뭐, 타고난 성질이 그리 순한 것을 어쩌겠니. 네가 죄송할 것까진 없지. 언제든 마음 정하면 알려다오."

"네, 아버지."

차 회장은 지혁의 어깨를 두어 번 두드린 후 자리를 떴다.

부친의 뒷모습이 멀어지는 것을 가만히 바라보고 서 있던 지혁은 그가 시야에서 완전히 사라지자 들고 있던 라이터를 잔디밭에다 툭 내던졌다. 부드러운 미소를 지으며 라이터를 내려다본 그는 이내 발을 들어 그것을 누르고 마치 더러운 오물이라도 되는 듯 지근지근 밟아버린 후 걸음을 떼었다.

밤이 깊어지자, 사위(四圍)는 쥐 죽은 듯 고요해졌다.

은서의 방은 난방에 문제가 있는 게 확실했다. 늦은 밤이 되어도 방바닥은 미지근해지지도 않았다. 싸늘한 냉기에 코끝이 다 시렸지만 차 회장 부부 사이에 또 한 번 괜한 트러블을 만들고 싶진 않았던 은서는 날이 밝은 후에 박 여사에게 다시 한 번 이야기해보기로 마음먹고 옷을 단단히 껴입은 후 일찍 잠자리에 들었다.

그러나 불을 꺼도 잠은 전혀 오지 않았고 시간이 지날수록 눈은 점점 더 말똥말똥해졌다.

얼음장처럼 차가운 침대에 웅크리고 누워 어두운 허공을 뚫어져라 쳐다보던 은서는 마침내 잠자는 것을 포기하고 천천히 몸을 일으켜 새벽 3시를 가리키고 있는 시계를 확인했다.

잠이 안 오는 건 추운 방 때문일까, 자리가 바뀌어서일까, 아니면 또 다른 이유 때문일까.

몸을 한 번 부르르 떤 그녀는 끌어안은 무릎 위에다 이마를 기대고 가만히 눈을 감았다.

아주 작은 소리가 들린 것은 바로 그때였다.

귀를 잔뜩 기울이고서 집중하지 않으면 전혀 들리지 않을 정도로 조용한 그 소리는 누군가의 발소리로 들렸다.

싸늘한 방바닥을 살금살금 딛고서 문 쪽으로 다가간 그녀는 온 정신을 귀에다 집중해 바깥의 소리를 들어보았다.

은서의 방 입구 바로 왼편에는 옥상으로 향하는 계단이 나 있었다. 오후에 가슴이 답답해 올라가보려 했지만, 평소에는 전혀 사용하지 않는지 옥상 문은 커다란 자물쇠로 꽉 잠겨 있었다. 희미한 발소리는 바로 그 옥상계단을 따라 이어진 후 이내 딱 끊겼다. 달칵거리는 소리, 그리고 오래된 경첩이 내는 아주 작은 마찰음까지 연이어 들려왔다.

누굴까, 이 시간까지 잠을 이루지 못하는 불면의 동지는. 호기심을 이기지 못한 은서는 고양이처럼 발소리를 죽인 채 방을 빠져나와 계단을 올라가봤다.

의심했던 대로 옥상 출입문은 자물쇠가 풀린 채 살짝 열려 있었으며, 열린 문틈으로 살을 엘 듯 차가운 밤공기가 새어들고 있었다.

들키지 않도록 몸을 숨기고 조심스럽게 밖을 내다보니 남자로 보이는 한 사람이 이쪽을 등진 채 하늘을 올려다보고 서서 담배를 피우고 있었다.

이 집 삼형제 중 담배를 피우는 사람은 장남 민수와 삼남 종민이었다. 그렇지만 그들은 둘 다 저렇게 키가 크지 않았고, 아까 별채로 돌아오자마자 약속이라도 한 듯 곧바로 외출한 후 아직까지 귀가하지 않았다.

누군지 알 수 없는 남자의 뒷모습에 덜컥 겁을 집어먹은 은서는 서둘러 다시 방으로 돌아갔다.

잔뜩 웅크린 채 이불을 둘러쓰고서 어서 이 추위와 어둠이 지나가기만을 빌었지만, 여전히 잠은 오지 않았고 밤은 너무도 길었다.

3. 가면(假面)의 밤

　"종민 오빠아!"

　민정이 호들갑을 떨며 소리를 지르는 바람에 별채 식당이 떠나갈 듯했다. 데운 우유 한 잔으로 간단히 아침식사를 때우려 했던 은서는 듣기 싫게 쨍쨍 울리는 민정의 목소리에 얼마 없던 그 입맛마저 가시는 기분이었다.

　"넌 아침부터 기운도 좋다."

　올해 스물두 살의 종민은 대학 진학을 일찌감치 포기하고 홍대 앞에서 작은 클럽을 운영하고 있었다. 막내인 민정은 콧수염을 멋들어지게 기르고 화려한 차림을 즐기며 록 그룹 활동을 하는 등 무척 자유분방한 스타일의 그를 다른 오빠들보다 유독 더 따랐는데, 가끔은 그 정도가 심해 집착으로까지 보일 정도였다.

　"언제 들어왔어?"

　"일곱 시쯤."

　"일곱 시면 조금 전이잖아. 술 먹고 꽐라 된 거 아니야?"

　"머리 좀 쓰고 살자. 꽐라 됐으면 이 시간에 들어올 수나 있었겠냐?"

"아, 그러네. 그럼 뭐 하다 그렇게 늦었대? 혹시…… 여자랑 있었어?"

"내가 여자랑 있든 남자랑 있든 네가 무슨 상관인데?"

"가게에 새로 들어온 알바 년? 아아, 짜증 나! 그년이랑 놀지 말라니까, 오빠아!"

"아침부터 입에 걸레를 물었구만. 밤새 연습실에 있었다. 오버하지 마."

그 소리에 민정이 반색하며 종민의 팔에 달랑 매달렸다.

"헤에, 그래? 맞다. 다음 주에 공연이라고 했지? 꽃다발 들고 보러 갈게, 오빠."

"미성년자는 입장 불가다."

"에이, 오빠가 사장인데 설마 안 들여보내주겠어?"

"어린 게 까져가지고."

"흥. 안 어리다, 뭐."

"그런데 형들은 왜 안 보여?"

"민수 오빠도 새벽에 들어왔는지 늦잠이네. 지혁 오빤 씻고 있는 것 같고."

"그래?"

민정과 이런저런 대화를 주고받으며 자리에 앉은 종민은 6인용 식탁 한쪽 구석에 조용히 앉아 있는 은서를 힐끗 쳐다봤다. 비스크 인형처럼 아름다운 모습에 뺏긴 시선을 도로 찾아오기가 힘들 정도였다.

종민의 시선을 눈치 챘던 듯, 민정은 입술을 씰룩거리면서 툴툴거렸다.

"안 그래도 좁아 죽겠는데 웬 거지까지 들어와가지고……."

"야, 차민정! 너 그게 무슨 실례되는 소리야!"

종민이 거칠게 이름을 부르며 힐난하자 민정은 얌전히 입을 다물면서도 분한 표정으로 은서를 흘겨봤다.

그때 지혁이 반갑게 아침인사를 하며 식당 안으로 들어섰다.

"좋은 아침."

식사를 마친 후 바로 나가려는지 지혁은 외출복 차림이었는데, 다소 유행 지난 옷과 재미없는 디자인의 금제 프레임 안경, 습관인 듯 구부정하게 움츠린 어깨와 시종일관 사람 좋아 보이는 미소가 그의 비굴해 보이는 인상을 한층 더하고 있었다. 골목에서 불량학생들에게 괴롭힘 당하기 딱 좋은 스타일, 만화로 그린 듯 비현실적인 모범생 이미지랄까.

"오빠, 어디 가?"

"학교."

"오늘 쉬는 날인데 강의 있어?"

"아니. 도서관 가려고."

"공부가 그렇게 좋아?"

식탁에 앉은 지혁은 빵 한 조각과 버터나이프를 집어 들며 부드럽게 대답했다.

"내가 할 일이라고 그것밖에 더 있니?"

"아아, 재미없어라. 그리고 부탁이니까 그 옷이랑 안경 좀 어떻게 해봐."

"편하고 좋은데 왜."

"하아. 지혁 오빠랑 얘기하고 있으면 나까지 촌스러워지는 것 같다니까. 지겹다, 지겨워. 뭐, 그건 됐고, 나 어제 네일 다시 받았어. 짠! 어때?"

"오, 색깔 곱네."

"악! 어쩜 표현까지 그렇게 구리냐! 진짜 스물세 살 맞아? 종민 오빠! 오빠가 지혁 오빠 코치 좀 해줘! 이대로 놔두면 지혁 오빤 평생 연애도 못하고 독거노인으로 죽을 거야!"

지혁과 민정이 가벼운 대화를 나누는 것을 물끄러미 건너다보던 종민은 별안간 몸서리를 치고 말았다. 민정의 손톱 매니큐어 때문이었다. 아무것도 모르는 표정으로 지혁과 수다를 떠는 민정의 새빨간 손톱에선 곧이라도 선혈이 뚝뚝 떨어질 것만 같았다.

"아아, 우욱……."

불현듯 오래전의 공포를 떠올린 종민은 끔찍한 현기증을 느끼는 바람에 스푼을 내려놓고 잠시 눈을 감았다. 심장은 터질 듯 요동치고 급격하게 혈압이 치솟았다.

"잘 먹었습니다."

은서가 빈 컵을 들고 자리를 뜨려 하자 종민은 그 타이밍을 놓치지 않고 함께 자리에서 일어섰다.

"아, 나, 나도 먼저 일어날게."

창백한 안색에 식은땀 범벅인 종민의 얼굴을 힐끗 올려다본 지혁이 걱정스러운 표정으로 물었다.

"어디 아프니?"

아무 대답도 돌아오지 않자 지혁은 다 안다는 듯한 어조로 부드럽게 조언했다.

"술 적당히 마셔라. 그러다 몸 버린다."

"형은…… 정말로 괜찮은 거야……?"

"갑자기 무슨 헛소리야?"

"아니, 아니야. 아무것도…… 아니야."

"별 싱거운 녀석 다 보겠네."

얇은 안경 렌즈 아래 지혁의 눈매가 부드럽게 휘자 종민은 오싹해진 나머지 시선을 마주칠 수도 없어 도망치듯 그 자리를 떠버렸다.

아침식사 같지도 않은 식사를 마친 후 곧장 방으로 올라온 은서는 피아노 앞에서 악보를 훑어보며 서성거리다 건반을 내려다봤다.

손가락을 내밀어 조심스럽게 흰건반 하나를 눌러보자 울림통 안에서 맑은 소리가 공명했다. 돌아가신 양부에게서 처음으로 피아노를 선물 받았을 때의 느낌이 새삼 살아 돌아오는 것 같아 눈물이 솟구쳤다. 은서는 애틋한 그리움을 삼키며 이어서 다른 건반 하나를 가볍게 눌러봤다.

바로 그 순간, 노크도 없이 문이 벌컥 열리더니 민정이 불쑥 안으로 들어와 앙칼지게 소리쳤다.

"야! 조용히 좀 해! 시끄러워서 도무지 살 수가 있어야지!"

겨우 두 음, 그것도 해머가 현에 닿을 듯 말 듯 아주 조용히 터치했을 뿐이었다. 게다가 자기 방이 아니라 식당에서 바로 올라왔다는 것을 증명이라도 하듯 민정의 입 주변에는 초코우유가 잔뜩 묻어 있었다. 전부터 은서에게 유독 대놓고 싫은 티를 내던 민정은 더부살이하는 그녀의 신세를 약점 삼아 본격적으로 텃세를 부릴 작정인 것 같았다.

"시끄러웠다면 미안해. 조심할게."

은서의 사과를 무시하고 방 안으로 불쑥 들어와 여기저기를 훑어보던 민정은 곧장 피아노 앞으로 다가오더니 스툴을 발로 툭툭 차며 물었다.

"설마 이거 앞으로도 계속 칠 생각은 아니겠지?"

부친에게서 선물 받은 소중한 피아노를 길가의 돌멩이처럼 함부로 대하는 민정의 태도에 은서는 울분이 치밀었지만 상황이 상황인지라 꾹 참고서 대꾸했다.

"전공이라 어쩔 수 없어. 될 수 있으면 밖에서 연습하고 들어오겠지만, 어쩔 수 없을 땐 네가 좀 참아줘. 우리 서로 조금씩 양보하자."

민정은 콧방귀를 뀌더니 똑바로 은서를 노려보며 내뱉었다.

"이게 미쳤나, 진짜? 굴러들어온 고아 주제에 어디서 공주 행세야?"

은서의 눈빛이 일순 흔들렸다. 그녀는 잔뜩 주눅 든 눈으로 민정을 건너다보며 떨리는 목소리로 대꾸했다.

"그런 식으로 말하지 말았으면 좋겠어."

"얼씨구, 이거 봐라? 성깔 있네? 역시 고아원에서 굴러먹던 애라 남다르구나."

민정의 모욕에 은서의 눈동자가 격하게 흔들렸다. 싸늘해지는 은서의 얼굴을 마주보고 있던 민정은 일부러 약 올리듯 또 한 마디를 덧붙였다.

"고아 년아."

민정의 유치한 도발에 대한 소심한 대응으로 은서는 고개를 숙이고 혼잣말로 중얼거렸다.

"얼굴도 못생긴 주제에 머리에 든 것도 없나."

"뭐, 뭐라고?"

못생겼다는 말에 자격지심이 동했던지 이번엔 민정의 눈에서 불꽃이 튀었다. 민정은 득달같이 달려들어 은서를 사납게 밀치며 소리쳤다.

"야, 서은서! 너 뭔가 착각하는 모양인데, 여기 네 집 아니야. 넌 눈치도 없어? 얹혀살러 기어 들어왔으면 고분고분한 맛이라도 있어야 할 것 아니야? 종근이 아저씨는 어쩌자고 이딴 걸 입양했는지 몰라. 하긴, 뭐. 다리병신으로 평생을 혼자 살았으니 사람 보는 눈이 있었겠어?"

떠밀린 가슴팍이 불에 덴 듯 화끈거렸지만, 속에서 치밀어 오른 불은 그보다 훨씬 더 화끈했다. 돌아가신 부친을 조롱하는 말을 듣고도 가만히 있을 순 없었던 그녀는 사나운 표정으로 고개를 들더니 이내 똑같이 민정을 밀치려 했다.

바로 그때, 누군가의 억센 손이 은서의 손목을 꽉 붙잡아 움직이지 못하게 했다. 어디선가 나타난 민수였다.

"아침부터 싸움질이냐. 무슨 일인지는 몰라도 둘 다 그만둬."

"민정이가 먼저 울 아빠 욕했어요!"

민수는 은서의 항의에 민정을 돌아보며 물었다.

"그게 정말이야? 네가 종근이 아저씨 욕을 했어?"

"오빠! 내가 왜 종근이 아저씨를 욕해? 그럴 리가 없잖아! 나 욕 안 했어! 저 계집애 진짜 웃기네. 거짓말을 아주 천연덕스럽게 해. 그냥 잘 지내보자고 농담한 것뿐인데 오버는."

"흐음. 농담도 가려가면서 해야지. 어서 네 방으로 돌아가, 인마."

민정은 더 이상의 시비는 걸지 않은 채 입을 삐죽거리고 투덜 거리며 은서의 방을 나갔다.

다시 은서를 내려다본 민수는 꼭 쥐고 있던 그녀의 손목을 놔 주며 말했다.

"우리 민정이 심하게 응석받이야. 아무래도 혼자서 사랑 독차 지하다 네가 들어와서 불안한 모양이니 이해해라. 그리고 민정이 가 특히 종민이랑 친하니까 될 수 있으면 심기 안 건드리게 조심하고."

달래는 소리에도 억울한 마음이 쉽게 풀리질 않았던 은서는 눈 물을 그렁그렁 매단 채 가까스로 고개를 끄덕였다.

"네."

잠이 덜 깼던지 민수는 이내 늘어지게 하품을 하며 투덜거렸다.

"후아암. 너희들 싸우는 소리에 잠 다 깼잖니."

"죄송해요. 더 주무세요."

"아니, 나도 이제 슬슬 출근할 준비 해야지. 어후, 그런데 이 방 왜 이렇게 춥냐?"

주뼛거리며 어색해하는 은서를 가만히 쳐다보던 민수는 몹시 안타까운 듯 덧붙였다.

"밤새 고생했겠구나. 새벽에라도 얘기하지 그랬어?"

"다들 주무시는 것 같아서요."

"착하기도 하지."

따스하고 다정한 말투와는 달리, 민수의 시선에선 어딘지 모르게 끈적끈적하고 음습한 느낌이 전해져왔다. 저도 모르게 입가를 딱딱하게 굳힌 은서가 눈길을 피해버리자 민수는 그녀의 어깨를 토닥토닥 두드려주다 이내 팔뚝을 주욱 훑어 내렸다. 얇은 긴팔 티셔츠 위로 노골적인 관심이 느껴지며 그의 손길이 지나간 은서의 피부 위엔 자잘한 소름이 맹렬히 돋아났다. 처음 마주하는 불쾌함에 이내 온몸이 덜덜 떨렸다.

"방은 오늘 내가 집사 아저씨한테 얘기해둘게. 힘든 일 있거든 언제든지 말하고. 오빠가 뭐든지 도와줄 테니까."

민수는 방을 나가 문을 닫으며 짓궂은 표정으로 윙크를 날렸다. 왠지 그마저도 불쾌해 은서는 몸서리를 치며 고개를 돌려버렸다.

집에서 딱히 할 일도 없었던 은서는 가방을 대충 챙겨서 밖으로 나섰다. 신학기 준비물을 사러 나갈 생각이었다.

대저택 담장들이 나란히 늘어선 부촌의 골목길을 따라 얼마나 걸었을까, 뒤에서 자동차 경적 소리가 울렸다. 길 한쪽으로 비켜 섰지만 미끈하게 잘 빠진 새빨간 스포츠카는 지나가지 않고 오히려 그 자리에 정지했다. 조수석 유리창이 내려간 사이로 나타난 얼굴은 종민의 것이었다.

"타라."

가방을 챙겨서 차에 올라탄 은서는 두리번거리다 환하게 웃으며 말했다.

"우와, 차 좋네요. 오빠. 태워줘서 고마워요."

"고맙긴. 무슨 볼일이라도 있어?"

"그냥, 서점이나 가볼까 싶어서요. 지하철역 근처 아무 데서나 내려주세요."

"아냐, 어디 갈 건지 말만 해. 태워다줄게."

"가게 나가시는 길이면 그 근처에서 내릴게요."

"그래."

한동안 차 안에 어색한 정적이 흘렀다.

골목길에서 대로로 접어들 무렵, 종민이 어렵게 물었다.

"지내기는 어때? 이래저래 많이 불편하지?"

아침 일찍부터 민정에게서 당한 봉변, 민수의 불쾌한 눈빛과 손길, 그리고 그 외의 소소한 일들까지 순차적으로 떠올린 은서는 잠시 주저하다 어깨를 으쓱하며 대답을 얼버무렸다.

"막막하게 혼자서 지내야 할 신세였는데 받아주셔서 감사할 따름이죠."

곁눈질로 힐끗 은서의 얼굴을 확인한 종민은 뜬금없는 소릴 내놓았다.

"저기, 이런 말 좀 갑작스럽겠지만……, 내가 미리 사과할게."

"네? 뭘요?"

고통스러운 표정으로 입술을 잘근잘근 깨물던 종민은 한숨을 내쉬더니 고백했다.

"우리 가족들 말이야. 겉으로 보이는 것처럼 그렇게 좋은 사람들 아니야. 눈에 띄지 않을 정도로 얌전히 지내다가 고등학교 졸업하면 네 몫 잘 챙겨서 빨리 나가."

그 말을 들은 순간 가장 먼저 떠오른 것은 차 회장의 제안이었다. 재산을 불려줄 테니 인감도장을 달라는.

인감을 넘기기 주저했던 것은 돌아가신 양부가 자신에게 직접 남겨준 재산을 마음대로 돌리는 것에 대한 미안함이었지, 생불로도 유명한 차 회장이 자신의 재산을 유용할 것이라는 의심을 해서 그런 것이 절대 아니었다. 그러나 종민의 말을 들으니 왠지 모를 불안감에 가슴이 덜컥 내려앉았다.

"갑자기 무슨 소리예요?"

"나도 너랑 비슷하게 굴러들어온 신세야."

"네?"

은서가 눈을 동그랗게 뜨고 바라보자 종민은 씁쓸한 표정으로 말을 이었다.

"태어날 때부터 아버지 호적에 올라 있었기 때문에 이 사실을 아는 사람은 거의 없지만, 난 아버지가 외도로 밖에서 낳아 온 자식이야."

"아……."

은서는 뭐라고 말을 해야 할지 몰라 눈만 깜박이고 있었고, 종민은 길게 한숨을 내쉬며 말을 이었다.

"그동안 힘이 안 들었다면 거짓말이겠지. 깊은 사정까지는 말할 수 없지만, 이 집구석에 오래 있어봤자 좋을 거 하나도 없어. 모르는 척, 안 보이는 척, 안 들리는 척, 피할 수 있는 건 그냥 무조건 다 피해. 나처럼 말이야. 내가 이 정도로 말했으면…… 이해했겠지?"

무슨 말인지 전혀 알 수 없었지만 그래도 생각해주는 마음만큼은 그대로 전해져왔다. 은서는 다소 혼란스러운 기분으로 고개를 끄덕이다 이어지는 종민의 말에 얼음장처럼 굳어버렸다.

"특히 지혁이 형 조심하고."

"네? 그게 무슨……?"

은서가 눈을 동그랗게 뜨고 돌아보자 종민은 내키지 않는 듯 불편한 얼굴로 내뱉었다.

"네가 지혁이 형 좋아하는 거 알아. 그치만…… 내 말 듣고 될 수 있는 대로 가까이 하지 마. 내가 아는 한, 그 인간은 절대 정상 아니야."

"오빠는 무슨 말을 그렇게 해요?"

은서가 발끈하며 화를 내자 종민은 그럴 줄 알았다는 듯 덧붙였다.

"지혁이 형도 나랑 마찬가지로 혼외자야. 박 여사 친아들 아니라고. 날 봐. 아무리 어렸다 해도, 그런 일을 당하고도 멀쩡하게 자라 저렇게 꼬리 흔들 수 있겠어? 형은 미쳤어. 미치지 않고서야 저럴 순 없다고."

"자꾸 무슨 소리예요? 그런 일…… 이라니요?"

은서의 물음에 종민은 아차 싶은 표정으로 몹시 당황하며 입을 다물더니 지하철 역 근처에서 차를 세웠다.

"미안하다. 갑자기 급한 일이 생겨서. 여기서 내려줄게, 나머지 알아서 가라. 오늘 들은 건 그냥 잊어줘."

종민은 은서가 전혀 영문을 모른 채 내리자마자 다급하게 차를 출발시켰다. 스포츠카가 요란한 배기음을 울리며 시야에서 사라질 때까지, 그녀는 멍하니 서서 조금 전의 그 이해할 수 없는 대화를 몇 번이고 곱씹었다.

차 회장의 집으로 들어온 지 벌써 일주일째 밤이 되었지만 은서는 여전히 잠을 이루지 못하고 있었다. 불편한 기분이 도무지 가시지를 않았다. 냉골인 방 때문에 벌써 며칠째 시달리고 있는 감기 기운도 그렇고 주변의 모든 것이 다 편하지 않았다. 오늘 낮 종민에게서 들었던 이상한 이야기도 거기에 한몫 더하고 있었다.

긴 한숨을 내쉬며 새벽 3시를 가리키는 벽시계를 올려다보던 때였다. 지난번과 똑같이 아주 작은 발소리가 느껴졌다.

살금살금 문으로 다가가 귀를 대어본 은서는 인기척을 숨기고 긴 계단을 따라 올라간 후 이번엔 용기를 내어 문을 열고 나가보았다.

끼이익.

귀를 기울이지 않으면 전혀 들리지 않을 정도로 아주 작은 마찰음이었건만, 어둠 속에 꼿꼿이 서 있던 남자의 고개는 단번에 이쪽을 향했다. 창백한 달빛 아래 드러난 것은 무척 익숙한 얼굴이었지만 동시에 생경하기도 한 모습이었다.

"지혁 오빠……?"

그는 평소처럼 촌스러운 안경을 쓰고 있지 않았고 늘 단정했던 머리도 아무렇게나 흐트러뜨린 모습이었다. 갑작스럽게 나타난 은서를 보고 놀라 크게 치켜뜬 그의 눈에서는 섬뜩한 안광(眼光)이 뿜어 나오고 있었으며 늘 구부정했던 어깨도 어느새 쫙 펴져 있어 늘씬한 허리와 긴 다리가 더욱더 도드라졌다. 마치 차지혁이 아닌 완전히 다른 사람을 보고 있는 것만 같았다. 그날 별장에서 목격했던 모습이 착각이 아니었다는 것을 이제야 깨달을 수 있었다.

"깜짝 놀랐다. 이 시각까지 안 자고 뭐 해?"

지혁은 다시 평소처럼 웃으며 말을 걸어왔지만 이제는 그 모습마저 부자연스러워 보였다. 어떤 반응을 보여야 좋을지 몰라 은서는 주저하다 그의 곁으로 다가가 평정을 가장했다.

"그냥, 잠이 안 와서요."

"그래? 왜 잠이 안 오지? 내려가서 우유라도 한 잔 데워줄까?"

사람 좋은 미소를 지으며 내려다보곤 있었지만 여전히 낯선 모습에 은서는 무척이나 혼란스러웠다.

"방이 너무 추워서 그런가 봐요."

"보일러 아직도 안 고쳐졌어? 그거 큰일인데."

지혁이 안타까워하자 은서는 손사래를 치며 웃어 보였다.

"괜찮아요. 그럭저럭 견딜 만해요. 오빠 여기서 뭐 해요?"

"답답해서 잠깐 바람 쐬러 나왔어."

"열쇠는요? 여기 항상 잠겨 있던데……."

"열쇠는 없어도 나만 아는 방법이 있지."

"그게 뭔데요?"

"열려라 참깨."

지혁이 평소처럼 환하게 웃으며 유치한 농담을 건네자 은서는 마음이 조금 누그러져 키득키득 웃어버렸다.

옷깃 사이로 스며드는 밤바람이 살을 에는 것만 같았다. 어깨를 움츠리는 은서를 본 지혁은 입고 있던 카디건을 벗어 어깨에 걸쳐주었다. 따스한 그의 체온과 은은한 체취 덕에 은서는 금세 추위를 잊을 수 있었다. 종민의 말은 거짓임이 분명했다. 이렇게 상냥하고 따뜻한 지혁이 정상이 아닐 리가 있나.

그런데 그때, 지혁의 입에서 아주 불편한 말이 나왔다.

"은서야."

"네, 오빠."

"아버지가 너한테 인감도장 달라고 하셨다면서?"

"아……, 네."

"그냥 믿고 드려. 다 너를 위해서야."

지혁은 지금 내놓고 있는 말만큼이나 의심스러운 미소를 지으며 은서의 손을 잡았다. 이렇게 따뜻한 사람이 손은 어쩜 이럴까 싶을 정도로 차디찬 손이었다.

"딱히 아저씨를 못 믿는 건 아니에요, 다만……."

"그럼 날 믿고 내놓으면 안 될까?"

"네……?"

지혁을 알아왔던 오랜 세월 동안 은서는 가끔씩 그의 눈에서 부자연스러움을 느꼈었다. 그의 검고 깊은 눈동자는 가끔씩 뭔가에 가려져 있는 것처럼 보일 때가 있었다. 바로 지금 이 순간처럼 말이다.

"싫어요."

예상치 못했던 대답이었던지, 맞잡고 있던 지혁의 손아귀가 잠시 경직되었다.

"그거, 울 아빠가 다른 사람 아닌 나한테만 주신 재산이잖아요. 재산 더 늘려서 뭐 하겠어요? 그냥 아빠가 주신 대로 가지고 있을 거예요. 아무리 생각해 봐도 인감도장은 못 내놓겠어요."

"은서야, 다시 한 번 생각해 봐. 나중에 후회하지 말고."

지혁의 목소리가 한 톤 가라앉았지만 은서는 완강했다.

"미안하지만 오빠가 아저씨한테 대신 좀 전해줘요. 저는 도저히 죄송해서 말씀 못 드리겠어요."

한동안 생각에 잠겨 있던 지혁이 담담하게 대꾸했다.

"네가 그렇게 결정했다면 어쩔 수 없지. 미안할 것까지야."

부드럽게 웃으며 손을 놓은 지혁은 어색하게 은서의 어깨를 한 번 두드린 후 먼저 자리를 뜨려 했다.

옥상 출입문으로 향하는 지혁의 뒷모습을 가만히 바라보던 은서가 어렵게 물었다.

"그런데요……, 오빠. 아줌마가 오빠 친엄마 아니라는…… 그거 정말이에요?"

갑작스러운 질문에 지혁의 발걸음이 딱 멈추었다.

"뭐?"

"오빠가 밖에서 낳아 온 아들이라고……."

"누가 그런 소릴 해?"

"아……, 그냥…… 지나가다 누구한테서 들었어요."

얼버무린 대답에 아무 반응도 돌아오지 않자 은서는 그 말이 사실임을 감지하고서 조심스럽게 덧붙여 물었다.

"그리고 혹시……, 오빠 어렸을 때 무슨 일 있었어요?"

지혁은 여전히 뒤를 돌아보지 않은 채 미동도 하지 않았다. 기분 탓이었을까, 그 등을 보고 있자니 무어라 말할 수 없는 끔찍한 고통이 느껴지는 듯했다.

두 사람의 사이로 또 한 번 차가운 바람이 불어오더니 이내 가느다란 빗방울이 하나 둘씩 떨어지기 시작했다.

"오빠."

고통스러웠던 어린 시절을 보냈던 은서는 안타까운 마음에 조심스럽게 말을 이었다.

"나…… 막막한 신세로 병원에서 죽을 고비 넘겼더니 세상에 사람이 극복 못할 일은 없다는 게 깨달아지더라고요. 오빠한테 어떤 힘든 일이 있었는지 잘은 모르겠지만……."

잠시 말을 끊은 은서는 수줍게 얼굴을 붉히며 덧붙였다.

"그게 무엇이든, 그딴 거, 내가 아는 지혁 오빠라면 분명 이겨 낼 수 있을 거예요. 분명."

"은서야……."

"그러니까 힘내요, 오빠."

"지금 너……, 나 위로하려는 거니?"

지혁의 질문에 은서는 크게 고개를 주억거리며 한층 밝은 목소리로 힘주어 말했다.

"응. 나를 봐요. 나도 이렇게 꿋꿋하잖아요? 그러니까 꼭 힘내서……."

은서가 말하고 있는 도중에 천천히 돌아선 지혁은 뚜벅뚜벅 그녀의 앞으로 걸어왔다.

두 사람의 거리는 마침내 서로의 표정을 확인할 수 있을 정도로 가까워졌다.

"위로? 위로라……."

그렇게 중얼거리는 지혁은 환한 미소를 짓고 있었다. 그러나 그 어느 때보다 더 환한 미소는 어쩐지 몹시도 섬뜩해 보였다. 영혼이라곤 한 점도 담기지 않은, 마치 가면과도 같은 미소였다.

걸음을 멈추지 않은 채 그녀의 바로 코앞까지 다가와 바싹 얼굴을 들이댄 그가 내뱉듯 물었다.

"약 빨았나?"

예상치 못했던 반응에 충격을 받은 은서가 입을 딱 벌리자 지혁은 여전히 섬뜩할 정도로 환한 얼굴에 전혀 어울리지 않는 낮은 어조로 말을 이었다.

"위로를 하시겠다고? 네가 날? 너, 나 잘 아니? 뭘 아는데? 네가 나에 대해 뭘 알아?"

계속되는 질문과 위협적인 분위기에 놀란 은서는 눈을 크게 뜬 채 밀랍인형처럼 굳어버렸다.

"지금 뭔가 대단히 착각하고 있는 것 같은데."

은서의 가슴이 미친 듯 두방망이질쳤다.

떨리는 다리 때문에 몸을 휘청거리는 그녀를 차갑게 내려다본 그는 이내 생전 처음 보는 잔인하고 비열한 얼굴로 말을 이었다.

"차종민 그 새끼한테서 무슨 소릴 들었는지는 몰라도 어디 가서 주둥이 함부로 놀리지 마라. 전부터 들러붙어서 아주 귀찮아 돼지겠는 걸 아저씨 딸이라 억지로 꾹 참고 넘어갔는데, 앞으로도 또 귀찮게 하면……."

말투 역시 단 한 번도 접해보지 못한 거친 것이었다.

평소의 살갑고 다정했던 지혁은 어디로 갔단 말인가. 눈앞의 모르는 남자에게서 극심한 두려움을 느낀 은서는 저도 모르게 뒤로 한 걸음 물러났지만, 그는 그마저도 허락하지 않았다. 한 걸음 성큼 다가와 이마가 맞닿을 정도로 얼굴을 들이대고 눈을 똑바로 마주친 지혁은 시퍼렇게 날 선 목소리로 협박했다.

"명심해라. 너, 그땐 진짜 죽을 고비 못 넘긴다."

대답도 하지 못하고 벌벌 떠는 은서를 내려다본 지혁은 쓸쓸한 표정으로 포켓을 뒤져 담배를 꺼내 들었다. 담배 한 개비를 입에 물고 불을 붙이자 확 밝아진 그의 얼굴이 더없이 생소했다.

"오빠, 왜 그래요? 왜……."

"전혀 정신을 못 차리셨군."

"오빠……."

"병신이냐? 아직도 이해가 안 가? 쥐뿔도 없는 주제에 남 걱정 하지 말고 네 앞가림이나 똑바로 해."

전혀 어울리지도 않고 한 번도 예상치 못했던 말들이 한 마디 한 마디 그의 입술 사이로 빠져나올 때마다 그동안 은서가 알아 왔 던 '차지혁'이란 사람은 점점 희미해져가고 있었다. 멀어지고 있었 다. 그동안 믿고 따랐던 그가, 조금 더 친해지고 싶었고 성인이 되 면 깊은 사이로 발전하고 싶다고까지 생각했던 지혁이 한순간에 완벽히 모르는 사람으로 뒤바뀐 것이다.

지독한 혼란에 우왕좌왕하는 사이, 어느새 굵어진 빗방울들이 은서의 옷 안으로 스며들기 시작했다. 이해할 수 없는 지혁의 태도 와 초봄 밤비의 얼어붙을 듯 싸늘한 냉기에 그녀는 저도 모르게 몸 서리를 치다 밭은기침을 시작했다.

"꺼져."

"오빠……."

지혁은 독하기 짝이 없게 들리는 말을 또 한 번 내뱉었다.

"한국말 못 알아들어? 꺼지라고."

몹시 당황한 표정으로 우물쭈물하던 은서는 시퍼렇게 번들거 리는 지혁의 눈을 보고 기가 죽은 나머지 흐느적흐느적 뒤로 돌아 옥상 출입문을 향해 걷기 시작했다.

빗줄기가 점점 더 굵어질 무렵, 등 뒤에서 나직하고 굵은 그의 목소리가 그녀의 발걸음을 붙잡았다.

"옛정 생각해서 조언 하나 하지."

지혁은 뒤를 돌아보는 은서의 눈길을 피하며 길게 담배연기를 내뿜고 내뱉었다.

"지금 중요한 게 뭔지 머리 잘 굴려. 그깟 코딱지만 한 재산 때문에 불구덩이에 뛰어들 필요 있겠어?"

"그게…… 무슨 말이에요, 오빠?"

"그게 무슨 말인지 못 알아들으면 답도 없다. 그리고 앞으로 오빠, 오빠 하고 친한 척하면서 나한테 기대려고 하지 마. 나 너 못 도와줘."

그 소리에 은서의 입술 사이로 조그맣게 흐느끼는 소리가 새어 나왔다. 이를 앙다물고 애처롭게 우는 소리를 듣자 지혁의 미간은 눈썹이 서로 맞붙을 정도로 좁아졌다.

"거기 서서 백 날 울어봐. 소용없어. 안 도와줘."

얼마나 그렇게 서 있었을까.

한참 만에야 울음을 그친 은서는 옥상 문손잡이를 잡고 돌리려다 말고 다시 뒤를 돌아봤다. 지혁은 그녀에게 카디건을 벗어주는 바람에 얇은 실내복 차림이었다.

"오빠도 얼른 들어가요."

아무 대꾸도 하지 않은 채 여전히 담배연기만 내뿜고 있는 지혁을 한 번 더 애처롭게 바라보던 은서는 코를 훌쩍이며 울먹이더니 몇 마디를 더 덧붙인 후 사라졌다.

"그런 차림으로 비 맞으면 감기 든단 말이에요. 얼른 들어가요. 꼭이요."

은서가 사라진 옥상에 찬바람이 휘몰아치더니 굵어진 빗줄기가 지혁의 몸을 사정없이 때려댔다. 반팔 면 티셔츠가 비에 흠뻑 젖어 등에 달라붙자 얼음물을 뒤집어쓴 것처럼 선뜩했지만, 그는 끝까지 미동도 하지 않았다.

"제기랄."

어느새 담뱃불도 꺼지고 사방은 빛 한 줄기 없는 암흑에 휩싸인 채 폭우 소리만이 울리고 있었다.

4. 빛과 그림자

계단 옆 민정의 방문 앞에서 은서는 벌써 10분째 손목시계를 들여다보며 발만 동동 구르는 중이었다.

"민정아! 부탁이야! 빨리 좀 나와!"

문 안쪽에서 얄미울 정도로 느긋한 민정의 목소리가 새어나왔다.

"좀 기다려봐. 거 참 성질 급하네."

집에서 가까운 고등학교에 입학한 민정과 달리 은서는 상당한 거리에 위치한 예고에 진학했기 때문에 아침 일찍 집을 나서야만 했다. 박 여사는 자기 차를 내어주며 개인기사인 김래연에게 민정과 은서의 등교를 도와주도록 지시했지만, 은서는 입학식 이후 일주일이 넘은 날까지 계속해서 지각을 하고 있었다. 이유는 민정의 늑장 때문이었다.

"아아, 저 계집애 일부러……."

민정이 자신을 골탕 먹이기 위해 일부러 그러는 걸 알면서도 도리가 없었다. 힘들긴 해도 내일부턴 혼자 등교하겠다고 마음먹은 은서는 길게 한숨을 내쉬다 심하게 기침을 했다.

"콜록콜록!"

숨을 쉴 수 없을 정도로 격렬한 기침이 멎고 나니 이내 가슴 안쪽이 뻐근하게 조여왔다.

입을 가리고 또 한 번 심하게 기침을 해대는 순간, 서쪽 두 번째, 은서의 바로 옆방 문이 벌컥 열리더니 지혁이 나타났다.

"잘 잤어요……, 오빠?"

지혁은 조심스럽게 건넨 은서의 인사를 깡그리 무시한 채 발걸음을 옮겼지만, 그녀는 기어들어가는 목소리로도 고집스럽게 말을 붙였다.

"고마워요."

그 소리에 지혁이 인상을 찌푸리며 은서를 쳐다봤다.

"난 오빠 덕분에 따뜻하게 잘 잤어요."

어제 오후 하교했을 때 은서의 방은 전처럼 냉골이 아니었다. 뜨끈뜨끈한 방바닥 덕분인지 방 안 공기도 더없이 훈훈해 그녀는 모처럼 편안한 밤을 보낼 수 있었다. 그제 옥상에서 지혁에게 추워서 잘 수가 없다는 이야기를 한 바로 다음날이었으니, 역시 생각할 수 있는 건 그것밖에 없었다.

"내 방, 오빠가 사람 불러다 고쳐준 거죠?"

"착각은 자유."

툭 내뱉고서 걸음을 재촉한 지혁은 계단으로 향하는 굴곡 구간에서 슬쩍 은서를 곁눈질했다. 그녀는 또 한 번 손으로 입을 가리고 잔뜩 웅크린 채 기침을 해대고 있었다.

어젯밤 내내 과장을 조금 보태자면 지혁의 책상이 들썩거릴 정도로 기침을 해대던 은서는 아니나 다를까, 안색이 영 말이 아니었다. 아무래도 공기가 건조해진 바람에 더 심해진 게 분명했다.

시선을 느꼈던지 은서가 고개를 돌려 쳐다보자 지혁은 싸늘한 눈길로 응수한 후 걸음을 재촉했다.

그때, 은서가 후다닥 달려와 뒤에 바싹 따라붙더니 그의 손을 잡고서 살며시 흔들며 애교를 떨었다.

"오빠, 민정이 기다리다 지각할 것 같은데 가는 길에 나 좀 태워다 주면 안 돼요? 어차피 우리 학교, 오빠네 학교 가는 방향에 있으니까 중간에 아무데서나 내려주면 나머진 내가 알아서 갈게요. 네?"

은서의 손은 일반적인 손의 온기라고는 절대 생각할 수 없을 정도로 무척이나 뜨거웠다.

"속이 없는 건지, 철이 없는 건지. 귀머거리냐? 사람이 그렇게 말했으면 좀 알아들어. 그만 좀 달라붙으라고. 지긋지긋하고 귀찮아 죽겠으니까."

매몰차게 은서의 손을 뿌리친 지혁은 안경 렌즈 아래 싸늘한 눈을 빛내더니 지갑에서 만 원짜리 지폐 몇 장을 꺼내 그녀의 교복 재킷 주머니에다 난폭하게 쑤셔 넣고 내뱉었다.

"혼자 택시 타고 가."

"오빠……."

은서가 홍조 띤 얼굴로 간절하게 올려다봤지만 지혁은 완강했다.

바로 그때, 계단 위에서 쿵쾅거리는 소리와 함께 민수가 나타나더니 두 사람을 보고 소리쳤다.

"어? 지혁이 아직 안 나갔구나! 러키. 어제 술 먹고 차를 어디다 세워두고 왔는지 죽어도 기억이 안 나네. 가는 길에 나 회사까지만 좀 태워다주라."

지혁은 조금 전 은서에게 보였던 싸늘한 분위기를 전혀 찾아볼 수 없을 정도로 사람 좋은 미소를 지으며 깍듯이 대답했다.

"제가 태워다드릴 테니 늦기 전에 어서 가세요, 형님."

지혁과 함께 현관까지 기분 좋게 걸어 내려가던 민수가 문득 은서를 돌아보며 물었다.

"왜 안 와? 너도 같이 가는 길 아니었어?"

"은서는 늦어서 택시 타고 간대요."

민수를 제지하고 끼어든 지혁은 아무 일도 없었다는 듯 부드럽게 눈웃음치더니 황당할 정도로 다정하기 짝이 없는 인사를 건넸다.

"나중에 보자, 은서야."

계단 중간에 홀로 남겨진 은서는 오래도록 실망한 표정으로 못 박혀 서 있었다.

학교에서 돌아오자마자 은서는 차 회장의 호출을 받아 저택 본관으로 건너갔다.

마찬가지로 회사에서 막 퇴근했다던 차 회장은 은서의 얼굴을 보자마자 반색을 했다.

"아이고, 우리 똥강아지 왔구나. 앉으렴."

서재의 손님용 소파에 자리를 내어주며 차 회장이 내놓은 말에 은서는 저도 모르게 부친을 떠올리고 코끝이 시큰해지고 말았다. '우리 똥강아지'는 생전 서 사장이 입버릇처럼 부르던 은서의 애칭이었다.

"그래, 학교는 다닐 만하고?"

"네. 신경 써주신 덕분에……, 콜록콜록."

한참이나 숨도 못 쉬고 기침을 해대는 은서를 물끄러미 건너다보던 차 회장이 말했다.

"뭐든지 어려운 일이 있거든 아저씨한테 얘기하렴."

무척이나 믿음직스러운 표정과 어조였지만 그다지 위안이 되지는 않았다. 기침이 이렇게나 심한데 괜찮으냐는 말 한 마디도 건네지 않았다.

"고맙습니다. 그런데……."

너그러운 표정으로 건너다보는 차 회장을 힐끗 건너다본 은서는 주뼛거리며 덧붙였다.

"하실 말씀이라도?"

"아."

차 회장은 1인용 소파 등받이에 편한 자세로 기대앉더니 본격적인 이야기를 꺼내기 시작했다.

"이번에 마침 좋은 기회가 나서 말이다."

"어떤 기회 말씀이세요?"

"우리 회사가 그간 건강식품 개발에 많은 투자를 하고 있었다는 거, 알고 있지?"

"네."

대답은 그렇게 했으나 은서가 회사 일에 대해 알 리가 없었다. 생전의 양부가 일에 대해 가끔 이야기해준 적은 있었지만 거의 대부분 신약 연구개발이나 연구실 이야기였지 경영 쪽에 대한 건 아니었으니까.

이윽고 차 회장은 범애제약의 건강식품 계열 자회사의 주가 동향에 대해 일사천리로 늘어놓으며 중간중간 뭔가를 열심히 강조했지만, 이제 갓 고등학교에 입학했을 뿐인 은서는 그가 무슨 소리를 하는 건지 전혀 이해할 수가 없었다.

"그러니까, 아주 쉽게 말하자면 지금이 투자 적기라는 이야기란다."

"아아……, 네."

은서가 사슴처럼 크고 순진한 눈을 깜박거리기만 할 뿐 더 이상 아무 반응을 보이지 않자 차 회장은 너털웃음을 흘리며 덧붙였다.

"김 변호사는 만났니?"

"아직요."

"전에 내가 물어봤던 거 벌써 잊었나 보구나."

"아……."

"주식이고 부동산이고, 너처럼 그렇게 가지고만 있으면 휴지 조각이나 마찬가지란다. 돈은 결국 굴려줘야 불어나는 법."

차 회장의 불편한 말에 은서의 표정이 한층 어두워졌다. 문득 종민이 했던 말이 떠올랐다.

"우리 가족들 말이야, 겉으로 보이는 것처럼 그렇게 좋은 사람들 아니야."

"죄송해요. 지혁 오빠한테 얘기했는데 아직 못 들으셨나 봐요. 아저씨, 제 인감도장은 그냥 제가 가지고 있을게요. 재산 불리는 것도 원치 않아요."

가만히 건너다보고만 있던 그는 한숨을 내쉬고 고개를 끄덕이며 말했다.

"암, 큰일 당했으니 힘들고 혼란스러울 거다. 그러니 네가 나를 못 믿는 것도 이해는 간다."

"아, 아니에요! 아저씨를 못 믿는 게 아니라⋯⋯."

"험한 세상이니 경계심도 꼭 필요하겠지만, 네가 아저씨까지 그리 생각할 줄은 몰랐다. 서운하지 않다고 하면 거짓말이겠지."

"아저씨⋯⋯."

"이 녀석, 나중에 독립한 후 네가 힘들다고 해도 아저씬 모르는 척할 거다."

차 회장이 내놓는 너스레에 은서는 당황한 듯 얼굴을 붉히며 고개를 숙였지만 그는 이내 호탕하게 웃어넘기며 그녀의 어깨를 툭툭 두드렸다.

"아이고, 그 말을 믿었어? 설마 내가 널 모른 척하겠니? 순진한 똥강아지 같으니라고. 허허허. 급하게 생각지 말고, 나중에라도 결심이 서거든 알려다오."

"죄송해요, 아저씨."

"아니다. 안색이 안 좋은데, 많이 피곤하니?"

"예, 조금······."

학교에서 돌아오는 길에 약을 사 먹긴 했지만 은서의 컨디션은 점점 더 나빠지기만 할 뿐 도무지 나아질 기미가 보이질 않았다. 아무래도 내일은 병원에 가봐야 할 것 같았다.

"어서 건너가 쉬어라. 아저씨가 바쁘다는 핑계로 신경을 통 못 써서 미안하구나. 이걸로 책이라도 사서 보고."

차 회장이 지갑에서 꺼내 슥 내민 것은 백만 원권 수표 두 장이었다. 눈을 동그랗게 뜬 은서는 손사래를 치며 거절했다.

"아, 아니에요. 이렇게 큰돈을."

"괜찮다. 그 나이 또래 계집애들은 꾸미는 데 한창 열 올리기 마련이지. 민정이도 제 엄마 몰래 아저씨한테서 뭉텅뭉텅 가져다 쓰니까 너도 필요하면 언제든지 얘기해. 그리고 아줌마한텐 절대 비밀이다. 알았지?"

윙크하며 사람 좋게 웃는 차 회장의 얼굴엔 언제나 그랬듯 한 점 어둠도 없어 보였다. 그 얼굴이 어찌나 인자하고 밝은지, 은서는 괜한 고집을 부려 고마운 후견인의 심기를 해친 건 아닌가 하고 죄책감마저 들었다.

주말 전까지 제출해야 하는 리포트를 작성하다 말고 지혁은 손을 멈추었다. 노트북 쿨러의 냉각팬 돌아가는 소리에 누군가의 발소리가 섞여들었다.

지혁을 제외한 이 집안 남매들의 평균 귀가 시간은 거의 자정

이후였다. 그러니 발소리의 주인이 조금 전 차 회장의 호출을 받고 본관으로 건너간 은서라는 것을 어렵지 않게 유추할 수 있었다. 더불어, 불려간 그녀가 무슨 소리를 듣고 돌아왔는지 역시 굳이 묻지 않아도 알 수 있었다.

복도 쪽에서 들려온 가느다란 발소리는 점점 더 가까워지더니 지혁의 방문 앞을 지나쳐 은서 방 앞에서 끊겼다.

지루한 글자와 표들이 즐비하게 늘어서 있는 워드 화면 한가운데의 커서가 깜박거리며 시간의 흐름을 알려주고 있었지만 지혁은 한동안 미동도 없이 화면만 노려보고 있었다.

이윽고 그의 책상 옆 벽면을 통해 아주 깊고 고통스러운 기침 소리가 끝도 없이 이어졌다. 바로 벽 하나를 사이에 두고 은서의 침대가 위치한 자리였다.

"쯧."

지혁은 인상을 찡그리며 낮게 혀를 찬 후 리포트에 집중하려 했지만 그것도 오래가지 못했다. 잠시 후 방문에서 소심한 노크 소리가 들려왔다.

"여러모로 귀찮게 하는군."

벌컥 문을 열고서 밖을 내다보니 은서가 잔뜩 몸을 웅크린 채 서서 심한 기침을 해대고 있었다.

"아……, 오빠……, 콜록콜록. 공부하는데 미안해요……."

"용건만 말해."

입을 가린 채 한참이나 깊은 기침을 내뱉은 그녀는 발갛게 달아오른 얼굴을 들고 그를 올려다보며 힘없이 물었다.

"혹시 해열제 없어요? 기침약은 방금 먹었는데 열이……."

은서가 손에 꼭 쥐고 있는 것은 초록색 박스 포장의 진해거담제 시럽이었다. 박스 하단에 선명하게 찍힌 범애제약 로고를 본 지혁의 미간이 사정없이 구겨졌다.

"기침이 그렇게 심한데 시럽만으로 버텼어? 병신 인증하냐?"

"콜록콜록……, 아…….."

또 한 번 숨이 넘어가게 기침을 하던 은서가 제자리에 풀썩 주저앉았다.

복도 바닥에서 숨을 몰아쉬고 있는 은서를 다급하게 일으켜 세운 지혁은 손끝의 심상치 않은 느낌에 몹시 놀랐다. 고열로 온몸이 불덩이였다. 아침에 느꼈던 손의 체온이 어쩐지 너무 뜨겁다 했더니.

"미치겠군."

어린애처럼 지혁의 티셔츠 자락을 꼭 잡고서 숨을 몰아쉬는 은서는 가엾을 정도로 작고 여렸다.

"가지가지 한다. 일어나서 옷 입어."

"네……?"

"병원에 데려다줄 테니까 나갈 준비 하라고."

시끄러운 소리에 눈을 뜬 은서는 창백한 형광등 불빛을 올려다보다 썰렁한 기운에 몸을 바르르 떨었다. 그러자 기다렸다는 듯 손하나가 눈앞에 나타나더니 가슴 위에 덮여 있던 담요를 그녀의 턱밑까지 끌어와 덮어주었다. 푸른색 아크릴 담요에선 소독약 냄새가 풀풀 풍겼지만 그 사이로 희미한 머스크 향이 섞여 들었다. 지혁의 향수 향기였다.

담요 때문이었을까, 그의 체향 덕분이었을까. 어느새 썰렁함은 사라지고 뻣뻣하게 굳은 몸에 따뜻한 피가 돌기 시작했다.

문득 다행이라는 생각이 들었다. 완전히 변했다고 생각했지만 한편으론 여전했다. 겉모습이 어떻더라도 역시 그 안의 지혁은 변하지 않았다. 분명히 느낄 수 있었다.

마음이 편안해지니 몸의 아픔도 좀 가라앉는 듯했다. 천천히 고개를 돌린 그녀는 교통사고 가해자와 피해자로 보이는 쌍방이 거친 욕설을 주고받으며 실랑이하느라 아수라장인 응급실 한쪽을 물끄러미 쳐다봤다. 벽에 걸린 시계는 어느새 밤 11시를 가리키고 있었다.

"오빠, 커튼 좀 쳐주면 안 돼요?"

지혁은 싸늘한 눈으로 은서를 내려다보긴 했어도 의외로 선선히 일어나 그녀의 부탁을 들어주었다.

그녀를 병원에 데려다주기 위해 얼마나 서둘렀던지, 그는 반팔 실내복 차림이었고 스니커즈를 신은 발도 맨발이었다.

"춥겠어요. 어떡해……."

"남 걱정 해줄 여유도 있는 걸 보니 멀쩡한 모양이네."

배시시 웃는 은서의 얼굴은 과연 아까보다 약간 나아 보이는 듯도 했다.

그녀의 하얗고 가느다란 팔뚝 여기저기엔 주삿바늘 자국이 남아 있었다. 링거를 놓은 응급실 간호사가 혈관을 찾지 못해 몇 차례나 실패한 흔적이었다.

지혁의 시선에 은서는 주삿바늘을 고정시켜놓은 반창고 주위의 피부를 살살 어루만지며 중얼거렸다.

"소아암 병동 간호사 언니들은 한 방에 척인데."

무표정한 그에게선 아무 대꾸도 돌아오지 않았고, 한동안 둘 사이엔 아무런 말도 오가지 않았다.

꽤 길었던 침묵을 먼저 깬 사람은 지혁이었다.

"그렇게 큰일들을 연타로 당하고도 넌 꽤나 꿋꿋하구나. 하긴, 아무 생각 없이 그저 속 편하게 살면 장땡이지."

어딘지 모르게 빈정거리는 것처럼 들리는 말에 은서는 눈을 동그랗게 뜨고서 물었다.

"무슨 큰일들이요?"

"정말 몰라서 묻는 건 아니겠지?"

"고아 되고 큰 병에 걸려서 간신히 살아 돌아왔더니 양아버지마저 돌아가신 거요?"

아무렇지도 않은 반응에 말문이 막혔던지 지혁은 입을 다물어 버렸다.

"왜 안 힘들었겠어요? 너무 아프고 외로울 땐 진짜 죽고 싶었어요. 그런데 언제부턴가, 문득 지겹도록 살고 싶다는 생각이 들더라고요. 이런 것들 따위 꿋꿋하게 다 이겨내고 살아야겠다는 생각이."

지혁이 물끄러미 내려다보자 은서는 허공 어딘가를 응시하며 말을 이었다.

"비록 거창하진 않더라도, 누구에게나 살아야겠다는 생각이 들게 하는 계기가 한 번쯤은 있잖아요? 저도 그랬어요. 여덟 살 때, 항암제 맞고 무균실에 올라가 있을 때."

고열에 시달리던 은서가 결국 무균실로 옮겨졌을 때, 의사는 감염의 우려가 있다며 선물 받았던 장난감과 책들을 전혀 가지고 올라가지 못하게 했다.

세상 모든 것으로부터 완벽히 차단된 채 사방에 비닐이 둘러진 삭막하고 답답한 방에 갇혀 얼마의 시간을 보냈을까. 장갑을 끼고 자신을 만지는 의료진들이 저마다 고개를 저으며 안쓰러운 표정을 짓는 것과 보육원 선생님들이 밖에서 눈물을 펑펑 쏟는 것을 힘없이 바라보며, 그녀는 겨우 여덟 살의 나이에 죽음을 직감했다.

더 이상 '왜 내게 이런 일이.'라는 생각조차 들지 않을 정도로 무기력해진 채 죽은 듯 잠만 자고 있을 때였다. 문득 깨어 힘없이 고개를 돌려 보니 유리벽 너머에 못 보던 소년이 한 명 서 있었다.

도대체 누구인지 알 수가 없었다. 가족 외의 이에겐 일절 면회가 허용되지 않는 곳, 그나마 가족이라곤 단 한 명도 없는 은서에게 면회객이라곤 당시 범애제약 사장임을 숨기고 계속해서 찾아오던 양부밖에 없었으니 말이다. 꿈을 꾸고 있든지 환상을 보는 거라고 생각했었다.

방문객용 무균 모자와 마스크를 착용하고 눈만 겨우 밖으로 내놓은 소년은 중학생 정도로 보였는데, 유순해 보이는 검은 눈동자는 나이와 어울리지 않게 깊은 색을 띠고 있었다.

소년은 은서의 흉하게 삭발한 머리와 퉁퉁 부은 얼굴, 뼈대만 남아 앙상한 몸을 민망할 정도로 유심히 살펴보고 있었다. 그렇지만 그녀는 그 눈길이 별로 부담스럽거나 불쾌하지 않았다. 고통스러운 투병 생활 덕에 부끄러움 같은 건 잊은 지 오래이기도 했지만, 그보다 소년의 눈빛이 왠지 남달랐기 때문이었다.

의료진이나 양부가 보였던 것처럼 연민과 동정이 담긴 눈빛이 아니었다. 깊은 곳에 무언가를 숨겨두기라도 한 사람처럼 불안한 눈이었다. 왠지 울고 있는 듯한 그 눈으로 한참이나 은서를 바라보고 있던 소년은 이내 장갑 낀 손을 들더니 손가락으로 유리창에다 뭔가를 써 보였다.

"'지면 안 돼.'라고…… 써 보였어요."

여전히 과거 어딘가를 헤매는 눈을 하고 은서는 담담하게 말을 이었다.

"사실 별다를 거 없는 말이었어요. 그거, 그때 아빠도, 의사 선생님도, 간호사 언니들도 지겹도록 계속 했었던 말이었거든요. 그치만 다른 사람들한테서 들었던 거랑은 느낌이 완전히 다르더라고요. 그런 건 그저 고맙기만 한 위로들일 뿐이었는데, 그 오빠가 유리벽에다 쓴 말을 본 순간 문득 '아, 이 세상에 단지 나 혼자만 있는 건 아니구나.' 하는 생각이 들더라고요. 동질감……, 아니, 연대감?"

지혁의 눈빛이 미세하게 흔들렸지만, 은서는 전혀 눈치 채지 못한 채 계속해서 중얼거렸다.

"잘 알지도 못하는 오빠, 어쩌면 꿈일지도 모르는데 그 오빠가 왜 그렇게 가깝게 느껴졌는지, 그 말이 왜 그렇게 간절하게 들렸는지……. 다만 그때 그 말이 마음속에 각인처럼 새겨지더라고요. 꼭 살아야겠다고 생각한 계기로 말이에요. 어쩌면 살아야겠다는 내 마음이 만들어낸 환상이었는지도 모르죠."

고개를 든 은서는 지혁을 올려다보며 천진하게 물었다.

"오빠는 그런 거 없었어요?"

지혁이 어두운 표정을 하고 침묵을 지키자 은서는 머쓱해진 나머지 또 한 번 호응도 없는 말을 이어갔다.

"그리고…… 이건 다른 사람도 아닌 울 아빠가 주신 삶이니까 아무리 힘들어도 열심히 살아야 해요. 힘 바짝 내고 그때보다 훨씬 더 꿋꿋하게 살 거예요."

부친에게서 졸업선물로 받았다던 목걸이를 만지작거리며 한 마디 한 마디 힘주어 말하는 은서의 눈에선 별 모양 펜던트가 반사하는 것보다 더 밝은 빛이 나는 것만 같았다.

"지금 네 꼴을 좀 봐. 그리고 울보 주제에 무슨."

손으로 입을 가리며 배시시 웃다 또 한 번 기침을 하는 은서를 물끄러미 건너다보며, 지혁은 저도 모르게 얼굴을 찌푸리고 말았다.

겉으론 아무렇지도 않게 가장하고 남들과 똑같이 잘 대해주면서도 지혁은 전부터 은서를 만날 때마다 몹시 껄끄러웠다. 마주하기가 꺼려졌고 마음 한구석이 늘 불편했다. 솔직히 이유도 모른 채 마음속으론 그냥 은서가 싫었다.

이제야 깨달을 수 있었다. 그동안 그가 그녀에게서 거부감을 느꼈던 그 이유를.

똑같은 상황, 누가 누구보다 더할 것도, 덜할 것도 없는 상황에 닥쳤었건만 정반대였다. 같은 상처를 입었지만 그 상처를 밝은 곳에서 찬란한 빛으로 치유해온 서은서, 그리고 차갑고 축축한 그림자 속에서 곪은 상처를 결국 끔찍한 흉터로 키워온 차지혁.

그녀와 그는 같은 곳에 있지만 전혀 달랐다. 이렇게 가까운데 너무나 멀었다. 그 괴리감이 무의식적으로 그녀에 대한 거부감으로 나타났던 것인지도 몰랐다.

"오빠."

"왜."

"그동안…… 힘들었죠?"

그렇게 묻는 은서의 목소리는 솜사탕보다 더 달콤하고 온순한 짐승의 털처럼 따뜻하고 부드러웠다. 위험할 정도로 기대고 싶은, 다 잊고서 그녀의 무릎을 베고 드러눕고 싶은 목소리였다.

"나, 아홉 살 때 오빠 처음 만났고 그 후로도 자주 봤지만 오빠 이런 모습 처음이에요. 무슨 일인지는 몰라도 그렇게 오랫동안 철저히 숨기고 살아온 거, 쉽진 않았을 거 아니에요. 많이 힘들었지요?"

은서의 진심 어린 시선을 마주한 지혁의 눈동자에 짙은 그늘이 드리워졌다.

왜 보여줬을까. 왜.

참으려면 얼마든지 참을 수 있었다. 지금까지 긴 세월 동안 진짜 자신이 누구인지조차 혼란스러울 정도로 철저히 숨기고 살아왔으니 그때 한순간의 감정 때문에 흔들렸다는 건 말도 안 되는 일이었다.

어쩌면 처음부터 이렇게 될 거라 예상했던 걸지도. 이 아무도 없는 세상, 자신에겐 손바닥만 한 자리조차 주어지지 않았던 이 세상에 안식처를 만들어두고 싶었던 건지도 몰랐다. 은서라면, 한없이 여리지만 밝고 착하며 따뜻한 은서라면 분명 자신을 위로해줄 것을 알고 있었기 때문에.

그렇지만, 위험했다. 그녀와 이 이상 가까워지는 건 분명 위험했다.

본모습을 드러낸 건 그저 한순간의 실수였을 뿐, 지금 이 순간 위로나 위안 따위 감정의 사치라는 생각에 다다르자 지혁의 눈동자에 시퍼런 날이 섰다.

"친한 척하지 마. 널 병원에 데려온 건 바로 옆방에 있으면서도 모른 척했다는 소리 듣지 않기 위해서였을 뿐, 그 이상도, 이하도 아니야."

그렇게 내뱉는 지혁에게선 까닭 모를 슬픔과 절망이 진하게 전해져왔다. 그건, 누구나 알 수 있는 분위기가 아니라 비슷한 무게의 짐을 짊어져 본 사람만이 눈치 챌 수 있는 동질감이었다.

은서는 벌벌 떨면서도 지혁의 까만 눈동자를 똑바로 들여다보며 말을 이었다.

"오빠의 문제가 뭔지, 숨기고 있는 게 뭔지는 잘 모르겠지만……, 아빠가 나한테 나누어줬던 걸 이젠 내가 오빠한테 전해줄게요. 그러니까…… 이제 그렇게 혼자서만 괴로워하지 말아요."

감동 어린 위로에도 지혁의 눈동자에 드리워진 그늘은 전혀 엷

어지지 않았다.

"서은서⋯⋯."

밀어내야만 했다. 언젠가 이 말랑하고 보드라운 계집애가 내민 손에 홀려 지금껏 피 흘리며 쌓아왔던 모든 걸 다 무너뜨리기 전에 아예 저 멀리 내쳐버려야 했다. 땅바닥에 험하게 패대기쳐 그로 인해 피를 흘리게 하는 한이 있더라도 결코 이 안에 한 발짝도 들여선 안 됐다. 그게 자신을 위해서도, 그녀를 위해서도 옳은 일이었다.

지그시 그녀의 눈을 들여다본 지혁은 몹시 무감각하고 건조한 어투로 내뱉었다.

"분명히 경고했었지? 들러붙지 말라고."

눈을 크게 뜨는 그녀를 똑바로 쏘아보며 그는 맹독이 뚝뚝 떨어지는 듯한 목소리로 다시 한 번 또박또박 못 박았다.

"나한테 관심 갖지 마. 말 붙이지 마."

"지혁 오빠⋯⋯."

"근처에 오지도, 눈 마주치지도 마. 내 근처에선 아예 숨도 쉬지 마."

말을 마친 지혁은 벌떡 일어나 커튼을 열고서 밖으로 나가버렸다. 일부러 은서가 누운 베드에서 멀리 떨어진 응급실 입구 앞까지 가 대기의자에 앉은 그는 이후로 단 한 번도 뒤돌아보지 않았다.

5. 믿음

    토요일 오전 연습을 마치고 이른 점심을 먹기 위해 친구들과 학교 연습실을 나선 은서는 교문 근처에서 누군가가 부르는 소리에 고개를 돌렸다.

    "은서야!"

    고급 승용차 뒷자리 상석에서 열린 창을 통해 그녀에게 손짓하고 있는 사람은 돌아가신 양부의 고문변호사였던 김재길이었다.

    은서는 김 변호사의 얼굴을 보자마자 아침 일찍 집을 나서기 전 박 여사와 나누었던 대화를 떠올렸다. 차 회장 몰래 하는 거라며 어렵게 말을 꺼낸 박 여사의 말 내용은 역시 그녀의 남편이 시간 날 때마다 줄기차게 은서에게 해대는 말과 별반 다를 바가 없다. 그녀 앞으로 된 재산을 좋은 기회에 재투자하라는 이야기.

    계속해서 거절하는 것도 이젠 한계라는 생각이 들 정도로 그간 차 회장 부부는 끈질기게 은서를 어르고 달랬다. 그들의 말대로 하지 않으면 성인이 되어 독립한 후 정말 굶어죽을 것 같다는 생각이 들 정도로 말이다. 미래를 걱정해주는 그들의 마음이 무척 고맙긴 했지만 어딘지 모르게 껄끄러운 건 사실이었다.

그렇지 않아도 그 일로 난감한 상황에 김 변호사가 학교에까지 찾아오자 은서는 왠지 모르게 숨통이 조여오는 기분이 들었다.

친구들과 헤어진 은서는 전의 것보다 훨씬 더 크고 좋아 보이는 김 변호사의 새 외제차를 살피며 다가가 꾸벅 인사했다.

"안녕하세요."

"오, 그래. 우리 은서 잘 있었니? 휴일에도 열심이구나."

"곧 실기시험이 있어서요."

건성으로 고개를 끄덕인 김 변호사는 시계를 보더니 손짓했다.

"점심 아직 안 먹었지? 아저씨가 사줄 테니까 타라."

"아니에요. 약속이 있어서요."

은서가 고개를 저으며 한 발 뒤로 물러서자 김 변호사는 난감한 표정을 지었다. 왠지 뭔가 할 말이라도 있는 사람처럼 말이다. 그게 뭔지 묻지 않아도 알 것 같았던 은서는 조용히 덧붙였다.

"혹시 아저씨도 제 인감도장 때문에 그러세요?"

"응? 무슨 인감? 갑자기 그게 무슨 소리냐?"

김 변호사는 허허 웃으며 황당하다는 듯 건너다봤지만 은서는 그의 눈동자에 스친 뜨끔함을 놓치지 않았다.

"근처를 지나가던 길에 은서 네가 생각나서 들른 것뿐이야. 선약이 있다니 어쩔 수 없구나. 다음번엔 꼭 아저씨랑 맛있는 점심 먹으러 가자."

"네. 안녕히 가세요."

꽁무니가 빠져라 그 자리를 뜨는 김 변호사의 차를 물끄러미 쳐다보던 은서는 손목시계를 내려다본 후 어딘가로 발걸음을 돌렸다.

경영대학 부속 도서관 2층 열람실의 공기는 답답할 정도로 훈훈했다.

자리에 앉은 지 벌써 세 시간이 넘게 지났다는 것을 깨달은 지혁이 기지개를 켜며 책을 덮는 순간, 그의 경영학과 동기 남학생이 잠시의 외출을 마치고 돌아와 귀엣말을 건넸다.

"지루하지도 않냐, 자식아? 욕창 생기겠다."

"안 그래도 커피 한 잔 하러 갈 참이다."

지혁이 피식 웃으며 자리에서 일어나려 하자 동기는 뭐 좋은 거나 가르쳐주는 것처럼 찡긋 윙크를 하며 덧붙였다.

"가서 눈보신도 하고 와라."

"무슨 소리야?"

"나갈 때 보니까 자판기 옆에 웬 고삐리가 앉아 있더라고. 점심 먹고 당구 한 판 땡기고 왔는데도 아직 안 갔기에 슬쩍 보니까 완전 원단 요정이야! 아오! 그때 교수님만 안 지나가셨으면 내가 진짜 말이라도 걸어보는 거였는데."

동기가 엄지손가락을 치켜세우고 너스레를 떨어대자 지혁은 한심한 듯 코웃음을 치며 열람실을 나섰다.

3월 중순이라곤 해도 바깥 공기는 여전히 싸늘했다. 아침 뉴스의 일기예보에선 오늘 오후부터 추위가 풀린다고 했었지만 정작 오후가 되어도 날은 도무지 따뜻해질 기미를 보이지 않았다. 드러난 피부가 아릴 정도의 한기(寒氣)는 미처 열람실 문을 나서기도 전에 그를 덮쳐 왔다.

그래도 2층 복도나 계단은 1층에 비하면 양반이었다. 커피 자판기가 있는 1층 로비는 출입문을 들고나는 사람들 때문에 말 그대로 냉동 창고가 따로 없었다.

추위에 진저리를 치며 걸음을 재촉하던 그때, 지혁은 로비 한쪽의 간이 벤치에 앉아 있는 누군가를 발견하고 그 자리에 못 박힌 듯 서버렸다.

그만큼 겁을 줬으면 적당히 알아듣고 물러서야지, 정말 제정신인가 싶었다. 계속해서 무시당하고 밀려나면서도 은서는 그동안 끈질기게 지혁의 주변을 맴돌더니 급기야 여기까지 찾아온 것이다.

유리벽을 통해 쏟아지는 초봄 햇살이 마치 후광처럼 빛나고 있는 가운데, 열일곱 살, 소녀와 여자의 경계에 서 있는 그녀는 귀에 이어폰을 꽂은 채 의자에 웅크리고 앉아 악보를 내려다보고 있었다.

교복 아래 아직은 미완의 밸런스를 내비치고 있는 몸, 그리고 선이 곱고 긴 다리는 기묘한 매력을 발산하고 있었다.

저도 모르게 그녀의 머리에서부터 발끝까지를 훑어 내리듯 바라보고 있던 지혁의 눈동자가 다시 위로 거슬러 올라가 그녀의 얼굴에 고정되었다. 미처 젖살이 다 빠지지 않은 피부는 핏줄이 파랗게 들여다보일 정도로 희고 투명했다. 악보를 내려다보고 있는 커다란 눈망울은 고요한 샘물을 연상케 했지만, 촉촉한 물기를 머금고서 살짝 벌어져 있는 붉은 입술만큼은 저 깊은 곳의 욕망을 부추기는 듯 음란해 보였다.

평소답지 않게 멍하니 넋 놓고 서 있던 자신을 뒤늦게 발견하고 정신을 차린 지혁은 낮게 혀를 차며 걸어가 자판기에 동전을 넣고서 커피 버튼을 눌렀다.

위이잉 하고 기계 돌아가는 소리가 나자 은서는 힐끗 옆을 돌아보더니 반가운 표정으로 자리에서 벌떡 일어났다.

"오빠!"

"사람 말이 말 같지 않아? 내가 분명히 알짱거리지 말라고 했지?"

지혁이 여전히 싸늘한 태도로 나무라자 은서는 주눅이 들었던지 이어폰을 빼내며 어깨를 좁혔다. 이내 바스러질 듯 허무하고 연약한 미소를 지은 그녀가 중얼거렸다.

"미안해요, 그치만……."

가까이서 보니 코끝과 귓불이 빨갛게 얼어 있는 것이, 여기서 기다린 지 꽤 된 것 같았다.

지혁은 자판기에서 종이컵을 꺼내 물끄러미 내려다보다 은서의 앞으로 불쑥 내밀며 내뱉듯 물었다.

"얼마나 기다렸어?"

"세 시간이요."

"감기도 다 안 나은 주제에 정신 나갔군."

은서가 배시시 웃으며 커피 한 모금을 마시는 것을 내려다보고 있던 지혁은 정 떨어질 정도의 싸늘한 어조로 못 박았다.

"돌아가. 너하고 할 말 없으니까."

얼었던 몸이 커피의 온기에 다소 풀렸던지 은서는 한숨을 길게 내쉬더니 혼잣말로 중얼거렸다.

"아, 배고파. 나 아직 점심도 못 먹었는데……."

지혁이 아무 대꾸도 없이 싸늘한 눈으로 내려다보고만 있자 은서는 남은 커피를 쭉 마셔버리고 언 몸을 꼬물꼬물 움직이더니 비 맞은 강아지 같은 눈으로 올려다보며 덧붙여 물었다.

"오빠, 나 밥 사주면 안 돼요?"

누구도 거부할 수 없을 만큼 깜찍하고 애처로운 모습이었지만 지혁은 그녀를 깡그리 무시한 채 매몰차게 돌아서서 계단을 향해 걸어갔다.

"오빠아……."

짜증 섞인 한숨을 길게 내쉰 지혁은 신경질적으로 앞머리를 쓸어 올리다 뒤를 홱 돌아봤다. 은서는 큰 눈에 눈물을 글썽거리며 우두커니 그 자리에 선 채 주인 잃은 애완동물처럼 여전히 그를 바라보고 있었다.

이 빌어먹게도 어둡고 비틀려먹은 세상에 홀로 버려진 외톨이. 누군가 손 내밀어 주지 않으면 이리저리 차이며 굴러다니다 어느 순간 무자비하게 짓밟히고 말 신세.

왜 저 계집애 일에 있어선 제아무리 굳은 각오도 이렇게 쉽게 무너지는지, 도무지 알 수가 없었다.

"하아. 미치겠네."

한동안 은서를 노려보며 갈등하던 지혁은 포켓에서 뭔가를 꺼내 휙 던졌다. 그녀가 날아오는 물체를 반사적으로 탁 잡아채는 것까지 확인한 그는 다시 뒤돌아서면서 조용히 내뱉었다.

"차에 가 있어."

가방을 챙겨 오려는 듯 계단을 올라가는 지혁의 뒷모습을 보고 있던 은서는 그제야 환하게 웃으며 가만히 손을 벌리고 손바닥을 내려다봤다.

장식 하나 없이 밋밋한 고리에 달린 차 키에선 오래전 그날처럼 따끈따끈한 체온이 그대로 전해져오고 있었다.

"후루룩! 후룩!"

학교 후문 근처의 분식집으로 데려가주자 은서는 라면, 순대, 떡볶이와 튀김 따위들을 다 먹지도 못할 만큼 잔뜩 시켜 한 사나흘 굶은 사람처럼 게걸스럽게 먹었다.

"오빠 안 먹어요?"

청순가련한 외모를 사정없이 배반하는 행동으로 볼이 미어터져라 순대를 입에 욱여넣고 있던 은서는 얼굴을 찡그리며 건너다보기만 하는 지혁에게 떡볶이 하나를 콕 찍은 포크를 건네며 권했다.

"맛있어요. 같이 먹어요."

"아침 굶었어?"

눈을 크게 뜨고 뭔가를 골똘히 생각하던 은서는 무릎을 탁 치며 고개를 주억거렸다.

"아아. 어쩐지 배가 고프더라니. 안 먹은 거 같아요."

한심한 표정으로 건너다보던 지혁은 지친 듯 길게 한숨을 내쉬며 컵에 물을 따라 건넸고, 은서는 그 물을 꿀꺽꿀꺽 시원하게 마신 후 컵을 테이블 위에다 탁 내려놓고 생글생글 웃으며 그의 얼굴을 바라봤다.

"와아. 이러고 있으니까 다시 옛날로 돌아간 것 같네요."

"뭐가."

"우리 이렇게 마주보고 앉아 있는 거 말이에요."

차 회장의 자식들 중 지혁을 가장 예뻐했던 서 사장은 가끔씩 은서와 외식할 때 지혁을 불러 동석시키곤 했었다. 가장 마지막으로 셋이서 만났던 건 서 사장이 세상을 떠나기 한 달쯤 전이었다.

"오빠, 기억나요? 그때, 아빠가 맛있는 갈비 사주겠다고 해서 신나게 출발했다가 회사에서 갑자기 호출 오는 바람에 편의점에서 김밥이랑 컵라면 먹고 돌아온 거."

기억 못 할 리가 없었다. 그날 서 사장이 편의점 삼각김밥을 홀딱 벗겨놓고서 황당한 표정을 지었던 게 지혁은 아직도 눈에 선했으니까.

"기억 안 나. 전혀."

"아……."

은서는 금세 풀이 죽었던지, 얌전히 입을 다물고서 포크를 내려놓았다.

"하고 싶은 말이 뭐야?"

"네?"

"정말 밥 얻어먹으러 온 건 아닐 테고, 나한테 하고 싶은 말이 뭐냐고."

"정말 밥 얻어먹으러 온 거 맞아요."

허공 어딘가를 응시하고 있던 은서는 조용히 덧붙였다.

"믿을 사람이라곤 오빠밖에 없는걸요."

"나, 네가 알던 놈 아니라니까. 좋은 놈 아니라고! 너 원래 그렇게 멍청했어? 도대체 몇 번을 말해야 알아듣겠어?"

은서는 무표정하게 건너다보는 지혁을 가만히 건너다보며 고집스럽게 말을 이었다.

"어려서부터 눈칫밥 먹고 살아온 신세라 세상에 믿을 놈 하나도 없다는 건 잘 알아요. 그치만…… 그래도 오빠는 믿을 거예요. 아무리 밀어내도 나, 절대 안 떨어질 거예요. 오빠가 아무리 무섭게 해도 내 고집이 더 센 이상은 못 떼어낼걸요."

말을 마친 후 배시시 웃어 보이는 은서를 본 지혁은 몹시 난감한 표정으로 한숨을 내쉬었다.

이제 어쩌지. 어떻게 하면 좋지.

혼란스러운 지혁의 심정을 아는지 모르는지, 은서는 지갑을 꺼내면서 명랑하게 말했다.

"저번에 병원 데려가준 거 고맙다는 뜻에서 내가 낼……, 어?"

말하다 말고 잠시 쩔쩔매던 그녀는 그의 앞에다 수표 한 장을 살며시 내밀고 조심스럽게 물었다.

"지금 돈이 이것밖에 없는데, 혹시 바꿀 돈 있어요?"

지혁이 백만 원권 수표를 내려다보며 황당한 표정을 지었지만 은서는 전혀 아무렇지도 않은 듯 얌전히 덧붙였다.

"잔돈이 없어 어쩔 수 없네요. 오늘은 오빠가 계산해요. 난 다음번에 살게요."

"다음번이라고? 또 찾아오겠단 말이야?"

"응. 나 고집 세다니까요. 아까 못 들었어요?"

얼마나 어이가 없었던지 고개를 저으며 헛웃음까지 흘리는 지혁의 얼굴을 가만히 바라보던 은서 역시 자연스럽게 웃음을 터뜨렸다.

한산한 분식점 안, 뜨겁게 달구어진 석유난로 위로 흐릿한 아지랑이가 피어오르고 있었다.

"다녀오셨어요?"

늦은 저녁, 박 여사가 차 회장의 코트를 건네받으며 살갑게 인사를 건넸으나 그는 아내의 얼굴은 거들떠보지도 않은 채 곧장 거실로 올라서며 피곤한 듯 고개를 이리저리 움직였다.

"식사는 하셨나요?"

"응."

"피곤하신가 봐요. 꿀물이라도 좀 올릴까요?"

박 여사의 목소리는 꿀보다도 더 부드럽고 달콤했다. 아내의 다정한 목소리에 굳었던 심기가 조금 누그러졌던지, 차 회장은 사람 좋은 미소를 짓고서 뒤를 돌아보며 대답했다.

"그래주면 고맙지."

박 여사는 곁에 서 있던 가정부에게 꿀물과 다과를 준비할 것을 지시한 후 차 회장의 코트를 잘 개어 팔에다 걸쳤다.

"참, 김 변호사는 만나셨어요?"

"그래."

"어떻게 됐는데요?"

그 소리에 있는 대로 얼굴을 찌푸린 차 회장이 뒤를 돌아보며 괜한 짜증을 냈다.

"당신은 어떻게 그거 하나 제대로 처리 못해서 이 고생이야? 벌써 한 달이 다 되어가는데 지금쯤은 어떻게든 돼 있어야 하는 거 아니냐고!"

"죄송해요, 여보."

혀를 쯧쯧 차며 못마땅하게 박 여사를 바라보던 차 회장은 아무렇지도 않게 덧붙였다.

"뭐 됐고, 내일 볼일이 있어서 잠깐 지방에 출장 내려갈 거야. 한 이틀 머무를 예정이니 내 짐 좀 싸둬. 수영복도 두어 벌 챙겨 넣고."

차 회장이 계단을 오르며 툭 던지는 명령에 인자하게 웃고 있던 박 여사의 입술 끝이 미세하게 떨렸다. 출장길에 수영복이 필요할 일이 도대체 뭐가 있단 말인가. 오늘도 천박할 정도로 진한 여자 향수 냄새를 풀풀 풍기는 남편의 코트자락을 쥔 그녀의 손아귀에 으드득 힘이 들어갔다.

그때, 별채 쪽에서 쨍그랑, 하고 뭔가가 깨지는 소리가 울렸다.

"뭐야, 아까부터 왜 이리 소란스러워?"

차 회장이 투덜거리자 박 여사는 거실 전면 창을 통해 별채를 건너다봤다. 창마다 환한 불을 밝히고 있는 건물의 2층 서쪽 구석 방, 깨진 유리창 안에서 한 덩어리가 되어 격렬하게 다투고 있는 누군가의 실루엣이 눈에 띄었다. 굳이 확인할 것도 없이 민정과 은 서였다.

계단 위에서 박 여사를 내려다보던 차 회장은 경멸 어린 어조로 중얼거리며 자리를 떴다.

"집에서 놀면서 어떻게 애들조차 제대로 못 다루나, 쯧쯧."

창 밖을 내다보는 박 여사의 웃는 얼굴에 문득 섬뜩한 그늘이 어렸다.

박살 난 은서의 방 유리창으로 차가운 밤바람이 쏟아져 들어오고 있었다.

"차민정! 너 진짜!"

발단은 아주 사소한 일이었다. 민정이 며칠 전 빌려간 책을 돌려주러 왔는데 돌아온 책 상태가 가관이었던 것이다. 특별히 아끼고 소중히 읽었던 은서의 책은 무슨 국물에 담갔다 건지기라도 한 듯 온통 벌겋게 젖은 흔적에 양념 냄새까지 풀풀 풍기고 있었다. 아니나 다를까, 라면 냄비 받침으로 이용했다가 냄비를 엎지르는 바람에 버렸다고 했다. 그렇게 말하는 민정은 더없이 뻔뻔해 보였고, 그래서 은서는 '다시는 나한테 책 빌려달란 말 하지 마. 무식한 계집애야.'라고 말했을 뿐이었다.

작은 말다툼으로 시작한 싸움이 점점 커지더니 급기야 민정은 물건을 마구잡이로 던지기 시작했다. 그 중 조금 전 유리창을 뚫고 나가 2층 아래로 떨어져 산산조각 난 메트로놈은 서 사장이 은서에게 피아노를 사주며 함께 선물했던 아주 소중한 것이었다.

격분한 은서는 창 밖을 내다보며 울부짖다 저도 모르게 민정에게 달려들고 말았다. 은서에게 있어서 누군가와 이렇게 격렬한 다툼을 하는 건 생전 처음이었다.

"아악! 엄마! 아빠! 오빠들! 나 죽어! 이 미친 고아 년이 날 죽이려고 해!"

민정은 철없이 소리를 빽빽 지르며 지원을 요청했고, 그 시각 마침 집에 있던 민수와 지혁이 나타났다.

"또 싸워? 둘 다 이제 좀 그만 해라. 다 큰 애들이 그게 뭐냐."

민수가 귀찮아 죽겠다는 듯 성의 없이 내뱉자 민정이 발끈했다.

"오빠, 난 그저 이 계집애가 시끄럽게 굴어서 조용히 하라고 한 것뿐인데……! 흑. 아이, 아파……! 억울해! 흑흑."

"정말이야?"

"오빠! 그럼 내가 거짓말이라도 한단 말이야?"

제 오빠를 보자마자 눈물을 글썽거리고 울먹거리는 민정은 조금 전까지 사람을 괴롭히고 주먹을 휘두르며 물건을 마구 집어던지던 사람과 동일 인물이라는 게 믿어지지 않을 정도로 애처로워 보였다.

아니나 다를까, 민수는 인상을 쓰더니 오히려 은서를 나무랐다.

"은서야, 네가 잘못했네. 민정이한테 사과하고 이제 그만 마무리해라."

어이없는 표정으로 민정을 쳐다보던 은서는 문간에 기댄 채 이쪽을 똑바로 보고 있는 지혁을 뒤늦게 발견했다. 혹시라도 도와주지 않을까 기대했지만 그는 끝까지 나서지 않은 채 무표정하게 구경만 하고 있을 뿐이었다. 답답해진 은서가 눈물을 글썽거리며 뭔가 항변하려던 순간, 어두운 복도에서 박 여사의 모습이 불쑥 나타났다.

"이게 대체 무슨 소동이니?"

부드럽게 웃음 지으며 방을 둘러본 박 여사는 은서를 똑바로 바라보며 재차 물었다.

"아줌마가 지금 은서한테 묻는 거야. 무슨 일이냐고 물었는데 우리 은서가 왜 대답이 없을까?"

박 여사의 얼굴은 평소의 인자했던 모습과는 어딘지 모르게 달랐다. 그녀는 입으로는 웃고 있지만 눈은 전혀 그렇지 않은 미소를 짓고 있었다.

방 안 분위기는 찬물을 끼얹은 듯 순식간에 잠잠해졌다.

"엄마……, 히이잉."

민정이 가식적인 울음소리를 내며 곁으로 오자 박 여사는 엉망으로 헝클어진 딸의 머리와 은서의 손가락 사이에 끼어 있는 머리카락들, 깨진 창문과 어질러진 방 안까지를 찬찬히 훑어본 후 조용히 말을 이었다.

"은서야, 아줌마는 말이지, 다른 건 몰라도 버릇없고 교양 없이 구는 건 용납할 수가 없어. 아무리 부모 없이 자란 데다 양아버지는 오냐오냐 키웠다지만, 그래도 최소한의 기본 소양은 있어야 되지 않겠니? 우리 은서가 밖에 나가 버릇없다는 소리 듣는 거, 이 아줌만 정말로 싫어."

박 여사는 무척 안타깝다는 표정으로 은서를 마주보더니 다정한 어조로 말을 이었다.

"모르는 건 죄가 아니란다. 배우면 되니까. 널 위해서라도 아줌마가 호되게 좀 할 테니 너무 서운하게 생각지 말거라. 아줌만 오직 우리 은서를 위해서 이러는 거야. 내 말이 무슨 말인지 알겠지?"

"네……?"

"우리 은서가 오늘 뭘 잘못했는지 혼자서 생각해보고 깊이 반성하는 시간을 갖도록 하자."

복도를 향해 돌아선 박 여사는 더없이 교양 있고 부드러운 어투로 말했다.

"파주댁, 가서 창고 키 좀 가져와요."

시계가 없으니 몇 시인지 알 수도 없었다.

추위에 뻣뻣하게 굳은 몸을 이리저리 움직여보며 출입문 쪽으로 다가간 은서는 닿자마자 손이 얼어버릴 것만 같은 철제문의 냉기에 몸서리를 치며 담요를 두른 어깨로 문을 밀어보았다. 그러나 덜컹덜컹 요란한 소리만 날 뿐 문은 전혀 움직일 생각을 하지 않았다. 밖에서 잠근 자물쇠의 키는 박 여사가 직접 가지고 가버렸으니 그녀가 다시 와 문을 열어주지 않는다면 혼자서 영영 갇혀 있을 수밖에 없었다.

"아아, 추워······."

말을 할 때마다 하얀 입김이 담배 연기처럼 공중에 흩날렸다.

별채 뒤편의 차고 옆, 육중한 철제 출입문 밖에 자물쇠가 달려 있는 창고는 살림을 할 수 있도록 만들어진 구조로 방 한쪽에 싱크대 하나와 화장실이 딸려 있었다. 그렇지만 정원용 연장들과 비료 포대 따위들만이 산더미처럼 쌓여 있을 뿐 여기에 누군가가 살았던 흔적 같은 건 전혀 없어 보였다.

오래돼 누렇게 변한 벽지 여기저기에는 갈색 얼룩이 남아 있었고, 삭은 모노륨 장판에선 시멘트의 냉기가 고스란히 올라오고 있었다. 소켓만 남아 있어 무용지물인 전등을 올려다본 은서는 고개를 돌려 창문을 바라봤다. 지붕 바로 아래 달린 작은 창문을 통해 달빛이 환하게 새어 들어오고 있지 않았다면 추위뿐만 아니라 밤새 무서움에도 떨어야만 했을 것이다.

은서는 긴 담요자락을 꼭꼭 여미며 문짝 크기만 한 스티로폼한 장이 깔린 구석을 다시 찾아 바짝 몸을 웅크리고 앉았다. 지쳐서 말라붙었던지 더 이상 눈물도 나지 않았고, 끌어안은 무릎 위에다 이마를 기댄 그녀의 입술 사이로 가느다란 한숨이 새어나왔다.

달칵, 달칵, 기묘한 소리가 들려온 것은 바로 그때였다.

잘못 들었으려니 했던 은서의 귀에 또다시 이상한 소리가 들려왔다. 금속끼리 부딪치며 내는 마찰음. 누군가가 자물쇠를 비틀어 열려 하고 있는 것 같았다.

잠시 후 조용히 문이 열리더니 긴 그림자 하나가 방 한가운데까지 드리워졌다. 어두워서 얼굴이 보이지 않았기에 누구인지 전혀 알 수가 없었다. 그러나 달빛에 비친 실루엣은 분명 남자의 것이었다. 덜컥 겁을 집어 먹은 은서는 한껏 몸을 웅크리며 방어태세를 취했다.

"누구세요!"

"쉿."

조심스럽게 방 한가운데로 걸어온 남자의 얼굴이 창을 통과한 달빛에 환하게 드러났다.

"지혁 오빠?"

긴장이 풀린 은서는 안도의 한숨을 내쉬고 물었다.

"하아, 난 또 누구라고. 그런데 여긴 어떻게……?"

은서의 바로 앞으로 와 몸을 숙인 지혁은 무표정하게 뭔가를 꺼내 은서의 눈앞에다 흔들어 보였다. 머리핀과 구부러진 클립들. 일전에 지혁이 말했던 '열려라 참깨'의 정체였다. 그런 건 영화에나 나오는 일인 줄만 알았는데, 완벽한 모범생이었던 그가 이런 나쁜 짓을 어디서 배웠는지 신기할 따름이었다.

"혼자서 무서울까 봐 와준 거예요?"

코끝을 발갛게 물들이며 웃는 은서를 말없이 내려다보던 지혁은 굳은 표정으로 내뱉었다.

"착각하지 마. 담배 피우러 나온 거니까."

말은 그렇게 했어도, 지혁이 점퍼 포켓에서 꺼낸 것은 담뱃갑과 라이터가 아니라 전혀 다른 것들이었다.

휙휙 날아오는 물건들을 얼떨결에 덥석덥석 잡아챈 은서는 무룽 위에 놓인 일회용 손난로 두 개와 따뜻한 캔 커피 하나, 편의점 삼각김밥 두 개를 내려다보고 눈을 동그랗게 뜨며 물었다.

"편의점 갔다 왔어요?"

"담배가 떨어져서 사러 갔었다, 왜."

지혁이 툭 내뱉는 말에 은서는 물끄러미 그를 올려다보다 이내 입을 가리고 조그맣게 웃음을 터뜨렸다. 꽤나 깊은 비밀을 숨기고 있는 듯한 사람이 이런 거짓말은 무척 서툴다는 생각이 들었다.

"넌 이런 상황에 웃을 정신도 있구나."

지혁이 황당하다는 표정으로 내려다보자 은서는 엉덩이를 들 썩들썩하며 살짝 옆으로 비켜 앉아 자리를 만들더니 손짓하며 말 했다.

"이쪽으로 앉아요. 거긴 바닥 차가워요."

잠시 주저하던 지혁은 천천히 몸을 움직여 은서의 바로 곁에 자리를 잡고 앉았다. 바닥의 스티로폼 패널과 벽엔 조금 전 기대앉 았던 은서의 체온이 그대로 남아 있었다. 그녀가 혼자서 얼마나 떨 었을지 짐작이 갔다.

얼굴을 찌푸린 지혁은 천천히 고개를 돌려 방 안을 둘러봤다. 다시는 오고 싶지 않았던 이곳, 그 익숙한 살풍경은 여전히 그대로 였다.

"손이 얼어서…… 잘 안 뜯어지네……, 읏차, 야호, 됐다."

일회용 손난로의 포장을 푸느라 여념이 없던 은서는 착착 소리 를 내며 열심히 손난로를 흔들기 시작했다.

"자요. 추우니까 오빠도 하나 해요."

은서가 건네준 손난로를 힐끗 내려다본 지혁은 그녀가 꽁꽁 두르고 있는 담요 한쪽 깃을 벌리더니 건네받았던 손난로를 그 안에다 툭 던져 넣었다.

"필요 없어."

　어색하게 배시시 웃던 은서는 손난로 두 개의 온기로 몸이 제법 녹았던지 만족스러운 표정으로 삼각김밥 하나를 그에게 건넸다.

"그럼 김밥이라도 같이 먹어요."

"됐어."

　지혁이 또 한 번 차갑게 밀어내자 은서는 어깨를 으쓱하더니 이내 김밥 포장을 부스럭거리기 시작했다. 일부러 비닐 포장을 홀랑 벗겨 삼각형 모양의 밥만 손에 든 은서는 지혁의 눈앞에다 그걸 자랑스럽게 쑥 들이밀었다.

"짜잔."

　그는 몹시 한심하다는 표정으로 툭 내뱉었다.

"아버지 흉내라도 내는 거냐?"

"그것 봐요. 역시, 기억하고 있었다니까."

　은서가 생글생글 웃으며 중얼거리는 말에 지혁은 무표정하게 시선을 돌렸다.

　삼각김밥 하나를 연방 허겁지겁 베어 물고서 볼을 빵빵하게 부풀린 그녀는 우물거리다 말고 가슴을 톡톡 치며 커피를 후르르 들이마셨다. 배가 얼마나 고팠기에, 어느새 김밥 하나가 눈앞에서 순식간에 사라졌다. 저녁도 굶었으니 당연한 일일 터였다.

"우와. 오빠가 사온 거라 그런지 더 맛있다."

은서의 행동은 마치 제 방에 있는 것처럼 너무도 태평하고 느긋했다. 그러나 그녀의 모습은 그다지 자연스러워 보이진 않았다. 초보 연극배우의 어색한 연기처럼 과했다. 뭔가 당장 터지려는 것을 억지로 꾹꾹 눌러놓은 것처럼 불안해 보였다.

아니나 다를까. 두 개째의 김밥을 먹던 중 목이 막혔던지 그녀는 들고 있던 김밥을 무릎 위에다 내려놓고서 고통스러운 표정을 지었다.

"나……, 그래요, 부모 없이 자랐고 철든 후에 입양해준 아빠는 무조건 오냐오냐 키웠으니까……, 사실 잘 몰라요, 이런 거."

"뭘."

"엄마 아빠 아래서 제대로 큰 애들은……, 잘잘못도 안 따지고 원래 이렇게 춥고 어두운 데 가둬서 교육시키는 거예요? 보육원에서도 이렇게는 안 가르치던데?"

정말 궁금해서 묻는 건 아닌 듯 들렸다. 물기 가득한 그녀의 목소리엔 억울함이 가득했다.

"난 가끔 아줌마가 우리 엄마였음 좋겠다고 생각했었어요. 그 정도로 잘해주시던 아줌마가 대체 왜 나한테……."

은서는 몹시 실망한 듯 울먹이다 한숨을 길게 내쉬었다. 오랜 세월 동안 믿어왔던 사람들의 다른 모습을 계속해서 목도하고 있으니 무리도 아니었다.

"질질 짜려거든 나 간 후에 해라. 꼴 보기 싫으니까."

한동안 입 안의 밥을 꼭꼭 씹으며 코를 몇 번 훌쩍이던 은서는 억지로 입 안의 밥덩이를 꿀꺽 삼켜버리더니 이내 남은 김밥을 입에다 꾸역꾸역 욱여넣으며 분명치 못한 발음으로 중얼거렸다.

"안 울게요."

평소였다면 이런 상황에서 눈물바람에 여념이 없을 텐데. 지혁은 아무것도 모르는 주제에 어떻게든 견뎌내려고 노력하는 은서가 대견했다. 하긴. 오랜 기간에 걸쳐 진짜 죽음도 독하게 이겨낸 계집애이니 어떤 일이 닥친다 하더라도 충분히 제정신을 유지하며 살 수 있을 거란 생각이 들었다. 자신처럼 끔찍한 어둠에 잡아먹히지 않고서 말이다.

포켓에서 담뱃갑을 꺼내 만지작거리던 지혁은 씁쓸한 표정으로 담배 한 대를 입에다 물고서 라이터 불을 켰다. 작은 불길이 그의 얼굴을 환하게 밝혔다가 잦아들자 이내 매캐하고 아련한 연기한 줄기가 공중으로 피어올랐다.

"언제부터 피웠어요?"

까만 허공에다 회색 연기를 길게 뿜어낸 그는 아무렇지도 않게 툭 내뱉었다.

"중학교 1학년."

"세상에나. 그렇게 오래됐어요? 난 오빠 담배 피우는 줄은 전혀 몰랐는데."

"너한테 들키기 전엔 아무도 몰랐어."

가만히 지혁의 옆얼굴을 올려다보고 있던 은서가 조심스럽게 물었다.

"혹시……, 오빠도 여기 갇힌 적 있어요?"

아무 대답도 돌아오지 않았고 그의 표정 역시 전혀 변함없이 차가웠지만, 분명 그랬을 거란 느낌이 들었다.

지혁은 아무 말 없이 담배 한 대를 다 피우고 불을 비벼 끈 후 마지막으로 길게 연기를 뿜어냈다. 더없이 무표정한 얼굴로 다시 한 번 방을 둘러본 그는 이내 은서가 목에 걸고 있는 목걸이를 가리키며 물었다.

"아버지가 주신 거랬지?"

"네."

흔한 보석 하나 박히지 않은, 밋밋하고 작은 별 모양 백금 펜던트를 만지작거리던 은서는 손을 목 뒤로 돌리더니 목걸이를 빼 지혁의 오른손 손바닥 위에다 내려놓은 후 환하게 웃어 보였다.

"폴라리스래요. 졸업선물로 받은 거예요. 아무리 어두운 밤이 계속돼도 이 별은 계속 그 자리에 있으니까 이것만 보고 따라가면 된다고."

"북극성이라…… . 딱 아저씨답네."

달빛을 하얗게 반사하는 별을 내려다보던 지혁은 생전의 서종근을 떠올리고서 씁쓸한 미소를 지었다.

서종근은 지혁이 혼외자라는 사실을 알고 있는 얼마 안 되는 사람 중 한 명이었다. 늘 민수에게 찍소리도 못한 채 당하고 상처투성이로 지내면서도 바보천치처럼 웃기만 하던 지혁에게 그렇게 참지만 말고 한 대 시원하게 패버리라며 응원한 사람, 늘 밖으로 도는 아버지 대신 쉬는 날이면 가끔은 기분전환도 해야 한다며 여기저기 데리고 다니며 구경시켜주었던 사람, 네 잘못이 아니라고,

다 어른들 잘못이니 그렇게 참지만 말고 네가 하고 싶은 대로 터뜨려도 된다고 줄기차게 말해주었던 사람. 까만 밤하늘의 북극성처럼 그 자리에서 움직이는 법이 없었던 사람, 올바르고 강하며 5월의 미풍처럼 따뜻하고 부드럽기만 한 사람이었다. '이 세상에 온통 추악하고 더러운 인간들만 사는 건 아니었구나.' 하는 걸 깨닫게 해준, 그 존재만으로도 위안이 되는 사람이었다. 벌써 죽어선 안될, 아주 오래오래 살아도 되는 사람이었단 말이다.

"이 세상에 효험 있는 부적이란 건 없어. 다들 그렇게 믿고서 지니는 것뿐이지."

시니컬한 어조로 내뱉은 지혁은 목걸이를 그녀에게 돌려주기 위해 몸을 돌렸다.

추워서 담요 속으로 손을 넣어버린 은서는 목걸이를 다시 착용하기 위해 손을 빼는 게 귀찮았던지 목을 쭉 빼며 당돌하게 말했다.

"오빠가 걸어줘요."

목걸이의 양쪽 끝을 잡고 있는 손을 내밀어 은서의 목 뒤로 돌린 지혁은 그녀의 하얗고 가느다란 목덜미를 내려다보다 저도 모르게 숨을 멈추고 말았다.

"오빠."

결 좋은 머리카락에서 풍기는 매혹적인 향기를 애써 외면하려고 필사의 노력을 퍼붓고 있는 지혁의 마음을 아는지 모르는지 은서는 순진한 얼굴을 들고서 똑바로 그의 얼굴을 올려다보고 있었다.

말문이 막힌 지혁은 아무 대꾸도 하지 않았고, 은서는 생생한 촉감마저 느껴지는 시선으로 그의 얼굴을 차근차근 뜯어보더니 손을 내밀어 그의 안경을 살며시 벗겨냈다.

"안경 벗은 게 훨씬 나아요. 잘생겼어요."

예술가가 공들여 완성한 조각상처럼 멋진 그의 얼굴 중 가장 인상적인 곳은 바로 눈동자였다.

한밤의 어둠, 아니, 그 밑바닥을 가늠할 수 없을 정도로 깊은 바다처럼 검은 지혁의 눈동자는 대단히 매력적이었지만 동시에 무척이나 애처롭게 느껴지기도 했다.

그가 저 어둠 속에 꼭꼭 숨겨둔 건 대체 뭘까. 그게 뭔지 계속해서 마음이 쓰이는 이유는 단지 호기심뿐만은 아닐 것이다. 그것을 은서는 희미하게나마 느끼고 있었지만 아직 그 이유에 대해선 다 알 수가 없었다.

천천히 고개를 숙여 조금만 더 다가오면 서로의 코끝이 닿을 정도의 거리에서 멈추어 선 지혁은 마치 뭔가를 찾기라도 하려는 듯 헤매고 있던 은서의 시선을 단숨에 뺏어버렸다.

날카로운 지혁의 눈길에 주도권을 뺏기며 도리어 마음을 읽힌 것 같은 기분이 든 은서는 어색하게 더듬거리며 되물었다.

"왜…… 요?"

희미한 담배 냄새가 밴 뜨거운 숨결이 뺨 위로 훅 쏟아지자 은서는 야릇한 감촉에 흠칫 몸을 떨었다. 짜릿한 감각이 등줄기를 타고 흐르자 이번엔 목구멍으로 마른침이 넘어갔다. 뭐 하려는 거지, 대체 지금 뭐 하려는 거지, 머릿속으론 온갖 상상들이 화려하게 펼쳐졌지만 그녀는 짐짓 태연한 척하느라 열심이었다.

지혁은 은서의 그런 반응을 마치 즐기기라도 하듯 한참이나 느긋하게 그녀의 눈을 들여다보더니 이내 손을 움직여 목걸이의 고리를 채우고 물러났다.

"오빠 방금 야한 짓 하려고 했지요?"

은서가 볼을 새빨갛게 물들이며 눈을 흘기자 지혁은 무표정하게 내뱉었다.

"너, 살짝만 미친 줄 알았는데 많이 미쳤구나."

"아아, 너무해. 무슨 말을 그렇게 해요?"

두 사람은 동시에 피식 웃으며 벽에다 등을 기댔다.

한동안 아무 말도 오가지 않았고 이내 사방엔 적막이 내려앉았다.

벽에서 전달된 선뜩한 차가움이 온몸을 타고 흐르다 체온과 동화(同化)해 희미해질 무렵, 은서는 가만히 지혁의 어깨에 기대며 중얼거렸다.

"언제 갈 거예요, 오빠?"

"왜."

"계속 여기 있어주면 안 되겠지요?"

"무서워?"

"아니요. 무서운 건 아니고요, 그냥……."

말은 이렇게 해도 무섭지 않을 리가 없었다.

따스한 동시에 너무도 애처롭고 안쓰러운 그녀의 모습에 지혁은 조금씩 마음이 약해지고 있었다. 머리론 이래선 안 된다고 생각하면서도 점점 더 동요하고 있었다.

인상을 쓰고 길게 한숨을 내쉰 그가 나직이 속삭였다.

"자라. 너 잠들면 갈게."

"잠이 안 올 것 같아요."

"억지로라도 자."

은서는 고분고분 눈을 감고 지혁의 어깨에 머리를 기댄 채 잠을 청했다.

잠시 생각에 잠겼던 지혁이 나직이 말을 걸었다.

"인감도장 말인데, 그냥 내놔. 다시 한 번 말하지만 그게 너를 위해서도 더 나은 일이야."

"내 걱정 해주는 거예요?"

"헛소린 집어치우고 대답이나 해."

"생각해볼게요."

"너 고집이 왜 그렇게 세? 쓸데없이 생각하지 말고 그냥 내놓으라고. 그 돈이 세상의 전부가 아니야. 여기서 붙어 살면서 용돈이나 뜯어내 쓰다가 맞선으로 좋은 남자 만나 얼른 시집이나 가버리란 말이야. 더 이상 골치 썩히지 말고."

"싫어요. 내 신랑감은 오빠로 벌써 찍어뒀단 말이에요."

"이게 진짜."

그렇게 실랑이를 벌이며 얼마의 시간을 보냈을까. 잠이 안 올 것 같다는 말은 새빨간 거짓말이었나 싶을 정도로 짧은 사이에 은서는 새근새근 숨소리를 내며 잠들었다.

지혁은 나지막이 한숨을 내쉬며 그녀를 안아 자신의 몸에서 떼어낸 후 스티로폼 바닥에다 눕혀주었다.

깊이도 잠든 모양이었다. 담요를 정리해 다시 덮어줄 때까지 은서는 눈을 한 번도 뜨지 않았다. 손난로 두 개를 담요 안에 잘 넣어주고 바닥에 어지럽게 널린 쓰레기들을 깨끗하게 정리해 점퍼 포켓 안에다 쑤셔 넣은 그는 자리에서 일어나기 전 마지막으로 은서의 얼굴을 내려다보았다.

살짝 벌어진 사이로 달큰한 숨결이 새어나오고 있는 은서의 입술을 어두운 표정으로 바라보던 지혁은 빈 주먹을 쥐었다 폈다 하며 잠시 머뭇거리다 자리에서 일어나 조용히 어둠 속으로 사라졌다.

6. 두 사람

　하룻밤의 벌을 받고 창고 밖으로 나왔을 때, 박 여사는 은서를 따뜻한 품으로 안아주며 다시는 그런 일이 없도록 하라며 타일렀다. 그 친절이 어쩐지 전처럼만 못하게 느껴진 그녀는 이후로 박 여사의 심기를 어지럽히지 않기 위해 각별히 조심했다. 민정의 시비는 여전히 계속되었지만 그 역시도 인고의 노력으로 넘기며 그녀 나름대로 눈치껏 새로운 환경에 적응하고 있었다.

　그러는 사이 시간은 착실히 흘러 어느덧 정원의 매화가 만개한 봄이 되었다.

　매주 토요일 오전이면 박 여사는 모 봉사단체 모임 때문에 집을 비웠다. 오늘 역시 이른 시각부터 외출 준비를 마치고 나온 그녀는 정원에 나와 볕을 쬐고 있던 은서를 발견하고서 반갑게 인사를 건넸다.

　"우리 은서, 잘 잤니?"

　"네. 안녕히 주무셨어요, 아줌마."

　"아직 쌀쌀한데 왜 나와 있어? 과외 선생님은 아직 안 오셨니?"

"항상 조금씩 늦으세요."

"아니, 세상에, 선생님이 시간 약속도 안 지키다니, 그렇게 안 봤는데. 쯧쯧. 민정이는?"

"아직 자요. 깨웠는데 안 일어나네요."

"그래? 애가 요즘 통 아침잠을 못 이기네. 몸이 허해서 그런 가? 보약이라도 좀 지어줘야겠구나."

몸이 허해서 아침잠을 못 이기는 게 아니었다. 고등학교에 입학한 지 한 달 남짓인 계집애가 벌써부터 발랑 까져서는 허구한 날 술을 마시고 새벽에 들어오니 잠이 모자랄 수밖에.

"조심히 다녀오세요."

대문 앞까지 나가 박 여사를 배웅한 은서는 별채로 돌아가다 정원 한쪽에서 발을 멈추었다. 매화나무 한 그루가 며칠 사이에 활짝 꽃을 피워 화사한 빛을 드리우고 있었다.

"와아, 예뻐라."

꽃그늘 아래에서 한껏 고개를 꺾어 위를 올려다보는 은서의 얼굴에 부드러운 봄 햇살이 머물렀다.

숨을 깊이 들이마시며 산뜻한 봄 향취를 만끽하던 중, 그녀는 문득 오싹한 기분을 느끼고 고개를 돌렸다. 늘 시간을 지키지 않던 주말과외 교사가 웬일로 시간을 맞추어 왔는지 어느새 대문 안에 들어와 있었다.

박 여사가 지인에게서 소개 받아 채용했던 과외 교사는 20대 후반의 남자로 카랑카랑한 목소리와는 어울리지 않는 순박한 얼굴의 소유자였는데, 오늘따라 왠지 그의 눈길이 좀 묘했다. 그러고 보니 가끔씩 수업 중에도 힐끔힐끔 쳐다보는 것 같더라니.

높이 틀어 올린 머리와 네크라인이 깊게 파인 티셔츠 때문에 은서의 긴 목이 그대로 드러나 있었다. 그가 조금 전 자신의 목덜미를 훔쳐보고 있었다는 느낌을 받은 그녀는 이내 몹시 불쾌해졌다.

"은서, 안녕? 나 기다리고 있었구나?"

"네? 아, 아니, 뭐……."

은서는 당황한 나머지 인사하는 것도 잊은 채 어물어물 대꾸하고 돌아서버렸다.

그런데, 언제부터 나와 있었는지 지혁이 백팩을 메고서 현관 앞에 서 있었다.

지혁의 시선은 똑바로 은서 쪽을 향하고 있었지만 오늘따라 그의 분위기도 왠지 좀 수상했다. 안경 렌즈에 햇빛이 반사되어 자세히 볼 순 없었지만, 그녀는 일순 모골이 송연할 정도로 섬뜩한 눈을 본 듯한 기분이 들었다.

"오빠……."

아무 대꾸도 하지 않은 채 서 있던 지혁은 은서의 머리부터 발끝까지를 쭉 훑어보더니 이내 과외 교사 쪽으로 시선을 주었다.

"안녕하세요? 어디 나가시는 길인가 봐요?"

지혁과 눈이 마주치자 과외 교사는 반갑게 인사를 건넸고, 지혁 역시 평소처럼 사람 좋은 미소를 지으며 대답했다.

"네. 볼일이 좀 있어서요."

"그럼, 살펴 가십시오. 은서야, 우린 올라가자."

뻣뻣하게 긴장한 표정으로 어깨를 잔뜩 움츠린 채 지혁을 곁눈질하던 은서는 과외 교사의 재촉에 걸음을 옮겼다.

은서가 먼저 현관으로 들어섰고, 그 뒤를 과외 교사가 바싹 따라붙었다.

두 사람이 편히 지나갈 수 있도록 한쪽으로 비켜서 있던 지혁이 갑자기 걸음을 뗀 것은 과외 교사가 그를 스쳐 지나가려던 순간이었다.

구부정하게 움츠린 지혁의 어깨에 가슴을 부딪치자 즉각 과외교사의 입술 사이로 엄살이 아닌가 싶을 정도로 큰 신음, 아니, 비명이 튀어나왔다.

"크헉!"

그저 지나치다 가볍게 부딪친 정도의 강도(强度)가 아니었다. 비실비실해 보이는 외모에 비해 꽤나 강골(强骨)이었던지, 지혁의 어깨에 부딪친 과외 교사의 가슴팍엔 갈비뼈라도 부러진 건 아닌가 싶을 정도로 극심한 통증이 엄습했다.

"아, 실례."

심한 고통에 숨까지 막혀 쿨럭거리던 과외 교사가 황당하다는 표정으로 돌아보자 지혁은 무척이나 미안한 표정으로 비굴하게 웃더니 유유히 그를 지나쳐버렸다.

중간고사를 한 주 앞둔 대학교 캠퍼스는 일요일인데도 평소보다 더 소란스러웠다. 비교적 외진 곳에 위치한 경영대 역시 예외는 아니어서 공부하다 잠시 쉬러 나온 학생들이 시끄럽게 떠드는 소리가 2층 정독실의 열린 창문으로 고스란히 새어 들어왔다.

환한 불이 밝혀진 실내에서는 국내 최고 대학 학부생들이 한 자라도 더 머리에 넣기 위해 칸막이가 쳐진 책상에다 일제히 고개를 처박고 있어, 그 안에서 한 사람을 콕 집어 찾기란 쉽지 않아 보였다. 처음 예상했던 대로 은서는 꽤 오랫동안 여기저기를 기웃거린 끝에 마침내 찾고 있던 장본인을 발견할 수 있었다.

창가 쪽 라인의 한쪽 구석에서 지혁은 형광펜 자국 천지인 서머리 노트를 뚫어져라 내려다보고 있었다. 얼마나 집중하고 있었던지, 그는 은서가 바로 뒤에 서서 자기를 내려다보고 있는 것을 전혀 눈치 채지 못했다.

좁은 책상 위의 전공서적들과 노트, 필기구들을 훔쳐보던 은서는 문득 책상 한쪽 구석의 종잇조각에 시선을 빼앗겼다. 처음엔 무슨 먼지인 줄만 알았던 검은 종잇조각은 다름 아닌 포스트잇이었는데, 그 작은 메모지를 빠끔한 구석이 없을 정도로 가득 채우고 있는 것은 볼펜으로 그은 엑스 표들이었다. 그의 신경질을 대변이라도 하듯 끝이 날카로운 엑스, 엑스, 엑스, 끝도 없이 그은 엑스들이 서로 겹치고 겹쳐 기묘하다 못해 오싹한 혼란을 자아내고 있었다.

뒤늦게 따가운 시선을 감지했던지, 지혁이 어깨를 한 번 움찔하더니 뒤를 돌아봤다.

"오빠."

"너……!"

황당한 표정으로 은서를 올려다본 그는 이내 못 말리겠다는 듯 긴 한숨을 내쉬더니 이내 가방을 챙기기 시작했다.

"어, 지금 안 가도 되는데."

당황한 은서가 손을 내저으며 속삭였지만 지혁은 깡그리 그녀를 무시한 채 자리에서 일어나 먼저 성큼성큼 걸어 나가기 시작했다.

말은 그렇게 했어도 내심 함께 귀가하기를 바랐던지, 은서는 어깨를 으쓱하고 혀를 쏙 빼물더니 냉큼 그의 뒤를 따랐다.

"진짜 열심히 하네요. 누가 뒤통수 때려도 모르겠는데요?"

은서가 과장 섞어 내놓은 말에 지혁이 대뜸 내뱉었다.

"바보냐? 때려도 모르는 사람이 어디 있어?"

언제부턴가 지혁은 은서가 달랑달랑 따라다니며 곁을 맴돌아도 전처럼 심하게 화를 내거나 내치지 않았다. 그러나 밀어내지 않았다 뿐이지 그다지 친절하게 대해주지도 않았으니 사실 은서의 입장에선 사이가 가까워진 건지 아닌지 알 수도 없었다. 그런데도 그녀는 줄기차게 그의 주위를 배회했다.

"바쁘지 않아? 너도 곧 시험 있다고 하지 않았어?"

은서는 조금 전 그를 졸라 지하매점에서 산 딸기우유팩에 빨대를 꽂으려 용을 쓰며 대답 대신 엉뚱한 질문을 내놓았다.

"지금 과외 수업 시간 아니냐고는 안 묻네요?"

지혁이 아무 대꾸도 하지 않은 채 커피만 마시고 있자 은서는 배시시 웃으며 덧붙였다.

"선생님이 자꾸 날 이상한 눈으로 쳐다본다고 아줌마한테 얘기해준 거, 오빠 맞죠?"

"내가 그렇게 한가해 보여?"

지혁이 딱 잘라 부인했지만 은서는 다 안다는 듯 웃음을 흘리며 말을 이었다.

"매번 수업시간마다 힐끔힐끔, 힐끔힐끔. 이건 대체 수업을 하는 건지, 훔쳐보는 건지 알 수도 없고, 그러면서 자기 자랑은 또 얼마나 하는지. 그동안 진짜 수업 안 받고 싶었다니까요."

어젯밤 박 여사에게 과외 교사에 대한 이야기를 슬쩍 흘린 사람은 지혁이 맞았다. 그러나 그가 흘렸던 말 내용은 은서가 알고 있는 것과는 조금 달랐다. 과외 교사가 음흉한 눈으로 훔쳐보는 대상을 민정이라고 한 것이다. 박 여사는 지혁이 예상한 것에서 단한 치도 어긋나지 않고서 즉시 대노했고, 바로 그 자리에서 과외 교사에게 전화를 걸어 해고를 통보했다.

아직도 딸기우유와 씨름을 하며 꼼지락거리는 은서를 물끄러미 내려다보던 지혁은 우유팩을 뺏어가 빨대를 꽂아 돌려주었다.

"고마워요, 오빠."

얼굴을 잔뜩 붉히며 올려다보는 은서의 눈에 또 한 번의 엷은 색기가 감돌았다.

봄이 시작되면서 그녀의 얼굴과 외모는 점점 더 성숙해져가고 있었다. 비단 그 과외 교사뿐만 아니라 그녀를 스쳐 지나가는 사내 녀석들 모두 다 비슷한 느낌을 받을 거란 생각이 들자 지혁은 왠지 기분이 묘해졌다. 무어라 정의내릴 수 없는 그 느낌은 초조와 불안

사이에 위치한 어떤 것이었다.

딸기우유 하나를 다 빨아 먹은 은서는 자리를 털고 일어나 교정 한쪽의 키 작은 매화나무로 다가갔다. 꽃송이가 달린 가지를 내려다보느라 또 한 번 선이 고운 뒷목덜미가 그대로 드러나자 지혁의 미간이 티 나도록 좁아졌다.

"시험 끝나면 곧 축제기간이잖아요? 구경하러 와도 돼요?"

아무런 대답도 돌아오지 않았지만 은서는 뭐가 그리 좋은지 혼자서 흥분해 재잘재잘 떠들어대고 있었다.

"친구가 일일주점 부침개에 잔디밭 풀 뽑아 넣는다고 하던데, 그거 거짓말이죠?"

"아니, 진짜야."

"에에? 진짜?"

진지하기 짝이 없는 지혁의 장난에 은서가 눈을 동그랗게 뜨고 돌아보는 순간, 어디선가 부드러운 밤바람이 불어왔다. 단과대학 앞마당을 지나온 바람은 흐드러지게 꽃 핀 매화나무 가지를 살며시 흔들었고 이내 눈처럼 하얀 꽃잎이 사방으로 흩어졌다.

꽃잎파리 하나가 하늘하늘 떨어지더니 은서가 감지하지 못한 사이 그녀의 오뚝한 콧날 위에 살며시 내려앉았다.

"에이, 말도 안 돼요. 어떻게 잔디를……!"

끝까지 말을 맺을 수 없었다. 어느새 지혁은 은서의 한 걸음 앞으로 바싹 다가와 똑바로 그녀를 내려다보고 있었다.

"오…… 빠?"

미동도 하지 않은 채 얼굴을 들여다보고 있는 그의 시선은 찌르는 듯 따갑고 불에 덴 것처럼 화끈했으며 구석구석 핥기라도 하는 듯 축축했다. 그렇지만 그 눈길은 그 과외 교사나 다른 남자들의 그것처럼 결코 불쾌하거나 혐오스럽게 느껴지지는 않았다.

한참이나 그렇게 내려다보고만 있던 지혁이 마침내 은서의 눈앞으로 손을 내밀었다.

커다란 손이 덮쳐오자 익숙한 그의 체향이 훅 끼쳤다. 눈앞이 아찔해진 은서는 어차피 보이지도 않는 눈을 질끈 감아버렸다.

그의 손이 닿을 듯 말 듯 눈꺼풀과 뺨을 지나 코끝에 다다르자 그녀의 온몸 솜털이 바짝 곤두섰다. 귓가엔 바람에 흔들리는 나뭇가지 소리, 코끝엔 봄밤 캠퍼스의 풋풋한 공기와 딸기우유의 달콤한 향기, 그리고 전신엔 알 수 없는 전율이 스쳤다.

그 순간, 누군가가 길게 휘파람을 불며 소리쳤다. 지혁을 알아본 학과 친구들인 모양이었다.

"차지혁! 시험 기간에 연애질이냐! 당장 가지 쳐라!"

'연애' 소리에 은서는 뺨이 화끈거렸지만 이어지는 지혁의 목소리에 곧바로 열이 식었다.

"연애질은 무슨! 동생이다!"

에이, 하고 길게 야유하는 소리들이 점점 더 멀어졌다.

"묻었어."

뜬금없는 소리에 살며시 눈을 뜬 은서는 집게손가락을 눈앞에다 들이대는 지혁을 보고 일시에 긴장이 풀려 헛웃음을 흘리고 말았다. 그의 손가락 끝엔 그녀의 코끝에서 옮아 왔을 동그란 꽃잎 한 장이 붙어 있었다.

"놀랐어요."

"왜."

"이번엔 진짜 야한 짓 하려는 줄 알았단 말이에요."

"머리에 피도 안 마른 게."

툭 내뱉는 말이었지만 어쩐지 전처럼 싸늘하게 느껴지진 않았다. 은서는 이때를 놓치지 않고서 샐쭉 웃으며 그의 소맷부리를 붙잡았다.

"그러니까 축제 구경시켜줘요."

"뭐가 '그러니까'인데? 안 돼."

"오빠아, 부탁이에요, 네에?"

소매 끝을 꼭 붙잡아 이리저리 흔들며 애교를 부리는 은서를 내려다보던 지혁은 포기한 듯 짧은 한숨을 내쉬고 더 이상 아무 말도 하지 않았다.

"어? 지금 이거, 허락하는 거죠? 맞죠? 응?"

기뻐하며 팔짝팔짝 뛰는 은서의 머리 위로 또 한 번 매화가 눈송이처럼 흩날렸다.

학교에서 향상 연주회가 있었던 날, 귀가한 은서는 교복도 벗지 못한 채 차 회장에게 호출되어 본관에 건너갔다 돌아왔다. 호출 이유는 이미 불을 보듯 훤했다.

최근 들어 은서는 인감도장을 그냥 맡겨버릴까 하는 고민에 빠져 있었다. 어차피 재단에 신탁된 부친의 유산 중 일부는 그녀가 성인이 되면 정식으로 상속 절차를 밟아 돌아올 테니 만에 하나 투자에 실패한다 하더라도 아주 길바닥에 나앉을 일은 없을 터였다.

그러나 결국 끝까지 계속해서 그녀의 발목을 잡은 것은 하나였다. 그 재산이 다른 것도 아니고 바로 선친의 유산이라는 사실.

며칠 전 은서는 아끼던 머리핀을 잃어버렸다. 생전의 양부에게서 선물 받았던 것이었다. 그간 잃어버린 것은 머리핀뿐만이 아니었다. 부친에게서 피아노와 함께 선물 받았던 메트로놈이 지난 달 민정과의 다툼 도중 박살이 났고, 멀쩡하던 손목시계 두 개가 연달아 고장 났으며, 작년 생일 선물로 받았던 가죽지갑도 얼마 전에 도둑맞았다. 추억이 담긴 물건들이 하나 둘씩 떠나감과 동시에 은서의 부친은 빠르게 그녀의 곁을 떠나고 있었다.

"그것들만이라도 지켜야 해."

혼잣말로 중얼거리며 별채의 식당으로 들어서자, 식탁 앞에 혼자 앉아 라면을 먹고 있던 종민이 고개를 들고 은서를 쳐다봤다.

"어머, 오빠, 웬일로 이렇게 일찍 들어왔어요?"

"곧 공연이라 이번 주는 밤새 연습실에 있을 거거든. 짐 챙기러 들어왔다가 출출해서 라면 하나 끓여 먹었다."

"아아. 공연은 어디서 하시는데요?"

"우리 가게. 보러 올래? 원래 미성년자는 못 들어오지만 내가 미리 얘기해둘게."

"언제요?"

"다음 주 수요일 밤 여덟 시."

"아……, 그날은 안 되겠네요. 선약이 있어서요."

"무슨 선약인데?"

"그냥, 그런 게 있어요."

수요일은 지혁의 학교 축제가 시작하는 날이었다. 그가 모처럼 밀어내지 않는데 이런 좋은 기회를 날릴 수는 없었다.

"민정이만 바쁜 줄 알았더니 고삐리 주제에 다들 바쁘네. 그건 그렇고, 배고프면 너도 라면 끓여줄까?"

"아니에요. 물 마시려고 왔어요."

종민은 멋지게 기른 수염을 냅킨으로 닦아내며 은서에게 자리를 내어주었다.

컵과 물병을 들고 식탁으로 돌아와 자리에 앉은 은서는 목이 탔던지 물 한 컵을 시원하게 들이켜다가 종민과 눈을 마주치고서 머쓱하게 웃었다.

"좀 전에 아버지한테 불려갔다 왔지?"

"네."

"아버지가 뭐래?"

"그냥……, 여러모로 신경 써주시는 거죠, 뭐."

은서가 어깨를 좁히며 얼버무리자 종민은 부드럽게 웃으며 지그시 그녀를 건너다보다 중얼거렸다.

"그게 신경 써주는 거라고? 부처 눈엔 부처만 보인다더니, 너…… 진짜 순수하구나."

"네?"

"아, 아니, 비꼬는 게 아니라 정말이야. 그냥 착하다고. 착하고…… 그리고 예뻐. 작년 이맘때만 해도 완전히 코흘리개였는데 이제 제법 아가씨 티도 나네. 훨씬 좋아 보인다."

종민의 말에 어떤 반응을 보여야 할지 몰랐던 은서는 이어지는 그의 말에 저도 모르게 가슴이 미어졌다.

"아저씨가 지금 살아 계신다면 좋을 텐데. 이렇게 예쁜 네 모습을 분명 대견히 여기고 여기저기에 자랑하셨겠지."

"아……."

종민의 말이 미처 끝나기도 전, 은서의 말간 눈망울이 크게 부풀어 오르더니 이내 커다란 눈물이 툭툭 떨어졌다. 무방비 상태에서 돌아가신 부친 이야기를 접하자 반사적으로 울음이 터져 나오고 말았던 것이다.

"너무해……, 흑."

"어어? 너, 호, 혹시 우냐? 우는 거야? 아니, 왜?"

"진짜 너무해요, 흑. 그런 거……, 나, 그동안 잘 참고 있었는데 갑자기 그렇게 아빠 얘기 하면……."

은서가 갑작스럽게 눈물을 펑펑 쏟기 시작하자 종민은 몹시 당황한 나머지 자리에서 벌떡 일어나 허둥지둥하다 티슈 박스를 들고 그녀의 곁으로 가 달래기 시작했다.

"미안하다, 오빠가 그 생각은 못하고 그만……. 울지 마, 응?"

그가 건넨 티슈로 눈가와 코를 닦아낸 은서는 억지로 웃으려 노력하며 고개를 저었다.

"죄송해요. 아직…… 조절이 잘 안 되네요."

은서의 웃음을 보고도 여전히 풀리질 않던지, 종민은 한참이나 그녀의 얼굴을 내려다보며 미안한 얼굴을 하고 있다가 이내 손목에서 뭔가를 빼 불쑥 내밀었다.

"이거 줄게, 화 풀어."

"뭔데요?"

"라피스라줄리 팔찌인데, 되게 좋은 거래. 가까운 친구한테서 선물 받았거든."

"어머, 아니에요. 그런 귀한 걸 제가 어떻게 받아요."

"아냐. 하나 더 만들어달라고 부탁하지, 뭐. 받아."

종민이 억지로 팔찌를 은서의 손에다 쥐여주던 순간, 식당 입구 쪽에서 인기척이 났다. 고개를 돌려보니 민정이 이를 박박 갈며서 있었다.

"지금 둘이서 뭐 하는 거야?"

"뭐 하다니, 그게 무슨 소리야? 그냥 얘기하고 있는 중이잖아."

종민이 기가 찬다는 듯 내뱉자 민정은 의심스러운 표정으로 은서를 살폈다.

"고아 년, 뭐야, 너? 왜 하필 종민 오빠한테 들러붙어서 질질 짜고 있어?"

"네가 알 바 아니잖아?"

"야! 어디 가! 너 거기 안 서?"

평소에 종민에게 비정상적으로 집착하는 민정을 잘 알고 있던 은서는 더 이상 트러블을 만들지 않기 위해 서둘러 식당을 나가버렸다.

"아, 저년이 진짜! 완전 거슬려 미쳐버리겠네."

은서가 나간 후로도 민정의 날카로운 시선은 꽤 오래도록 그녀의 뒷모습에 머물러 있었다.

"꼬투리만 딱 잡혀봐라, 서은서. 내가 너 진짜 가만 안 둔다."

봄 축제 첫날 밤, 정독실에 남아 있는 사람이라곤 지혁을 포함한 졸업반 단 몇 명뿐으로 모두 경영대 내에서 소문난 공부벌레들이었다.

창문 밖은 이미 아수라장이었다. 내리막길 아래에 위치한 소운동장 쪽에선 유명 가수의 공연이 시끄러운 메아리를 퍼뜨리고 있었고 단대 앞마당에 친 대형 스크린에서는 공포영화가 상영 중이었다. 게다가 바로 아래 현관에선 학생회 임원들 이하 많은 학생들이 대운동장에서 벌어지고 있는 일일주점 재료 조달 때문에 분주하게 움직이느라 시끄럽기 짝이 없었다.

약속시간까지는 아직 10분도 넘게 남아 있었지만 지혁은 전혀 눈에 들어오지 않는 책 따위 덮고 자리에서 일어나버렸다.

정독실 안에 있던 이들 모두가 집중을 못하긴 마찬가지였던지, 누군가가 지혁에게 물었다.

"집에 가냐?"

"아니. 누가 오기로 해서."

"애인?"

"애인은 무슨."

"여자도 좀 만나고 그래라. 이 숫기 없는 자식아."

친구의 핀잔에 지혁은 사람 좋은 웃음을 지어 보인 후 재킷을 걸쳐 입고 밖으로 나섰다. 어수선한 단대 현관을 뚫고 야외 영화가 한창 상영 중인 앞마당을 벗어나 약속 장소로 정해두었던 도로의 가로등으로 걸어가던 그는 이미 거기서 자신을 기다리고 있는 은서를 발견했다.

긴 생머리를 흩날리며 재킷 주머니에다 손을 넣은 채 멍하니 허공을 응시하고 있는 그녀는 고교 신입생이라고는 도저히 생각할 수 없을 정도로 성숙해 보였다.

지혁은 미니스커트 아래로 날씬하게 쭉 뻗은 은서의 다리를 멍하니 쳐다보다 갑작스럽게 고개를 돌린 그녀와 눈이 딱 마주쳤다. 자신을 알아본 그녀의 눈매가 모양 좋게 휘는 것을 보는 동시에, 딱딱하게 굳어 있던 심장이 아프도록 세게 뛰기 시작했다.

"오빠!"

은서는 쪼르르 달려와 습관처럼 지혁의 재킷 소매를 붙잡고 흔들어댔다.

"다행이다! 못 만나면 어쩌나 싶었다니까요."

"여기서 만나기로 했잖아. 그리고 약속 시간까지 10분이나 남았다."

"일부러 집에서 일찍 나왔어요."

"언제부터 기다렸는데."

"한 30분쯤?"

일순 지혁의 미간이 좁아졌지만 은서는 전혀 눈치 채지 못한 채 잔뜩 들뜬 눈으로 주변을 두리번거렸다.

"어디부터 갈까요? 공연? 일일주점?"

"고등학생이 무슨 주점이야."

"주점에서 어디 술만 파나요? 잔디 뽑아 부친다는 파전 먹어보러 가요, 네?"

소매를 잡아끄는 은서를 물끄러미 내려다보던 지혁은 저도 모르게 피식 웃음을 흘리고 말았다. 평소처럼 가장하는 웃음이 아니었다.

은서가 곁에 있을 땐 지혁의 모든 게 다 엉망이었다. 스스로 통제할 수 없을 정도로 물들어가고 있었다. 그러면 안 된다고 몇 번이나 자신을 다잡아도 이상하게 휘말리고 말았다. 시간관념이고 공간개념이고 모두 제멋대로 뒤섞였다. 장황하기만 할 뿐 결국엔 아무 결론도 없는 그녀의 수다를 가만히 듣고만 있어도 시간은 믿을 수 없을 정도로 빨리 흘러갔으며 종종 여기가 어디인지, 나는 누구인지조차 잊곤 했다. '나한테 이러지 마. 제발 부탁이니까 나한테 이러지 말란 말이야.'라고 말하려 속으로 몇천 번이나 되뇌었는지 모른다.

그러나 눌려 있던 숨통이 잠시라도 트이는 그 순간이 너무도 달콤해 쉽게 끊어낼 수가 없었다. 흡사 마약중독자가 엄청난 쾌감에 급격히 약을 탐닉하게 되는 것처럼 지혁 역시 은서와 함께 있는 시간에 점점 빠져들고 있었다.

색색의 알전구들 사이를 누군가와 나란히 어깨를 맞대고 걷는 것은 두 사람에게 있어서 꽤나 특별한 경험이었다.

일일주점에서 군것질도 하고 시끄러운 공연 구경도 하며 얼마의 시간을 보냈을까. 분위기에 취해 줄곧 걷던 그들은 어느새 인파로 북적이는 곳을 벗어나 한 단과대학 뒤편 길로 접어들어 있었다.

"와, 공기 좋다."

밤바람마저 따스하게 느껴질 정도로 어느덧 봄은 깊어 있었다.

숨을 깊게 들이마시며 사방을 둘러본 은서는 좁은 길을 따라 야트막한 산으로 이어진 산책로를 가리키며 물었다.

"저기 올라가면 뭐가 있어요?"

눈을 들어 산을 올려다본 지혁은 어깨를 으쓱하고서 고개를 저어 보였다. 그동안 공부만 하느라 사실 학교 안에 이런 산책로가 있는지도 모르고 있었다.

"별 구경도 할 수 있을까요?"

"글쎄. 올라가봐야 알겠지."

"그럼 우리 가봐요."

"괜찮겠어?"

지혁은 은서가 신은 제법 높은 구두를 곁눈질하며 물었지만 그녀는 믿는 구석이라도 있는 듯 씩씩하게 자갈이 깔린 산책로를 따라 비탈을 오르기 시작했다. 다소 의심스러운 눈으로 그녀의 뒷모습을 보고 있던 지혁이 따라나서자 두 사람의 뜬금없는 산행이 시작되었다.

혹시나 했더니 역시나. 처음의 기세 좋던 분위기와는 달리, 은서의 밑천은 그리 오래지 않아 바닥을 드러내고 말았다.

"천천히……, 하아, 하아. 오빠……, 우웨엑, 조금만 천천히 가면 안 돼요?"

희미한 조명이 오솔길을 밝혀주고 있는 산은 말 그대로 동네

뒷산이라 그다지 산세(山勢)가 험한 것도 아니었는데, 은서는 얼마나 심각한 운동 부족이었던지 산비탈을 오른 지 10분도 되지 않아 배터리가 완전 방전되고 말았다.

지혁은 쌕쌕 숨을 몰아쉬며 쭈그리고 앉아 있는 은서를 한심하다는 표정으로 돌아보고 내뱉었다.

"네가 오자고 했잖아."

"아니……, 그러니까……, 안 간다는 게 아니라 좀 천천히……, 헥헥."

하는 수 없어서 지혁이 그 자리에 선 채 팔짱을 끼고 기다리자 은서는 다시 힘을 내 비탈길을 비척비척 올라오기 시작했다. 그렇게 몇 걸음이나 뗐을까.

"악!"

어째 위태위태하다 싶었더니 은서는 나지막한 비명을 지르며 그 자리에 팩 고꾸라지고 말았다. 나무 등걸에 발이 걸린 모양이었다.

"참 여러 가지 한다. 다쳤어?"

지혁이 다가가 일으켜주자 그녀는 두 발로 바닥을 딛고 인상을 잔뜩 쓰며 고통스러워했다.

"아야야. 아파……."

"하아."

지혁이 또 한 번 한심하다는 눈빛으로 바라보며 길게 한숨을 내쉬자 은서는 주눅이 든 나머지 얼굴을 붉히며 우물거렸다.

"미안해요, 오빠. 거의 다 올라온 것 같은데 아쉽지만 안 되겠네요. 그냥 내려가요."

"걸어서 내려갈 순 있겠어?"

"네……. 뭐, 어떻게든."

대답은 그렇게 했어도 걸음을 내딛을 때마다 은서의 미간은 점점 더 맞붙을 듯 좁아지고 있었다.

고민하던 지혁은 천천히 뒤로 돌아서서 등을 보인 채 자리에 앉았다.

"네……?"

"어쩔 수 없잖아. 업혀."

한동안 머뭇거리던 은서는 어둠에 물든 그의 등을 바라봤다. 넓고 단단해 보이는 등. 남자의 등이었다.

"진짜 업혀요?"

"그래."

"진짜로?"

"내버려두고 간다."

지혁이 차갑게 으르렁거리자 은서는 펄쩍 뛰며 손사래를 치다 그의 어깨를 살며시 짚어보았다. 그의 어깨 근육이 움찔하며 굳는 게 느껴졌다. 머뭇거리다 조심스럽게 그의 등에 몸을 기대어보자 이번엔 등 근육 전체가 힘차게 꿈틀거리더니 놀이기구를 탄 듯 온몸이 공중에 번쩍 들렸다. 탄탄한 등 전체를 통해 가슴까지 맞닿아 온 지혁의 체온은 따뜻함을 넘어 뜨겁게까지 느껴졌고, 허벅지를 단단히 감은 팔에선 남성적인 힘이 그대로 느껴졌다.

그가 힘차게 한 발을 내디디며 다시 천천히 산을 오르기 시작하자 은서는 의아한 표정으로 물었다.

"어? 안 내려가요?"

"아깝잖아. 정상에 거의 다 왔는데."

지혁의 낮고 굵은 목소리가 평소처럼 공기가 아닌 등을 통해 직접 전해져오자, 야릇한 떨림이 은서의 가슴 깊은 곳에서부터 온몸으로 퍼져나갔다.

망설이던 은서는 지혁의 어깨를 살며시 붙잡고 있던 손을 뗀 후 눈을 질끈 감고서 그의 목을 끌어안았다. 단단했던 그의 등이 한껏 더 경직되는 것이 그대로 느껴졌다.

"숨 막혀. 바닥에 떨어뜨려버리기 전에 놔."

위협처럼 들리는 말이었지만 지혁의 목소리에선 정말 질색하는 기색이 엿보이진 않았다. 은서는 환하게 웃으며 그의 목을 더 꽉 안고서 중얼거렸다.

"에이. 안 떨어지려면 더 꽉 잡아야겠네."

"이거 놓으라니까."

"아아, 따뜻하다."

"이 계집애가 진짜."

지혁이 투덜거리며 비탈을 다시 오르기 시작하자 은서는 한참이나 키득거리다 물었다.

"아직도…… 말하기 싫어요?"

"뭘."

"밖에서 낳아 온 자식이라고는 해도 오빠 그 집에서 누구보다 더 예쁨 받고 잘 자랐잖아요. 부모님한테도 극진하고, 형제들한테도 다정하고, 공부도 잘하고, 예의 바르고, 어디 가도 환영받는 모범생이고……."

"그래서?"

"그런데 뭘 그렇게 숨기는 거예요?"

"숨기는 거 없어."

지혁은 다시 한 번 답을 피해버리고 희미한 등불 빛과 등에 와 닿는 체온에 의지한 채 묵묵히 걸음만 옮겼다.

"또 말 안 하네."

그렇게 중얼거리는 은서의 목소리에는 진한 걱정이 묻어 있었다.

지금 누가 누구를 걱정하는 건지. 은서의 몸은 마치 봉제인형을 업은 것처럼 가벼웠다. 팔로 단단히 감은 허벅지는 뼈대가 가늘어 조금만 더 힘을 주면 부러져버릴 듯 하늘하늘했고, 옆구리에서 달랑거리는 두 종아리 역시 가늘기 짝이 없었다.

그러나 그렇게 여린 몸이었건만, 등에 한 치의 틈도 없이 딱 맞닿은 여체(女體)에선 요염한 굴곡이 노골적으로 느껴지고 있었다. 그녀가 목을 끌어안고서 얼굴을 귀 옆으로 바짝 붙인 덕분에, 걸음을 옮길 때마다 가느다란 숨소리가 그대로 그의 귓속을 파고들어 간질이고 있었다.

솜털이 바짝바짝 일어서는 묘한 자극에 슬슬 걷기가 불편해질 무렵, 드리워진 나무들 사이로 갑자기 확 트인 하늘이 나타났다. 까맣고 맑은 밤하늘에는 보석을 흩뿌려둔 듯 자잘한 별들이 수없이 박혀 있었다.

"우와아! 오빠! 저기 봐요!"

지혁 역시 눈앞에 펼쳐진 광경에 놀라 입을 다물 수가 없었다.

사방으로 펼쳐진 밤하늘은 팔을 크게 벌려도 다 품을 수 없을 정도로 광활했고 그 끝을 가늠할 수 없을 정도로 깊어 보였다. 그 새카맣고 거대한 바탕에 흩뿌려진 다이아몬드들은 저마다 다른 밝기와 빛으로 제 존재를 뽐내고 있었다.

보는 것만으로도 압도될 정도로 거대한 이 우주에서 인간이란 먼지보다 더 작은 존재라는 것이 새삼스럽게 느껴지는 동시에 지혁은 지금껏 악에 받쳐 살아온 자신의 삶이 너무도 미련하고 가엾게 느껴졌다.

"역시 오길 잘했다니까. 오빠랑 같이 보니까 더 좋네요."

"같이……."

그래. 혼자가 아니다. 적어도 지금만큼은 혼자가 아니었다. 이렇게 넓고 신비한 우주, 지금 이 자리에 은서와 체온을 공유하며 서 있는 이 황홀한 경험은 운명일까? 아니, 어쩌면 이제 그만 다 내려놓으라는 하늘의 계시일지도 몰랐다.

어쩔 줄을 몰라 하며 하늘을 향해 고개를 꺾고서 펄쩍펄쩍 뛰는 은서 덕분에 지혁은 몇 번 휘청거리다 가까스로 중심을 잡았다.

"아, 미안해요, 오빠. 내릴게요."

지혁은 땅에 내린 후로도 여전히 입을 다물지 못하고 하늘을 올려다보는 은서의 말갛고 환한 얼굴을 물끄러미 바라보고 있었다.

"북극성은 어디 있는지 혹시 알아요?"

하늘의 별들을 그대로 옮겨다 담아놓은 듯 밝게 빛나는 은서의 눈동자를 가만히 들여다보다 고개를 든 지혁은 잠시 위치를 가늠한 후 손을 내밀어 한 곳을 가리켰다.

"저기, 제일 밝은 별 보이지?"

"어디요?"

"저기."

은서의 가느다란 오른팔을 붙잡아 북쪽 하늘 어딘가를 가리키게 한 지혁은 무릎을 살짝 굽히고 그녀와 눈높이를 나란히 맞춘 후 물었다.

"알파벳 더블유 모양으로 늘어선 별은 보여?"

"어……, 아, 네. 알겠어요!"

"그게 카시오페이아야. 거기서 이렇게, 쭉 따라 올라가면……, 국자 모양 별자리 보이지? 그게 작은곰자리."

손을 옮겨주며 차근차근 해주는 지혁의 설명에 따라 시선을 옮기니 까만 하늘에 엎어놓은 국자처럼 보이는 별자리 하나가 눈에 띄었다.

"그 손잡이 부분의 가장 밝은 별. 그게 북극성이야."

"와아……."

마치 기도라도 하는 듯 가슴 앞에 손을 모으고 조용히 별을 올려다보고 있던 은서는 한동안 말을 잇지 못하고 코를 훌쩍이다 기어이 눈물을 쏟아내며 말했다.

"흐흑. 왠지…… 아빠를 다시 만난 것 같아요. 고마워요, 오빠."

어둠 속, 지혁의 얼굴에 부드러운 미소가 어렸다.

그런 그의 얼굴을 한참이나 말없이 올려다보던 은서는 울음을 그친 후로도 오랫동안 주저하다 조그맣게 고백했다.

"좋아요."

"뭐……?"

"전부터 나……, 오빠 좋아했어요."

한동안 뭔가에 세게 얻어맞은 듯 멍하니 서 있던 지혁이 어이 없다는 듯 헛웃음을 터뜨렸다.

"장난 아니에요. 정말로 오빠가 좋아요."

진지한 태도로 말을 맺은 은서는 지혁의 얼굴에 자리하고 있는 차가운 금테 안경을 향해 손을 뻗었다. 떨리는 손으로 살며시 안경을 벗겨내는 그녀의 손길은 더없이 유혹적이었다.

"시치미 떼지 말아요. 전부터 알고 있었잖아요. 그리고 오빠도 내가 싫지는 않지요? 지금까지 내가 따라다니면서 아무리 귀찮게 굴어도 늘 말만 싫다고 그랬지, 정말로 밀어내진 않았잖아요. 드러나지 않게 도와주기도 했잖아요."

은서는 한참이나 주저하다 살며시 뒤꿈치를 모으고 까치발을 했다.

그녀가 지금 뭘 하려는지 묻지 않아도 알 수 있었지만, 지혁은 굳이 제지하거나 뒤로 물러나지도 않은 채 가만히 허공을 응시하고만 있었다. 공허하게 비어 있던 동공에 은서의 얼굴이 오롯이 비치자 일순 지혁의 머릿속 한가득 갈등이 들끓기 시작했다.

"키스해도 돼요?"

떨리는 목소리로 물었지만 지혁은 여전히 아무런 반응도 보이지 않았다.

은서는 조심스럽게 그의 얼굴과 자신의 얼굴의 거리를 좁혀갔다. 그의 눈을 향한 시선을 거두지 않은 채 수줍고 소심하게 입술을 맞대어본 그녀는 쪽 소리조차 나지 않을 정도로 가볍고 짧은 입맞춤을 끝낸 후 발꿈치를 내렸다. 찰나의 입맞춤은 그저 따뜻하고 부드럽기만 했을 뿐, 남녀 간의 키스라고 하기 민망할 정도의 수준이었다.

은서의 말간 얼굴을 굳은 표정으로 내려다보던 지혁은 뭔가에 홀린 듯 느릿느릿 손을 내밀어 그녀의 뺨을 쓰다듬어보았다. 뺨을 감싼 손에서 엄지손가락을 들어 살며시 눈꺼풀을 쓰다듬으니 손바닥 아래 그녀의 얼굴이 화끈 달아오르는 게 느껴졌다.

아아, 세상 어떤 것이 이렇게 따뜻하고 보드라울 수 있을까. 편안하고 한없이 따뜻한 감촉. 그가 지금껏 살아오면서 단 한 번도 경험해본 적 없는 소중한 느낌이었다.

적어도 은서와 있는 동안만큼은 마음대로 숨 쉴 수 있었다. 그 자유가 얼마나 간절했던지, 지금까지 꼭꼭 묻어두었던, 그래서 원래 어떻게 생겨먹었는지도 전혀 기억나지 않는 자신의 본모습까지 그녀 앞에서 그대로 드러내고 말았으니까. 은서를 알면 알수록 지혁의 안에선 마치 마르지 않는 샘물처럼 새로운 감정들이 솟아올랐다. 그리고 그런 생소한 감정들은 그를 서서히 물들여가며 그의 주변까지 가득 채워가기 시작했다. 건드리면 파사삭 부서져 가루가 되어버릴 것처럼 메말랐던 일상에도 어느새 촉촉한 물기가 배어들고 있었다. 그리고 모이고 모여 감당할 수 없을 정도로 차버린 물은 마침내 둑을 무너뜨리고 맹렬하게 터져 나와버렸다.

"밀어내지 마요. 나 밀어내면 안 돼요. 나한텐……, 나한텐 이제 정말 오빠밖에 없단 말이에요."

간절한 그 목소리에 지혁은 문득 최면이라도 걸린 듯 눈앞이 캄캄해졌다. 이내 잠이 올 것처럼 한없이 편안하고 따뜻한 느낌에 온몸이 나른해졌다.

이젠 정말 지쳤어. 그래. 다 포기하자. 어차피 끌어안고 있어봤자 좋을 것 하나 없는 그딴 계획 따위, 아무도 모르는 그런 비밀 따위, 끔찍한 증오 따위 모조리 다 하얗게 비워버리고, 다 잊어버리고 그냥 편안하게 사는 거다. 이 체온만 계속 곁에 있어준다면 이젠 괜찮을 테니까. 이 애의 곁이라면 어쩌면 내겐 단 한 조각도 주어지지 않을 거라 생각했던 행복 같은 것들도 와줄지 모르는 일이니까……, 그러니까 괜찮다. 괜찮다. 괜찮다.

지혁은 은서의 양 볼을 두 손으로 꽉 붙잡고서 나직이 그녀의 이름을 불렀다.

"은서야."

"아……!"

거칠게 입을 맞춰온 지혁은 그녀의 벌어진 입술을 단숨에 삼켜버렸다. 작고 도톰한 입술과 그 안쪽에 숨어 있는 얇은 점막들을 그가 가볍게 빨아들이며 혀로 진하게 쓸어보자 그녀의 입술은 금세 반응하며 조금 더 벌어져 그의 진입이 수월하도록 길을 터주었다.

은서가 마치 거기서 그만두지 말아달라고 말하는 것처럼 눈을 감고 적극적으로 응대하자 지혁의 키스는 기다렸다는 듯 점점 더 깊고 진해졌다.

　　오늘따라 맑은 밤하늘은 너무도 넓고 사위(四圍)는 더없이 고요해, 세상에 단 두 사람만이 존재하는 것만 같았다.

7. 괴물의 밤

늦은 밤, 재떨이가 서재 바닥에 처박혀 구르며 최고급 카펫 위에 보기 흉한 자국을 남겼다.

박 여사는 두껍고 묵직한 재떨이를 무표정하게 곁눈질한 후 책상 앞의 가죽 회전의자에 앉아 있던 차 회장의 얼굴을 내려다봤다.

"당신은 대체 집에 한시도 안 붙어 있고 뭘 하는 거야?"

"죄송해요. 요즘 우성회 자원봉사 일로 바빠요."

"자원봉사를 밤낮 없이 하나? 하는 시늉만 하는 주제에?"

박 여사는 부드럽게 미소 지으며 물었다.

"오늘은 무슨 일인데 그렇게 심기가 불편하세요?"

박 여사의 물음에 차 회장은 버럭 성질을 내더니 이번엔 책상 위의 두꺼운 서류철을 집어 바닥에다 던져버렸다.

"내 심기 어지럽힐 일이 민수 일밖에 더 있어!"

"아니, 민수가 왜요?"

"멍청해서 어디 써먹을 데가 있어야 말이지!"

장남 험담이 나오자 지금까지 웃고 있던 박 여사의 얼굴이 눈에 띄게 굳었다.

"멀쩡한 애한테 무슨 말씀을 그렇게 하세요?"

"멀쩡한 애? 멀쩡한 애라고? 오늘 그 자식이 내 회사에서 무슨 짓을 저질렀는지 알아? 임원 회의실에 대낮부터 계집애를 끌어들여서 그 짓 하다 걸렸다고! 아니, 무슨 짐승도 아니고, 그게 멀쩡한 놈이 할 짓이야? 그런 놈을 내 후계자라고 회사에 박아둔 내 체면이 뭐가 돼?"

너무 놀라운 이야기에 박 여사의 낯이 하얗게 질렸다.

"아니, 세상에⋯⋯. 걔가 그럴 애가 아닌데⋯⋯."

"당신은 대체 애들 교육을 어떻게 시킨 거야? 당신이 그렇게 멍청하니까 장남까지 그 모양 아니야! 프로젝트 말아먹는 것도 부지기수, 이사진들 원성 듣고 있는 게 얼마나 낯부끄러운 일인지 당신이 알긴 알아? 이래가지고 어디 그 녀석한테 회사 물려주겠어? 멍청해서 쥐여준 숟가락도 못 놀리는 데다 사고까지 치니 어디 뭐 하나 믿고 맡길 수나 있겠냐고!"

박 여사를 상대로 한참이나 씩씩거리며 분풀이를 하던 차 회장은 담배를 꺼내 물며 내뱉었다.

"이대로 가면 더 이상 민수에겐 기대 못 해."

그 소리에 박 여사는 평소답지 않게 다급한 목소리로 애걸했다.

"애가 요즘 회사 일로 스트레스 많이 받는 것 같더니⋯⋯, 실수한 번 저질렀으니 저도 느낀 게 많을 거예요. 너그러이⋯⋯."

"아니. 아무래도 더 이상은 안 되겠어. 지혁이, 졸업 후에 억지로라도 회사에 넣어야겠어. 머리 회전도 빠르지, 성실하지, 뭘 시켜도 뚝딱 해낼 놈이니 민수 같은 놈 열 명 데려다 쓰는 것보다 나을걸."

수순처럼 지혁의 애기가 나오자 박 여사의 미간이 흉하게 구겨졌다.

지혁이 민수보다 낫다는 것은 객관적으로 부인할 수 없는 사실이었다. 그러나 박 여사는 그 사실을 심정적으론 받아들일 수 없다. 성격 자체가 지나치게 온순하고 욕심이라곤 약에 쓰려고 찾아도 전혀 없는 지혁은 경영 쪽엔 전혀 맞지 않는 인물이었다. 실제로 지혁 역시 전부터 그녀에게 자신은 회사에 얽매이는 건 질색이니 졸업하더라도 계속해서 공부를 하겠다는 계획을 누차 강조해왔었다. 그러므로 그쪽은 걱정되지 않았지만 문제는 차 회장이었다.

만약 차 회장이 지혁에게 계속해서 회사 일을 강요한다면?

아버지 말이라면 자다가도 일어나 받들 성격의 지혁이니 그대로 따를 게 뻔했다. 그러다 언젠가 지혁이 민수를 밀어내고 그 자리를 차지할 수도 있었다.

그럴 순 없었다. 그걸 가만히 두고 볼 순 없단 말이다. 그동안 남편에게서 온갖 홀대를 받으면서도 박 여사가 굳이 이혼을 요구하지 않았던 것은 언젠가 민수가 범애제약을 통째로 물려받기를 원했기 때문이었다.

"여보. 제가, 제가 잘 타일러볼게요. 오늘 일도 아마 민수 잘못이 아니라 계집애가 꼬리쳐서 생긴 일일 거예요. 민수 착해서 거절

못하는 거 잘 아시면서. 그리고 누가 뭐래도 민수는 귀한 당신 장남이에요. 멀쩡한 장남 두고 차남한테 회사 물려주면 남들 보기도 그렇잖아요. 구설수에 오르기 딱 좋다고요. 민수가 밖에 나가 욕 먹으면 당신도 똑같이 체면 구기는 일 아니겠어요?"

박 여사가 간절히 용서를 구하자 차 회장은 수긍하는 바가 있었던지 긴 한숨을 내쉬며 귀찮은 듯 손짓했다.

"한 번만 더 그딴 짓으로 내 얼굴에 먹칠했다가는 알몸으로 쫓겨날 줄 알라고 해."

"네. 민수한텐 제가 다시 주의 줄 테니 당신은 아무 걱정 마세요."

"하여튼, 쯧쯧. 장남이란 놈이 누굴 닮아 저리 개차반인지."

차 회장이 경멸 어린 눈으로 곁눈질하며 하는 말에 박 여사는 어금니를 깨물며 울분을 가까스로 참아냈다.

집 앞 골목어귀에서 은서가 다급하게 말했다.

"오빠, 여기서 내려줘요."

지혁이 차를 세우고 의아한 표정으로 돌아보자 은서는 샐쭉 웃으며 말했다.

"난 근처 한두 바퀴 돌고 나중에 들어갈게요. 오빠하고 내가 가까워 보이면 민정이가 또 가만히 안 있을 것 같아서 그래요."

씁쓸한 표정으로 고개를 끄덕인 지혁은 뒷좌석에 놔두었던 은서의 가방을 집어 건네주며 나직이 말했다.

"그래, 잘 생각했어. 될 수 있는 대로 일 만들지 말고 참고 지내. 힘들어도 조금만 참으면 시간은 금방 갈 거야."

"네."

"그리고 골목길 혼자 다니면 위험하니까 네가 먼저 들어가. 난 15분쯤 후에 들어갈게."

고개를 끄덕이며 뭐가 그리도 좋은지 연방 생글생글 웃고 있던 은서는 건네받은 가방을 추스르고 내릴 준비를 서둘렀다.

"은서야."

차 문을 열려다 말고 문득 왼쪽을 돌아본 은서는 뺨에 와 닿는 따뜻한 손길에 온몸이 녹아내리는 기분이 들었다.

"왜요?"

애틋한 눈으로 바라보며 은서의 보드라운 얼굴을 한참이나 만지작거리던 지혁은 이내 무척 만족스러운 미소를 지으며 고개를 저었다.

"아니, 아무것도 아니야."

희미하게 미소 짓고 있는 지혁의 얼굴은 오늘따라 더욱더 매력적이었다.

방에 들어오자마자 곧장 욕실로 간 은서는 샤워하기 위해 옷을 벗으려다 말고 가만히 거울을 들여다봤다. 붉게 부풀어 오른 입술을 손가락으로 쓸어보니 별이 쏟아지는 하늘 아래서 그와 나눈 키스의 온기가 아직도 남아 있는 듯했다.

"지혁 오빠……."

얼굴을 붉히며 거울을 한 번 더 들여다본 은서는 수줍게 옷으며 갈아입을 옷을 내려놓다 속옷을 안 챙겼다는 사실을 깨달았다. 한심한 표정으로 피식 웃어버린 그녀는 다시 욕실 문을 열고서 밖으로 나갔다가 피아노 바로 옆에 누군가가 서 있는 것을 보고 깜짝 놀라 숨을 멈추고 말았다.

"뭘 그렇게 놀라? 죄 지었니?"

민정이 어이없다는 듯 쳐다보며 조소를 흘리자 은서는 긴장한 표정으로 그녀를 마주보았다.

"무슨 일이야?"

"스테이플러 좀 내놔봐. 내 방엔 아무리 찾아도 없네."

은서가 말없이 책상으로 가 서랍을 열고 스테이플러를 꺼내는 동안 민정은 주위를 두리번거리다 콘솔로 가 뭔가를 집어 들고 앙칼진 목소리로 물었다.

"어라? 뭐야! 이거 종민 오빠 팔찌 아니야? 이게 왜 너한테 있어? 이제 도둑질까지 하냐, 이 고아 년아?"

직격으로 심사 뒤틀리게 만드는 말에 은서는 속에서 울컥 분이 치밀었지만 가까스로 참아내고 대꾸했다.

"종민 오빠한테서 받은 거야."

"뭐어, 받았다고? 네가 뭔데 종민 오빠한테서 선물을 받아? 이거 이제 보니까 완전 불여우네? 종민 오빠가 뭐 때문에 이걸 너한테 줬는데?"

"달라고 한 것도 아닌데 그걸 내가 어떻게 알아? 준 사람한테 가서 직접 물어보든지."

새침한 표정도 은서가 지으니 얄밉지 않고 오히려 애교스러워 보였다. 그걸 보니 부아가 치민 민정은 더 괴롭힐 빌미가 없나 살피다 마침내 트집거리를 하나 발견했다.

"흥. 고아 년 주제에 꽤 괜찮아 보이는 것도 갖고 있네. 그런데 이런 거 걸고 다니는 거 교칙 위반 아니야? 예고라 그런지 꽤나 느슨한가 봐?"

"뭐?"

"이 별 목걸이 말이야."

종민에게서 받았다던 팔찌를 집어 들었을 때와는 사뭇 다른 반응이었다. 단숨에 얼굴이 하얗게 질리는 은서를 보며 민정은 이게 그녀에게 꽤나 중요한 물건이라는 것을 눈치 챘다.

"백금? 화이트골드? 내다팔면 돈 좀 되려나? 요즘 아빠가 용돈 짜게 줘서 안 그래도 쪼들리는데."

민정이 집어 들고 공중에다 흔들어 보이고 있는 것은 샤워를 하기 위해 풀어두었던 은서의 폴라리스 목걸이였다.

"이리 줘!"

은서가 다급하게 외치자 민정은 재밌는 장난감이라도 발견한 표정으로 목걸이에서 펜던트를 분리해냈다.

"싫은데. 갑자기 궁금해졌거든."

"돌려줘!"

달려드는 은서를 요리조리 피하던 민정은 보란 듯이 별 펜던트를 앞니로 깨물고 긁어보며 약을 올렸다.

"당장 안 내놔?"

분을 참지 못한 은서는 날카롭게 고함을 지르며 위협했고, 그 태도를 본 민정은 더욱더 신이 난 표정으로 손톱만 한 펜던트를 요리조리 돌려 살펴보더니 물었다.

"오오, 이거 완전 소중한 건가 보네? 혹시 아빠 유품이나 뭐 그런 거?"

"빨리 내놔!"

두 사람은 1미터 정도의 거리를 사이에 두고서 싸늘하게 서로를 마주 노려보고 있었다.

"갖고 싶거든 '돌려주세요, 제발.'이라고 해봐."

민정이 빙글빙글 웃으며 내놓는 말에 은서는 귓불까지 맹렬히 붉히고서 주먹을 꽉 틀어쥐었다. 저 되바라진 계집애 머리채를 휘어잡고 흔드는 건 일도 아니겠지만, 그럼 분명히 큰 싸움이 벌어져 또다시 그 창고에 갇히게 될 터였다.

갇히는 건 별로 상관없었다. 하지만 그런 일로 또다시 지혁에게 걱정을 끼칠 순 없었다.

은서는 피가 나도록 세게 입술을 깨물고서 내키지 않는 목소리로 내뱉었다.

"제발 돌려줘."

"돌려주세요, 라니까."

은서는 더욱더 벌겋게 달아오른 얼굴로 고통스럽게 한 마디 한 마디를 이었다.

"돌려…… 주세요……, 제발……."

까르르 웃던 민정이 거만한 표정으로 덧붙였다.

"좋아. 이번엔 언니라고 불러봐."

"이……."

"왜, 못하겠어? 그럼 이거 삼켜버린다?"

민정이 입을 아 벌리고 금방이라도 펜던트를 삼키는 시늉을 하자 은서는 온몸을 바짝 긴장시키고서 저도 모르게 애원하기 시작했다.

"언니! 언니! 이제 됐어? 했잖아! 빨리 내놔! 제발 돌려줘!"

"으음. 싫.은.데. 후훗."

한껏 약을 올리며 혀를 쏙 빼물던 민정은 돌연 싸늘한 표정으로 은서를 노려보더니 내뱉었다.

"경고하는데, 너 다시는 반반한 면상 믿고서 종민 오빠한테 꼬리치지 마. 재수 털려. 네까짓 게 감히 울 오빠한테."

말을 마친 민정은 말릴 새도 없이 펜던트를 자기 입 안에다 던져 넣었다.

"아앗! 안 돼!"

너무도 순식간에 벌어진 일이라 멍하니 쳐다볼 수밖에 없었던 은서는 뒤늦게 민정의 목을 붙들고 마구 흔들어 댔다.

"안 돼! 뱉어! 뱉어내, 이 나쁜 계집애! 내놓으란 말이야! 울 아빠가 주신 거야! 아빠가! 아빠가 마지막으로 남기신 건데!"

눈을 질끈 감고서 고집스럽게 입 안의 펜던트를 꿀꺽 삼켜버린 민정은 두어 번 콜록거리다 입을 아 벌리고서 아무것도 없다는 것을 확인시켜주었다.

"내일 아침에 똥으로 나올 때까지 내 방 화장실 앞에서 기다리고 있던가. 깔깔깔."

망연자실한 표정으로 민정을 마주 보고 있던 은서의 눈에 눈물이 가득 고이더니 이내 시퍼런 불길이 화르르 타올랐다.

"차민정, 너!"

이윽고 일시에 한 덩어리가 되어 엉켜든 두 사람은 여자들의 그것이라곤 생각되지 않을 정도로 격렬한 몸싸움을 이어갔다.

머리채를 붙잡힐 위기가 오자 민정은 미꾸라지처럼 빠져나가더니 책상으로 뛰어가 은서가 조금 전에 꺼내두었던 철제 스테이플러를 손에 쥐고 있는 힘껏 던져버렸다.

급하게 몸을 돌린 은서는 날아오는 스테이플러를 아슬아슬하게 피했지만, 운 나쁘게도 딱 그 타이밍에 문을 연 민수 쪽은 그러지 못했다.

"안 그래도 머리 복잡해 죽겠는데 너희……? 어?"

퍽!

"으앗! 크으윽!"

제법 큰 소리와 함께 고통스러운 신음을 흘린 민수는 다급하게 왼쪽 이마를 손으로 감쌌고, 이내 그의 손바닥 아래로 새빨간 피가 한 줄기 흘러내리기 시작했다.

"큭! 으으윽!"

"미, 민수 오빠! 괜찮아? 꺅! 피! 어떡해!"

갑작스러운 사고에 사색이 된 민정이 제 오빠에게 달려가 호들갑을 떨며 이리저리 살펴보는 동안 은서는 마치 꿈을 꾸는 듯 멍한 표정으로 서서 입만 벌리고 있었다.

거기다 이건 또 무슨 운명의 장난인지.

열린 문 한가운데 서 있던 민수의 등 뒤로 시끄러운 발자국 소리가 이어지며 박 여사와 지혁, 그리고 고용인들이 벌떼처럼 몰려들었다. 심하게 싸우는 소리를 듣고 다급하게 달려온 모양이었다.

방에서 무슨 일이 있었는지를 금세 눈치 챈 지혁은 박 여사의 뒤에서 새하얗게 질린 얼굴로 은서를 바라보았다.

"세상에! 민수야! 어디 보자! 엄마 좀 봐! 눈 다쳤니? 눈 다쳤어?"

"으으, 괜찮아요, 엄마. 눈이 아니라 이마에 부딪쳤어요."

"괜찮기는 뭐가 괜찮아! 아아악! 피! 이 피 좀 봐! 아니, 이걸 어째!"

단말마에 가깝게 들리는 박 여사의 비명, 그리고 이어지는 민정의 얄미운 목소리.

"엄마, 내가 그런 거 아니야. 저 고아 년이……."

"시끄러워! 넌 저리 비켜!"

무슨 일이 있어도 마음속엔 오직 민수뿐인 박 여사를 잘 알고 있던 민정은 원망이 가득한 눈을 하고서 한쪽으로 물러났다.

"서은서!"

박 여사는 분노를 참지 못해 떨리는 목소리로 앙칼지게 은서의 이름을 불렀다.

"제가 던진 게 아니에요."

은서가 몹시 억울한 표정으로 힘없이 변명했지만, 박 여사는 그저 인자하기만 했던 이전과는 완전히 다른 인상으로 그녀를 잡아 죽일 듯 노려보며 소리쳤다.

"우린 갈 곳 없는 너를 거둬줬어! 그런데 넌 대체 이게 뭐니? 은혜를 원수로 갚아? 네가 감히 하늘같은 우리 민수 얼굴에서 피를 내?"

"정말이에요, 아줌마. 제가 아니라니까요. 민정이가 던진 거예요. 흐흑."

고개를 푹 숙이고 눈물을 떨어뜨리면서도 은서가 고집스럽게 변명을 이어가자 박 여사는 급기야 화를 참지 못하고 온몸을 부들부들 떨기 시작했다.

"네가 아직도 자기 처지를 못 깨달은 모양인데, 넌 아무래도 교육을 좀 받아야겠구나."

박 여사의 말에 그 자리의 어느 누구도 반응하지 않았지만, 단한 사람만은 달랐다. '교육'이라는 단어를 듣자마자 복도에 서 있던 지혁의 얼굴에서 일시에 핏기가 사라졌다.

섬뜩하고 잔인한 눈으로 은서를 노려보던 박 여사는 입술 끝을 부자연스럽게 잡아당겨 웃더니, 복도에 서 있는 고용인들을 향해 소리쳤다.

"누가 가서 김래연 기사 좀 불⋯⋯!"

그때, 지혁이 박 여사의 팔을 잡아 제지하더니 불쑥 앞으로 나섰다.

"어머니, 그러실 필요 없습니다. 제가 해결할게요."

그 소리에 은서가 영문을 모르는 표정으로 고개를 들었다. 그녀의 흐릿한 눈에 지혁이 똑바로 다가오고 있는 것이 비쳤다.

은서의 바로 한 걸음 앞까지 다가와 걸음을 멈춘 지혁은 똑바로 그녀의 얼굴을 내려다보더니 이내 오른손을 번쩍 들어 주저 없이 아래로 내리쳤다.

짜악!

피아노 현이 지잉 울릴 정도로 큰 소리가 울리다 잦아들자 조금 전까지 소란스러웠던 방 안에 쥐 죽은 듯 정적이 내렸다. 그도 그럴 것이, 지금껏 언제나 친절하고 다정했던 지혁이 누군가를 때리는 일은 처음 있는 일이기 때문이었다.

철썩! 철썩!

겨우 뺨 세 대를 맞았을 뿐인데 벌써 귀가 멍하고 눈앞이 캄캄해졌다. 왼쪽 뺨이 불에 덴 듯 화끈거리며 금세 부풀어 올랐지만 은서는 지금 자신을 때리고 있는 사람이 지혁이라는 것이 너무 놀라워 아픔도 전혀 느끼지 못할 정도였다.

아까까지만 해도 다정한 눈으로 보드랍게 뺨을 쓸어주었던 그 손으로 이렇게 사정없이 따귀를 내리치다니, 이게 대체 무슨 일이란 말인가.

왜? 도대체 왜?

의문과 원망이 가득한 표정으로 지혁을 올려다본 은서는 그의 까맣게 벌어진 공허한 눈동자 속에 담긴 끔찍한 고통과 절망을 발견하고서 진저리를 치고 말았다. 지금 이 순간 맞는 자신보다 때리는 그가 더 고통스러워하고 있다는 게 그대로 전해져오긴 했지만, 그래도 이해가 되지 않는 건 매한가지였다.

"사과해!"

"뭐, 뭐를…… 요?"

"네가 뭘 잘못했는지 정말 모르겠어?"

철썩, 철썩, 쉴 새 없이 손바닥이 날아들었다. 은서의 여린 입술이 터지며 곧 피가 배어나오기 시작했지만 지혁의 무자비한 손길은 도무지 멈추지 않았다.

"잘못했다고 말하란 말이야! 어서!"

"꺄악!"

순간 몸을 가눌 수 없을 정도로 세게 얻어맞은 은서의 몸이 휙 돌아가 방구석에 처박혔다.

그때, 박 여사의 당황한 목소리가 울렸다.

"지혁아, 그쯤 해둬라."

복도의 고용인들이 마치 벌이라도 서는 것처럼 줄지어 서서 이 광경을 다 지켜보고 있었다.

박 여사는 아랫사람들 보는 데서 벌어진 일로 인해 괜한 구설수에 오를 것 같아 얼굴을 찌푸렸다. 더 나아가 오히려 잘 보이는 얼굴에다 흉터라도 남긴다면 이후로도 두고두고 이 일이 회자(膾炙)될 것이 뻔했다.

말렸는데도 계속해서 은서에게 손찌검을 하고 있는 지혁이 급기야 불편해진 박 여사는 큰 소리로 그를 나무랐다.

"그만두래도! 그쯤 했으면 알아들었겠지. 형님 부축해 어서 병원으로 모셔라."

"네, 어머니."

형편없이 구겨져 구석에 처박힌 은서가 부어서 떠지지도 않는 눈을 힘겹게 치켜뜨며 올려다보자 지혁의 커다란 그림자가 그녀의 위로 드리워졌다.

"오…… 빠……?"

"오빠라고 부르지 마. 난 네 오빠 아니야."

그녀를 내려다보고 있는 그의 눈은 붉게 충혈되어 꼭 피눈물이 고인 것처럼 보였다.

도무지 믿을 수가 없는 일이었다. 불과 몇 시간 전만 해도 그렇게 행복했는데, 어쩌다 이렇게 된 거지?

싸늘한 창고 벽에 기대앉아 무릎을 끌어안고 웅크린 은서는 마침내 외톨이가 된 자신의 처지가 아득하기 짝이 없었다.

어둠 속에 홀로 버려졌다. 하긴, 태어나면서부터 버려진 신세니 새삼스러울 것은 하나도 없었다.

고개를 들어 작은 창문을 올려다봤지만 손바닥만큼 좁고 까만 하늘에선 부친이 준 북극성도, 지혁과 함께 눈에 담았던 별도 전혀 찾아볼 수가 없었다.

"하……, 하하."

손을 들어 얼굴을 만져 본 은서는 허탈한 웃음을 터뜨리고 말았다. 양쪽 뺨이 다 퉁퉁 붓고 입술과 입 안 여러 곳이 심하게 터지고 찢어졌으며, 왼쪽 눈두덩도 커다랗게 부풀어 있어 내일이면 끔찍한 멍이 생길 터였다.

울다 지쳐 몇 번을 까무러쳤다가 일어났을까. 지금이 몇 시인지 알 수도 없었다.

그때, 출입문에서 달그락달그락 소리가 들리고 이어서 살짝 문이 열렸다.

안으로 들어와 문을 닫은 사람이 누구인지 확인해볼 것도 없었다.

"서은서."

은서는 대답을 하지 않았고 끝까지 고개도 들지 않았다.

그녀가 여전히 미동도 하지 않은 채 자신을 피해 웅크리고만 있자 지혁은 고통으로 일그러진 표정으로 한 마디 한 마디 피를 토하듯 내뱉었다.

"내가…… 참으라고 했잖아. 일 만들지 말라고……, 조금만 참으라고 내가 그렇게 충고했잖아. 부탁했잖아. 왜 그랬어? 왜……."

마침내 고개를 든 그녀는 원망과 두려움, 절망이 가득 찬 눈으로 그를 바라봤다.

"그렇게 보지 마. 그런 눈으로 보지 말라고!"

사나운 지혁의 서슬에 또 한 번 놀란 은서는 벌벌 떨며 몸을 웅크렸다.

차갑게 내려다보고만 있던 지혁은 갑자기 은서의 바로 앞으로 다가와 무릎을 굽히고 마주 앉았다.

어둠 속에서 형형한 빛을 발하고 있는 지혁의 눈동자가 은서의 얼굴에 그대로 고정되었다.

"은서야."

여전히 벌벌 떨고 있는 그녀를 향해 천천히 손을 내민 그는 아까 차에서 했던 것처럼 부드럽게 뺨을 쓰다듬어보았지만, 아직도 열기가 가시지 않아 뜨끈뜨끈한데다 흉하게 부어 있는 그녀의 피부에선 편안함과 행복 대신 공포와 원망만이 느껴질 뿐이었다.

"많이…… 아팠지? 미안하다."

은서가 아무 대꾸도 하지 않자 지혁은 갈라진 목소리로 낮게 중얼거렸다.

"김래연."

아까 박 여사가 불렀던 운전기사의 이름이었다. 은서는 의아한 눈으로 그를 건너다봤고, 그는 감정 없는 어조로 이해할 수 없는 말을 이었다.

"그 새끼한테 걸리면…… 이렇게 몇 대 얻어맞는 걸로는 절대 안 끝나. 널 그렇게 되도록 놔둘 순 없었어."

"그게 무슨 말이에요?"

가만히 은서의 눈을 들여다보고만 있던 지혁의 눈에 끔찍한 고통의 그림자가 내려앉았다.

"언젠가 내가 박 여사 친아들이 아니냐고 물었었지? 그래, 맞아. 호적에 올라 있긴 하지만 나는 사생아로 태어났어. 아버지의 정부였던 내 어머니는 우울증을 앓다가 내가 일곱 살 때 바로 눈앞에서 뛰어내렸지."

의외의 말에 놀란 은서가 손으로 입을 가리며 숨을 들이마셨다.

"처음으로 내가 죽음의 개념을 이해할 수 있었던 건 일곱 살 때였어. 어머니의 자살을 목격했을 때였냐고? 아니. 어머니가 뛰어내리는 걸 바로 눈앞에서 보고도 죽는 게 뭔지 도무지 몰랐었는데,

막상 나한테 닥쳐보니 확실히 깨달아지더군."

"무슨……, 그게 무슨 말이에요, 오빠?"

은서가 떨리는 목소리로 묻자 지혁은 끔찍한 기억을 반추하느라 몸서리를 치다 힘겹게 말을 이었다.

"처음으로 아버지 손에 이끌려 이 집에 들어왔을 때……, 그 여자가 현관문 앞에 서 있었어. 자기 몸단장 하는 것 외엔 아무 관심도 없던 어머니랑은 다르게 너무도 인자한 얼굴이었지. 맛있는 음식을 잔뜩 해주고 좋은 말만 해주니 얼마나 좋았는지 몰라. 그러던 어느 날……."

원래부터 제 집이라고 있는 대로 텃세를 부리던 민수였지만 그날따라 유독 정도가 심했다. 그날 민수가 눈앞에서 부숴버린 장난감은 지혁이 가장 아끼던 것이었고, 그에 격분한 지혁은 그 즉시 다섯 살이나 더 먹은 형의 코에서 쌍코피를 쏟아내게 만들고 말았다.

민수가 얻어맞은 것을 본 박 여사는 그 즉시 돌변했다. 천사 같던 평소의 얼굴은 아버지가 오지 않는 날이면 항상 술에 취해 있거나 잔뜩 예민해져 있던 어머니의 얼굴과 똑같은 그것이 되어 있었다.

"너 때문에 내 인생은 불행해졌어. 넌 교육을 좀 받아야겠구나……."

그날 박 여사가 했던 말을 그대로 중얼거리는 지혁의 얼굴에 끔찍한 고통이 묻어났다.

"아버지가 장기 출장을 간 사이 김래연의 손아귀에 개처럼 질질 끌려온 곳은 바로 이 창고였어. 하루 종일 물 한 모금도 못 마시고 말 그대로 죽도록 얻어맞았지. 아저씨, 다시는 안 그럴게요. 그만 때려요. 다시는 안 그럴 테니 살려주세요. 제발 살려주세요. 제발 살려주세요……."

다시 그날로 돌아가기라도 한 듯, 지혁은 공포 어린 눈으로 허공 어딘가를 응시하며 끝도 없이 같은 말을 중얼거렸다.

"오빠……."

지혁의 회고는 한참 만에야 다시 이어졌다.

"그 개새끼의 바짓가랑이를 붙들고 애원하고, 또 하고……, 얼마나 빌었는지 몰라. 저녁 무렵 매질이 끝난 후로 보름을 꼬박 앓았지. 상처가 곪아 열이 펄펄 끓는데도 병원에 가지 못하고 짐승처럼 이 창고에 갇힌 채 맛대가리 없는 죽과 하얗고 차가운 시럽만으로 버텼다고. 매일매일 악몽에 시달리는 바람에 잘 수도 없었어. 아버지가 출장에서 돌아오기 전날 마침내 내 방으로 돌아갔을 때 그 여자는 평소처럼 인자한 얼굴로 자기 말만 잘 들으면 앞으로 다시는 맞을 일이 없을 거라고 내 머릴 쓰다듬어줬어. 그 말이 얼마나 기쁘고 고마웠는지 알아? 정말 개라도 된 것처럼 납작하게 바닥을 기면서 그 여자에게 갖은 아양을 떨고 꼬리를 흔들었지."

잠시 멈추었던 지혁은 씁쓸한 표정으로 말을 이었다.

"그런데 그 이후로 몇 년이 지나도 악몽은 도무지 사라지질 않더군. 지금의 난 괜찮은데 왜 자꾸 악몽을 꾸는 건지, 그 이유를 철이 들 때쯤 알았어. 중학교에 입학한 지 얼마 되지 않았을 때 내 어머니의 죽음이 그저 단순한 자살이 아니란 걸 알게 됐지."

"단순한 자살이 아니라니……, 설마……!"

"가볍게 협박하고 겁을 주어 떼어낼 작정이었는데 그렇게 간단히 뛰어내려버릴 줄 누가 알았겠느냐고……. 내가 밖에서 엿듣고 있는 건 전혀 알아채지 못한 채, 박영자와 김래연은 그 이야기를 나누면서 너무도 아무렇지 않게 웃고 있었어."

잠시 말을 끊은 지혁은 조금 전까지의 고통스럽던 어조보다는 약간 들뜬 목소리로 말을 이었다.

"아아, 그제야 깨달을 수 있었던 거야. 그동안 당연히 악몽에 시달릴 수밖에 없었지. 괜찮지 않으니까. 이건 뭔가 잘못됐으니까. 차영철이란 작자가 인간 이하의 쓰레기인 것도, 어머니가 유부남과 불륜을 저지르다 비참한 말로를 맞은 것도, 저 미친 박영자가 불행한 인생을 살게 된 것도 전부 나하곤 아무 상관도 없는 일인데 그자들의 모든 죄가 다 나한테 지워진 거라고. 모조리 나한테! 그래서 다짐했지. 나를 죽이고, 죽이고, 몇백, 몇천 번이든 죽이고 또 죽여서 숨어 지내다 언젠가 때가 오면 내가 받았던 그 모든 고통을 고스란히 다 돌려주고 말겠다고!"

격렬하게 들썩이는 지혁의 어깨 위로 뜨거운 불길이 어른거리는 것만 같았다. 그는 한동안 거친 호흡을 몰아쉬다 한숨을 내쉬더니 덧붙였다.

"그렇게 마음먹고 나니 어느새 악몽은 거짓말처럼 말끔하게 사라졌어."

은서는 그저 놀란 눈으로 바라보기만 할 뿐 아무 말도, 아무 반응도 없었다.

지혁은 한동안 허공을 응시하다 담담하게 말을 이어갔다.

"그런데……, 언제부턴가 널 보면서 흔들리기 시작했어. 아저씨의 유산을 다 뺏기고 언젠가 이 집에서 빈털터리로 쫓겨날 널 보면서 진실을 알려주고 도와주고는 싶었지만……, 지금껏 모든 걸 희생해가면서 준비했던 내 목표 때문에 어쩔 수 없었지. 끝까지, 어떻게든 널 끝까지 외면하려고 했어. 무슨 짓을 해서든 외면하려고 했는데……."

어깨를 으쓱한 지혁의 입술 사이로 허탈한 한숨이 흘러나왔다.

"도저히 그럴 수가 없더라. 아까 너한테 키스했던 때 사실 다 포기하려고 했었어. 곁에 너만 있으면 이제 다 괜찮을 것 같다는 생각이 들었거든. 차 안에서 마지막으로 네 얼굴을 봤을 때만 해도, 이제 원망이고 증오고 복수고 그딴 거 때려치우고 언젠가 너하고 둘이서 이 집을 떠나서 넉넉하진 않더라도 그냥 평범하고 조용하게 살자……, 이젠 좀 사람답게 살자고, 그렇게 생각했는데……, 그랬는데……. 너한테까지……. 그 인간들이 설마 너한테까지……."

고통으로 극심하게 일그러진 얼굴을 두 손으로 감싼 지혁은 내장에서 생피를 쥐어짜는 듯 처절한 목소리로 중얼거렸다.

"은서야……. 내 안에 괴물이 있어. 지난 16년 동안 단 하루도 잠든 적 없는 괴물이."

아무 반응도 없는 은서를 무시한 채 지혁은 독한 어조로 한 마디 한 마디 힘주어 내뱉었다.

"복수할 거다. 기필코. 고스란히 돌려줄 거야. 그자들한테서 모든 걸 다 뺏은 후에 남김없이 바삭바삭 짓밟아 뭉개버릴 거다.

그때……, 그때, 네가 잃어버린 것들도 전부 다 찾아줄게. 내가."

별안간 은서의 입술 사이로 숨이 턱턱 막히는 소리가 들려왔다.

"흡……, 흐읍."

복받치는 감정을 억누르지 못했던지 계속해서 숨을 몰아쉬고 있던 은서의 호흡은 점점 더 가빠지더니 이내 입술 사이로 맹렬한 흐느낌이 터져 나왔다.

"으흑, 흑, 흐흑……!"

입을 틀어막고 오열하고 있는 은서를 물끄러미 내려다보며 지혁은 공허한 목소리로 나직이 말을 이었다.

"용서 같은 건 없어. 끝까지 용서 안 할 거다. 난 괴물이니까. 나쁜 놈이니까. 이 일로 지옥에 떨어진다 해도 괜찮아."

"흑, 흐흑……!"

"그러니까……, 너도 날 용서하지 마. 죽을 때까지."

꽉 악문 잇새로 한 마디 한 마디를 내뱉는 지혁의 가슴팍에 부드러운 감촉이 맞닿아왔다.

"오빠……."

지혁의 가슴에 머리를 기댄 은서는 입을 틀어막았던 손을 떼어내 그의 허리를 끌어안더니 이내 등을 조심스럽게 어루만져보았다. 그러는 동안 그녀의 눈에선 눈물이 고일 틈도 없이 후드득 후드득 떨어져 내리고 있었다.

"오빠……, 흑."

눈물로 눈앞이 흐릿해 아무것도 보이지 않았지만, 온몸으로 전해져오는 그의 아픔만큼은 몸서리쳐질 만큼 생생했다.

"왜 말 안 했어요……, 흐으……, 나한테 말했으면……, 그랬
으면 내가 진작 함께 아파해줬을 텐데, 왜 혼자서……, 흐윽, 왜 바
보같이 혼자서 참았어……."

생각지도 못한 말에 지혁이 멍하니 허공을 응시하고만 있자 은
서는 그의 가슴에 얼굴을 비벼대며 계속해서 눈물을 쏟아냈다.

"미안해……, 미안해요, 오빠……, 흑. 너무 늦게 나타나서 미
안해……. 이제부터 내가 곁에 있어줄게요…….."

지혁은 놀라움, 고통, 비참함, 안도 등, 온갖 복잡한 감정이 뒤
섞인 눈으로 눈물범벅인 은서의 얼굴을 내려다봤다.

"내가 있으니까……, 이젠 오빠 혼자서 아프지 말아요."

"은서야…….."

붉게 충혈된 눈으로 은서를 내려다보기만 하던 지혁은 가만히
그녀의 어깨를 붙잡아 자신의 품에 끌어안았다. 더없이 소중하게
은서를 품어 안고 있던 지혁은 한결 편안한 목소리로 말했다.

"그때, 무균실에서 너한테 지면 안 된다고, 힘내라고 했던 남
자애…….."

"역시……! 오빠였지요?"

지혁은 더 이상 아무 말도 하지 않았다. 다만, 그는 지금껏 단
한 번도 보인 적 없던 자연스러운 미소를 짓고 있었다.

싸늘한 밤바람에 벚꽃 이파리가 눈처럼 흩날리던 밤의 일이었
다.

8. 숨은 연인

2007년 3월 14일.

범애제약 차 회장의 저택 별관 식당에는 아침부터 긴장감이 감돌았다.

이미 3년 전 큰 트러블을 일으킨 전적이 있었던 지혁과 은서가 오늘 아침에도 부딪친 것이다. 순한 사람이 화나면 무섭다더니, 평소에 조용하던 두 사람은 그날 이후로 서로를 투명인간 취급하거나 아주 작은 일에도 부딪쳐 으르렁거리기도 했다. 그 일이 있기 이전엔 꽤나 친했지만, 이제는 마주치면 또 무슨 일이 생길까 걱정부터 들 정도로 둘의 사이는 몹시 악화된 듯 보였다.

"왜 남의 컵 써요?"

"뭐?"

"그거 내 컵이에요."

"같은 집에 살면서 네 컵 내 컵이 어디 있어? 아무 거나 써."

"싫어요. 내 컵 돌려주세요. 선물 받은 거란 말이에요."

"그렇다고 마시던 커피 쏟아내고까지 돌려줘야 해? 뭐 이딴 계집애가 다 있어?"

"재수 없어 죽겠네. 적반하장도 정도껏이지 남의 것 갖다 쓰고서 미안하다 고맙다 말도 안 해요? 뭐 이런 인간이 다 있어?"

말싸움이 점점 커지자 종민이 끼어들어 두 사람을 뜯어말렸다.

씩씩거리며 지혁을 노려보던 은서는 민정이 식당으로 들어서자 못마땅한 한숨을 내쉬며 돌아섰다.

"뭐야, 지혁이 오빠랑 고아 년 또 싸워? 그만 좀 싸워라. 넌 지치지도 않니?"

민정이 약 올리듯 내뱉은 말에 은서는 싸늘한 시선을 던진 후 자리를 떠버렸다.

"싸가지 없는 계집애 같으니라고!"

지혁이 은서의 뒤통수를 향해 내뱉은 한 마디가 복도와 계단에 쩌렁쩌렁 울리다 잦아들었다.

계단을 올라가 자기 방으로 돌아간 은서는 실내복 주머니에서 진동을 느끼고 휴대전화를 꺼내 열어봤다. 문자메시지는 뜻을 알 수 없을 정도로 간단한 단어 조합으로 이루어져 있었다.

- 맨 아래 서랍 -

곧장 책상으로 다가가 평소엔 잘 사용하지 않던 맨 아래 서랍을 열고 안을 들여다본 은서는 그 안에서 멸균우유 한 팩과 집 근처 베이커리 로고가 찍힌 쿠키 한 봉지를 발견했다. 누가 한 일인지는 알고도 남았다. 은서가 오늘 아침의 트러블로 아침식사를 거를 것임을 미리 예상하고 진작에 준비했던 모양이다.

"하여튼 못 말린다니까."

우유와 쿠키 봉지를 집어 들던 은서는 그 아래에서 뭔가 하나를 더 발견했다. 예쁘게 선물포장 된 길쭉한 박스였다.

포장을 뜯고 케이스를 열어보니 그 안에서 새하얀 별이 눈부신 빛을 뿜내고 있었다. 부친에게서 선물 받았던 것과 디자인은 다르지만 폴라리스 목걸이였다. 혹시라도 들킬까 봐 우려했던지, 편지나 메시지카드 같은 건 어디에도 없었다.

은서의 생일이 되려면 아직 며칠이나 남았는데 선물은 벌써 사흘 전부터 하루에 하나씩 도착하고 있었다. 매해 생일선물을 두세 개씩 주던 사람이어서 그다지 놀랍진 않지만 스무 살 생일 축하라 그런지 어째 다른 해보다 스케일이 거창한 기분이다.

"스무 살, 스무 살이라……"

은서는 알 수 없는 기대와 흥분으로 뛰는 가슴을 진정시키며 목걸이를 걸고서 거울 앞에 섰다. 역시 그의 안목은 더없이 훌륭했다. 흠 잡을 곳이라곤 하나도 없이 꼭 마음에 드는 목걸이였다.

"아저씨!"

정원에 청아한 목소리가 울렸다. 출근하는 차 회장의 발걸음을 붙잡은 목소리의 주인은 벌써 대학생이 된 은서였다.

"아저씨! 저 학교까지만 좀 태워주시면 안 돼요?"

설산의 만년설도 녹일 수 있을 것처럼 부드럽고 상냥한 눈웃음을 지으며 달려온 은서에게선 꽃향기가 나는 것만 같았다. 3년의 시간 사이 어느덧 소녀티를 벗은 그녀의 외모는 모란이 만개한 듯 더없이 탐스럽고 아름다웠다.

"아침부터 죄송해요. 강의가 아홉 시에 있어서 서둘러야 하거든요."

"죄송할 것까지야. 그런데 이게 벌써 몇 번째냐. 아홉 시 강의에 가려면 더 일찍 서둘러야지, 이 녀석아."

"에이, 아무리 서둘러도 아침엔 시간이 모자라는 걸 어떡해요. 정 귀찮으시거든 차라도 한 대 사주시든지요."

아무렇지도 않게 팔짱을 끼는 은서의 깜찍한 애교를 보며 차 회장은 저도 모르게 너털웃음을 흘리고 말았다.

"이거, 아무래도 한 대 사주든지 해야겠는데?"

"저한테까지 차 사주시면 가세 기우는 거 아니에요? 솔직히 말씀해보세요. 민수 오빠랑 종민 오빠 새 차 컬렉션만 보면 가슴이 선득선득하시죠?"

"뭐? 아니, 이 녀석이 어른 됐다고 못하는 말이 없네, 으하하하!"

"그러니 차는 됐고, 용돈이나 두둑이 주세요."

"예끼, 똥강아지 녀석. 네가 뭐가 예뻐서 용돈을 주냐."

"예뻐서가 아니라 나중에 제가 제일 효도할 거니까 주셔야지요."

"이 녀석 용돈 타내는 능력은 하여튼, 자, 옛다."

"어머, 고맙습니다. 너무 많이 주셔서 나중에 속 쓰리시는 거 아니에요?"

"잘 아는구나. 위장약이라도 좀 사먹어야겠다."

"아니, 제약회사 회장님께서도 약을 사 드세요?"

은서와 유쾌한 농담을 나누고 웃으며 차고로 향하는 길, 차 회장은 문득 따가운 시선을 느끼고 뒤를 돌아봤다. 민정이 멀리 현관문 앞에 서서 그들을 질투 어린 눈으로 바라보고 있었다.

같은 나이, 같은 집에 살고 같은 대학교에 입학했지만 민정은 은서와 비슷한 곳이 하나도 없었다. 제 어미를 닮아 외모도 볼품없는 데다 애교라곤 눈곱만치도 없어 딸인데도 예쁜 구석이라곤 찾을 수가 없었다. 그런 주제에 또 질투는 어찌나 심한지, 은서가 가족들과 가깝게 지내는 걸 가만히 두고 보질 않았다.

"에잉, 쯧쯧. 쟨 대체 누굴 닮았는지."

차에 오르자마자 차 회장은 은서를 돌아보며 안타까운 어조로 물었다.

"은서야, 요즘도 민정이가 못살게 구니?"

웃고 있던 은서는 표정을 굳히고 고개를 돌리며 애처롭게 대답했다.

"아, 아니에요. 요즘은 좀 덜해요."

"내가 불러다 한 번 혼을 내마. 애가 철이 없어 그런 걸 어쩌겠니. 너무 서운하게 생각지는 말고."

"늘 신경 써주셔서 정말 고맙습니다, 아저씨."

"그런 말은 말거라. 당연한 일인걸."

3년 전 어느 날, 은서의 인감도장은 차 회장의 손에 넘어갔다. 쥐고 있어봤자 트러블만 생길 뿐 결국 뺏기고 말 테니 그냥 순순히 내놓으라는 지혁의 충고를 은서가 받아들였던 것이다. 그리고 그로부터 석 달쯤 뒤, 민정의 비상식적인 행패를 도저히 참을 수가 없던 은서는 차 회장에게 수차례 독립을 요구했지만 계속해서 거절당했다.

"제 재산 다시 돌려주세요. 나가서 살래요."

"어린애 혼자서 살기에 밖은 너무 위험하다."

"제가 잘 알아서 할게요. 내보내주세요."

"위험하니 안 된다고 했다."

"혹시…… 제 돈 돌려줄 생각이 없으신 건 아니고요?"

마침내 웃음기 가신 얼굴에 독사(毒蛇)처럼 차갑고 축축한 눈으로 은서를 노려본 차 회장은 감정 없는 어조로 낮게 으르렁거렸다.

"가만히 보자보자 하니 도가 지나치구나! 돈은 나중에 주겠다고 분명히 말했지? 우린 갈 곳 없는 천애고아인 널 받아줬어. 네가 성장할 때까지 생활비를 대고 키워줄 내게 지금 무슨 시건방진 짓거리냐! 대학 보내주고 네가 원한다면 유학도 지원해줄 수 있다. 괜찮은 남자 골라 결혼도 시켜줄 테니 그때까지 얌전히 학교 다니면서 교양이나 쌓아라. 본데없이 자라서 그런가, 어쩜 이렇게 되바라졌는지, 쯧쯧쯧."

은서는 인자한 가면 속에 꼭꼭 감춰둔 차 회장 부부의 본모습이 얼마나 추악한지 누구보다도 더 잘 알고 있었다.

"넌 누가 뭐래도 내 딸이란다. 아저씨 맘 알지?"

상념에서 깨어나 화사한 눈웃음을 지은 은서는 더없이 달콤한 목소리로 대꾸했다.

"그럼요, 아저씨. 제가 아저씨 마음을 왜 모르겠어요?"

오후 4시, 박 여사는 모 재벌 사모가 주최한 자선바자회에서 돌아오는 길에 남편의 회사에 들렀다.

빌딩 최상층의 대표이사실에선 문밖까지 다 들릴 정도로 시끄러운 웃음소리가 울리고 있었다.

비서에게 무슨 일인지 물은 박 여사는 달갑지 않은 소식을 접했다. 바로 지혁이 안에 있다는 이야기였다.

박 여사가 집무실 문을 열고 안으로 들어섰을 때, 접객용 소파에는 차 회장과 지혁, 그리고 세 명의 핵심 이사진들이 화기애애한 분위기로 둘러앉아 있었다.

차 회장의 들뜬 목소리가 온 방 안에 쩌렁쩌렁 울리고 있었다. 만족스럽거나 자랑할 일이 있으면 듣기 싫을 정도로 목소리 톤이 올라가는 건 차 회장의 오랜 습관이었다.

"아, 당신 왔어?"

박 여사는 자리에서 벌떡 일어나 깍듯이 인사하는 지혁에게 부드러운 미소를 보인 후 물었다.

"오늘 무슨 일로 이렇게 기분이 좋으세요?"

"당신은 신경 쓸 것 없어."

단호하게 딱 자른 차 회장은 측근인 김 전무를 돌아보며 말했다.

"일주일 안으로 빨리 추진하도록 해요."

"일주일은 현실적으로 무리고, 최대한 서두르겠습니다."

"자식들 중에 아비 체면 세워주는 건 우리 지혁이밖에 없는데 없던 자리라도 만들어서 앉혀야지, 암."

"아이고오, 회장님. 어디 가서 그런 말씀 하시면 안 됩니다. 하하하."

유쾌하게 웃음을 터뜨리는 차 회장과 이사진들을 내려다본 박 여사는 그 가운데에 앉아 조용히 미소 짓고 있는 지혁을 복잡한 표정으로 내려다봤다. 오가는 대화로 미루어 보아 곧 지혁의 승진이 있을 모양이었다.

대학을 졸업한 지혁은 범애제약 영업 관리직 공개채용에 정식으로 지원했다. 일전에 박 여사가 우려했었던 대로 차 회장의 명령이었고, 지혁은 역시 예상에서 단 한 치도 벗어나지 않고서 제 아비가 시키는 대로 착실히 움직였다. 오너의 아들이라는 사실을 철저히 숨긴 지혁은 서류전형들을 가볍게 통과한 후 마침내 최종 면접까지 올라와 부친을 직접 마주했다. 면접장에서 이사진들과 차 회장은 그의 도전정신과 패기에 감탄해 마지않았다고.

처음부터 후계자로 지목되어 회사 곳곳을 수박 겉핥기식으로 둘러보고 간단히 전무 자리에 안착한 장남 민수와 달리, 평사원으로 입사한 지혁은 이후로 차근차근 경력을 쌓고 굵직한 프로젝트에 열성적으로 참여하면서 현재까지 내내 실력을 인정받고 있었다.

문득 숨통이 죄어드는 기분이 든 박 여사는 떨떠름한 표정으로 지혁을 내려다봤다. 지혁은 연방 그녀의 눈치를 살피며 안 그래도 구부정한 어깨를 더욱더 움츠리고 대단히 비굴한 표정을 지었다.

이런 놈이 도대체 재주는 어떻게 타고났는지. 박 여사는 무심한 하늘을 원망했다.

"오늘 저녁은 내가 살 테니 회의 끝난 후에 같이 나갑시다. 지혁이도 참석해라."

차 회장의 말에 지혁은 또 한 번 박 여사의 눈치를 힐끔힐끔 살피며 조용히 대답했다.

"죄송하지만 오늘은 야근해야 해서요."

"오늘 같은 날 야근은 무슨! 회장 명령으로 빠져야 한다고 전해."

차 회장의 단호한 명령에도 지혁은 손을 내저었다.

"아닙니다. 죄송하지만 저는 다음에 참석할게요. 그리고 가끔은 어머니하고 두 분이서만 오붓하게 식사도 하고 그러세요."

지혁의 살가운 조언에 잔뜩 감동한 차 회장은 이사진들에게 계속해서 자랑을 늘어놓기 시작했다.

"이거 보라고. 얘가 이렇다니까. 얘가 이렇게 부모를 생각해줘요. 아주 보면 볼수록 물건이야. 내 지금에서야 하는 말이지만 우리 지혁이가 고등학교에 다닐 때에도 말이지……."

우리 지혁이, 우리 지혁이, 우리 지혁이. 더 이상 그 지긋지긋한 소리를 듣고 있기가 괴로워진 박 여사는 조용히 자리에서 일어났지만, 차 회장은 그녀에게 눈길 한 번 주지도 않은 채 제 할 말만 이어가고 있었다.

무거운 마음으로 대표이사실을 나선 박 여사는 그 길로 곧장 장남 민수의 집무실로 건너갔다.

노크도 없이 문을 열고 안으로 들어서자 참하게 생긴 담당 비서가 벌떡 일어서서 인사하더니 이내 난처한 표정을 지었다. 반응으로 미루어보아 안에 누군가가 있는 것 같았다.

"손님이 와 계신 모양이지?"

"네, 사모님."

"거래처?"

"아……, 으음, 네…….."

우물쭈물하다 내놓는 대답이 어째 석연치 않게 느껴진 박 여사는 수상한 낌새를 눈치 채고서 순하게 생긴 여비서를 노려봤다.

"그, 그게……, 사모님, 지금 들어가시면 좀 곤란하실…….."

순식간에 얼굴이 굳는 박 여사를 본 비서는 눈을 질끈 감고서 솔직한 성격의 자신을 타박하기 시작했지만 이미 늦은 후였다. 박 여사는 도끼눈을 뜨더니 집무실 문을 거칠게 열고서 안으로 난입했다.

"꺄악, 누구야!"

아니나 다를까. 한 회사의 중역인 전무이사 집무실 안에 미처 상상도 못했던 추잡스러운 광경이 펼쳐져 있었다. 벌건 대낮부터 반 벌거숭이의 새파란 계집애와 민수가 접객 소파 위에서 한 덩어리가 되어 뒹굴고 있었던 것이다.

박 여사는 분노를 참지 못해 앙칼진 목소리로 호통을 쳤다.

"이게 지금 뭐 하는 짓들이야!"

허겁지겁 옷매무새를 고치는 젊은 남녀를 내려다보는 박 여사의 눈에는 혐오감과 실망감이 적나라하게 드러나 있었다.

"자기야, 나중에 연락해. 아이 씨, 한창 달아올랐는데 이게 무슨 봉변이람."

천박한 싸구려 향수 냄새를 풀풀 풍기며 도망치는 계집애의 뒷모습을 싸늘하게 노려본 박 여사는 이내 아들 민수의 꼴을 건너다보며 장탄식을 내뱉었다.

"아이고, 아이고, 아비를 닮아도 어떻게 이런 면만 닮을 수가 있을까…….'

박 여사의 말마따나 민수는 차 회장에게서 가장 쓸모없는 부분만을 물려받았다. 제 아버지와는 정반대로 우유부단하고 순하기 짝이 없는 주제에 여자 문제에 있어서만은 도무지 한 여자로 만족하는 법이 없었던 것이다. 새파랗게 어리고 머리에 든 것이라곤 하나도 없는 계집애들이 결혼하자고 덤비는 것을 돈 쥐여주고서 떼어낸 게 그간 몇 번이었는지 셀 수도 없었다.

"죄송합니다."

"시끄럽다!"

"엄마……."

아들의 비뚤어진 넥타이와 헝클어진 머리카락을 단정하게 정리해주던 박 여사는 눈을 질끈 감더니 애정과 원망이 온통 뒤섞인 표정으로 민수의 가슴팍을 팡팡 두드렸다.

"철 좀 들어라, 제발, 민수야! 지혁이가 저렇게 따라오는 걸 보면서도 넌 이럴 정신이 있니, 응? 아무리 스트레스를 받아도 그렇지, 회사에서까지 이러다 또 누구에게 들키기라도 하면 이번엔 아버지가 가만히 계시겠어?"

"앞으로 조심할게요."

"말로만 하지 말고, 제발 행동으로 좀 보이란 말이다! 엄마가 이렇게 힘들게 죽어지내는 이유가 다 너 때문이라는 걸 몰라? 네가 잘돼서 아버지 가진 거 다 가져와야 할 거 아니냐. 네가 조금이라도 이 엄마를 불쌍하게 여긴다면 내 기대에 부응해야지. 엄마한텐 민수 너밖에 없어. 그걸 아직도 모르겠니?"

최근 받은 또 한 번의 대대적인 성형수술 덕분에 마치 인조인간처럼 보이는 박 여사의 얼굴에 간절한 빛이 어렸다.

"엄마……."

모친의 품에 폭 싸안긴 민수는 어둡고 지친 표정으로 고개를 끄덕였다.

날이 날인지라 학교 앞 커피숍은 대낮부터 손님들로 발 디딜틈이 없었다. 그 와중에 운 좋게 창가 자리를 잡을 수 있었던 은서는 푹신한 소파에 앉아 휴대전화 문자메시지를 주고받느라 여념이 없었다.

– 시시한 녀석들이 귀찮게 굴진 않았어? –

– 그런 일 전혀 없었어. –

– 거짓말 하지 마. –

– 흠. 실은 아침부터 귀찮아 죽는 줄 알았어. 화이트데이 따위 다 상술 아닌가? –

– 받은 거 다 쓰레기통에 처박아버리고 와. –

– 아까운 사탕을 왜? 두고두고 먹어야지. –

- 어설프게 약 올리지 말고 버리라면 버려. 하나라도 내 눈에 띄면 죽는다. -

- 누구, 내가? -

- 그 새끼들이. -

- 아, 그럼 상관없지. 내가 죽는 것도 아니니까. -

"누구야? 애인?"

키득거리다 머리 위에서 들리는 목소리에 화들짝 놀란 은서는 주고받은 문자메시지를 삭제하고 전화기 폴더를 소리 나게 접으며 얼굴을 붉혔다.

"뭘 그리 놀라? 진짜 애인인가 보네?"

가죽 백과 바이올린 하드케이스를 소파에다 던지다시피 내려놓고서 조심성 없이 털썩 앉은 쇼트커트의 여자는 안정현으로, 은서의 음대 입학 동기였다.

"애인은 무슨. 피어싱 또 했어? 두 개 늘었네."

샛노란 쇼트커트 아래 드러난 정현의 귀엔 무시무시할 정도로 많은 피어싱이 주렁주렁 달려 있었다.

대법관 출신에 한때 국무총리까지 지냈었고 3선 국회의원이자 현(現) 집권여당 대표인 안상진의 무남독녀라는 게 무색할 정도로 정현은 차림새가 너무나 자유분방하고 행동에 전혀 거침이 없었다. 게다가 좋고 싫음이 너무 확실해, 싫은 사람은 싫다고 아예 면전에다 대놓고 선언하는 스타일이었다. 그 뻔뻔스러우리만치 솔직한 성격 때문에 동기들은 물론이고 단대 학생들 중 누구도 정현을 가까이 하고 싶어 하지 않았다. 단 한 명, 은서만 빼고.

"빈 곳이 눈에 거슬려서. 너도 해볼래?"

"아, 난 거절하겠어."

손사래를 치며 키득키득 웃는 은서의 눈앞에 작은 사탕바구니가 하나 불쑥 나타났다.

"자. 내 사랑을 받아줘."

사탕바구니를 본 은서는 곧장 지혁을 떠올리고 웃음을 터뜨리며 핀잔을 주었다.

"에이, 아무리 절친이라도 여자한테서 받는 사탕은 싫은데."

"얘가 뭐래? 영광으로 알고 받아줘. 난 아무한테나 사랑을 남발하는 싸구려가 아니야."

"정현아. 다른 애들 앞에선 제발 그런 말 하지 마라. 괜한 오해 산다."

"오해라니? 정말이라니까. 내 마음에 든 '사람'은 너밖에 없는걸."

은서는 어이없다는 듯 고개를 저으며 피식 웃어버렸지만 정현은 진지한 눈으로 그녀를 건너다보고 손가락으로 이목구비 하나하나를 짚으며 말을 이었다.

"눈, 코, 입, 그리고 네 몸에 존재하는 모든 게 다 예뻐. 눈 돌리면 아무 데서나 볼 수 있는 흔해빠진 계집애들이나 사내들과는 달라. 넌, 소름 끼치도록 섹시하고……, 그리고 무척이나 비밀스럽지."

'비밀'이라는 단어에 순간 은서의 눈동자가 미세하게 흔들렸다.

현재 정현은 전혀 모르고 있지만 은서가 그녀에게 접근해 단짝 친구가 된 것은 우연이 아니었다. 모든 것은 처음부터 지혁에 의해서 철저히 계획된 일이었다.

정현의 외조부는 범애제약의 가장 큰 경쟁사인 지산제약의 오너였다. 거대 제약사이자 최근 경영악화로 위기에 몰린 지산제약은 지혁의 복수 계획에 큰 축을 이루고 있는 곳이기도 했다. 그러나 지혁이 드러내놓고 지산제약 측 인사와 접촉하는 것은 위험 부담이 너무 컸다. 그래서 은서가 대신 나섰던 것이다.

은서는 이름값이 높은, 소위 유명 대학교에 충분히 진학할 수 있었지만 그렇게 하지 않고서 이 사립대학에 진학했다. 명분은 장학금을 받기 위해서였으나, 실상은 수시전형을 통해 미리 입학이 예정되어 있던 정현 때문이었다. 지산제약 일가의 접근하기 수월한 인물들 중 정현은 은서와 나이도 같고 비슷한 음악 전공이라 안성맞춤이었다.

눈에 확 띄는 외모와 성격으로 완벽한 아웃사이더로 지내는 정현에게 접근하기란 처음에 예상했던 것보다 훨씬 더 쉬웠다. 은서의 어디가 그렇게 마음에 들었는지, 정현은 은서를 과분할 정도로 추켜세우며 비교적 짧은 시간 안에 제 마음을 쉽게 열어 보였다. 은서 역시 정현이 마음에 쏙 들었다. 자신과는 다르게 호쾌하면서도 잔정 많은 정현과 단짝 친구로 꼭 붙어 다니는 동안 완전히 정이 든 것이다.

이쯤 되고 보니 최근 들어 은서는 정현을 마주할 때마다 마음 한구석이 편치 않았다. 언젠가 정현이 모든 사실을 알게 된다면 어떤 반응을 보일지 너무도 두렵고 마음이 아팠다.

"어? 서은서, 너 그거 뭐야?"

"뭐?"

갑작스러운 질문에 상념에서 깨어난 은서는 눈을 동그랗게 뜨고 정현을 마주 보았다.

테이블 너머로 은서의 목 언저리를 살피던 정현은 아무렇지도 않게 그녀의 블라우스 칼라를 젖혔다.

문득 은서의 얼굴에 당혹감이 스쳤다.

최근 들어 은서는 모두가 잠든 한밤중이나 새벽 시간에 몰래 옥상에서 지혁을 만나는 일이 잦아졌다. 집안사람들의 눈을 피해 나누는 짧고 애틋한 키스는 매번 너무나 아쉽고 감질나 견딜 수가 없었다. 지혁 역시 마찬가지였던지, 어젯밤 그는 평소와 달리 제법 대범한 스킨십을 시도했었다. 늘 입술에서만 머무르던 키스가 턱 아래로 향하는가 싶더니 목덜미를 진하게 훑고 지나갔던 것이다. 그때의 야릇한 떨림이 되살아옴과 동시에 혹시 그때 키스마크 같은 거라도 남은 건 아닌가 하는 생각이 스쳤다.

그러나 정현의 입에서 나온 말은 은서가 예상했던 것과는 전혀 다른 것이었다.

"오오, 목걸이 예쁘다. 못 보던 건데? 선물 받은 거야?"

은서는 드러나지 않게 안도의 한숨을 쉰 후 폴라리스 펜던트를 손가락으로 만지작거리며 아무렇지도 않게 대답했다.

"아아, 전부터 있던 거야."

멜리다이아몬드가 알알이 박힌 별 모양 프레임에 1캐럿 다이

아몬드가 세팅된 고급스러운 펜던트는 햇빛을 찬란하게 반사하고 있었다. 은서의 말과는 달리, 그 빛깔과 광택은 아무리 봐도 쓰던 것이 아닌 것 같아 보였다.

"흐음, 아닌데. 새것 같은데."

예리한 정현의 눈치에 은서는 희미하게 웃더니 다시 말했다.

"실은 아빠가 주신 펜던트를 3년 전에 잃어버렸거든."

"저런. 어쩌다가?"

"차민정이 콩 주워 먹듯 삼켜버렸어."

"뭐어? 어이없다. 완전 미친년이구만?"

정현이 눈을 크게 뜨며 욕설을 내뱉었지만 은서는 더 이상 화도 나지 않는지 생글생글 웃으며 대답했다.

"그때 아빠가 주신 건 수수한 디자인이었는데 새로 만들면서 버전업 했다고나 할까."

"하긴. 이걸 삼키려면 목숨 두 번은 걸어야겠네. 그나저나, 아빠 유품을 그렇게 했는데 그걸 가만 뒀어? 나 같으면 죽든 말든 그 자리에서 바로 고 계집애 목구멍에다 손 찔러 넣고서 꺼내버렸을 텐데."

"어머, 아무리 그래도 어떻게 그런 짓을."

짐짓 놀란 척하며 수줍게 손을 내젓는 은서의 얼굴에 의미심장한 미소가 어렸다. 차민정은 제가 지난 3년간 거의 매일 먹었던 초콜릿 시리얼에 은서의 방을 청소하고 나온 먼지가 섞여 있다는 것을 어제 아침까지만 해도 전혀 모르는 눈치였다.

"흐음, 그 얘긴 이제 됐고. 누구야?"

밑도 끝도 없는 정현의 물음에 은서는 눈을 깜박깜박하며 되물었다.

"뭐가?"

"그거 선물한 남자. 애인이지?"

"내가 직접 샀다니까. 얜 무슨 소리야?"

은서는 어이없다는 표정으로 손을 내저으며 설레발을 쳤지만, 정현은 지그시 그녀의 눈을 들여다보며 말했다.

"흐음, 다른 사람은 속여도 내 눈은 못 속이지. 말하기 싫으면 안 해도 좋아. 그치만 너, 분명히 애인 있어."

"앤 자꾸 헛소리를."

정현은 즉시 얼른 눈길을 피하며 얼굴을 붉히는 은서를 귀여워 죽겠다는 표정으로 한참이나 바라보고 있었다.

그믐이라 달도 뜨지 않은 밤이었다.

은서는 조금 전 받은 문자메시지를 지우고 새벽 3시를 가리키고 있는 벽시계를 올려다본 후 조용히 방문을 열고 복도를 내다봤다.

민수와 종민은 외박, 민정은 새벽 1시쯤 만취한 상태로 들어와 미친 듯 노래를 부르더니 이내 방이 떠나가라 코를 골며 자고 있었다.

어둠과 정적이 내려앉은 복도로 가만히 발을 내밀어본 그녀는 용기를 내어 방을 빠져나온 후 옥상으로 향하는 계단을 올라갔다.

문을 열자 쌀쌀한 밤바람에 우디 계열의 향수 향기와 희미한 알코올 냄새가 실려 왔다.

지혁은 옥상 한쪽, 높이 솟은 벽돌 구조물 덕분에 출입구에선 잘 보이지 않는 곳에 서서 아래를 내려다보고 있었다. 곧장 그의 뒤로 다가간 은서는 그의 등에다 얼굴을 기댄 후 숨을 깊게 들이마셨다. 이내 폐부 깊숙한 곳까지 그의 체취가 구석구석 스며들었다.

만족스러운 표정으로 미소 지은 은서는 지혁의 허리를 꼭 껴안고서 등에다 자신의 몸을 밀착시켰다. 온몸으로 뜨거운 피가 돌기 시작하며 이내 야릇한 쾌감이 피부 깊숙한 곳으로 배어들었다.

"지혁 오빠······."

은서의 손이 지혁의 탄탄한 복근을 더듬어 올라가 가슴께에 도달했을 무렵, 그의 손이 가만히 그녀의 손 위로 겹쳐졌다.

"깨워서 미안."

"괜찮아. 안 자고 있었어. 이제 들어온 거야?"

"야근 후에 팀원들하고 술 한잔 했어."

"헤에, 진짜 열심히 하는구나. 좋은 일이네."

은서가 소곤소곤 내놓은 말에 지혁이 씁쓸한 어조로 되물었다.

"진심으로 하는 소리야?"

애초부터 지혁의 목적은 회사에서 훌륭하게 적응하는 것이 아니었다. 지금의 그가 노리는 것은 장남 민수에게 없는 것, 민수와의 차별점, 바로 차 회장에게서 '무슨 일이 있어도 절대 깨지지 않을 신뢰'를 얻어내는 것이었다.

"당연히 진심이지. 목적이야 어디에 있든 오빠가 노력하는 건 사실이니까. 멋있어."

지혁이 피식 웃어버리자 은서는 더욱더 그의 등에 달라붙으며 체온을 음미하다 힘없이 중얼거렸다.

"오늘 있지, 정현이가 애인 있느냐고 자꾸 물어보는데 대답을 못 했어. 정현이 말고 다른 사람들도 다 물어봐. 애인 있냐고. 나, 애인 있는데……, 진짜 멋있는 애인 있는데, 그런데 아무한테도 말을 못 해……."

은서가 애처롭게 중얼거리는 말에 지혁은 목구멍 안쪽으로부터 심장까지 찌릿하게 관통하는 아픔을 느끼고서 어금니를 깨물었다.

"시간이…… 왜 이렇게 더디게 가는지 모르겠다, 은서야. 언제쯤 이 모든 걸 끝낼 수 있을까."

짧은 말이었지만 그 안에선 지혁이 그동안 인내하며 살아온, 그리고 앞으로도 얼마가 될지 모르는 긴 시간의 무게가 그대로 느껴졌다. 끝이 어디인지 보이지 않는 그 터널의 밖으로 나가기까지 암흑 속을 더듬으며 힘든 길을 걷는 것이 지혁의 몫이라면, 그런 그가 방향을 잃지 않도록 손을 잡아주는 건 오직 은서의 몫이었다.

"미안, 오빠. 그냥 못 들은 걸로 해. 오빠가 더 힘들 텐데 약한 소리 해서 미안해."

"은서야……."

"오빠 시간이 더디게 가서 싫다고 하지만, 난 적어도 지금은 좋아. 우리 같이 있는 시간만큼은 훨씬 더 더디게 흐르면 좋겠어."

손을 놓고서 천천히 돌아선 지혁은 은서의 긴 머리카락을 쓸어

내린 후 그녀의 매끈한 이마, 눈썹, 눈꺼풀, 콧날, 인중을 지나 입술까지를 소중히 쓰다듬었다. 이내 손을 목덜미로 미끄러뜨린 그는 그녀의 입술에다 조심스럽게 자신의 입술을 맞춰보았다.

3월 중순이라 해도 아직 밤은 쌀쌀했다. 밤공기에 얼음장처럼 차갑게 식은 은서의 입술이 못내 안타깝고 애틋했던 지혁은 두 손으로 뺨을 소중하게 감싸며 그녀의 입술에다 자신의 입술을 바짝 붙이고 힘껏 빨아들였다.

은서의 입술이 꽃잎이 벌어지듯 살며시 열렸다. 그녀의 보드랍고 촉촉한 입술 안쪽 점막과 가지런하고 깨끗한 치아를 정성스럽게 훑은 후 살며시 진입하자, 기다리고 있다는 듯 그녀의 혀가 수줍게 그를 맞이하며 움직이기 시작했다.

은서의 목덜미와 귓불, 그 아래 예민한 피부를 손가락으로 더듬어 내려가며 깊고 진한 키스를 즐기던 지혁은 뜨겁게 끓기 시작하는 피를 더 이상 억누를 수가 없어 입술을 떼고서 잠시 호흡을 가다듬었다.

"하아……."

눈을 감고서 키스의 여운을 음미하던 은서는 손을 내밀어 그의 가슴에 얹고서 들릴 듯 말 듯 속삭여 물었다.

"나도 이제 성인인데, 대체 언제까지 키스만으로 참을 거야?"

"좋은 질문이야."

자신의 가슴에 올라 있는 은서의 손을 붙잡아 손바닥 한가운데에다 부드럽게 입 맞춘 지혁은 이내 포켓에서 뭔가를 꺼내 그녀의 손에다 쥐여주었다.

"이게…… 뭔데?"

유명 특급호텔 로고가 찍힌 작은 종이봉투 안에 명함 크기의 플라스틱카드가 한 장 들어 있었다.

"집에는 내일 퇴근 후 곧장 고등학교 동창 총각파티에 참석하느라 못 들어올 것 같다고 미리 얘기해뒀어. 알리바이는 확실히 만들어두는 편이 좋겠지. 너도 마찬가지고."

"그게 무슨 소리야?"

"네가 안 오더라도 절대 서운해하지 않을 테니까 맘 편하게 생각해."

밑도 끝도 없이 아리송한 말에 은서가 의아한 눈으로 올려다보자 지혁은 진지하게 덧붙였다.

"룸 넘버는 봉투에 적혀 있어. 마음 정해지면 내일 밤 아홉 시 이후에 찾아와."

야구 모자를 깊이 눌러쓰고 호텔 로비에 들어선 은서는 잠시 주위를 둘러보고 주저하다 서둘러 발걸음을 옮겼다.

엘리베이터에 오른 후에야 한숨을 돌린 그녀는 백팩을 앞으로 돌려 멨다. 백팩 안을 가득 채운 것은 무거운 악보책들이었다. 위클리 연주 준비 때문에 정현과 함께 연습실에서 밤을 새울 거라고 거짓말로 둘러대자 박 여사는 함께 간식을 사 먹으라며 용돈까지 쥐여주었다. 은서는 물론이고 친딸인 민정의 친구조차 누구인지 모르던 박 여사는 유독 정현과 관련한 일엔 지대한 관심을 보여, 심지어 정현을 몸소 집까지 초대해 식사를 대접하기까지 했었다. 정현이 집권여당 대표의 늦둥이 외동딸이 아니었다면 과연 어땠을지.

"후우, 후우."

백팩의 앞쪽 포켓에서 카드키를 꺼내 든 은서는 기대감과 긴장이 뒤섞인 표정으로 숨을 몰아쉬었다.

은서는 지금껏 지혁과의 관계가 '사랑'이라는 유치한 단어로

다 설명할 수 없는 것이라고 생각해왔었다. 이 세상에 오직 하나밖에 없는 연(緣)이니 마음도 몸도 아까울 일은 전혀 없었다. 지혁은 어젯밤 마음이 정해지거든 찾아오라고 했지만, 처음부터 마음은 이미 정해진 상태였다.

엘리베이터 문이 열리자 은서는 룸 넘버가 적힌 벽면을 보고 방향을 가늠한 후 푹신한 카펫이 깔려 있는 복도를 걸어 나갔다.

마침내 문 앞에 도달하자 입안이 바싹 마르고 다리가 후들후들 떨리기 시작했다.

첫 경험에 대한 기대감이라든지 긴장이나 불안감 때문이 아니었다. 철없게도, 처음으로 지혁과 함께 그 집을 벗어나 긴 밤을 오롯이 함께 보낼 수 있다는 기쁨 때문이었다.

잠시 주저하다 카드키로 문을 연 은서는 조용히 안으로 들어선 후 일부러 노크 소리를 내보았다.

카펫에 슬리퍼가 스치는 소리가 가까워지더니 지혁이 눈앞에 나타났다. 어울리지 않는 안경도, 구부정한 어깨도, 억지로 지어내는 미소도 없이 그저 순수한 차지혁의 본모습으로.

아까워 눈물이 날 정도로 잘생긴 지혁의 이목구비와 탄탄한 몸매를 마주하고 있자니 은서의 가슴속에서 뭔가가 울컥 치밀어 올랐다. 내가 아닌 다른 나로 살아왔던, 그리고 앞으로도 언제까지 그렇게 살아야 할지 모르는 현실. 쉽사리 끝이 보이지 않는 지혁의 상황이 답답하고 속상하고 너무도 슬펐다. 은서가 그럴진대, 지혁은 매 순간 숨을 쉬어도 쉬는 게 아닐 터였다. 오랫동안 참아 왔던 그 숨을 바로 오늘 원 없이 쉬게 해주고 싶었다.

"왔구나."

"응."

"들어와."

그의 손에 이끌려 안으로 들어서자 깔끔한 현대식 디자인의 스위트룸이 위용을 드러냈다.

시원하게 확 트인 전면창을 통해 전망을 바라본 은서는 좋아서 어쩔 줄을 몰라 하다가 뒤를 돌아보고 물었다.

"이런 방 빌리려면 비싸지 않아? 목걸이도 엄청 비싼 거 해줬던데 돈 많이 써서 어떡해."

"소심하긴."

피식 웃고 걸음을 옮긴 지혁은 창가 앞의 긴 소파에 앉은 후 아이스버킷에서 와인 병을 꺼내며 물었다.

"한잔 할래?"

"싫어. 오빠도 마시지 마."

지혁이 의아한 표정으로 올려다보자 은서는 그의 바로 앞까지 사뿐사뿐 걸어가 덧붙였다.

"술 마시면 잠 온단 말이야."

지혁이 황당하게 바라봤지만 은서는 여전히 진지했다.

"우리 둘만 같이 있을 수 있는 시간을 잠 따위로 허비하고 싶진 않아."

이런 기회를 앞으로 자주 갖진 못할 것이다. 두 사람이 동시에 집을 비우는 일이 많아지면 분명 의심받기 쉬울 테니까.

말 그대로 마법으로 만들어낸 것 같은 하룻밤이었다. 그러니

매 시각을 소중하게 보내야 했다. 단 일 초라도 허투루 보내선 안
됐다.

"그래. 네 말이 맞아."

못 말린다는 듯 씩 웃고서 와인 병과 오프너를 내려놓은 지혁
은 편하게 소파에 기대앉더니 손짓으로 은서를 불렀다.

"이리 와."

벌어진 지혁의 다리 사이로 들어온 은서는 그의 오른쪽 허벅지
에 걸터앉으며 수줍게 웃었다.

은서의 얼굴을 한참이나 말없이 들여다보던 지혁이 나직이 중
얼거렸다.

"하루 사이에 더 예뻐졌다."

"정말?"

"응."

더없이 부드러운 손길로 머리카락을 쓰다듬어주는 지혁의 얼
굴은 전보다 훨씬 더 강인하고 매력적이었다. 매일매일 조금씩 변
해가는 서로의 모습들을 숨어서 지켜보고 몰래 어루만져야만 했
던 지난날이 야속하기 그지없었다.

"오빠랑 이렇게 있으니까 정말 좋다. 집에 들어가면 또다시 싸
우는 척도 해야 하고 도둑처럼 몰래 숨어서 만나야겠지?"

저도 모르게 속내를 내뱉고서 주책없이 눈물이 고이자 은서는
그것을 감추려 벌떡 일어나 괜스레 이곳저곳을 구경하는 척했다.

"여긴 뭐야? 욕실? 와아, 넓다. 내 방보다 더 넓은 것 같아. 그
런데 아무리 고층이라지만 밖이 훤히 보이는데 이거 괜찮은 건

가?"

일부러 명랑하게 목소리를 높여가며 과장하는 은서의 뒷모습을 물끄러미 바라보고 있던 지혁이 지극히 담담하게 물었다.

"같이 씻을까?"

다소 충격적인 질문 내용과는 달리 마치 식사 메뉴라도 고르는 것 같은 평온한 어조였다. 갑작스럽게 민망해진 나머지 은서의 어깨가 잠깐 움찔했다.

잠시 고민하던 그녀는 뒤를 돌아보지 않은 채 떨리는 목소리로 대답했다.

"응."

아무렇지도 않은 태도로 욕실 한가운데의 거대한 월풀 욕조로 다가간 지혁은 어색하게 서 있는 은서를 무시한 채 욕조에 입욕제를 넣고 뜨거운 물을 채우기 시작했다.

한동안 두 사람은 그대로 선 채 아무 말도 하지 않았다.

시끄러운 물소리와 매혹적인 향기, 그리고 따스한 습기가 너른 욕실 안을 다 채웠을 무렵 지혁이 나직이 고백했다.

"내가 오늘을 얼마나 기다렸는지 알아?"

풍성한 거품이 오르는 수면을 생생한 눈빛으로 내려다보고 있던 지혁은 욕망으로 꽉 잠긴 목소리로 계속해서 말을 이었다.

"너한테서 나는 향기도, 목소리도, 머리부터 발끝까지 이어지는 그 곡선도, 심지어 네가 흘리고 간 머리카락 한 올만으로도 나는 미쳐버릴 것 같은데……, 그걸 지금껏 겨우겨우 키스만으로 달래가면서 참아왔지."

애틋한 눈으로 지혁을 돌아본 은서는 희미하게 웃으며 짓궂은 소릴 했다.

"내 스무 살 생일을 기다렸던 거야? 흐음. 범생이는 그저 코스프레인 줄만 알았는데 의외네, 차지혁 씨."

씩 웃으며 바로 앞까지 다가온 지혁은 은서의 눈을 들여다보며 느긋하게 명령했다.

"그래. 지금껏 참고 기다려준 내 정성에 보답해봐."

은서는 지혁의 말이 끝나자마자 요염한 눈웃음을 짓더니 기다렸다는 듯 까치발을 했다. 지혁의 귓가에다 입술을 바짝 가져다댄 그녀는 이내 들릴 듯 말 듯한 목소리로 속삭였다.

"원해. 오래전부터 원하고 있었어."

"흐음. 약간 부족한데."

솜털까지 바짝 일어서는 흥분을 감내하며 그는 다시 한 번 명령했다.

"좀 더 애원하라고."

은서는 지혁의 셔츠 칼라를 훑어 내린 손으로 그의 가슴팍을 어루만지며 다시 한 번 속삭였다.

"안아줘, 오빠."

지혁은 그러고도 석상처럼 굳은 채 미동도 없었다.

은서는 보기 좋은 눈매를 일그러뜨리고 얄미운 눈빛으로 그를 흘겨보며 내뱉었다.

"'제발 부탁입니다.'까지 붙여야 해?"

놀림당하고 있는 게 분한 듯 은서는 얼굴을 붉히며 발을 동동 구르다 토라져서 도망치려 했지만, 이내 간단히 붙잡혀 지혁의 품에 안기고 말았다.

뒤에서부터 안아온 그는 그녀의 목덜미에다 얼굴을 파묻고 깊은 숨을 들이마시더니 고통스러운 어조로 중얼거렸다.

"은서야. 언젠가…… 내 안에 괴물이 있다고 했었지? 너무 오랜 세월 동안 내 인생을 그 괴물에게 내주었더니 언제부턴가 혼란스러워지더라. 진짜 내가 누구인지. 원래의 차지혁이란 인간은 어디에 있는 건지. 아니, 애초부터 존재하긴 했던 건지……."

"오빠……."

"이 세상에……, 이 넓은 세상에 진짜 내 것이라고 이름 붙일 만한 거라곤 아무것도 없었어. 단 하나도."

단단한 지혁의 팔뚝을 어루만지며 은서가 단호하게 말했다.

"아니야! 내가 있잖아."

여기에 있다는 것을 상기시켜주기라도 하려는 듯 은서의 손아귀에 힘이 들어갔다. 아플 정도로 세게 그의 팔뚝을 붙잡으며 그녀는 다시 한 번 못 박았다.

"난 오빠 거야. 서은서는 오직 차지혁 거라고. 내가 여기 있는 한 오빠도 여기 있어. 분명히 여기 있다고. 아무 데도 안 가. 오빤 내 옆에 분명히……."

말하다 말고 감정이 복받쳤던지 은서가 울먹거리기 시작했다.

"또 울어?"

은서는 지나칠 정도로 눈물이 많았으나 지혁은 그게 전혀 싫지 않았다. 독하게만 살아왔던 지혁도 가끔은 울고 싶을 때가 있었지만 단 한 번이라도 무너지면 안 되었기에 지금껏 모든 것을 속으로만 삭혀왔다. 그런 그의 눈물을 그녀가 대신 흘려주는 것 같아서 위안이 되는 기분이었다.

천천히 은서를 돌려세운 지혁은 그녀의 입술을 찾았다. 따뜻한 눈물에 젖은 은서의 입술은 세상 그 어떤 것보다 더 달콤했다.

가벼운 입맞춤 후 한 걸음 뒤로 물러난 지혁은 은서의 뺨을 한 번 쓰다듬어본 후 느릿느릿 손을 움직여 그녀의 블라우스 단추를 하나씩 풀어갔다.

은서는 긴장한 듯 어깨를 굳혔지만 손을 물리치거나 피하지 않고서 가만히 그의 손을 내려다보고만 있었다.

블라우스 앞섶이 부드럽게 벌어지며 그 사이로 브래지어에 감싸인 탐스러운 젖가슴이 드러났지만 은서는 여전히 부동자세였다. 가리려고 하지도 않고 부끄러워하지도 않은 채 얕은 숨만 몰아쉴 뿐이었다.

한 걸음 앞으로 다가간 지혁은 은서의 어깨에다 키스하며 조심스럽게 그녀의 스커트 지퍼를 내렸다. 무게를 이기지 못한 스커트는 이내 그녀의 허벅지를 따라 미끄러지듯 떨어져 바닥에 고였다.

지혁의 손은 거기서 멈추지 않았다.

섣불리 아래를 보지 않으려 애쓰며 브래지어를 벗겨버린 그는 천천히 뒤로 물러나 은서의 몸을 바라봤다.

은은한 조명 아래 훤하게 드러난 그녀의 새하얀 몸은 군살 하나 없이 매끈하고 늘씬했으며 기가 막힌 밸런스를 자랑하고 있었다.

양전한 흰색 면 브리프 한 장으로는 그녀의 몸에서 느껴지는 음란한 아름다움을 전혀 가릴 수가 없었다. 이제 막 여문 과실처럼 풋풋하고 싱그러운 몸인데도 한없이 요염한 실루엣은 깊이 잠자고 있는 남자의 사나운 본능을 자극하고 있었다.

다른 누구도 아닌 자신의 여자, 서은서.

그 사실을 떠올리는 것만으로도 지독한 흥분과 만족감이 팽창했다.

무릎을 굽혀 바닥에 대며 몸을 낮춘 지혁은 천천히 손을 내밀어 은서의 가장 은밀한 부분을 가리고 있는 하얗고 깨끗한 천 조각을 골반 양옆에서 잡아당겨 내렸다.

이제까지와는 달리 은서는 어쩔 줄을 몰라 하더니 두 손으로 얼굴을 가려버렸다.

"창피해."

"얼굴 보고 싶어. 가리지 마."

지혁이 속삭이는 말에 고분고분 손을 치운 은서의 뺨이 한층 더 붉어졌다.

브리프가 무릎을 지나 발목 아래로 빠져나오자 마침내 은서의 나신(裸身)이 완전히 드러났다. 찬찬히 바라보는 지혁의 흐릿하던 눈동자에 경탄의 빛이 어렸다.

"오빠……."

지혁의 보기 좋은 목울대가 크게 오르내리는 것을 올려다보고 있자니 은서는 무슨 일인지 몹시 목이 말랐다. 아랫배 깊숙한 곳에서부터 느껴지던 야릇한 감각이 온몸을 타고 퍼져 나가며 갈증을 더 부채질했다.

얌전히 무릎을 모으고 바닥에 앉은 은서는 손을 내밀어 지혁의 셔츠 버튼을 풀어갔다.

버튼이 반 정도 풀렸을 무렵, 지혁이 문득 은서의 손목을 붙잡아 움직임을 멈추도록 한 뒤 다급하게 말했다.

"불을 끄는 게 좋겠어."

새삼스럽게 부끄러움을 탈 리는 없고, 무슨 사정이라도 있나 싶어 은서는 고개를 들고 위를 올려다봤지만 지혁은 아무런 부연 설명 없이 자리에서 일어나 벽면의 스위치를 껐다.

"내가 할게."

은서의 눈이 어둠에 적응하는 동안 지혁은 스위치가 있던 벽 쪽에 서서 천천히 옷을 벗었다.

창 밖의 야경이 어슴푸레한 빛을 발하고 있었다. 마침내 주변 사물이 구분될 정도로 시야가 어둠에 익숙해졌을 무렵 탈의를 마친 지혁이 욕조의 수전을 돌려 막은 후 은서의 앞으로 천천히 다가왔다.

온전히 드러난 지혁의 몸은 생각보다 훨씬 더 탄탄했다. 헐렁한 옷과 구부정하게 굽힌 어깨에 가려져 잘 몰랐었는데 늘씬하게 뻗은 사지에 섬세한 근육들이 보기 좋게 자리 잡고 있었으며 무성한 음모 사이로 드러난 남성은 우람한 위용을 자랑하고 있었다. 남자의 몸이라곤 한 번도 본 적 없던 은서가 보아도 감탄이 나올 정도로 섹시한 몸이었다.

"오빠."

어둠 속에서 형형한 빛을 발하고 있는 지혁의 눈동자가 은서의 얼굴에 그대로 고정되었다.

"은서야."

천천히 어깨를 끌어당겨 진한 포옹을 한 두 사람은 생경할 정도로 따스한 맨살의 체온을 음미하며 서로의 등을 어루만졌다.

그러던 중, 은서의 손길이 약간 부자연스러워졌다. 지혁의 등을 부드럽게 쓸어내리던 그녀의 손이 이곳저곳을 다급하게 헤매더니 어느 순간 딱 멈추었다.

"이거…… 뭐야……? 이게 대체……! 오빠, 등이 왜 이래……?"

손끝에서 시작된 떨림이 목소리로 이어졌고 이내 온몸으로 번졌다. 손을 거두고 벌벌 떨던 은서가 눈을 크게 뜨고 올려다보자 지혁은 그녀의 손을 붙잡고 고개를 저었다.

"흉하니까 보지 마."

"혹시 흉터야? 그때……, 어렸을 때…… 맞아서 생긴 거야?"

언제까지나 숨길 순 없는 일이었다. 어쩔 수 없이 은서의 앞에서 천천히 몸을 돌려 앉는 지혁의 눈동자에 끔찍한 고통의 그림자가 내려앉았다.

"아아……! 흡!"

지혁의 등을 보고 숨을 쉴 수 없을 정도로 놀란 은서는 금시라도 터져 나오려는 비명을 급하게 두 손으로 틀어막았다.

희미한 불빛에 드러난 그의 넓고 탄탄한 등엔 끔찍한 흉터들이 셀 수도 없이 들어차 있었다. 뱀처럼 구불구불 길게 이어진 흉터, 불에 지진 듯 일정치 못한 모양의 화상 흔적, 문신처럼 색소가 침착된 상처 등은 모두 흉하기가 이루 말할 수가 없었다.

여전히 입을 다물지 못한 채 가슴만 들썩거리던 은서는 뒤늦게 꽉 다문 잇새로 처절한 신음을 흘렸다. 그가 어린 시절 학대당했던 것은 알고 있었지만 등에 이런 흉터들을 짊어지고 있었을 거라곤 생각지도 못했었다. 말로 들은 것과 눈으로 보는 것은 확연히 달랐다. 걷잡을 수 없는 분노가 마음 깊숙한 곳으로부터 치밀었다.

"얼마나 아팠을까, 얼마나……."

흉터투성이인 지혁의 등을 따스한 손길로 어루만지던 은서는 이내 이마를 기대고 체온을 전해준 후 흉측한 그 흉터 하나하나에 다 정성스럽게 입을 맞추었다. 상처 입은 짐승이 그러하듯 보드라운 혀로 핥아주며, 마치 그때의 아픔을 치유해주기라도 하려는 듯 애절한 애무를 이어갔다.

"이제 괜찮아, 오빠. 내가 있어줄 테니까, 이제 괜찮아……."

괜찮다는 말을 마치 주문처럼 되뇌는 은서의 목소리는 잠이 올 정도로 편안했다. 이제는 정말 괜찮다는 생각이 들 정도로.

가만히 눈을 감은 채 따스함을 음미하고만 있던 지혁은 등에 매달려 있는 은서를 업고서 자리에서 벌떡 일어났다.

"어, 엄마야!"

무방비 상태에서 공중으로 번쩍 들린 은서가 다리를 바동거리자 지혁은 이리저리 휘청거리며 으름장을 놓았다.

"가만히 있어. 물에다 던져버린다."

"던지기만 해봐. 다시는 안 만나줄 거야!"

발끈하는 은서를 슬쩍 뒤돌아본 지혁은 키득거리다 욕조로 가 조심스럽게 그녀를 내려주었다.

"물 안 식었어?"

"아직. 온도 딱 좋아."

은서가 만족스러운 표정으로 거품 속에 몸을 파묻자 지혁도 천천히 물속에 몸을 담갔다.

나른한 표정으로 누워 천장을 바라보고 있던 은서가 명랑한 어조로 말했다.

"그거 알아? 나, 올해 초부터 계속 날짜 체크하고 있었어."

지혁이 의외라는 듯 건너다봤지만 은서는 아랑곳 않은 채 덧붙였다.

"오늘은 안전한 날이야."

"얌전한 고양이 부뚜막에 먼저 올라간다더니, 야한 계집애 같으니라고."

피식 웃는 소리가 은서의 입술 사이로 빠져나오던 바로 그 순간, 지혁의 손이 기다렸다는 듯 덮쳐왔다.

옆구리를 지나 갈빗대 하나하나를 쓸어 올리며 은서의 가슴 위로 곧장 올라온 지혁의 손은 무척이나 커다랬고 물의 온도를 짓눌러버릴 정도로 뜨거웠다.

봉긋한 젖가슴을 조심스럽게 어루만지고 쥐었다 펴며 부드럽고 탄력 있는 감촉을 음미하던 지혁은 이내 엄지손가락을 움직여 말랑말랑한 정점을 쓰다듬어보았다.

둔덕의 정점에 분포된 은서의 예민한 피부는 일제히 딱딱하게 굳으며 아플 정도로 솟아올랐다. 키스와는 또 다른 느낌이었다.

처음 느껴보는 쾌락에 벌써부터 기절할 것만 같았다.

"으음."

은서가 나지막한 신음을 흘리자, 지혁은 잠시 손을 멈추고 물었다.

"이상해?"

"아니, 좋아. 조금만 더…….

마주본 상태에서 몸을 일으킨 지혁은 은서의 위로 몸을 겹친 후 천천히 그녀의 목덜미에다 고개를 파묻었다. 수면이 거칠게 출렁이며 거품과 물이 욕조 밖으로 맹렬히 흘러넘쳤다.

지혁의 입술과 코가 스치듯 목 줄기를 따라 내려오자 은서는 간지러움에 키득거리며 어깨를 움츠렸다. 이윽고 그가 살짝 입을 벌리고 젖은 가슴 한복판에다 잔잔한 키스를 퍼붓자, 이번엔 움츠러들었던 그녀의 어깨가 발작적으로 요동치기 시작했다.

"아아…….

은서는 더 이상 키득거리지 않았고, 지혁 역시 느긋하던 미소를 버렸다.

어깨를 감싸고 있던 손을 내려 은서의 가슴을 소중하게 그러쥔 지혁은 탄력 있는 가슴 라인을 따라 느릿느릿 입을 맞춰나가기 시작했다. 서서히 비탈을 따라 올라가던 혀가 어느새 봉우리에 이르자 그는 입술을 한껏 벌리고 그녀의 가슴을 베어 물 듯 입안에 머금어보았다. 비누 맛이 사라진 혀 위엔 따뜻한 푸딩처럼 부드러운 감촉만이 남았다.

"하……!"

더없이 촉촉하고 따뜻하며 은밀한 촉감에 온몸이 저려온 은서는 저도 모르게 소리를 내고 말았다.

　지혁이 혀를 부드럽게 놀리다 말고 일순 강하게 빨아 당기기 시작하자, 제멋대로 터져 나오려는 신음을 참을 수 없던 은서가 이를 악물고 고개를 저어댔다. 그가 예민한 피부를 깨물고 핥으며 열정적인 애무를 이어갈 때마다 그녀의 허리는 낭창하게 휘며 목구멍 깊은 곳으로부터 나직한 신음성이 터져 나오려 했다.

　"으읍. 읏!"

　"참을 필요 없어."

　"하아, 그치만……."

　"여긴 너하고 나 둘뿐이야."

　지혁의 말처럼 평소처럼 근처에 누가 있을까 불안하게 눈치를 보지 않아도 된다는 것을 깨달은 은서는 이내 거리낌 없이 뜨거운 숨을 토해내며 자신에게 오롯이 주어진 쾌락을 즐기기 시작했다.

　지혁의 손은 열병에 시달리는 환자의 그것처럼 뜨겁게 달아올라 있었다. 처음엔 그저 부드럽기만 하던 그의 혀 놀림도 어느 순간부터 아플 정도로, 때로는 성마르고 조급하게 느껴질 정도로 변해 있었다.

　지혁 역시도 자신만큼이나 흥분을 참지 못하고 있다는 것을 깨달은 은서는 가만히 손을 내밀어 그의 가슴팍 한가운데를 더듬어 보았다. 그의 심장은 곧이라도 뛰쳐나와 그녀와 그녀 주위의 모든 것을 송두리째 삼켜버릴 것처럼 야만적이고 거칠게 뛰고 있었다.

　"오빠……."

거품 묻은 입술을 닦아내며 흐릿한 눈으로 내려다보고 있는 지혁의 얼굴은 그 어느 때보다도 더 섹시하고 매력적이었다.

"왜."

"그냥. 너무 좋아서……."

지혁이 다시 몸을 숙여 키스해 왔다.

물속에 잠긴 그녀의 몸 이곳저곳을 거침없이 마음껏 쓰다듬고 애무하던 그의 뜨거운 손이 살며시 허벅지 안쪽으로 타고 오르더니 이내 아무도 허락한 적 없던 깊고 깨끗한 샘 입구에 다다랐다.

"은서야……."

지혁이 부드러운 수풀을 헤치고 수줍게 숨어 있던 순결한 계곡을 가만히 쓸어내려보자 은서의 허리가 비틀리며 온몸이 높이 튕겨 올랐다. 욕조에 거친 파도가 몰아쳤다.

"하아……!"

더 이상은 참을 수가 없었던 지혁은 자신의 입술로 그녀의 입술을 꽉 막아버리고서 거친 키스를 퍼붓기 시작했다.

그가 입술과 혀를 놓아주지 않은 채 깊은 곳의 예민한 돌기를 어루만지며 강렬한 쾌감을 선사해주는 동안 그녀는 눈을 감고 그의 어깨와 등을 가만히 쓰다듬어보았다. 비누거품이 살결 위로 미끄러지며 더없이 감미로운 감촉을 선사하고 있었다.

그러던 어느 순간, 은서가 입술을 떼고서 가쁜 숨을 몰아쉬기 시작했다. 그녀는 초점 없는 눈을 크게 뜨고서 지혁의 어깨에 매달리며 호흡곤란에 시달리는 사람처럼 뚝뚝 끊어지는 목소리로 애원했다.

"아……, 으음, 안 돼, 아아, 오빠……! 그만, 이제 그만, 흐윽……!"

갑작스럽게 밀려든 강한 쾌락에 은서의 몸이 뻣뻣하게 강직되었다. 그리고 그 모습을 보는 지혁 역시 몰려드는 사정의 기운을 참아내느라 필사적이었다.

은서가 숨도 쉬지 못한 채 경련할 때마다 수면 위의 거품도 함께 요동쳤다. 한참이나 그렇게 바르르 떨던 그녀가 힘을 잃고 축 늘어지자 지혁은 그녀의 몸을 한 팔로 지탱해준 후 자세를 고쳐 앉았다.

욕조에 등을 기댄 채 앉은 지혁은 은서를 자신의 허벅지 위에 편히 걸터앉게 했다.

"괜찮아?"

"하아, 기분이…… 너무 이상해."

"그만둘까?"

잠시 고민하던 은서가 수줍게 속삭였다.

"아니. 계속해줬으면 좋겠어."

지혁의 목을 끌어안고서 땀인지 물인지 모를 것에 흠뻑 젖은 그의 머리카락을 손가락으로 돌돌 말며 장난치던 은서는 이내 들릴 듯 말 듯한 목소리로 덧붙였다.

"밤새도록."

"아플지도 몰라."

지혁이 은서의 뺨에 붙은 머리카락을 떼어 귀 뒤로 넘겨주며 걱정 어린 말을 건넸지만 은서는 해맑게 웃기만 할 뿐이었다.

"그래도 괜찮아."

지혁이 은서의 날씬한 옆구리를 단단히 붙잡아 살짝 몸을 일으키자 그녀는 눈치껏 그의 어깨를 붙잡고서 천천히 엉덩이를 내렸다. 거품 사이로 서서히 가라앉던 그녀의 둔부가 어딘가에 걸린 듯 잠시 멈추었다.

"아……!"

터질 듯 부풀어 오른 지혁의 남성이 은서의 깊고 좁은 샘 안으로 서서히 밀려들어왔다.

붓으로 그린 듯 선이 고왔던 그녀의 눈썹이 고통으로 한껏 일그러졌다. 젊은 피가 온통 몰려들어 단단하고 굵게 팽창한 그의 남성을 받아들이기에 그녀의 처녀지는 아직 너무도 좁고 여렸다. 그럼에도 그녀는 거기서 멈추지 않았다.

"하……! 으윽……!"

불에 타는 듯 쓰라린 아픔이 그녀의 온몸을 관통했다. 고통은 이루 말할 수가 없었다. 조금 전까지의 쾌락은 꿈이 아니었을까 싶을 정도로 금세 정신이 아득해졌다.

"은서야……."

은서의 이마와 머리카락을 쓰다듬어주며 내려다보는 지혁의 얼굴은 그녀보다 더한 고통으로 일그러져 있었다. 은서는, 오래전 그날처럼 그가 자신의 아픔을 알아차리고 반응했다는 것을 깨닫고 애써 이를 악물고 고개를 저었다.

"괜찮아, 오빠. 나 괜찮으니까 걱정하지 마."

손을 내려 지혁의 팔뚝을 부드럽게 어루만진 은서는 의식을 집

239

중해 온몸의 긴장을 풀고 그를 부드럽게 받아들이려 노력했다.

지혁이 지금껏 겪었던 것에 비하면 이 정도의 아픔은 아무것도 아니었다. 하나가 되기 위한 아주 가벼운 통과의례일 뿐, 고통 따위가 아니란 말이다. 이런 일로 연약한 척 징징 짜며 매달려선 안 됐다. 끔찍한 흉터를 등에 짊어지고 지금껏 지옥 속에서 살아왔던 차지혁에게 서은서는 유일한 안식이어야만 했다. 그가 받았던 모든 것을 그들에게 고스란히 되돌려줄 때까지, 그리고 자신이 잃은 것을 다시 되찾을 때까지, 차지혁은 서은서의 유일한 지주여야만 했다. 고통 같은 건 더 이상 그가 느껴선 안 되는 감각이었다. 그가 자신의 곁에서 느끼는 감각은 오직 쾌락과 행복이어야만 했다.

작열하던 아픔은 긴장을 풀고 그의 몸을 어루만지는 동안 다소 가라앉았다. 호흡을 가다듬고 다시 한 번 긴장을 푼 은서는 지혁의 눈을 똑바로 들여다보며 속삭였다.

"좋아……. 너무 좋아서 정말이지…… 아아, 미칠 것 같아."

그렇게 말하는 은서의 목소리는 무척이나 달콤했지만, 그 말을 사실이라 믿을 정도로 지혁은 무디지 않았다.

"거짓말."

"거짓말 아니야."

처음으로 안아본 은서의 몸은 너무도 따뜻하고 미치도록 황홀했다. 이대로 거칠고 난폭하게 몰아쳐 짐승처럼 먹어치우고 싶은 본능을 참을 수가 없었다. 그러나 좋은 기억보다 아픈 기억이 더 많은 인생을 살아온 은서에게 자신과의 첫 경험마저 아픈 기억으로 남겨줄 수는 없었다.

천천히 몸을 움직이기 시작하자 극도의 흥분으로 정신을 잃을 것만 같았지만 지혁은 절대 성급하거나 거칠게 굴지 않았다. 어금니를 꽉 악물고서 본능을 필사적으로 억제하며, 그는 은서가 다치지 않도록 계속해서 얕고 부드러운 삽입을 이어갔다. 아주 조심스럽게 움직이며 정중하게 그녀를 가져나가기 시작했다.

"은서야……."

"지혁 오빠……."

3년 동안 모든 것을 공유하고 같은 비밀을 감추어왔던 두 사람에게, 지금 이 순간은 서로의 마지막 조각을 가지는 것이나 마찬가지였다.

조심스럽게 허리를 놀리던 중 가만히 은서의 얼굴을 들여다보던 지혁이 허스키한 목소리로 중얼거렸다.

"사랑해……."

잠시 말을 끊었던 그는 다짐이라도 하려는 듯 단호한 어조로 재차 말했다.

"사랑해, 은서야. 나한텐 너밖에 없다."

지혁의 고백에 은서는 화사한 미소를 지으며 중얼거렸다.

"너무 당연한 말을 들으면 시시하고 민망하긴 한데, 역시, 표현할 말은 그것밖에 없는 것 같아."

어느새 지혁의 몸에 익숙해졌던지, 가장 깊은 곳까지 그를 뿌리째 삼켜버린 은서는 조금 전과는 완전히 다른 야릇한 쾌감에 몸을 떨며 말을 이었다.

"나도 사랑해."

서로가 서로의 처음인 그들의 초야는 꽤나 서툴었지만, 두 사람은 결코 조급하게 굴거나 서두르지 않았다. 앞으로 함께할 시간은 아주 길 테니까.

10. 삭

대학 입학이 바로 엊그제 같은데 어느새 여름이 한창이었다.

밤 9시, 녹원호텔 연회장에선 집권여당인 새나라당 대표 안상진의 출판기념회 겸 자선파티가 성대하게 치러지고 있었다. 정재계 인사들과 지지자들이 몰려 발 디딜 틈조차 없는 모습은 권력의 위세가 얼마나 대단한지 알려주는 듯했다.

샴페인 잔을 들고서 인파를 피해 테라스로 나가는 길에 정현이 시니컬한 어조로 중얼거렸다.

"이런 데 오면 말이지, 다수의 인간들이 정상적인 삶을 영위하지 못하는 이유가 소수의 썩어빠진 인간들이 이 세상을 지배하기 때문이라는 걸 확실하게 깨달을 수 있어. 거기다 이런 걸 가만히 관찰하고 있으면 이 세상에 신(神)이나 정의 따위는 존재하지 않는다는 해답을 도출하게 되지."

미지근한 밤바람에 흔들리는 새파란 나뭇잎을 올려다본 은서는 못 말린다는 듯 웃으며 핀잔을 주었다.

"너처럼 자기 아버지를 그렇게 아무렇지도 않게 끌어내리는 사람도 드물 거야."

"흥."

콧방귀를 뀐 정현은 모처럼의 정장 차림이 어색했던지 몸을 이리저리 배배 꼬다 무언가를 발견하고서 툭 내뱉었다.

"서은서 너, 조심해야겠다."

정현의 밑도 끝도 없는 말에 은서가 의아한 표정으로 고개를 돌렸다.

"응? 뭐라고?"

"조심해야겠다고."

"뭘?"

"색기 폭발. 원래도 그러긴 했지만 어째 가면 갈수록 점점 더 심해져."

"무슨 헛소리야, 얘가?"

눈을 동그랗게 뜨고 잔을 기울인 은서는 전혀 무방비 상태로 입가에 남은 샴페인을 혀로 핥아냈다.

그 모습을 멍하니 건너다보던 정현이 한숨을 내쉬고 안타까운 어조로 대꾸했다.

"본인은 전혀 자각 못한다는 것도 문제다. 아니, 어떻게 보면 그게 제일 큰일일지도."

은서가 여전히 이해할 수 없다는 표정을 하자 정현은 손가락으로 연회장 안 이곳저곳을 가리키며 말했다.

"저기, 저기, 그리고 저놈이랑 방금 화장실 쪽으로 간 놈. 아까부터 대놓고 훔쳐보는 거 몰랐어?"

"뭐? 누굴 훔쳐봐? 날?"

놀란 눈으로 주변을 돌아보던 은서는 과연 음흉한 눈빛의 한 남자와 눈이 마주친 후 불쾌감에 고개를 돌려버렸다.

"웩, 싫다."

"너 어디서 남들 몰래 무슨 약이라도 먹는 거 아니냐? 아니면, 사랑받는 여자는 예뻐진다거나, 뭐 그런 건가?"

은서에게서 아무 대답도 돌아오지 않자 정현은 서운한 표정으로 말을 이었다.

"아직도 말 안 해? 분명히 애인 있는 것 같은데 왜 숨기는 거야? 속내 이야기 못 꺼내놓을 만큼 날 못 믿겠어?"

그 소리에 은서는 펄쩍 뛰면서 손을 내저었다.

"아니야, 정현아! 왜 그런 소릴 해? 정말 아니야."

"그럼 뭔데?"

입술을 깨물고만 있을 뿐 또다시 꿀 먹은 벙어리가 되는 은서를 물끄러미 건너다보던 정현이 조심스럽게 말했다.

"혹시 유부남……?"

"애는!"

은서가 꽥 소리를 지르며 정색을 하자 정현은 뜨끔했던지 배시시 웃어버렸다.

"그래. 유부남만 아니면 됐다."

"미안. 언젠가 기회 되면 꼭 얘기해줄게. 지금은 좀…… 그래."

"사연이 있나 보네. 뭐, 누가 됐든지 네가 선택한 남자라면 괜찮은 놈이겠지."

정현이 눈치껏 더 이상 캐묻지 않자 다소 편안해진 은서는 샴페인 잔에 남은 립스틱 자국을 지워내며 연회장 안을 둘러봤다. 멀리, 말쑥한 정장 차림의 지혁이 차 회장 곁에 서 있다가 정현의 부친과 악수를 나누고 있었다.

그 모습을 물끄러미 바라보고 있던 정현이 볼멘소리로 투덜거렸다.

"하여튼 저 자식은 진짜 마음에 안 든다니까."

"누구?"

"차지혁 말이야."

"아…….'

"병신같이 아무한테나 굽실굽실하고 기분 나쁘게 헤실헤실 웃으면서 제 잇속은 확실히 챙기지. 엉큼하고 음흉하고 솔직하지 못한 저런 스타일이 나는 제일 재수 없어. 게다가 남들한텐 그렇게 상냥하면서 너한테만은 왜 그러는데? 도대체 왜 그렇게 구박하고 못살게 구는 건데? 너 고등학교 때 저 새끼한테 쥐어터지기까지 했다면서? 미친 새끼. 아오, 보고 있으면 주는 것도 없이 졸라리 짜증 나지 않냐?"

욕설에 비속어까지 섞어가며 지혁을 비난하는 정현을 보며 은서는 터져 나오려는 웃음을 간신히 참아냈다.

"당연히 짜증 나지."

"곧 미국 출장 기어 나간다며? 잘됐네."

지혁은 며칠 후 무려 한 달에 걸친 미국 출장길에 오르기로 되어 있었다. 이번 출장은 차 회장에게서 더 깊은 신뢰를 얻기 위해 필수불가결인 것을 알고 있었지만 처음으로 지혁과 한 달을 떨어져 있어야 한다니 불안한 마음이 앞섰다.

"응. 영영 안 보고 살았음 좋겠어."

마음에도 없는 말을 천연덕스럽게 내놓는 순간, 은서는 이쪽을 쳐다보는 한 남자와 눈이 마주쳤다. 그녀의 시선을 따라 고개를 홱 돌린 정현이 이내 몸서리를 치더니 머리를 쥐어뜯기 시작했다.

"아오! 저 자식은 또 왜 이쪽으로 오는 거야!"

테라스로 곧장 다가오고 있는 남자는 정현의 여섯 살 연상 이종 사촌 이현석으로 지혁이 정현을 통해 접촉할 기회만을 노리고 있던 인물, 바로 지산제약 이 회장의 장손이었다.

"여. 오랜만이다, 날라리."

"어어, 응, 오빠도 오랜만."

어색하게 웃으며 손을 흔들어 보이는 정현의 입가에 경련이 일었다.

"잘 지냈어, 날라리?"

"나야 뭐 그렇지. 여긴 뭐 주워 먹을 거 있다고 뽈뽈 기어왔어?"

"아버지 출장 중이셔서 내가 대신 기어왔지. 오랜만에 이모도 좀 뵐 겸."

"그래? 울 엄마 저쪽에 있으니까 어서 보고 후딱 꺼져줬음 하네. 오호호."

"너 요즘도 공부 안 하고 싸돌아다니냐? 걱정스럽다. 나이 들면 뼈에 바람 들어갈 텐데."

"어유, 우리 현석이 오빠가 공연히 명을 재촉하시네. 지금 오 랜만에 여기서 한판 뜨자는 거?"

비꼬는 소리를 주고받던 끝에 정현이 사납게 으르렁거리자 현 석은 입술 끝만 살짝 올려 웃더니 은서를 돌아보고 물었다.

"친구? 소개도 안 시켜줘?"

평소에 티격태격하던 현석이 굳이 찾아와 인사를 건넨 이유를 뒤늦게 깨달은 정현은 허탈한 웃음을 흘리며 그에게 은서를 소개 했다.

"내 친구 서은서. 나랑 음대 동기야. 은서야, 우리 이모 아들인 데 지산제약 후계자 되신단다."

처음 만난 이현석은 지혁보다 훨씬 더 체구가 작고 약해 보였 지만 지혁과 비슷한 강렬한 눈빛을 하고 있었다. 야망이 큰 사람일 거란 인상이었다. 지혁이 지산제약 내의 인물 중 현석을 표적으로 한 이유를 어렴풋이 알 것도 같았다.

"처음 뵙겠습니다. 이현석입니다."

명함을 건네받은 은서는 미안한 표정으로 그를 올려다보며 대 꾸했다.

"죄송해요, 저는 명함이 없어서……. 서은서라고 합니다."

어김없이 축축한 눈으로 건너다보는 현석의 눈빛을 포착한 정 현이 앙칼진 목소리로 못 박았다.

"넘볼 생각 하지 마셔. 얘 애인 있어."

"넘보다니 갑자기 무슨 헛소리야?"

말은 그렇게 했어도 현석은 뜨끔한 눈치였다. 당황한 듯 어색하게 웃던 그는 이내 은서를 돌아보며 매너 있게 인사를 건넸다.

"다음에 정현이랑 함께 식사라도 한 번 하시죠."

타고난 외모 덕에 그동안 은서는 지겨울 정도로 대시를 많이 받아왔었다. 물론 그때마다 정중하게 거절해왔었고. 그런데 은서의 대답은 여느 때와 사뭇 달랐다.

"고맙습니다. 그럼 조만간 연락드릴게요."

놀라운 반응에 정현은 자리를 뜨는 현석은 아랑곳 않은 채 은서의 얼굴을 바라봤다.

"서은서, 너 왜 그래? 저 인간 맘에 들어? 야, 저 인간이 어떤 인간인지 알아? 완전 음흉하고 욕심은 또 얼마나 많은지, 사촌들이 다 학을 떼는 인간이라고! 너 진짜 이 정도로 남자보는 눈 없는 애였어? 아오······!"

평소부터 얄밉다고 현석의 흉을 자주 보던 정현은 계속해서 투덜거렸지만 은서는 정현의 목소리가 전혀 귀에 들어오지 않고 있었다.

고개를 돌려보니 멀리서 지혁이 이쪽을 똑바로 바라보고 있었다. 좀 전에 잠시이긴 해도 은서가 이현석과 접촉한 것을 확인한 게 분명했다.

"으악. 차지혁이 쳐다본다. 뭘 꼬나보는 거야? 재수 없게, 에잇. 오늘 뭐에 씌었나, 자꾸 왜 이러지?"

정현이 마구 흥분하자 은서는 남은 샴페인을 한 번에 다 마셔버리고 의미심장한 미소를 지으며 말했다.

"그래? 난 이런 날 꼭 운이 좋던데. 집에 가는 길에 복권이나 사볼까?"

늦은 밤, 응접실에 웃음꽃이 피었다. 만면에 웃음을 띤 박 여사가 차 회장을 곁눈질하며 대견하다는 듯 말했다.

"정말 잘됐지 뭐예요. 하긴, 우리 민수가 이렇게 잘생기고 똑똑한데 어느 누가 반기지 않겠어요?"

평소엔 장남을 탐탁지 않아 하던 차 회장까지 무척이나 만족스러운 눈으로 민수를 바라보며 말을 이었다.

"우리 집에 수성 가문의 며느리가 들어오게 되다니, 둘도 없는 귀한 기회야. 앞으로 사업 쪽으로도 많은 도움이 있을 거다. 하지만 뭐 그거야 외적인 문제고, 그런 것과는 별개로 각별히 잘해주도록 해라."

차 회장의 말에 민수는 어딘지 모르게 불만 있는 듯한 태도로 고개를 끄덕이며 엉성하게 대답했다.

두 달쯤 전 민수는 박 여사 지인의 소개로 국내 10대 기업에 당당히 드는 대 수성그룹 3세 중 한 여성과 맞선을 봤다. 올해 스물네 살로 특이하게 화학을 전공했다던 그녀는 무척이나 영특하고 언변도 화려했지만, 결정적으로 민수가 원하는 여성상은 아니었다. 키가 몹시 작고 통통한 데다 제 나이보다 훨씬 더 들어 보였으며 잘나가는 그룹 오너 일가치고는 꾸밀 줄도 너무 몰랐다. 그래도 배경이 배경인지라 몇 가지 정도는 그냥 참고 넘어가려 했다.

그러나 조르고 졸라 그녀와 함께 잠자리를 한 후 얼마 없던 그 마음조차 사라지고 말았다. 흡사 두꺼운 나무토막을 덮치는 듯한 기분이었다. 처음이라 그런가 보다 했으나 섹스 횟수가 거듭되도록 여전했다. 아니, 여전은커녕 점점 더 심해졌다. 숱한 여자를 거쳐왔지만 이렇게 안 맞는 여자는 처음이었다. 그래서 더 이상 만나지 말자고 슬슬 말해야지 하는 찰나, 청천벽력 같은 소식을 듣게 됐다. 덜컥 임신을 했다는 것이다. 평소에 콘돔 쓰는 것을 싫어하는 민수는 언제나 파트너들에게 피임약을 먹도록 했었기에 당연히 알아서 했을 거라 생각했는데 설마 이런 일이 생길 줄이야.

민수가 낙태를 요구하기도 전에 그녀는 그 사실을 냉큼 집안에다 이실직고해버렸고, 늘 음전했던 막내딸의 뜬금없는 임신 소식에 크게 당황한 그녀의 부친은 바깥에 소문이 퍼지기 전에 서둘러 차 회장의 회사까지 직접 찾아와 결혼 얘기를 끄집어냈다. 그렇게 민수는 본인 의지와는 상관없이 어느새 마음에 안 드는 여자와 약혼을 앞둔 처지가 되고 말았던 것이다.

"헤에, 민수 오빠 드디어 치우는구나. 아, 내 옷 맞춰줄 때 가방도 하나 사주라. 신상 예약해둔 거 있는데 아싸, 돈 굳었다. 그나저나 피로연 드레스 입으려면 살 빼야겠네."

눈치 없는 민정의 말에 민수의 미간이 한껏 좁아졌다.

"축하합니다, 형님."

오늘따라 지혁이 해사하게 웃으며 건네는 축하 말도 어째 곱게 들리질 않았다. 민수가 얼굴을 찌푸리는데 차 회장이 지혁을 돌아보며 뜬금없는 말을 했다.

"지혁이는 소식 없느냐?"

"네?"

"여자 있거든 너도 여기서 털어놓아봐."

"아버지도 참, 별말씀을."

웃으며 얼버무리려 했지만 차 회장은 집요했다.

"너도 벌써 스물여섯 아니냐. 슬슬 여자도 만나보고 형님처럼 가정 꾸릴 계획도 세워두고 해야지. 정 뭐 하면 애비가 참한 처자 한번 알아봐줄까?"

차 회장의 말이 길어질수록 응접실 한쪽 구석에 앉은 은서의 표정은 점점 더 딱딱해졌다.

그걸 아는지 모르는지, 지혁은 바보처럼 웃으며 대답했다.

"회사에 완전히 자리 잡고 난 후에 생각해보겠습니다. 아직은 일 적응만으로도 힘들어서요."

"하긴, 그것도 그렇긴 하군. 기특한 녀석."

민수의 경사를 이야기하는 자리인데 차 회장은 지혁을 보고 더 없이 만족스럽게 웃고 있었다. 그런 남편을 곁눈질하는 박 여사의 눈길에는 그 즉시 서운함과 증오의 빛이 서렸다.

같은 자리에서 모두 제각기 다른 생각들에 바쁜 와중에 어느새 모든 이야깃거리가 떨어지자 화기애애했던 분위기는 곧 싸늘하게 식었다.

늦은 시각이기에 가족들은 잠자리를 준비하기 위해 제각기 흩어졌다. 박 여사가 가장 먼저 자리를 떴고, 부족한 용돈을 더 타내기 위해 안달이었던 민정이 제 모친 뒤를 따랐다. 차 회장이 할 얘기가 있다며 다시 불러 앉힌 지혁을 제외하고 민수와 종민, 은서는 본관을 나서 별채로 향했다.

어디선가 걸려온 전화를 받으려 종민이 정원 한쪽으로 사라져 버리자 잔디밭 사이로 난 돌길 위엔 마침내 민수와 은서만이 남게 되었다.

미지근한 바람에 손부채질을 하던 민수가 문득 말을 걸어왔다.

"하아, 덥다. 요즘은 밤이 돼도 열이 안 식네."

"그러게요. 여름은 정말 여름인가 봐요."

"그런데 긴팔에 긴바지라니, 넌 그렇게 입고 안 덥니? 민정이는 만날 민소매에 핫팬츠 차림이던데⋯⋯."

그 소릴 들은 은서의 머리털이 주뼛 섰다.

민수가 여자를 밝히는 건 이미 알고 있었지만 지나갈 때마다 축축하고 음흉한, 변태 같은 눈으로 쳐다보는 건 참을 수가 없었다. 마치 그 시선으로 발가벗겨지는 기분이 들어 더없이 역겨웠다. 이 더운 여름, 집안에서 누군들 긴팔 긴바지 입고 싶겠는가. 대체 그녀가 누구 때문에 이 고생을 하는지, 저 화상이 좀 알아줬으면 싶었다.

"제가 추위를 좀 많이 타서요. 그럼 저 먼저 갈게요, 오빠."

긴팔 카디건을 일부러 추스르며 앞섶을 가린 은서는 아무렇지도 않은 듯 웃으며 먼저 뛰어가버렸다.

뒤에 남겨진 민수는 쓸쓸한 입맛을 다시며 인상을 썼다. 약혼을 앞둔 여자가 저 반만이라도 닮았다면 지금 이렇게 가슴이 답답하진 않을 텐데 말이다.

"비싸게 굴긴⋯⋯."

포니테일 아래 드러난 은서의 가느다란 목덜미와 굴곡 확실한 허리, 그리고 날씬하고 긴 다리가 교차될 때마다 매혹적으로 흔들리는 둔부를 보고 있자니 눈앞이 아찔해질 지경이었다. 그동안 몇 차례나 은밀한 신호를 보냈었지만 저 계집애, 둔해서 모르는 건지 알고도 모르는 척하는 건지 전혀 넘어오질 않았었다. 민정이 좋아하는 돈이나 또는 용돈으로 사기 힘든 비싼 액세서리 같은 걸 선물로 주고 꼬드겨보려고도 했는데 도무지 그럴 틈조차 주질 않았던 것이다. 은서가 밀어낸다는 느낌이 들면 들수록 민수의 몸은 점점 바싹 달아올랐다.

뒤에서 은서의 뒷모습을 지켜보고 있던 민수의 손이 바지 포켓으로 슬그머니 들어갔다. 웬만한 야동보다 더 자극적인 은서의 뒷모습을 보며 한껏 커지고 딱딱해진 살덩이를 손아귀로 지그시 쥐던 그 순간, 뒤에서 발자국 소리가 들렸다.

"형님, 안 들어가고 여기서 뭐 하세요?"

지혁의 구부정한 어깨와 촌스러운 안경을 보는 순간 민수는 흥이 완전히 깨져버렸다. 하필 이런 타이밍에 나타나다니 눈치 없는 자식.

"달구경이지 뭐."

뭔가에 쫓기듯 서둘러 뛰어가 별채 안으로 사라지는 은서와 삭의 하늘을 힐끗 곁눈질한 지혁은 오싹할 정도로 환한 눈웃음을 지으며 내뱉었다.

"대단하시네요. 달도 없는 밤에 달구경이라니."

새벽 3시, 늘 그렇듯 사위는 적막했다.

폴라리스

오늘따라 이런저런 생각에 더욱더 잠을 이룰 수 없던 은서는 침대에 누워 이리저리 뒤척이고 있었다.

방문에서 작은 마찰음이 들린 것은 벽 쪽을 향해 돌아눕던 때였다. 지혁이 들어왔다는 것은 굳이 뒤를 돌아보지 않아도 익숙한 향수 향기로 금세 알 수 있었다.

홑이불을 들추고 누워 뒤에서부터 은서를 껴안은 지혁은 그녀의 목덜미에다 얼굴을 묻고서 깊게 숨을 들이마시더니 이내 귓가에다 입술을 바싹 들이대고 속삭였다.

"문 왜 안 잠갔어."

"깜박했어."

"나 없는 동안엔 문단속 단단히 하고 자. 차민수가 너 쳐다보는 눈이 수상해."

"나도 알아. 발정난 개새끼 같으니라고."

"오, 너도 욕할 줄 아는구나."

"어디 욕뿐이야? 진짜 미워 죽겠어."

"아무리 밉다고 네가 죽으면 쓰나. 그 새낄 죽여버려야지. 기다려. 언젠가 내가 박살내버릴 테니까."

"아니, 도저히 못 기다리겠어. 지금 당장 가서 죽도록 패줘."

은서가 볼멘소리로 농담을 던지자 지혁은 은서를 꼭 껴안고서 키득거렸다. 침대 매트리스가 출렁거리며 그녀 역시 같은 리듬으로 부드럽게 흔들렸다.

한동안 벽만 바라보고 있던 은서가 나직이 속삭여 물었다.

"출장…… 안 가면 안 되겠지?"

차 회장은 이번 출장의 성과가 만족스러울 경우 지혁에게 영업이사 자리를 내주겠다고 했다. 전례가 없던 파격인 동시에 어떤 수를 동원해서든지 경영권에 더 가까이 다가가야 하는 지혁에게 있어선 절호의 기회였다.

"안 갈 수 없다는 거 너도 알잖아."

"알아. 아는데……, 얼마나 더 이렇게 지내야 해? 일이 진행되고 있긴 한 거야?"

조금 전, 지혁이 민수를 박살내겠다고 호언했던 것은 허세가 아니었다. 복수를 위해선 장남 민수를 끌어내리는 작업도 필수였다. 곳곳에 덫을 놓고 기다릴 계획이었다. 민수 자체는 미련한 데다 병적으로 여자를 밝히니 언제든 사건을 일으켜 무너뜨릴 수 있었다.

범애제약은 창사 이래 지분이 어느 한쪽에 편중되어 있지 않은, 다소 애매한 상태였다. 최대 지분을 소유한 자는 역시 총수인 차영철이지만, 그의 지분율은 우호세력 지분을 포함시켜도 안정적인 수준이라 할 수 없었다. 민수가 사건을 일으켜 경영에서 손을 떼게 된다면 제 아들이 밀리는 것을 그저 두고볼 성격이 아닌 박 여사가 분명 즉각 움직일 것이다. 박 여사가 지분을 추가 매입하고 세력을 넓히는 것을 차 회장이 알게 된다면 안 그래도 좋지 않은 부부 사이에 골이 깊어져, 두 사람은 그 끝에서 기다리고 있는 것이 부부의 공멸(共滅)이라는 것을 전혀 모른 채 지분 싸움과 폭로전을 추하게 이어갈 터였다.

감언이설, 덫, 그리고 이간질. 지혁이 이용해먹을 수 있는 수는 무궁무진했다.

잠긴 문을 여는 마지막 열쇠는 대규모의 자본을 투입해 범애제약을 해체하는 데 일조할 외부 조력자의 손에 있었는데, 은서를 통해 이미 그 교두보를 마련했으니 이제 남은 것은 잘 짜놓은 시나리오대로 움직이는 일뿐이었다.

"불안해?"

"응. 왠지…… 안 좋은 예감이 들어. 이런 적 처음이라 좀 무섭네. 오빠랑 처음으로 떨어지는 거라서 그런가."

"그럴 거야."

"오빠, 거기 가서 아무리 예쁜 여자가 있어도 흔들리면 안 돼. 나 말고 다른 여자 만나면 안 돼. 그 여자가 다 벗고 덤비더라도 눈길조차 주면 안 돼, 알았지?"

은서가 떨리는 목소리로 내놓는 다소 엉뚱한 말에 지혁은 저도 모르게 실소를 터뜨렸다. 그러나 그 다음에 이어진 말에도 웃을 수는 없었다.

"가끔…… 다른 남자들이 날 쳐다보는 눈빛을 보면서, 그게 아닐 거란 걸 알면서도……, 절대 아니란 걸 알면서도 자꾸만 의심이 들어. 오빠가 날 좋아하는 것도 어쩌면 그저 나랑 자고 싶어서 내 몸만 밝히는 거 아닐까 하는……. 언젠가 나보다 더 예쁜 여자가 나타나서 유혹하면 오빤 그냥 떠나버리지 않을까 그런 생각……."

"은서야……."

"아니라고 말해줘. 응?"

사실 그런 일로 불안하기는 지혁 역시 마찬가지였다.

어딜 가도 한눈에 주목받는 은서였기에, 자리를 비운 사이 누군가에게 그녀를 뺏기지 않을까 하는 생각이 자꾸만 들었다. 정상적인 연인 관계라면 다들 아무렇지도 않게 할 평범하고 눈꼴 신 데이트, 살가운 애정표현 같은 걸 은서가 부러워하고 있다는 건 진작부터 눈치 채고 있었다. 그러니 다른 누군가가 그런 걸 해준다면 어쩌면 거기에 취해 은서가 흔들리지는 않을까, 날 두고 떠나버리지는 않을까, 초조한 기분이 들었던 것이다.

숨어서 나누는 사랑, 지금 서로에게 필요한 것은 확신이란 생각이 들었다.

지혁은 자신의 손등에 와 닿은 그녀의 손을 단숨에 잡아 채 손가락 사이사이에다 자신의 손가락을 맞물려 단단히 깍지 낀 후 꽉 쥐며 말했다.

"그래. 나, 너 밝혀. 네 몸 좋아하고 너하고 맨살 맞대는 거 좋아해. 널 안는 것도, 네 안에다 날 깊숙이 묻고서 네가 내는 신음소리 듣는 것도, 네가 절정에 몸부림치는 거 느끼다 함께 가버리는 것도 좋고. 안고, 안고 또 안아도 더 안고 싶을 정도로, 매 시간, 매 분, 매 초마다 그리워질 정도로, 일하던 중에도 가끔씩 널 상상하는 것만으로도 갈증에 미쳐버릴 만큼. 그렇지만."

비록 둘밖에 없는 공간이긴 했지만 지혁의 말은 너무 노골적이었다. 그가 무슨 말을 하고 싶은 건지 알 수 없던 은서는 얼굴을 잔뜩 붉힌 채 혼란스러운 눈으로 벽만 쳐다보고 있었다.

"은서야. 내가 사랑하는 건 '너'다. 이 모든 일이 다 끝나면 나한텐 너밖에 안 남아. 내 세상엔 오직 네가 전부라고. 그새 잊어버렸어? 넌 내 거야. 몸도 마음도, 심지어 죽은 후로도 넌 다른 누구의 것도 아닌, 내 여자야."

깍지 낀 서로의 손을 가만히 내려다본 은서는 무척 안도한 표정으로 고개를 끄덕이며 답했다.

"그래, 알아. 다 알고 있어. 그저……, 조바심이고 투정일 뿐이었어. 곧 한 달이나 떨어져 지내게 될 텐데 오빤 너무 아무렇지도 않은 것 같아서, 그냥…… 나 혼자서 심통이 났나봐."

은서의 말에 지혁은 미간을 좁히며 내뱉었다.

"아무렇지도 않을 리가 없잖아."

손을 풀고서 천천히 돌아누운 은서는 지혁의 가슴에다 얼굴을 기대며 간절하게 고백했다.

"사랑해."

따스한 뺨을 어루만지며 은서의 체온을 만끽하던 지혁 역시 그녀의 이마에다 키스한 후 속삭였다.

"사랑해. 사랑해, 은서야."

불안한 연인의 마음을 대변하기라도 하듯, 달도 뜨지 않은 밤하늘엔 습기를 머금은 먹구름만이 꾸역꾸역 몰려들고 있었다.

한동안 지혁의 심장소리를 들으며 마음을 가라앉힌 은서는 지친 목소리로 중얼거렸다.

"정말…… 지긋지긋하다. 이딴 집구석 빨리 나가고 싶어."

"조금만 참아. 만 열아홉 살 생일 벌써 지났으니 조만간 어떤 식으로든 얘기가 나올 거야."

"내가 나가면…… 오빠는?"

"내 걱정은 하지 마. 네가 독립하면 오히려 좋지. 남들 눈 피해 만나기도 쉬울 테고."

"그건 그래. 아, 미리 요리라도 좀 배워둘까? 오빠 놀러오면 맛있는 음식 해주게."

"그거 듣던 중 반가운 말인데."

과연, 은서의 독립은 그로부터 얼마 지나지 않아 실현되었다. 그러나 그런 식으로 이루어질 거라고는 두 사람 다 전혀 예상하지 못하고 있었다.

11. From hell

　지혁이 출장을 떠나버린 사이, 정 붙일 곳이라곤 하나 없는 그 집에 들어가기 싫었던 은서는 강의가 끝나면 학교 근처 사설연습실에서 연습하거나 정현과 시간을 보내며 거의 매일 밤늦은 시각에 귀가했다.

　오늘도 어김없이 11시가 다 되어서야 귀갓길에 오른 은서는 정류장에서 버스를 기다리며 멍하니 서 있다 몹시 시끄러운 경적 소리에 고개를 돌렸다. 미끈하게 빠진 스포츠카가 서행하더니 은서의 바로 코앞에 섰고, 이윽고 차창 사이로 익숙한 얼굴이 나타났다.

　"은서야!"

　"어머, 종민 오빠."

　"집에 가는 길이지? 어서 타."

　"괜찮아요. 전 그냥 버스 타고 갈게요."

　"타라니까!"

　종민의 차를 얻어 탄 것을 민정이 알면 또 한 번 골치 아픈 일이 생길 것 같았다. 확실히 거절하려 했지만 뒤따라오던 차들이 빵빵거리자 몹시 난처해진 은서는 어쩔 수 없이 서둘러 조수석 문을 열고 차에 올랐다.

"고맙습니다. 그치만 정말 괜찮은데⋯⋯."

"뭘. 마침 이 근처 지나던 길에 네 생각이 나서 혹시나 했는데 설마 진짜로 만날 줄이야. 연습하고 오는 길이니?"

"네."

은서가 간단한 대답을 하고서 얌전히 입을 다물어버리자 대화는 곧바로 끊겼고, 둘 사이엔 한동안 어색한 침묵만이 흘렀다.

대학생이 된 은서는 전보다 훨씬 더 성숙해졌지만 여전히 때묻지 않은 순수함을 지니고 있었다. 그 빌어먹도록 음산하고 어두운 집 안에서 오직 은서의 존재만이 하얗고 반짝반짝하게 빛을 발하고 있는 것이다.

한동안 흐뭇한 표정으로 은서를 건너다보고 있던 종민은 뒤늦게 그녀의 불편한 눈치를 살피고 볼륨을 줄였다. 그때까지 차 안에는 종민이 평소 즐겨 듣던 헤비메탈 음악이 최고 출력 상태로 울리고 있었다.

"아, 미안. 엄청 시끄러웠지?"

"아니에요. 처음 들어보는데, 무슨 곡이에요?"

스피커에선 일렉트릭기타 선율에 맞추어 굵은 저음의 내레이션이 흘러나오고 있었다. 기타 리프는 꽤나 익살스러웠으나 가사는 그 분위기에 다소 상반되는 내용을 담고 있었다.

"'Ronnie', 메탈리카 노래 중에서 내가 좋아하는 노래야. 취향

특이하지? 그런 소리 많이 들어."

"으음. 그런 것까진 잘 모르겠지만, 총 쏘고 쓰러지고……, 가사 한 번 살벌하네요."

"그런가?"

왠지 지치고 무력하게 보이는 종민의 얼굴을 곁눈질한 은서는 이내 고개를 돌려 뒷좌석에 가로누워 있는 일렉트릭기타 하드케이스를 바라봤다. 새카맣고 네모져 마치 작은 관(棺)을 연상케 하는 기타 케이스는 여기저기 해골무늬 스티커까지 붙어 있어 더없이 괴기스러웠다.

"요즘도 가게에서 공연하세요?"

"주말마다. 다음 주엔 연합공연이 있거든. 심심하면 보러 올래?"

"음, 글쎄요. 민정이는요?"

"민정이야 클럽 죽순이에 우리 가게 단골 아니냐. 알아서 오겠지."

"죄송해요. 민정이 가면 전 안 갈래요. 다음에 기회 되면 꼭 한 번 보러 갈게요."

"그래……."

종민은 길게 한숨을 내쉬며 전방을 주시했다.

"민정이 때문에 괴롭지?"

은서가 아무 대답도 하지 않자, 적색등이 점등된 신호등을 물끄러미 올려다보던 그가 나직이 말을 이었다.

"나도 요즘 너무 지쳐서 일부러 전화 안 받고 무시하는 중인데……. 생각해보면 불쌍한 애야. 아버지는 사업 때문에 정신없는 데다 몇 집 살림까지 거느리느라 더 바쁘지, 어머니는 늘 민수 형만 싸고도느라 다른 일은 안중에도 없지. 하늘같은 큰오빠, 잘난 작은오빠, 거기다 문제아 셋째오빠까지……. 다른 집안 같았으면 고명딸로 집안의 사랑을 독차지했을 텐데 있으나 없으나 별반 차이도 없는 존재로 이리저리 치여왔으니 걔가 그렇게 비뚤어진 것도 무리는 아니지. 철든 네가 이해해라."

은서는 여전히 아무 반응도 보이지 않은 채 무표정한 얼굴로 앞 차의 브레이크 등만 바라보고 있었다. 그 모습이 그동안 얼마나 정신적으로 힘들었는지 항변하는 것만 같았다.

"이제 성인이 됐으니 넌 슬슬 독립하는 게 좋지 않을까?"

"그렇지 않아도 조만간 아줌마한테 말씀드릴 생각이에요."

"잘됐다. 나가서도 분명 잘 살 거야, 넌."

"그러도록 노력해야죠."

"일생을 걸어 달성하고 싶은 목표 같은 건 있어?"

"네."

잠시의 고민도 없이 단호하게 대답하는 은서를 부러운 듯 바라보던 종민이 말했다.

"뭔지는 모르겠지만 열심히 해라. 목표가 있다는 건 좋은 거야."

어딘지 모르게 자조적으로 들리는 말에 은서가 되물었다.

"오빠는요? 오빠는 그런 목표 없어요?"

은서의 맑은 눈동자를 마주한 종민은 당혹스러운 표정으로 한동안 우물쭈물하더니 이내 어깨를 으쓱하며 내뱉었다.

"그런 거 없어. 하루살이거든. 포기할 거 포기하고 대충 하루 하루 만족하면서 살 수 있으면 난 그걸로 그만이야."

그녀가 의아한 표정으로 물끄러미 건너다보자 그는 웃으며 덧붙였다.

"추하지?"

한동안 종민의 눈을 가만히 들여다보고만 있던 은서는 담담하게 말했다.

"아니요. 추하지 않아요. 하루살이든 거북이든, 길이 차이만 있을 뿐 어차피 똑같은 일생을 사는 거잖아요. 그런 생을 오빠 스스로가 납득할 수만 있다면 남이야 어떻게 생각하든 그걸로 된 거라고 생각해요."

"납득할 수 있는 인생…… 이라고?"

뭔가에 뒤통수라도 맞은 듯 멍한 표정을 하고 있던 종민은 이내 은서를 향해 씩 웃으며 말했다.

"방금 네 말에 내 오랜 의문 하나가 풀렸어. 고맙다."

벌써 며칠째 자신을 무시하는 종민을 원망하며 민정은 대문을 밀고 안으로 들어섰다. 한여름 오후 햇살은 머리통을 익혀버릴 것처럼 강하게 내리쬐고 있었고, 이런 날은 대문에서부터 별채까지 이어지는 잔디밭 샛길이 긴 것도 약 올랐다.

뚜르르르, 끝도 없이 이어질 것만 같던 신호음이 달칵 끊겼다. 휴대전화 스피커가 맞닿은 귀에 온 정신을 집중하고 있던 민정의 표정이 좀 더 험악해졌다.

"종민 오빠! 왜 이렇게 전화를 안 받아!"

- 아아, 좀 바빴어. 미안.

전화 저편의 목소리는 전혀 바쁘지도, 미안하지도 않은 아주 심드렁한 어투였다. 종민에게 있어 바쁜 일이라면 부모의 재산을 축내고 돌아다니는 일뿐이니 바빠서 전화를 안 받는다는 건 누가 봐도 거짓말이었다.

"왜 내 전화 씹고 집에서도 쌩까? 지금 나 따 시키는 거야?"

- 바빴다니까.

"바쁘긴 뭘 바빠! 그저께는 제우스에서 오빠들이랑 밤새 술 마셨다며? 어젠 동호회 사람들이랑 충주호에 드라이브 갔다 왔고. 다 들었어."

한동안 침묵이 이어지던 스피커에서 낮게 깔린 목소리가 흘러나왔다.

- 너 내 뒷조사 하고 다니냐?

"뒷조사라니, 무슨 말을 그렇게 서운하게 해, 오빠? 오빠가 자꾸 날 피하니까 걱정돼서 알아봤지."

- 그게 뒷조사지 뭐야?

"그건 됐고, 오빠 혹시 어제 고아 년 태우고 집에 왔어?"

- 뭐?

"동훈이 오빠한테서 들었어. 어제 뒤풀이도 참석 안 하고 그쪽 가는 길이라고 신사동까지 태워다줬다며? 오빠가 그 시간에 신사동 갈 일이 뭐가 있어?"

할 말이 없던지 종민이 말문을 닫아버리자 민정은 의기양양하게 덧붙였다.

"고아 년 연습실이 신사동에 있잖아, 안 그래?"

민정은 여전히 아무 대답도 없는 종민에게 간절한 어조로 말했다.

"오빠 혹시 그 고아 년 좋아해? 미쳤어? 걔 제정신 아니야! 보기에만 좀 멀쩡해 보이지, 걔가 얼마나 재수 없고 내숭덩어리인 줄 알아? 그리고……."

전화 저편에서 믿을 수 없는 소리가 들려왔다.

- 하아. 차민정, 너 진짜 질리게 만드는구나.

"오빠!"

- 나 그동안 너 이복동생이라도 내 친동생처럼 여기고 잘 대해줬어. 어제 일도……, 그래. 내가 어제 은서 태워서 집에 왔다. 그런데 그게 어때서? 은서도 너랑 똑같이 동생 같아서 태워줬는데, 그게 뭐가 어때서? 그게 그렇게 너한테서 미쳤다는 소리 들을 정도의 일이야? 차 안에서 은서가 너 때문에 힘들다고 그러기에 내가 걔 앞에서 네 편 들어주면서 이해하라고 했어. 그런데도 너는……! 하아, 관두자. 지긋지긋하다. 네 집착도 이제 끔찍해. 집에서 정 붙일 곳 없어서 나한테 달라붙는 건 알겠는데, 작작 좀 해라, 작작 좀!

전화가 딱 끊기자, 민정은 스피커에다 대고 다급하게 소리쳐 부르기 시작했다.

"오빠! 종민 오빠!"

다시 한 번 급하게 전화를 걸어봤지만 종민의 전화는 이미 전원이 꺼져 있었다.

"아아악! 아악!"

끓어오르는 화를 이기지 못해 휴대전화를 잔디밭에다 내팽개치고 발을 동동 구르던 민정은 씩씩거리며 달려가 별채 안으로 뛰어들었다. 사사건건 부딪쳐 사람 속을 뒤집어놓던 서은서가 이제 종민까지 뺏어간다는 생각에 도무지 분을 참을 수가 없었다.

쿵쾅거리며 은서의 방으로 향하던 민정은 이 모든 일의 원흉인 그녀를 마침 복도에서 마주치고서 있는 힘껏 소리를 질렀다.

"야! 고아 년! 너, 처신 똑바로 안 할래?"

"뭐?"

갑작스러운 일에 황당해진 은서가 눈을 동그랗게 뜨고 쳐다보자 민정은 그녀의 코앞에다가 대고 삿대질을 하며 있는 대로 흥분을 해댔다.

"어디서 멀쩡한 남자한테 꼬리를 치고 난리야? 쥐뿔도 없는 계집애가!"

"갑자기 무슨 소리야?"

"그걸 몰라서 물어? 너 언제부터 우리 종민 오빠한테 들러붙었어, 앙? 내가 종민 오빠 근처에서 알짱거리지 말라고 전에 분명히 경고했지?"

은서는 참지 못하고서 헛웃음을 흘리고 말았다.

"지금 누가 누구한테 들러붙었다는 거야?"

"네가 들러붙었잖아! 네가 천박하게 질질 흘리면서 꼬여냈다고! 너 따위가! 너 따위가 어떻게 감히! 너 없을 땐 종민 오빠가 나한테 이렇게 쌀쌀맞게 굴지 않았었는데, 이게 다 네년 때문이야, 이 창녀야!"

기가 차서 해명할 생각도 없어진 은서는 가만히 민정을 바라보다 물었다.

"야, 너 왜 그렇게 종민 오빠한테 집착하는 건데? 너 혹시 종민 오빠 좋아하니?"

"뭐?"

"너희 남매라는 자각은 있어? 너 지금 하고 있는 이게 정상으로 보여? 너 좀 이상해. 진짜 소름 끼쳐. 구역질난다고. 내가 종민 오빠라도 너 같은 애 싫겠다."

"뭐가 어쩌고 어째? 이 고⋯⋯!"

은서는 거기서 참지 못하고 그동안 쌓였던 울분을 담아 크게 내뱉었다.

"고아 년, 고아 년, 그만 좀 해, 이 정신병자야! 사람이 가만히 있으니 호구로 보이니? 한 번만 더 시비 걸면 그땐 진짜 종민 오빠랑 데이트라도 해버린다! 뭐야, 왜 그렇게 쳐다봐? 내가 못할 것 같아?"

말문이 막혀 쩔쩔매는 민정을 보니 왠지 속이 시원해져, 은서는 느긋한 어조로 빈정거렸다.

"그리고 너 웬만하면 화장 좀 하지 마라. 안 그래도 못생긴 얼굴에 가부키처럼 파운데이션만 허옇게 둥둥 뜨는 거 몰라? 그거 이미 화장으로 해결할 수 있는 얼굴이 아니야. 진심으로 조언하는데, 너, 정신과랑 성형외과 가서 상담 받아봐."

얼마나 분했던지 민정은 한동안 주먹을 쥐고 어쩔 줄을 몰라 하며 발을 구르다 이내 울먹거리며 소리쳤다.

"서은서! 내가 너 진짜 가만 안 둘 거야! 두고 봐! 오늘 이 수모 똑같이 돌려줄 거라고! 아악! 분해!"

제 방으로 뛰어가버리는 민정을 보며 길 가다 뒤통수라도 맞은 듯 찝찝한 기분이 된 은서는 서둘러 계단을 내려가 별채를 벗어났다.

대문까지 이어지는 길을 따라 걷던 중, 그녀는 잔디밭에 무릎을 꿇고 앉아 뭔가를 들여다보고 있는 김래연을 발견하고서 저도 모르게 걸음을 멈췄다.

벌써 20년째 개인비서이자 운전기사로서 충직하게 박영자 여사의 곁을 지켜왔던 김래연은 40대 중반이란 게 무색할 정도로 젊고 우람한 몸을 자랑하고 있었다. 특전사 출신으로 제대하자마자 이곳에 취직했다더니, 반팔 셔츠 아래 드러난 그의 팔뚝은 우락부락한 근육이 마치 흉기처럼 살벌해 보일 정도였다. 20년 전, 지금보다 훨씬 더 무시무시했을 저 팔로 일곱 살 지혁을 학대했다는 것을 떠올리는 것만으로도 욕지기가 치밀었다. 그동안 내색은 안 하려 했지만, 은서는 김래연이 근처에 지나가는 것도, 마주치는 것도, 심지어는 그의 그림자를 마주치는 것조차 싫었다.

"은서 아가씨, 어디 나가나 봐요."

애써 묵례함으로써 적당한 예의만 갖춘 은서는 그를 무시한 채 발걸음을 옮겼다.

"그런데 이거, 민정이 아가씨 휴대전화 아닌가요?"

김래연이 주위들고서 이리저리 들여다보고 있는 최신형 휴대전화는 처음 보는 것이었다. 그렇지만 그 주인이 민정일 거란 생각은 들었다. 워낙 변덕이 심하고 즉흥적인 민정은 줄기차게 신상품을 사서 긁어모으는 게 취미였으니까.

"그런 것 같네요."

김래연이 자리에서 일어서자 은서의 얼굴이 돌연 핼쑥해졌다.

그는 현재 이 집 식구 중 가장 키가 큰 지혁보다도 훨씬 더 컸다. 떡 벌어진 어깨와 거대한 체구의 그림자가 강한 오후 햇빛 아래 선명한 그림자를 드리우니 위압적인 기운에 몸이 떨려올 정도였다. 오래전, 지혁이 애써 나서주지 않았다면 그날 밤 이 남자에게 무슨 짓을 당했을지 모른다는 생각에 또 한 번 극심한 현기증이 일었다.

"민정이 아가씨한테 좀 전해줄래요? 그리고 이것도."

김래연의 손에 들린 것은 그와는 전혀 어울리지 않아 보이는, 납작한 치즈케이크 상자였다.

민정은 제멋대로 행동하며 온갖 민폐를 다 끼치고 다녀 제 부모형제들에게서조차 무시당하기 일쑤였다. 그러나 김래연만은 달랐다. 정작 당사자는 그런 호의를 질색하는 모양이지만, 김래연은 가끔씩 먹을 것을 사다주거나 박 여사를 모실 일이 없는 날엔 일부러 나서 목적지까지 태워다주거나 하며 늘 살뜰하게 민정을 챙겨줬었다. 박 여사의 충직한 심복이라는 것을 증명이라도 하려는 건지, 아니면 냉혈한에게도 따뜻한 심장이 있다는 걸 알리고 싶은 건지, 도무지 알 수가 없었다.

"직접 가져다주세요. 죄송해요."

은서가 꺼림칙한 표정으로 몸을 돌려 정원 쪽으로 가버리자 김래연은 어쩔 수 없다는 표정으로 잠시 서 있다 별채 안으로 걸음을 옮겼다.

침대에 엎드려 꺼이꺼이 울던 민정은 노크 소리에 고개를 들고 문을 쳐다봤다.

종민이 달래러 와줄 거라고 기대했지만, 문을 열고 나타난 사람은 김래연이었다.

"아가씨! 무슨 일 있었어요? 왜 울어요?"

"댁이 알 게 뭐야! 내 방에서 나가요!"

전부터 민정은 김래연이 싫었다. 그를 보면 괜히 기분이 나빠지고 불안해졌다. 그 불길한 느낌은 마치 알아선 안 되는 것을 파헤치는 기분이었다. 뚜껑을 열면 추악한 뭔가가 도사리고 있을 것만 같은 우물 앞에 선 기분. 역시 싫었다.

"엄마, 나 저 사람 너무 싫어. 제발 운전기사 좀 바꿔."

그동안 숱하게 애원했지만 아무 소용도 없었고, 기억 속 모친의 곁에 서 있던 남자는 항상 부친인 차 회장이 아니라 김래연이었다.

"잔디밭에 아가씨 휴대전화가 떨어져 있어서 가져왔어요."

김래연이 책상 위에 뭔가를 내려놓고 방을 나가자 민정은 울어서 퉁퉁 부은 얼굴을 들어 책상 위를 쳐다봤다. 거기엔 자신이 홧김에 집어던졌던 휴대전화, 그리고 평소 좋아해 마지않던 유명 베이커리의 치즈케이크가 올라 있었다.

"아악! 짜증 나! 이딴 거! 이딴 거!"

휴대전화와 치즈케이크 상자를 겹쳐 들고서 유리창에다 확 던져버린 민정은 사납고 거친 숨을 한참이나 몰아쉬다 뭔가를 발견하고 창 쪽으로 다가갔다.

별채 뒤쪽 정원 한구석에 서은서가 웅크리고 앉아 있었다.

그간 늘 무시만 당해왔었던 민정에게 있어서 종민은 기댈 언덕 그 이상의 존재였는데 그런 종민까지 저 계집애 때문에 돌아서버렸으니 눈이 뒤집히지 않을 수가 없었다.

"가소로운 계집애! 어디서 굴러온 거지같은 게 감히! 네가 뭐가 그리 잘났는데, 뭐가? 가만 안 둘 거야, 가만 안 둘 거야!"

혼잣말로 중얼거리며 벽을 발로 차고 분풀이를 해대도 화가 풀리지 않던 중, 은서가 화단 사이의 뭔가를 보며 즐거워하는 게 눈에 띄었다. 몸을 숙인 채 열심히 말을 걸고 있는 것을 보니 아마도 살아 있는 동물인 것 같았다.

그러고 보니 얼마 전부터 정원 한쪽에서 도둑고양이가 야옹야옹 시끄럽게 굴기 시작했었다. 은서가 그 고양이에게 자꾸 먹을 것을 주는 바람에 골치라고 가정부 아줌마들끼리 수다 떠는 것도 언뜻 들은 듯했다.

마침내 화풀이 대상을 찾은 듯, 민정의 눈초리가 날카로워졌다. 이윽고 그녀의 시선은 한쪽 벽면에 구겨져 처박혀 있는 치즈케이크 상자로 향했다.

은서가 학교와 개인 연습실에 들렀다가 집으로 돌아온 때는 오늘도 자정 가까운 시각이었다.

집에 들어오자마자 그녀가 가장 먼저 들른 곳은 별채 건물 뒤 새끼고양이가 있는 곳이었다. 얼마 전 화단의 조경수 사이에서 애처롭게 울고 있는 것을 우연히 발견한 뒤 같은 처지인 것이 가엾어 사료와 간식 같은 것을 챙겨 오고 있었다.

그런데 다른 때 같았으면 부르자마자 달려왔을 고양이가 아무 데도 없었다. 몇 차례 불러도 보고 간식 캔을 톡톡 두드리며 유인도 해보았지만 여전히 사방에선 아무 소리도 들리지 않았고 고양이의 모습도 전혀 보이지 않았다.

"다른 집으로 간 건가? 아니면, 엄마를 찾은 건지도……."

후자 쪽이라면 서운한 마음이 들더라도 괜찮을 텐데. 아쉬운 마음으로 발걸음을 돌린 은서는 현관문을 열고 안으로 들어섰다.

그런데 무슨 일이었을까. 계단을 타고 올라가 복도로 접어드는 순간, 왠지 등골이 오싹해지며 불길한 기분이 들었다.

오늘따라 유독 어둡고 조용하게 느껴지는 복도를 지나 자기 방으로 향하며 은서는 민수의 방문을 힐끗 곁눈질했다. 문은 살짝 열려 있는 상태였다.

평소 그의 눈빛을 떠올리니 불안함이 더했다. 지혁도 없는 지금, 만에 하나 무슨 일이라도 생기면 도와줄 사람도 없었다. 은서는 무척이나 조심스럽게 민수의 방 앞을 지나 재빨리 자신의 방으로 달려갔다.

서둘러 문을 열고 안으로 들어간 그녀는 다급하게 방문을 잠그고서 한동안 문손잡이를 쥐고 숨을 몰아쉬었다.

"하아, 하아……."

내일부터는 될 수 있는 대로 일찍 들어와 초저녁부터 문단속을 철저히 해둬야겠다고 생각하는 찰나, 등 뒤에서 오싹한 소리가 들려왔다. 자신의 것이 아닌, 무척 음험하고 축축한 남자 숨소리였다.

"아……! 흡!"

커다란 손에 의해 입이 막히는 바람에 미처 소리를 지를 새도 없었다. 뒤에서 덮쳐온 괴한의 몸에선 역겨운 땀 냄새와 독한 알코올 냄새가 풀풀 풍기고 있었다.

"하아, 은서야……."

술에 취해 혀가 잔뜩 꼬부라진 민수의 목소리와 끈적끈적한 숨결이 귓가에 달라붙자 울컥 욕지기가 치밀었다. 은서는 발악을 하며 그의 품에서 벗어나려 했지만, 비실비실한 몸에 술에 취한 주제에 그래도 남자라고 힘이 대단해 도무지 이겨낼 수가 없었다.

"이, 이것 놔……, 으읍!"

사납게 온몸을 흔들어대는 은서의 허벅지에다 민수는 가만히 하체를 밀착하며 소곤거렸다.

"지금 집엔 아무도 없어. 걱정하지 마. 잠깐 너랑 얘기만 좀…… 하려는 거야. 응?"

"읍……!"

허벅지 윗부분에 뜨겁고 단단하게 뭉쳐진 민수의 남성이 선명하게 느껴졌다. 이내 그의 손이 왼쪽 가슴을 꽉 움켜쥐자 은서는 발악하며 그의 손에 가로막힌 입을 억지로 벌리고 헛구역질을 시작했다.

"우욱!"

"쉿……, 기분 좋게 해줄게. 금방 끝날 테니까 가만히……."

구속당한 채 사투를 벌이면서도 필사적으로 핸드백 입구를 벌린 은서는 온 정신을 손끝에 집중한 끝에 마침내 치한 퇴치용 스프레이를 붙잡았다. 출장 가기 직전 지혁이 주고 간 것이었다.

입을 막고 있던 민수의 손바닥을 있는 힘껏 깨물자 은서의 몸을 속박하고 있던 그의 팔에서 순간적으로 힘이 풀렸다.

"으악!"

그 틈을 타 재빨리 민수의 품에서 빠져나오려 했지만 그의 집념은 놀라울 정도였다. 옷자락을 세게 쥐고 놓아주지 않는 바람에 은서의 얇은 시폰 원피스 앞섶이 험하게 뜯겨 브래지어가 훤히 드러나기까지 했다.

죽을힘을 다해 벗어난 은서는 절박하게 소리치며 민수의 얼굴을 향해 스프레이를 몇 차례 분사했다.

"도와주세요! 누가 좀 도와줘요!"

캅사이신 성분의 스프레이가 예민한 눈 점막에 정통으로 닿자 민수는 즉각 그 자리에서 발버둥을 치며 고통스러운 비명을 질러대기 시작했다.

"크아악! 아아악!"

은서는 거기서 멈추지 않고 방문을 활짝 열어젖힌 후, 일시적으로 시각을 상실해 비틀거리고 있는 민수의 머리통을 향해 있는 힘껏 핸드백을 휘둘렀다. 수치심과 분노를 이길 수 없어 몇 번이

고, 몇 번이고 계속해 거칠게 백을 휘둘러대자 민수는 욕설을 내뱉
으며 마침내 그 자리에서 도망쳐버렸다.

"으……, 하아……, 하아……. 흑."

한참이나 멍하니 어둠 속에 서 있던 은서는 이내 다리에 힘이
풀려 그 자리에 주저앉고 말았다. 온몸엔 더러운 벌레가 기어 다니
는 것 같은 기분이었고 너무 무서워 꼼짝도 할 수가 없었다.

이게 도대체 무슨 봉변이란 말인가. 생각하면 할수록 기가 막
혔다. 격하게 흐느끼고는 있지만 눈물조차 나지 않았다.

더 이상 이곳에 있어선 안 되겠다는 생각이 들었다. 여기 있어
봤자 아무런 의미가 없었다. 지혁의 복수를 도우며 숨어 지내는 것
따위 당장 집어치우고, 어서 이 쓰레기장 같은 곳을 빠져나가고만
싶었다.

"우욱, 콜록……! 우우욱!"

온몸에선 아직도 그 추잡한 인간의 냄새가 풀풀 풍기는 듯했
다. 헛구역질과 기침을 계속하며 일어설 기운도 없어 방 한가운데
로 엉금엉금 기어간 은서는 당장 짐을 싸서 나갈 생각에 캐리어를
찾기 시작했다.

침대 위, 자신의 것이 아닌 무언가가 눈에 띈 것은 바로 그때였
다.

한 번도 본 적 없는 박스였다. 창을 통과한 달빛에 희미하게 드
러난 구두 박스는 핏빛을 연상케 하는 자주색이었다.

박스 위에 메모지가 한 장 놓여 있었는데, 정원의 조명에 비춰
보니 민정의 삐뚤빼뚤한 필체로 '서은서. 내가 똑같이 돌려준다고

했었지?'라고 쓰여 있었다.

은서는 떨리는 손으로 살며시 박스를 들어 보았다. 그러자 뭔지 모를 박스의 내용물이 한쪽으로 스르륵 쏠렸다.

구두는 아니다. 뭔가 작고 털이 있으며 덩어리진 느낌의 어떤 것이었다. 인형이라기엔 너무 묵직하고 작은 동물이라고 생각하기엔 너무도 잠잠했다. 어쩐지 몹시 어둡고 불길한 기분에 소름이 절로 끼쳤다.

천천히 박스 뚜껑을 들어 올리고 그 안을 들여다본 은서의 손이 주체할 수 없을 정도로 떨리기 시작했다.

"아, 아아……!"

은서의 눈동자에서 일시에 초점이 사라졌다.

불길한 예감 그대로, 박스 안의 내용물은 죽은 동물이었다. 치즈케이크로 보이는 것이 잔뜩 묻은 입을 끔찍하게 벌리고 싸늘하게 굳어 있는 검은 고양이. 오늘 아무리 불러도 오지 않던 새끼고양이의 행방이 바로 거기에 있었다.

"아아악! 아아아아악!"

저도 모르게 미친 듯 소리를 지르며 방을 나간 은서는 계단에서 몇 번이나 구를 위기를 넘기고 정신없이 정원으로 뛰쳐나갔다.

때마침 박 여사가 귀가해 대문 안으로 들어오고 있는 게 눈에 띄었다. 지금 이 순간 저 끔찍한 민수와 민정만 아니라면 저승사자라도 고마울 것 같던 은서는 오열하며 그녀에게 다가가 옷자락을 붙잡고 무너졌다.

"아줌마! 도와주세요! 제발! 제발 도와주세요……! 으흐흑!"

"은서야! 왜 이러니? 너, 옷이 왜 이래? 무슨 일 있었어?"

놀란 박 여사가 다급하게 묻자 은서는 격하게 흐느끼며 이야기를 쏟아냈다.

"민수 오빠가 방금 술에 취해서 저를 덮치려고……! 흑흑, 그리고 민정이는 죽은 고양이를, 흑, 제 방 침대 위에다 가져다놨어요! 흑흑! 아줌마, 무서워요, 제발 어떻게 좀 해주세……, 으흐흑!"

말도 다 맺지 못한 채 웅크리고 주저앉아 엉엉 우는 은서를 가만히 내려다보고 있던 박 여사의 눈에 수상한 빛이 스쳤다.

"은서야……, 너, 이 얘기 아줌마 말고 다른 사람에게도 했니?"

"네……? 아직 아무한테도……."

이상한 낌새에 고개를 든 은서는 박 여사를 올려다봤다. 평소보다 한층 더 인자한 얼굴로 은서를 내려다본 박 여사는 이내 조용히 자리에 앉아 은서의 손을 잡고 말했다.

"은서야, 우리 민수는 네가 생각하는 그런 애 아니야. 네가 뭔가 오해한 것 같은데, 수성그룹에서 믿고 딸 맡길 정도로 반듯한 우리 민수가 이런 나쁜 짓을 할 리가 있겠니? 어디 가서 그런 얘기 했다간 너만 우스운 꼴 된다. 그리고……."

놀란 은서가 박 여사의 말을 끊고서 소리쳤다.

"지금 제 옷 찢어진 거 안 보이세요? 그럼 제가 직접 옷을 찢고 민수 오빠를 고자질했단 말씀이세요? 흑! 제가 미치지 않고서야 왜 그런 짓을 하겠어요?"

인자하던 박 여사의 얼굴에서 미소가 가셨다.

"아줌만 은서 네가 걱정돼서 그러는 거야. 그런데 가만히 보니 은서가 아줌마가 생각했던 거랑 많이 다르네? 네 말이 맞다 치더라도 평소 네 행실이 올바르고 한 점 부끄럼 없었다면 과연 오늘 같은 일이 생겼을까? 원인은 결국 너한테 있었던 거야. 우리 착한 민수를 타락시키다니!"

"아, 아줌마……!"

기가 막혀서 더 이상 눈물도 나오지 않자 은서는 입만 뻐끔거리고 박 여사를 올려다봤다.

"그동안 돌봐줬던 은혜를 원수로 갚는구나. 아아, 머리 검은 짐승은 거두는 게 아니라고 하더니 역시. 아무튼 이 일이 밖으로 새어나가면 서로 좋을 일 없다는 건 알아두기 바란다. 너도 혼삿길 막히는 거 원치 않지? 민수나 민정이는 내가 잘 타일러둘 테니 이 얘기는 여기서 마무리 짓자. 만약 이후로 민수에 대해 이상한 소문이 나거나 했을 시엔……."

은서와 눈높이를 맞추고 않은 박 여사의 뒤에서 무시무시한 그림자가 비쳐왔다. 오늘따라 더욱더 압도적으로 느껴지는 김래연을 올려다보며 은서는 말문뿐 아니라 숨통까지 턱 막혀버렸다.

"너무해……! 너무해요, 흐흑!"

"그리고 너도 이제 성인이니 조만간 독립하는 게 좋겠구나. 그렇지 않아도 회장님께 여쭤봤더니, 네 앞으로 돼 있던 네 아버지 유산은 돈 될 만한 게 거의 없었던 모양이야. 자본금이 얼마 안 되니 투자를 해도 시원찮지. 오히려 우리 돈을 보태 유지한다고 아주 고생했으니 액수는 너무 기대하지 말거라. 대신 그간의 정을 생각해서 아줌마가 조금 더 챙겨줄 테니 너무 서운해하지는 말고. 이제부터 슬슬 나가서 살 준비를 해두렴."

땅바닥의 잔디와 흙을 꽉 움켜쥔 은서의 손이 덜덜 떨리고 있었다.

아무 대답도 하지 않은 채 그저 조용히 떨고만 있는 은서를 싸늘한 눈으로 내려다본 박 여사는 자리를 뜨며 차갑게 내뱉었다.

"끝까지 고맙다는 인사 한 번을 안 하는구나. 되바라진 것. 쯧쯧."

박 여사와 김래연이 눈앞에서 사라진 후로도 은서는 미동도 하지 않은 채 그 자리에 앉아 있었다.

그렇게 얼마의 시간이 흘렀을까.

구름이 달을 가려 사방이 어두워지자 돌연, 지옥 저 밑바닥을 손톱으로 긁는 듯 섬뜩한 은서의 비명이 길게 울리며 메아리쳤다.

전화를 받고서 자다 말고 달려 나온 정현은 다 찢어진 옷차림에 맨발로 집 근처 놀이터에 혼자 숨어 울고 있던 은서를 차에 태워 근처 호텔로 데려갔다.

충격으로 완전히 패닉 상태였던 은서는 아무 말도 하지 않고 곧장 욕실로 가더니 밤새 몸을 씻으며 계속해서 울기만 했다. 그랬던 그녀는 새벽녘 즈음에야 간신히 평정을 되찾고 밖으로 나와 그간 있었던 이야기를 정현에게 모두 털어놓았다.

은서가 처음 그 집에 들어갔을 때부터 이 시각까지 겪었던 모든 일을 다 듣고 난 정현은 귀를 의심하지 않을 수 없었다.

"세상에……, 세상에……, 어떻게 이런 일이 있을 수가 있지?

그렇게 성인군자였던 인간들이 실제론 표리부동의 개쓰레기였다니! 야, 너, 이거 진짜 가만있으면 안 돼! 병신 아닌 이상에야 이대로 더 당하고만 있으면 안 된다고!"

몹시 흥분해 소리치는 정현을 물끄러미 건너다보던 은서는 민수에게 당해 끔찍한 멍투성이가 된 손목을 가만히 문지르다 생전 보인 적 없었던 독하고 잔인한 눈을 하고 중얼거리기 시작했다.

"미쳤어? 내가 왜 더 당해? 복수할 거야. 당한 만큼 돌려주겠어. 그 인간들 절대 가만 안 둬! 전부다 대가 톡톡히 치르게 할 거야. 언젠가 그 입에서 죽을죄를 지었으니 제발 용서해달라는 말이 나올 때까지, 온갖 비열하고 유치하고 더러운 수법을 다 동원해서라도 아주 지긋지긋하게 괴롭혀줄 거야! 두고 봐!"

정현은 부들부들 떠는 은서에게 물을 따라 건네며 맞장구를 쳤다.

"그래. 잘 생각했다. 당하고 구석에 처박혀 질질 짜다 종국엔 용서하고 손 내밀어 주는 동화 속 여주인공들은 예쁘긴 해도 매력은 없잖아? 뺏긴 만큼 돌려받는 거, 그리고 받은 건 열 배로 돌려주는 거. 그런 게 바로 최고지. 'femme fatale'이야 말로 섹시함의 절정 아니겠어?"

정현이 우울한 기분을 달래주려는 듯 명랑하게 위로해주자 은서는 한동안 고민하는 듯 말이 없다 이내 어렵게 말을 이었다.

"정현아, 나……, 너한테 사과할 거 있어."

"뭔데?"

"처음 너한테 다가가서 환심 사면서 친하게 굴었던 거, 그거 실은 계획적인 거였어."

"뭐? 그게…… 무슨 소리야?"

"범애제약을 무너뜨리고 하늘 높은 줄 모르는 그 인간들 전부 땅으로 끌어내리기 위해서는 경쟁사인 지산제약과 손을 잡는 게 필요했거든."

"그 말은……, 네가 전부터 나를 이용하려 했다는 거야?"

"그래. 미안해."

한참이나 눈을 동그랗게 뜨고 은서를 건너다보던 정현은 허탈한 웃음을 흘리고 어깨를 으쓱하더니 말을 이었다.

"아, 뭐, 처음에 좀 뜬금없다는 생각은 들었었는데."

"미안해……, 정말 미안해. 그렇지만 넌 내 인생에서 유일한 친구야. 처음의 의도가 무엇이었든지, 그 사실은 절대 안 변할 거야."

정현은 지금까지 은서에게서 감지할 수 있었던 은밀한 느낌의 정체를 지금에야 비로소 이해할 수 있었다. 알면 알아갈수록 뭔가 더 있을 것처럼 감질 나는 기분, 그건 아마도 그녀가 감추고 있던 비밀이었던 모양이다.

"그럼…… 내가 널 위해서 뭘 해주면 돼?"

정현의 말에 은서는 의외의 표정으로 그녀를 바라봤다.

"너, 그런 얘길 듣고도 괜찮아?"

은서의 말마따나 처음의 의도가 무엇이었든 현재 유일한 단짝 친구라는 사실은 정현에게도 마찬가지였다. 그러니 지금 와서 바뀔 것은 하나도 없었다.

"그래, 난 괜찮아. 말해봐. 내가 어떻게 해줄까? 우리 이모부 연결시켜주면 되는 거야? 너 혼자서 가능하겠어?"

정현의 손을 붙잡고서 한참이나 말을 잇지 못하며 눈물만 글썽이던 은서는 마음을 다잡고서 조심스럽게 말했다.

"이현석 씨를 만나게 해줘."

"현석이 오빠? 그거야 어렵진 않지. 언제? 어디서?"

"시간하고 장소는 나중에 알려줄게. 남들 눈 피해야 하니 야간에 호텔 룸에서 만나는 게 나을 거야."

그 소리에 정현의 얼굴이 미묘하게 일그러졌다.

"은서야……, 너 혹시…….."

"걱정 마. 내가 나가는 게 아니니까."

"그렇다면…… 너 말고 누가 또 있는 거야?"

한참이나 주저하던 은서는 그때까지 손에 쥐고 있던 폴라리스 펜던트를 내려다보더니 대답했다.

"그래. 이 세상에서 내가 믿고 사랑하는 단 한 사람…….."

지금까지 베일에 싸여 있던 애인 이야기가 나오자 정현은 온 정신을 귀로 집중했고, 이내 경악하고 말았다.

"지혁 오빠야."

해가 뜨려는지, 어슴푸레했던 사방이 오렌지 빛으로 물들기 시작했다.

창 밖을 바라보는 은서의 눈동자에도 이전까지와는 다른 빛이 내려앉아 불꽃처럼 이글거리고 있었다.

12. 오리지널

2011년 12월 23일 밤.

호텔 연회장 화장실 한쪽에 마련된 파우더룸에서 거울을 들여다보며 화장을 고치던 은서는 립스틱을 돌려 밀어 올리다 말고 손을 멈추었다. 거울 안, 그녀의 바로 뒤에 차민정이 바짝 다가와 서서 예민한 태도로 쏘아보고 있었다.

"어머, 민정아. 왔으면 얘기하지. 왜? 무슨 할 말 있어?"

"별로."

미적거리는 민정을 거울 속에서 힐끗 곁눈질한 은서가 해맑은 태도로 물었다.

"아, 참. 민수 오빠 얼마 전에 또 맞선 봤다며?"

은서의 말 속 '또'라는 단어에 묘하게 악센트가 붙어 있는 것을 눈치 챈 민정은 볼멘소리로 내뱉었다.

"민수 오빠가 누구랑 선을 보든 말든 내가 알 게 뭐야."

3년 전 그 일 이후로 민수는 큰일을 겪었었다. 은서가 코딱지만 한 오피스텔로 독립해 나가고 종민 역시 가게 근처로 집을 얻어

나가자 민정과 지혁은 본관으로 방을 옮겼다. 빈 별채를 민수의 신방으로 리모델링하기 위해서였지만, 결국 민수는 신부를 그 신방에 단 한 번도 데리고 들어가지 못했다. 민수의 애인 중 한 명이 순진한 약혼녀를 찾아가 그동안 찍었던 난잡한 사진과 동영상을 보여주는 바람에 생긴 일이었다. 온실 속 화초로 살아왔던 약혼녀에겐 견딜 수 없는 충격이었던지 임신 초기 태아는 그 즉시 유산되고 말았고 그녀는 약혼반지를 민수의 면상에 정통으로 던져버린 후 미국으로 유학을 떠났다. 그 일로 수성그룹 쪽에서 두고두고 좋은 소리를 못 듣게 된 것은 당연지사였다.

"어머, 넌 동생이 돼가지고 그런 말을 하면 어떡하니? 이번엔 꼭 잘돼야 할 텐데, 하고 빌어줘야지."

어쩐지 말 속에서 가시가 느껴졌다. 그조차 짜증이 났던 민정은 가자미눈을 하고서 은서를 노려보더니 드디어 하고 싶었던 말을 끄집어냈다.

"야, 너. 좀 전에 시형 씨하고 무슨 얘기 했어?"

"응? 뭐라고?"

"귀먹었어? 좀 전에 시형 씨하고 무슨 얘기 했냐고!"

"아아, 별 얘기 안 했어. 목걸이를 잃어버렸는데 그 사람이 지나가던 길에 함께 찾아줬을 뿐이야."

"거짓말하지 마. 아까도 둘이서 말했었잖아!"

은서가 아무것도 모르는 듯 순진한 표정으로 눈을 동그랗게 뜨고 되물었다.

"정말 별 얘기 없었다니까. 그런 걸로 내가 왜 너한테 거짓말을 할 거라고 생각해? 나한테 뭐 켕기는 거라도 있니?"

"이⋯⋯."

민정은 대학교 2학년 때 소개로 만났던 모 그룹 3세와 두 달 정도 사귀었다 헤어졌다. 이별의 이유는 황당하게도 서은서 때문이었다.

당시 민정의 애인은 관계가 한창 무르익던 시기에 한 모임에서 은서를 우연히 만나 몇 번 이야기를 나눈 후 혼자서 애가 달아 한동안 정신을 못 차리더니 민정에게 갑작스럽게 이별을 고했다. 그리고 그 직후 은서에게 공개적으로 대시했다가 그 일로 지금까지 놀림거리가 될 정도로 아주 무참하게 거절당하고 말았다. 민정까지 한데 묶여 개망신을 당한 건 자연스러운 일이었다.

질투에 약이 오르고, 분하고, 당장 때려죽이고 싶을 정도로 은서가 미웠다. 그래서 당시 따로 나가 살고 있던 은서의 오피스텔로 쳐들어가 온갖 물건들을 다 던져가며 행패를 부렸었다. 화를 못 이겨 그 방에다 불을 싸질러버리지 않은 것이 천만다행이었다.

그런데, 민정이 그렇게까지 행패를 부렸는데도 은서는 아무런 대응도 하지 않았었다. 그저 미안하다고, 너와 사귀는 남자인 줄 몰랐다며 눈물까지 뚝뚝 흘리며 얌전히 사과하더란 말이다. 머리채를 붙들고 싸워도 모자랄 판이었는데 맥 빠지는 그 반응에 어쩐지 스스로가 초라하고 비참해진 느낌을 지울 수가 없었다.

문제는 거기서 끝난 게 아니었다.

민정의 다음 애인도, 그 다음에 사귄 남자도 모두 비슷한 수순을 밟고서 떨어져나갔다. 다들 우연히 은서를 만났고 정작 은서는 아무런 반응도 없는데 혼자서만 달아올라 발을 동동 구르며 애원하다 굴욕적으로 차인 것까지 아주 똑같았다.

이상한 것은 그 남자들이 은서와 부딪칠 일이 비교적 많은 재벌가 일원들도 아니라는 사실이었다. 그들은 모두 민정이 미팅이나 클럽에서 만나 사귄 남자들이었다.

그쯤 되니, 은서가 일부러 자신의 남자를 유혹해 떨어뜨리고 있는 건 아닌가 하는 의심이 들었다. 그래서 비슷한 일이 생길 때마다 더욱더 패악을 부리며 은서를 괴롭히고 못살게 굴었다. 경찰에 신고해도 할 말이 없을 정도로 심하게 말이다. 괴롭힘을 견디다 못하면 언젠가는 결국 본색을 드러낼 거라는 생각에 집요하게 은서를 붙들고 늘어졌지만, 그건 민정의 오산이었다. 그럴 때마다 아무것도 모른다는 듯 애처롭게 눈물바람을 하며 몹시 미안해하는 은서의 불쌍한 모습에 마침내 집안 식구들까지 슬슬 민정을 이상하게 보자, 그녀는 말 그대로 미칠 지경이었다.

민정은 점점 은서가 두려워지기 시작했다. 앞으로 계속해서 이런 일의 연속일 거라는 불안감이 팽배해갔다.

그래서 언제부턴가 민정은 주위 사람들의 눈을 피해 몰래 연애를 시작했다. 은서가 알지 못하도록 데이트도 숨어서 조심조심 했고, 고 계집애의 귀에 소문이 들어갈 것을 염려해 주변인들에게 자랑 삼아 알리지도 않았다. 마음과 돈, 몸까지 다 갖다 바쳤던 남자들을 또다시 어이없는 일로 잃고 싶지 않았다.

그러나 그것 역시 그녀만의 바람이었을 뿐, 비밀리에 연애하는 건 말처럼 쉽지가 않았다. 짜증도 나고 내가 왜 이러고 있나 싶어 몹시 억울하기도 했다.

그런 정성으로 몰래 숨어 사귀었던 전 애인마저 성격 차이로 떠나보내게 되자, 민정은 마침내 스스로에게 완전히 자신감을 잃고 말았다. 이후 성형외과를 몇 번이나 들락거리며 목숨을 걸고 얼굴을 고쳐댔지만 공허함은 그리 쉽게 사라지지 않았다.

무척 외로운 시간을 보내던 중, 민정은 화정그룹 3세인 이시형과 맞선을 보게 됐다.

가문 간의 맞선을 고리타분한 것이라 여겨 기대하지 않았던 것과는 달리 시형은 꽤나 매력적인 남자였다. 유학을 그만두고 돌아와 부친의 회사에 발령을 기다리고 있는 중이라던 그는 다소 평범한 외모였지만 여자 경험도 제법 있는 듯 개방적이고 쿨한 면모도 가지고 있었다.

시형과 대여섯 번 만나는 동안 벌써 그에게 홀딱 마음을 뺏긴 민정은 엊그제 만났다 헤어지기 직전 그에게서 야릇한 분위기가 감도는 것을 느끼고 그도 자신에게 마음이 기울었다는 것을 확신했다. 이번엔 잘될 것 같다는 강한 기대감에 아주 오랜만에 행복한 기분까지 느꼈으니 이번에야말로 이 남자만큼은 절대 놓치고 싶지 않았다.

"너, 다시는 시형 씨 근처에서 알짱거리지 마."

은서는 민정의 말에 신경 쓸 것도 없다는 듯 돌아보지도 않은 채 립스틱을 덧바르고만 있었다. 선명한 붉은색 립스틱이 발린 그녀의 도톰한 입술은 잘 익은 과실처럼 탱글탱글해 보였고 어설프게 따라 할 수 없는 요염함마저 엿보였다.

"얘가 실례되는 말을 아무렇지도 않게 하네. 알짱거린 적 없다니까."

거울 속에 비치는 자신의 얼굴과 은서의 얼굴을 번갈아 본 민정의 눈살이 밉살맞게 찌푸려졌다. 날 때부터 까무잡잡한 얼굴과 아무리 명품으로 온몸을 휘감아도 평범해 보이는 작달막하고 굴곡 없는 몸, 거기다 푸석푸석한 머릿결까지. 성형외과를 몇 번이나 들락거렸는데 자기 스스로가 봐도 어느 한 군데 은서보다 나은 곳이 없어 보였다.

"으윽⋯⋯."

질투로 약이 잔뜩 오른 민정의 얼굴에 서서히 홍조가 번졌다. 그러나 얼마나 간절했던지, 민정은 평소였다면 절대 하지 않았을 말까지 내놓기 시작했다. 거의 애원조로.

"은서야, 제발⋯⋯, 제발 부탁이야."

"뭘?"

"너 진작 우리 집에서 나갔으니 너랑 나랑 이제 평생 더 이상 부딪칠 일 없잖아, 응? 옛날 일은 다 잊고 우리 잘 지내보자. 부탁이니 더 이상 시형 씨 근처에서 맴돌지 말아줘."

"하나도 못 알아듣겠네. 민정아, 너 지금 무슨 소리 하는 거니? 옛날 일은 다 잊자니? 무슨 일? 그리고 내가 이시형 씨를 대체 어쨌다는 거야?"

뒤돌아서서 되묻는 은서의 무섭도록 천진한 표정을 마주하고 어쩐지 등골이 오싹해진 민정은 더 이상 자존심 싸움에서 지지 않겠다는 듯 이를 앙다물고 씩씩거리더니 은서의 손에 들린 립스틱을 탁 쳐서 바닥에 떨어뜨려버렸다.

"쳇! 다 집어치워! 졸라 재수 없어, 이 내숭아! 너, 진짜 내가 두고 볼 거야! 이번에 또 시형 씨한테 꼬리 치면 내가 너 진짜 가만 안 둬! 너 이 바닥에서 아주 매장시켜버리겠어! 죽여버릴 거야, 고아 년아!"

민정은 깡패처럼 은서의 눈앞에다 주먹을 들이대며 사납게 위협한 후 이내 발을 쾅쾅 구르며 밖으로 뛰쳐나가버렸다.

이윽고 화장실 안에서 물 내리는 소리와 함께 익숙한 목소리가 들려왔다.

"이야, 짱이다. 저 계집애는 어쩜 저렇게 심지가 곧고 소신 있는지. 저 상태라면 40년이 지나도 여전히 초딩이겠어."

세면대에서 손을 깨끗이 씻고서 은서의 곁으로 다가온 정현은 거울을 들여다보고 화장이 번지지는 않았는지 확인한 후 세련된 쇼트커트 머리를 매만지며 덧붙였다.

"아아, 그나저나 우리 초딩이 저렇게 발을 동동 구르는 그 이시형도 언뜻 보니 벌써 너한테 홀라당 넘어온 것 같던데."

"그래 보여?"

무표정한 얼굴로 거울 앞에서 몸을 이리저리 돌려 보며 옷매무새를 고치는 은서를 물끄러미 쳐다보던 정현이 허탈한 웃음을 흘리며 말했다.

"어쩜 차민정이 사귀는 남자들은 저렇게 다들 하나같이 병신들인 걸까. 네가 아주 조금만 흘려도 헐떡거리잖아. 이거야, 원. 껌 씹는 것처럼 너무 쉬우니까 어쩐지 흥도 안 난다고나 할까."

"저 싸구려 계집애 눈이 발바닥에 달린 탓이겠지."

바닥에 떨어진 채 완전히 짓뭉개진 립스틱을 내려다보던 은서는 피식 웃은 후 살짝 몸을 굽혔다.

"지난 일은 다 잊자고?"

언뜻 보기에도 새것이었던 립스틱을 가차 없이 휴지통에다 휙 던져 넣은 은서는 싸늘하기 짝이 없는 미소를 흘리며 중얼거렸다.

"잊긴 뭘 잊어? 미친."

연회장에서 꽤 떨어진 산책로의 으슥한 벤치에 앉아 손바닥 위의 플래시메모리 스틱을 내려다본 지혁은 회심의 미소를 지으며 고개를 끄덕였다. 그 안에는 그간 이현석이 남 모르게 뒷조사를 해 긁어모은 차민수의 성추문이나 비리 정보들이 담겨 있었다.

"내가 조사한 건 거기까지야. 더 알아볼 순 있겠지만 어찌나 많은지, 아마 그것만으로도 충분할 거다."

"고맙다."

가로등 불빛이 희미한 그림자를 드리우고 있는 지혁의 얼굴은 무척이나 기괴하고 오싹한 분위기를 풍기고 있었다.

벤치 맞은편에 서서 만족스러운 표정으로 그를 내려다보던 이현석은 팔짱을 낀 채 가로등 기둥에 몸을 기대고 덧붙였다.

"고맙다는 말은 할 필요 없어. 이익 보고 움직이는 거지 네놈이 예뻐서 움직이는 게 아니니까. 그저 최대 경쟁사인 범애제약만 먹을 수 있으면 난 그걸로 오케이야. 우리 아버지 몸 안 좋아서 몇 년 안에 물러나실 텐데, 할아버지라면 분명 그 자리를 작은아버지한테 주시겠지. 그걸 내가 뺏어 오려거든 남들한테 없는 큰 카드 한 장 정도는 딱 쥐고 있어야지 않겠어?"

지산제약 사주(社主) 이삼진의 장손은 지혁이 기대했던 것보다 더 뼛속까지 계산적인 인간이었다. 그래서 지혁은 이현석이 더욱 마음에 들었다. 조력자라면 사사로운 정보다 돈에 연연하는 쪽이 깔끔해서 훨씬 나았다.

"회장님 출국이 2월 초쯤이라고 했지?"

지혁의 물음에 현석은 휴대전화를 꺼내 달력을 확인한 후 고개를 끄덕이며 대답했다.

"그래. 2월 1일에 출국해서 이번엔 일주일 정도 머무르실 예정이야. 그럼, 기왕 말 나온 김에 바로 추진해볼까?"

이삼진은 일이 바쁘지 않을 때나 명절 땐 주로 삼남(三男)의 집이 있는 홍콩에서 머무르곤 했다. 지산제약의 총수를 만나 은밀한 거래를 제안하기 위해 때와 장소를 보고 있던 지혁에게 마침내 기회가 찾아온 것이다.

"그래. 되도록이면 국외에서 접촉하는 게 낫지. 마침 나도 이달 말에 광저우 출장이 잡혀 있으니 육로로 이동해서 찾아뵐게. 언제 시간 내실 수 있는지 알아봐줘."

"여쭤보고 바로 알려줄게."

"그리고 한 가지만 더 부탁하자."

"뭔데."

"돈은 내가 댈 테니까, 아무도 모르게 네 명의로 널찍한 아파트 한 채 마련해줘."

"아파트라니? 아파트는 갑자기 왜?"

세월이 흘러 이제는 세간의 관심에서 벗어난 은서는 3년 전 온 갖 수모를 다 당한 뒤 쫓겨나다시피 그 집에서 튕겨 나왔다. 부친 사후 7년 만에 은서에게 돌아온 재산은 지은 지 15년이 다 되어가 는 좁디좁은 오피스텔 한 채와 충청도 어딘가의 임야 천오백 평, 그리고 시가 1억 상당의 계열사 주식 정도로 서종근 사장 사후 추 정되었던 유산 규모에 비하면 말 그대로 쥐꼬리 수준이었다. 재산 규모가 많이 줄었다는 변명은 처음부터 익히 예상했던 일이었기 에 그리 놀라진 않았지만, 아무리 완벽하게 믿는 척을 했기로서니 이렇게까지 뻔뻔스럽게 많이 가로챘을 줄은 지혁도 솔직히 몰랐 었다. 그동안 그들이 은서를 얼마나 물로 보았는지 알 만했다.

은서의 비좁은 오피스텔은 방음 설비를 할 공간조차 없어 피아 노가 있어봤자 무용지물이었다. 사설연습실 신세를 이제야 좀 면 하나 했더니 또다시 시작이었다. 그간 추운 날씨에 차도 없이 다니 며 그림의 떡인 피아노를 멀뚱멀뚱 쳐다보고만 있었을 은서를 떠 올리면 지혁은 가슴이 미어질 것만 같았다.

"제일 넓은 방엔 그랜드피아노 들일 거니까 전문 업체 불러다 방음시공도 철저히 해줘."

그 소릴 듣고 대충 눈치를 챈 현석은 피식 웃으며 중얼거렸다.

"제 손으로 가족들을 박살내려고 하면서도 양심의 가책 따위 전혀 못 느끼는 냉혈한 놈한테도 이렇게 살뜰한 면이 있다니. 놀랍 네."

플래시메모리 스틱을 손 안에서 이리저리 돌려보던 지혁은 그

것을 담배 개비처럼 입에 슬쩍 물고서 자리에서 일어나더니 조소 띤 얼굴로 내뱉었다.

"지금 누가 누구 가족이라는 거야? 양심의 가책 따위 개나 처 먹으라고 해."

점심 무렵, 좁은 오피스텔 안에 고소한 음식 냄새가 진동을 하 고 있었다. 프라이팬의 뚜껑을 열고서 잡채를 휘휘 저어본 은서는 가스레인지의 불을 끄고 시계를 올려다봤다.

그 순간, 뒤에서부터 차가운 공기가 훅 끼치며 강한 우디 계열 향수 향기가 코끝에 감겨왔다.

"은서야."

레인지후드가 작동하는 요란한 소리 때문에 언제 지혁이 문을 열고 들어와 바싹 다가와 있었는지 전혀 깨닫지 못했던 은서는 놀 란 가슴을 쓸어내렸다.

"오빠! 깜짝이야. 왔으면 왔다고 말이라도 하지."

"미안."

지혁이 뒤에서 꼭 끌어안은 채 목덜미에다 얼굴을 묻고 숨을 깊이 들이마시자 은서는 키득키득 웃으며 바둥거렸다.

"하지 마! 간지러워."

"으음. 하지 말라면 더 하고 싶은데."

지혁은 짓궂게 중얼거리며 깊이 파인 보트넥 티셔츠 위로 드러 난 은서의 오른쪽 어깨에다 쪽 소리가 나도록 진하게 키스했다. 보 드랍고 하얀 피부 위에 금세 새빨간 흔적이 남자 그는 만족스러운 듯 그 흔적을 혀로 부드럽게 핥으며 음미했다.

　우묵한 그릇에 달걀을 깨 넣고 있던 그녀는 슬쩍 고개를 돌려 한층 짙어진 눈으로 그를 흘겨보다 물었다.

　"뺨이 차가워. 걸어오느라 되게 추웠지?"

　지혁은 은서의 집에 들를 때마다 늘 멀찍이 떨어진 곳에다 차를 세운 후 버스 한 정류장 정도의 거리를 도보로 이동했다. 혹시라도 들킬 위험을 줄이기 위해서였다.

　"네가 따뜻하게 해줘."

　말이 떨어지기 무섭게 뒤로 돌아선 은서는 지혁의 뺨을 두 손으로 소중히 감싸 데워주며 가볍게 키스했다. 두세 번 입을 맞춘 후 어깨 위에 손을 얹은 그녀는 코트 위에 물방울이 맺힌 것을 보고 물었다.

　"밖에 눈 와?"

　실평수 10평의 원룸형 오피스텔은 그랜드피아노와 침대 하나만으로도 이미 만원이었다. 주방에서 전면 창을 내다보려면 고개를 쭉 빼고서 안간힘을 써야지만 밖이 보일 정도였으니 태풍이 불지 않고서야 바깥 날씨를 가늠할 수 있을 리 없었다.

　"올해는 유난히 눈이 자주 오는 것 같아. 그치?"

　"으응."

　"많이 와?"

　"음."

　"쌓이려나?"

　"으음……, 글쎄……. 은서야, 손 좀."

은서가 시답지 않은 대화에 집중하는 동안 지혁은 건성으로 대답하며 입고 있던 반코트와 재킷을 벗어 던져버린 후 더욱더 세게 은서의 허리를 껴안았다. 어느새 한 치의 틈도 없이 몸이 딱 맞물렸는데도 지혁은 여전히 만족하지 못하겠다는 듯 은서의 어깨부터 목덜미를 지나 귓불 아래까지 뜨거운 키스를 퍼붓느라 여념이 없었다.

"아아……, 잠깐, 오빠 그만……, 그만 해……!"

계속되는 유혹을 참아내기 위해 안간힘을 쓰던 은서는 못 말린다는 표정으로 그를 세게 밀어낸 후 고집스레 다시 달걀을 풀기 시작했다.

"내가 해주는 밥 먹고 싶다고 했잖아."

"생각이 바뀌었어. 지금은 그쪽보다 이쪽이 더 고파."

밀려난 후로도 끈질기게 은서의 등 뒤를 사수하고 있던 지혁은 그녀의 티셔츠를 살며시 들추고 서슴없이 손을 집어넣었다.

따스하고 보드라운 그녀의 등 위를 쭉 훑고 올라간 그의 손은 단번에 브래지어 후크를 풀어버린 후 바로 방향을 돌렸다. 헐거워진 브래지어를 젖히고서 탄력 있게 올라붙은 가슴을 한 손으로 움켜쥔 그는 순식간에 달아오른 숨을 그녀의 귓가에다 후욱 뱉어냈다.

"은서야……."

달걀을 휘젓던 은서의 손이 멈칫하더니 이내 불규칙적으로 흔들리기 시작했다.

"바이어 면담 있다며. 얼른 먹고 가. 시간도 없으면서 장난치지…… 말고."

"한 끼 정도 굶는다고 안 죽어."

"밝힘증!"

은서는 허리께에 와 닿는 뜨겁고 단단한 감촉을 애써 외면하며 단호한 태도로 가스레인지의 불을 켜고서 기름을 두른 프라이팬을 달구기 시작했다.

"아아, 잔인하기도 하지, 서은서."

지혁의 너스레에 은서는 또 한 번 키득키득 웃으며 말했다.

"얼른 해서 대령할 테니까 편하게 앉아 있어."

"난 이렇게 있는 게 더 편해."

지혁은 희미한 웃음을 띤 채 은서의 등에 딱 붙어서 그녀의 가슴을 지분거리며 손과 온몸에 와 닿는 온기와 촉감을 만끽하고 있었다.

"못 말린다니까, 정말."

예민한 살결 위로 그의 손길이 스칠 때마다 은서의 온몸에 짜릿한 전기가 관통하며 조그만 소름들이 돋아났다.

"잡채 간 좀 봐줘."

은서가 잡채 한 젓가락을 집어 조심스럽게 입 안에 넣어주자 지혁은 한참이나 우물거리며 맛을 음미하더니 부드럽게 속삭였다.

"맛있네."

그 말 한 마디에 기분이 고무되었던지, 은서는 익숙한 솜씨로 달걀말이를 만들기 시작했다.

은서의 요술 같은 손놀림에 조금씩 두툼해지는 달걀말이가 신기한 듯 지혁은 꼭 끌어안은 은서의 어깨 너머로 프라이팬 위를 내려다보고 있었다.

두 사람의 맞댄 몸 사이로 따뜻한 기운이 점점 더 퍼져나가고 있었다.

잠이 올 정도로 편안하고 나른한 기분. 지금껏 아슬아슬한 외줄타기 인생을 살아왔던 두 사람의 긴장을 일시에 마비시켜버릴 정도로 이 시간과 공간은 그저 평화롭기만 했다.

"오빠."

"으음."

"사람 마음이 참…… 간사해."

"무슨 뜻이야?"

"지금도 이렇게 좋은데……, 매일매일 오빠랑 이렇게 있을 수 있는 날이 빨리 왔으면 좋겠다는 욕심에 자꾸만 애가 달아."

가스레인지의 레버를 돌리며 불을 끄는 은서의 목소리가 애처롭게 잦아들자 지혁은 그녀의 목덜미에다 또 한 번 얼굴을 파묻고서 속삭였다.

"이제 시작이니까 조금만 기다려. 2월 초에 지산제약 회장하고 접촉하기로 했어."

"그렇구나."

"차민수부터 바로 들어갈 거다."

3년 전 자신이 출장 간 사이 은서에게 벌어졌던 일을 뒤늦게 접한 지혁은 이성을 잃는 바람에 하마터면 지금까지 쌓아왔던 모든 것을 무너뜨릴 뻔했다. 대번에 눈이 뒤집혀 차민수를 죽여버리겠다고 나서는 것을 은서가 간신히 뜯어말려 주저앉히지 않았다면 크게 일이 나도 났을 것이었다.

"나 지금까지 참느라 고생했으니까, 오빠가 내 대신 그 개새끼 자근자근 밟아줘. 꼭."

깊이 자리 잡은 은서의 억울함을 달래주려는 듯 지혁은 그녀의 어깨를 어루만지며 나직이 대답했다.

"그래. 약속할게."

"응."

"더 추워지기 전에 우리 별구경이나 갈까?"

"뭐? 별구경이라고?"

은서가 어린아이처럼 좋아하며 자리에서 펄쩍 뛰자, 지혁은 품 안에서 느껴지는 선명한 그녀의 체온과 움직임을 느끼며 살아 있다는 사실을 새삼스럽게 되새겼다.

거짓과 가짜로 온통 점철된 차지혁의 인생 안에서 유일한 진실, 유일한 오리지널은 서은서뿐이었다.

"그래. 너 보여주려고 천체망원경 주문해놨어. 해 진 후에 산 위에서 별 보자."

"와아! 좋아라!"

식은 달걀말이를 팬에서 걷어내 작은 도마 위로 옮긴 그녀는 흥분을 감추지 못해 온몸을 흔들어대며 그의 품에서 살며시 빠져나와 잔뜩 들뜬 어조로 말했다.

"우리 둘이서 놀러 가는 거, 이게 대체 얼마 만이지?"

소풍 가기 전날 밤의 초등학생처럼 들떠 제자리에서 빙글빙글 돌던 은서의 눈이 어딘가로 향했다.

"어……?"

문득 취사 스위치를 누른 지 꽤 됐는데 아직도 잠잠한 밥솥이 의심스러워진 은서는 돌다 말고서 전기압력솥을 살핀 후 경악하고 말았다. 밥솥의 코드가 빠져 있었다.

"아! 어떡해!"

벽시계를 올려다본 은서는 서둘러 코드를 플러그에 꽂은 후 취사 버튼을 누르고 다급하게 찬장을 뒤지기 시작했다. 지혁이 회사까지 돌아가는 데 걸리는 시간을 감안하면 머무를 시간이 얼마 없는데, 아무리 찾아도 즉석 밥이 보이질 않았다.

여행 얘기로 뛸 듯이 기뻐하다 갑자기 부산을 떠는 은서를 의아하게 쳐다보던 지혁이 물었다.

"왜 그래?"

"미안해, 오빠! 밥솥 코드가 빠져 있는 걸 몰랐어! 밥 어떡하지? 지금 시작하니까 빨라도……."

의미심장한 미소를 지은 지혁은 기다렸다는 듯 단숨에 은서의 팔을 잡아 식탁으로 이끌었다.

"한 끼 굶는다고 죽는 거 아니라고 했잖아."

지혁은 힐끗 시계를 쳐다보더니 은서의 몸을 돌린 후 식탁에 엎드리게 했다.

"그치만, 오빠……!"

지혁은 타이의 매듭 사이로 긴 손가락을 찔러 넣고서 틈을 벌리더니 그녀의 귀에다 입술을 바싹 들이대고서 소곤거렸다.

"그치만이 아니라고. 밥 한 끼 거른다고 굶어죽진 않겠지만 이쪽을 거르면 당장에라도 말라 죽을 것 같아서 말이지."

"무슨……!"

뒤를 돌아보며 내놓으려던 은서의 항의는 단숨에 달려든 지혁의 입술에 막힌 후 그의 뜨겁고 축축한 혀에 밀려 그대로 목구멍 깊숙한 곳으로 들어가고 말았다.

무례한 침입자처럼 밀고 들어오는 키스는 다소 거칠긴 했지만 꽤나 색다르고 관능적이었다. 짧은 순간 완벽하게 키스에 빠져든 은서는 지혁의 매력적인 얼굴선과 머리카락을 올려다보며 그대로 몸의 긴장을 풀어버렸다. 티셔츠가 머리 위로 벗겨지자 이미 후크가 풀려 있던 브래지어도 딸려 올라가 바닥으로 떨어졌다. 식탁 위에 바짝 엎드린 은서는 차가운 대리석 상판의 냉기에 몸서리를 쳤다.

이내 스커트를 벗기고 브리프를 끌어내린 지혁의 손길은 거침없이 은서의 허벅지를 타고 올라와 전신을 헤매기 시작했다.

마치 드러난 피부 전체를 다 삼켜버리려는 듯, 지혁이 은서의 목덜미와 어깨, 등, 팔꿈치, 손목, 손가락 할 것 없이 맹렬한 키스를 퍼부어대자, 은서는 신음이 쉴 새 없이 흘러나오는 입을 필사적으로 막고서 몸을 이리저리 뒤틀어댔다.

좁은 집 안을 채운 공기가 한층 더 짙어졌다.

등 뒤에서 느껴지는 지혁의 체온 역시 점점 더 달아오르고 있었다. 아담하고 탐스러운 둔부 사이, 길게 갈라진 곳의 가장 깊은 곳으로 그의 뜨거운 손가락이 부드럽게 침입하자 은서의 허리가 본능적으로 휘었다.

"아아······!"

휘어진 허리의 우묵한 부분을 따라 달팽이가 기어가듯 느릿느릿 움직이던 지혁의 입술과 혀는 손가락이 들어가 있는 곳으로 천천히 옮겨갔다. 마침내 목적지에 도달한 듯 멈춘 지혁의 혀가 검은 수풀 사이의 보드라운 살점을 진하게 쓸어 삼키자 은서의 목구멍 깊은 곳으로부터 참을 수 없는 탄성이 흘러나왔다.

"하앗!"

요동치는 은서의 허리를 지그시 눌러 더 이상 움직이지 못하게 한 지혁은 손과 입을 이용해 끊임없이 그녀를 괴롭혀댔다.

"아앗, 잠깐! 그만! 하아! 안 돼, 가······ 버릴 것 같아······!"

짧은 시간 내에 이미 흠뻑 젖은 은서의 계곡에서 쉴 새 없이 단물이 흘러내렸다. 더 이상은 견딜 수 없던 은서의 몸이 막 정점을 찍으려던 순간, 지혁은 마치 고문이라도 하려는 듯 딱 움직임을 멈췄다.

"하아······! 이 나쁜 놈!"

흥분에 이성을 잃은 은서가 뒤를 돌아보며 마구 화를 내는 순간, 지혁은 은서의 어깨를 잡아 식탁에 내리누른 후 천천히 하체를 그녀의 둔부에다 밀착하며 나직이 말했다.

"애원해. 해달라고."

"무슨······!"

"제발 해달라고 애원해."

엉뚱한 요구에 얼굴이 화끈거렸지만 도저히 참을 수가 없었던 은서는 저도 모르게 흐느끼며 애원했다.

"해줘……. 아아, 멈추지 마……, 이대로 계속……!"

"'제발'을 빠뜨렸잖아."

귓바퀴를 깨물며 속삭이는 지혁의 목소리는 정신을 잃을 정도로 섹시하게 들렸다.

"하아……, 제발, 오빠."

거의 울다시피 하며 애원하는 은서를 내려다보던 지혁은 그제야 만족스러운 표정으로 은서의 몸에다 자신을 깊이 묻었다.

"은서야……."

"아아아……! 좋아!"

삽입은 잔인할 정도로 깊었지만 은서는 아픔도 느끼지 못할 정도로 완전히 빠져 뜨거운 숨만 내뱉을 뿐이었다.

서로의 몸에 취한 두 사람은 이내 짐승처럼 거친 섹스를 이어 갔다. 현실도, 아픔도, 증오도 모두 잊은 채 오직 서로에게 향한 본능만이 남아 있는 섹스였다.

"사랑해, 은서야, 사랑해……!"

"아아, 나도, 사랑해, 오빠."

지금 이 순간 주고받는 눈빛과 격렬한 몸짓만으로도 감정 표현은 충분했다. 그런데도 굳이 입 밖으로 사랑한다는 말을 계속해서 되뇌는 건, 숨어 사랑하는 불안감을 잊기 위한 일종의 다짐 같은 건지도 몰랐다.

젖은 맨살끼리 격렬히 부닥치는 소리가 이어진 지 얼마나 됐을까. 감전이라도 된 듯 동시에 움직임을 멈추고 부들부들 떨던 두 사람은 이내 참았던 숨과 신음성을 쏟아내며 식탁 위로 무너져내렸다.

마침내 공유한 일체감, 비밀스럽고 깊은 유대, 그리고 눈이 멀어버릴 정도로 열렬한 사랑.

대리석 상판은 어느새 두 사람의 체온으로 달구어져 더 이상 차갑게 느껴지지 않았다.

"하아, 하아……."

부서져라 상대의 몸을 껴안고서 기절 직전의 희열과 쾌락을 만끽하던 두 사람은 이내 서로의 귓가에다 미처 다 식지 못한 숨결을 가쁘게 토해내며 키득키득 웃기 시작했다.

커다란 눈송이가 하늘하늘 날리는 하늘.

차가운 눈을 피하기 위해 날아들어 창틀에 앉은 비둘기 한 쌍이 서로의 몸을 뜨겁게 탐하느라 정신이 없던 젊은 연인들을 부러운 듯 지켜보고 있었다.

13. 가혹한 인생

퍼억! 쿵.

조금 전까지만 해도 범애제약 대표이사실 책상 위에 놓여 있던 두껍고 묵직한 크리스털 재떨이는 벽에 부딪쳐 정확히 세 조각으로 쪼개지고 말았다. 바닥에 뒹구는 재떨이 파편을 쳐다보는 차민수의 얼굴은 완전히 사색이었다. 부친이 실제로 던지고 싶었던 것은 저 재떨이가 아니라 자신의 머리통이 아니었을까 하는 의심마저 들었다.

"도대체 넌 하는 일이 뭐냐!"

"아버지⋯⋯."

"말 좀 해봐라. 네가 하는 일이 뭐냐고, 응? 내가 직접 부사장 자리에 앉혀줘, 차곡차곡 경영수업도 시켜줘⋯⋯, 그동안 장남이라는 이유로 내가 네게 베풀었던 것들에 대해 보답⋯⋯, 아니, 보답까지는 바라지도 않는다. 최소한 먹은 밥값이라도 해야 할 것 아니냐? 이게 뭐야, 대체? 눈이 있으면 좀 봐라! 얼마를 때려부어 출시한 약들인데 이딴 식으로 말아먹어? 지혁이를 좀 보고 배워! 어렸을 때부터 지금까지 넌 동생보다 나은 구석이라곤 단 한 군데도 없었지!"

차 회장이 분을 이기지 못해 난폭하게 집어던진 보고서 파일이 집무실 바닥에 곤두박질치자 빽빽한 글씨가 프린트 된 종이들이 공중으로 팔락팔락 흩날렸다.

애디핀은 2003년까지 국내 최대 처방약이었던 화이자(Pfizer) 사의 혈압강하제 노바스크(Norvask) 특허가 만료된 이후 발매된 개량신약으로, 현재까지 범애제약의 주력 전문의약품이었다. 그러나 2004년 정식 출시 이후로 꾸준히 국산 처방약 판매 1위를 유지했던 애디핀은 3년 전 민수가 부사장 자리에 앉은 직후부터 매출이 급감해, 지금은 후발주자인 지산제약의 노프레스에 완벽하게 밀려난 상태였다.

그 이후 민수는 제네릭[1] 비만치료제인 에스라인 프로젝트를 야심차게 추진했지만 그마저 완전히 실패로 돌아가고 말았다. 에스라인이 미국 시장에 진출한 지 얼마 안 됐을 때, 오리지널 제품이 성분 안전성 문제로 FDA의 시판 중단 권고를 받는 바람에 범애제약 역시 울며 겨자 먹기로 생산 제품 전량을 폐기한 것은 물론, 국내외를 막론하고 판매된 약을 모두 회수하느라 막대한 손실을 입게 된 것이다.

그렇게 점점 하향세로 치닫는 민수와 정반대로, 지혁은 줄곧 상승곡선을 그리고 있었다.

---

1) generic. 특허가 만료된 오리지널 의약품의 복제약을 지칭하는 말.

재작년 영업이사직에 앉은 지혁은 그동안 다소 침체기였던 드링크 시장에 뛰어들어 치밀하고도 대담한 마케팅으로 시장을 공략해 경쟁사들을 모조리 물리치고 업계 매출 1위를 탈환하는 데 혁혁한 공을 세웠다. 지혁은 거기서 멈추지 않고서 개발 착수 10년 만인 작년 말에 출시된 발기부전치료 신약 아틀라스까지 떠맡아 공격적인 영업을 펼쳤다. 그 결과, 현재 아틀라스는 비아그라(Viagra)의 아성을 위협하고 상상을 뛰어넘을 정도로 높은 시장점유율을 보이며 국산 신약 매출의 한계를 연일 경신하고 있었다.

　　후계구도 때문에 경영진들이 술렁거리기 시작한 건 이미 꽤 오래전의 일이었으며, 지극히 당연한 일이기도 했다.

　　사실 이 모든 게 다 개인의 능력에 달린 일이라고 하기엔 억울한 면도 없지 않았지만, 지혁에 비해 경영능력이나 처세가 심각할 정도로 부족하다는 것은 민수 본인도 잘 알고 있었으니 변명의 여지는 전혀 없었다.

　　"죄송합니다, 아버지. 용서해주세요."

　　"이 아버진 말이다, 민수야. 아버진 아무것도 없는 상태에서 회사를 이만큼이나 일으켰어! 그런데 넌 아비가 쥐여준, 아니, 아예 입에다 넣어준 꿀떡도 못 씹어 삼키는 거냐? 아랫사람들 앞에서 네 무능력함에 대해 변명을 늘어놓는 것도 이젠 정말이지 지긋지긋해! 알기나 해?"

　　"아, 아버지……."

　　"이 이상 날 실망시킨다면 앞으로 네겐 아무것도 못 맡긴다! 내 눈 앞에서 썩 꺼져!"

"네······."

어깨가 축 처진 채 밖으로 나온 민수는 어색하게 시선을 피하는 비서들을 보고 그들이 좀 전에 집무실 안에서 오간 대화를 다 들었다는 것을 깨달았다. 비참하고 억울한 마음에 앞서, 다혈질인 부친에 대한 반항심이 욱 하고 치밀었다. 험악한 표정으로 대표이 사실을 나서 한 발을 내딛은 민수는 복도 한쪽에 기대 서 있는 지혁을 발견하고서 마침내 울고 싶은 기분이 되었다.

"형님."

지혁은 작달막한 민수보다 한 뼘은 더 컸다. 지혁이 몹시 걱정스러운 표정으로 다가오자, 능력 출중한 이복동생을 올려다보는 것조차 자존심이 상했던 민수는 몹시 예민한 태도로 내뱉었다.

"지금 별로 얘기할 기분이 아니야. 나중에 하자."

"형님······, 아버진 그저 형님 잘되라고 그러시는 거니까 너무 서운하게 생각지는 마세요, 네?"

지혁의 진심 어린 위로에 민수의 눈동자가 크게 흔들렸다.

서운한 마음에 부친에 대한 원망까지 더해 견딜 수가 없었던 민수는 복도에 쩌렁쩌렁하게 울리도록 목소리를 높여, 해선 안 될 말까지 내뱉기 시작했다.

"나 잘되라고 그러는 거라고? 아버지가? 솔직히 이젠 나도 지긋지긋하다! 말이 아버지지, 언제 저 인간이 우리한테 신경 한 번 쓴 적 있었어? 어머니 내팽개쳐둔 채 사업 핑계로 만날 밖으로 돌고 온갖 추한 짓거리 다 하고 다니면서 어른인 척! 성인군자인 척! 그런 사람이 큰아들이라고 어디 눈에 들어오기나 했겠냐고!"

"형님, 왜 이러세요? 목소리 낮추세요. 아랫사람들 다 듣습니다."

지혁이 다급하게 제지했지만 민수는 흥분을 도저히 못 이기겠던지 한동안 씩씩거리며 대표이사실 문짝을 노려보다 이내 절망 어린 한숨을 내쉬었다.

"듣고 싶으면 얼마든지 들으라고 해! 어차피 다들 알고 있는 걸, 뭐. 차라리⋯⋯, 차라리 처음부터 너하고 내가 바뀌었다면 좋았을 텐데⋯⋯. 아버지한테 중요한 건 돈하고 체면뿐. 그러니 애초에 나 같은 건 아무짝에도 쓸모없는 존재였을 거라고."

난처한 표정으로 내려다보던 지혁은 부드러운 어조로 민수를 달랬다.

"암로디핀(Amlodipine) 시장이 이미 포화상태였다는 건 다들 아는 사실이었고, 미국에서 시부트라민(Sibutramine) 성분 문제가 터진 것 역시 누구도 예상 못했던 일이잖아요. 형님 탓이 아니에요. 아버지 성질 급한 거 잘 아시잖아요. 이렇게 역정 내다가도 또 금방 누그러지실 겁니다. 제가 들어가서 풀어드릴 테니까 형님은 한동안 가만히 계세요. 나중에 좀 괜찮아지시면 그때 다시 말씀 나누시고요."

길게 한숨을 내쉰 민수는 고개를 들어 지혁을 올려다봤다. 질투, 연민, 후회, 미안함 등, 온갖 복잡한 감정들이 한데 엉켜 혼란스러운 빛을 띠고 있는 민수의 눈동자는 풍랑에 휘말린 배처럼 격렬하게 흔들리고 있었다.

"지혁아. 난⋯⋯, 어렸을 때부터 솔직히 네가 부러웠어. 철없을 땐 그게 질투란 걸 모르고 그저 네가 밉다고만 생각해 이유 없이 널 괴롭히곤 했지만, 마음 한구석으론 늘 미안했었다. 지금도 마찬가지야. 다섯 살이나 아래인 널 아무리 애를 써도 따라갈 수가 없으니 미치도록 질투하고 원망하지만…… 그래도 역시……, 널 미워할 수가 없다. 그래서 더 미칠 것 같아. 너도 이런 내가…… 우습지?"

"그런 말씀 마세요."

"지혁아. 우리 어머니, 불쌍한 여자야. 밖으로만 도는 남편 때문에 늘 외롭게 지냈었잖아. 거기다 아버지가 밖에서 낳아 온 자식들까지 거두느라 속이 말이 아니었을 거다. 널 그렇게 했을 때도 어머닌 아마 제정신이 아니었을 거야. 어머니를 대신해서 내가 사과하마. 혹시, 그 일로 아직까지 네 마음속에 남은 게 조금이라도 있다면……."

안경 렌즈 너머 모양 좋게 자리한 지혁의 눈매가 부드럽게 휘었다.

"무슨 말씀이세요, 형님. 그런 거 전혀 없어요. 잘 아시잖아요. 사실 너무 어렸을 때 일이라 기억도 잘 안 나고요."

"하긴……. 넌 나보다 더 효자니까. 얄밉긴 하지만 역시 넌 미워할 수가 없어."

힘없이 피식 웃은 민수는 지혁의 어깨를 한 번 꽉 잡아본 후 돌아서서 복도를 걷기 시작했다.

축 처진 어깨로 유령처럼 흐느적거리며 멀어져가는 민수의 등을 물끄러미 쳐다보고 있던 지혁의 얼굴에 감출 수 없는 증오의 빛이 어렸다.

　제 아비를 꼭 닮아 스트레스를 받으면 곧장 여자에게 가 욕구를 푸는 게 생활이었던 민수는 착실하게 레일을 따라 달려가고 있었다. 그 끝에서 기다리고 있는 게 시커멓게 입을 벌리고 있는 천길 낭떠러지라는 것은 전혀 모른 채.

　혼자 떨어진다고 해서 너무 외로워하지 말라고. 곧 줄줄이 엮어 보내줄 테니까.

　지혁은 만면에 소름 끼치는 미소를 띠며, 조금 전 민수가 잡았던 어깨를 손으로 툭툭 털어냈다. 마치 더러운 벌레라도 붙은 것처럼.

　일요일 늦은 오후, 홍대 앞 카페엔 손님이 꽤나 많아 앉을 자리를 찾기가 힘들 정도였다.

　두리번거리던 지혁은 전면 창 앞의 한쪽 구석에서 자신을 기다리고 있던 종민을 발견하고 반가운 표정으로 다가가 인사했다.

　"오래 기다렸어?"

　"아니야, 형. 일 때문에 바쁠 텐데 갑자기 불러내서 미안해."

　"오늘 쉬는 날인데, 뭐. 잘 지내니?"

　"나야 늘 잘 지내지. 나갔다가 지난주에 귀국했어."

　집에서 독립한 이후로 종민은 줄곧 가게 일로 바쁘거나 미국에 들락거리는 등 좀처럼 만나기가 힘들었다. 얼굴 역시 못 본 새 어쩐지 조금 수척해진 것 같기도 했다.

　"바쁘더라도 건강 잘 챙기고 살아라."

"고마워, 형."

종민은 유리창을 통과한 햇빛 아래 지혁의 모습을 물끄러미 바라봤다.

준수한 얼굴과 제법 틀이 잡힌 체격임에도 지혁은 한결같이 금테안경을 고수하고 고리타분하기 짝이 없는 차림새를 하고 있었다. 도무지 이해가 가질 않는 일이었다.

"볼 때마다 전혀 변하질 않는구나, 형은."

카페 유리창에 비친 자기 얼굴을 힐끗 쳐다본 지혁은 별 감흥 없는 표정으로 대꾸했다.

"뭐가?"

"꾸미고 좀 살라고."

종민의 핀잔을 그저 웃어넘긴 지혁이 물었다.

"갑자기 무슨 일로 불러냈어?"

"꼭 무슨 일이 있어야 불러내?"

"딱 무슨 일 있는 얼굴인데."

종민은 커피 잔의 손잡이 부분을 손으로 문지르며 잠시 고민하다 어렵사리 입을 뗐다.

"실은 형한테 물어보고 싶은 게 있어서."

"뭔데? 갑자기 왜 이렇게 심각해? 무슨 일이라도 있었니?"

종민은 자신의 얼굴을 걱정스럽게 바라보는 지혁의 얼굴을 똑바로 마주하며 또 한 번 새삼 깨달았다. 이 사람은 정말 이상하다. 확실히 뭔가 이상해.

한참이나 주저하던 종민이 어렵게 한 마디를 내놓았다.

"다른 사람은 모르겠지만, 난 알 수 있어. 나는 알 수 있다고."

너무도 뜬금없는 말에 지혁이 의아한 표정을 짓자 종민은 한층 더 어두운 표정과 절절한 어조로 말을 이었다.

"세월이 지나면 모든 게 다 잊힐 거라고 흔히들 말하지만……, 그건 당해보지 않은 사람들이 하는 말이야. 시간이 아무리 많이 흐르더라도 절대 지워지지 않는 상처도 있는 법이니까. 그런 건……, 그런 건 억지로 잊으려 한다 해도 절대 잊힐 수 있는 게 아니라고."

종민의 말에 얇은 안경 렌즈 아래 지혁의 눈이 일순 날카로워졌다가 원상태로 돌아왔다.

"여독이 덜 풀린 모양이구나. 집으로 돌아가서 좀 쉬지 그래?"

"형, 난……, 지금까지도 그때 꿈을 꿔. 온 등이 다 걸레짝이 되어 창고 한쪽에서 뒹굴고 있던 사내아이와 피투성이 벨트를 손에 감고 있던……, 아아, 그리고 그 목소리, 목소리가……."

"우리 종민이 도련님, 몇 살?"

"여섯…… 살."

"말 잘 듣는 걸 보니 참 예쁘네. 자아. 저기 봐요."

"으……? 흐……! 흐아악!"

"쉿. 뚝 그쳐요. 뚝."

"흐읍. 흡, 흐흐흑……."

"무섭지? 저렇게 되고 싶지 않지?"

"으악! 무……, 무, 무서워! 싫어! 흑!"

"앞으로 사모님 말씀 잘 들어라. 안 그러면 아저씨한테 혼난다. 저기 있는 지혁이 형처럼 피가 아주 많이 날 거야, 응?"

"그만해."

부드러운 어조로 말을 막아버리는 지혁을 무시하고서, 종민은 떨리는 목소리로 계속해서 말을 이어갔다.

"그때 그 새끼의 끔찍한 목소리가 아직까지도 생생해. 내 눈, 코, 그리고 모든 감각들이 그 일을 마치 어제 일인 것처럼 선명하게 기억하고 있는데……, 아직도 꿈에서 날 괴롭히고 있는데……, 그런 걸 어떻게 잊을 수가 있겠어?"

"종민아, 좋은 선생님 한 분 소개해줄게. 부끄러워하지 말고 상담이라도 좀 받으면 나아질 거야."

지혁이 다정한 미소를 지으며 나직이 조언했지만 종민은 여전히 심각한 표정으로 말을 이어갔다.

"나는 형처럼 순응하지도, 그렇다고 해서 반항하지도 못하고 그저 소심하게 밖으로만 돌았지. 나만 너무 비참하고 불행하다고 생각해왔어. 그런데……, 3년 전 은서랑 우연히 이야기를 나누던 중 그 집에서 내가 왜 그렇게 비참하고 불행했던 건지를 뒤늦게 깨달았어. 난……. 난 그동안 줄곧 도망치고 있었던 거야. 무섭다는 핑계로 눈 감고 귀 막고서 비겁하게 도망만 쳤던 거라고. 은서 말마따나 나 스스로도 납득할 수 없는 이런 인생이 행복할 리가 없잖아."

속내를 토해내듯 맹렬하게 다 꺼내놓은 종민은 후련한 듯 한숨을 길게 내쉬더니 덧붙였다.

"미안해……, 형."

"괜찮아. 네 잘못 하나도 없으니, 미안하게 생각하지 말고 이제 그만 잊어."

"솔직히 말해줘. 형도 아직 못 잊었지? 못 잊은 거지?"

아무 대답도 돌아오지 않았지만 종민은 위험을 감수하고 자신의 본능에 모든 것을 걸었다.

"형은 아버지나 박 여사가 좋은 사람들이라고 생각해?"

"종민아, 너 오늘 좀 이상하다. 왜 자꾸 이상한 소릴……."

"나, 지난주에 귀국하자마자 강원도에 잠깐 들렀었어. 정선에서 사업하는 친구가 있거든. 그 친구 만나서 밤새 술을 마시고 새벽녘에 해장하러 카지노 근처의 식당에 갔다가……, 거기서 이 기사 아저씨를 만났어."

종민의 입에서 이 기사 이야기가 나오자 그때까지만 해도 부드럽게 미소 짓고 있던 지혁의 눈매가 잠시 날카로워졌다.

"아버지 의전차량 운전기사로 15년 넘게 일하고 작년에 은퇴했던 이 기사 아저씨가 도박 중독 폐인이 돼서 식당에 달아놓은 외상들 때문에 실랑이 중이더라. 완전히 취한 데다 노숙자 꼴이어서 처음엔 못 알아봤을 정도였어. 그동안 도박 자금이 떨어지면 우리 아버지한테서 얻어내곤 했었는데 지난달부터 문전박대를 당해서 돈이 궁했던 모양이야. 그래도 옛정이 있어서 모텔까지 모셔다드렸어. 그런데, 가는 길 내내 횡설수설하면서 아버지한테 욕을 퍼부어대던 아저씨가 갑자기 이상한 소리를 하는 거야. '그 사고 당시에 서종근 사장은 혼자 있었던 게 아니다.'라고……."

그 소리를 듣고도 지혁은 전혀 놀라지 않았다. 종민이 무슨 의도로 이런 말을 하는지 알아내려는 듯한 눈으로 살피기만 할 뿐이었다.

"그 말만 하고서 그대로 널브러지더라고. 그 상태로는 말도 안 통할 것 같아서 다음날 점심때 즈음 다시 찾아갔었지만 벌써 사라지고 없더라."

"그래서, 무슨 말을 하고 싶은 거야?"

"형! 형은 어떻게 생각해? 아무래도 은서 아버지……, 그냥 사고가 아니었던 것 같아. 그날 은서 아버지랑 마지막까지 같이 있었던 사람이 우리 아버지 아니었어? 어쩌면 그 사고……, 우리 아버지가……."

"무슨 헛소리야. 너 뭐 잘못 먹었니?"

"물론 아버지가 바보가 아니고서야 그렇게 무모한 짓까지 하진 않았겠지. 고의로 사고를 냈다면 어떻게든 그 증거가 남았을 테고……. 하지만, 하지만 말이야, 형. 이 기사 아저씨가 지금껏 아버지한테서 도박자금을 뜯어냈다면 이상하잖아. 아버지가 남한테 돈 뜯길 위인도 아닌데, 그게 사실이라면 이 기사 아저씨가 뭔가 아버지의 비밀을 알고 있다는 이야기밖에 안 돼. 그러니까 여기엔 분명히 뭔가가 있어."

차분히 듣고만 있는 지혁의 얼굴을 계속해서 살피며 종민은 결심한 듯 비장한 어조로 말을 이었다.

"나, 실은 독립한 이후로 미국에 있는 내 생모를 찾아갔었어.

거기에 뭔가 바꿀 수 있는 실마리가 있을 거라고 생각하면서."

"바꾸다니, 뭘?"

"형. 나……, 조만간 아버지 들쑤실 거야. 전부 다 확 뒤집어버릴 거라고."

그 소리에 지혁의 얼굴이 마침내 뻣뻣하게 굳었다.

"거기서 나나 형 말고 한 명을 더 만날 수 있었어. 아버지 사생아 말이야. 정말이지, 구역질이 나. 이제 정말 지긋지긋하다고. 형! 이 집안은 정상이 아니야. 저딴 건 아버지도 아니고, 그 미친 여자도, 그 밑에서 자란 우리들까지도 모두 하나같이 정상이 아니라고! 이딴 집구석, 내가 다 때려 부숴버릴 거야. 그 애 부추겨서 친자 확인 소송 걸고 성인군자인 척하는 아버지의 추한 얼굴을 세상에 다 까발려버린 후에 오래전 은서 아버지 사고 의혹도 다시……."

"닥쳐."

지혁의 입술 사이로 흘러나온 한 마디에 돌연 등골이 오싹해진 종민은 저도 모르게 입을 다물어버렸다. 생전 처음 들어보는 싸늘한 목소리엔 듣는 사람을 압도하는 힘이 깃들어 있었다.

이내 안경을 벗어 테이블 위에 올려놓고 손으로 마른세수를 한 지혁은 몹시 피곤한 얼굴로 한숨을 내쉬며 물었다.

"후우, 쓸데없이 귀찮게 하는군. 너 이 얘기 또 누구한테 또 가서 떠벌렸어?"

생소한 지혁의 모습을 보고도 종민은 알 수 없는 희열을 느끼고 있었다. 그건 어쩌면 숨어 있던 히어로에 대한 바람이었는지도 몰랐다.

"사고 의혹에 대한 이야기만 은서한테 잠깐……."

"미치겠네."

살기 충만한 눈으로 사납게 종민을 노려보던 지혁은 이내 또한 번 한숨을 내쉬더니 내뱉었다.

"이후로 넌 주둥이 닥치고 얌전히 처박혀 있어. 그게 도와주는 거니까."

"형……, 그럼 역시 형도……!"

"사람이 그런 과거를 깡그리 잊을 수 있다고 생각해? 그런 걸 용서할 수 있을 거라 생각해? 그런 걸 두고 원한(怨恨)이라고 하지. 뼈에 사무친 원한. 그 작자들한테서 받은 걸 그대로 돌려주려고 내가 얼마나 긴 세월을 죽어지냈는지 알아? 너 따위가 어설프게 끼어들 일이 아니야. 만약 네가 내 말을 무시하고 조금이라도 멋대로 나서서 일을 그르친다면……."

잠시 말을 끊은 지혁은 종민을 노려보며 시뻘건 생 핏덩이를 내뱉듯 독하고 끔찍한 어조로 위협했다.

"당장 너부터 뒈질 줄 알아."

기가 질려 벌벌 떠는 종민을 쏘아보는 눈길을 거두지 않은 채지혁은 계속해서 말을 이었다.

"그리고 앞으로 은서 근처에서 알짱거리지도 마. 전부터 거슬리는 것 참느라 죽는 줄 알았으니까."

"뭐? 그렇다면 형이랑 은서가……!"

생각조차 하지 못했던 일이 거듭되자 종민은 놀라움에 입을 다

물지 못한 채 눈만 끔벅일 뿐이었다.

　　은서와 지혁이 함께 별구경을 하기로 약속했던 날이 되었다.
　　밤하늘은 다른 어떤 날보다도 맑았지만 건조하고 춥기 역시 이루 말할 수가 없었다. 산 중턱에서 맞이하는 칼바람에 이마가 다 얼얼할 정도였다.
　　두꺼운 패딩 점퍼를 두 개나 겹쳐 입은 위에다 목도리를 친친 동여매고도 추위에 발을 동동 구르던 은서는 둔한 몸놀림으로 등에 메고 있던 가방을 내려 그 안에서 커다란 보온병을 꺼냈다.
　　뚜껑을 열고 종이컵에다 액체를 쪼르륵 따르자 하얀 김이 오르더니 알싸한 나무숲냄새 사이로 진한 커피 향이 퍼져나갔다.
　　"아직도 안 돼?"
　　좋은 구경 시켜주겠다며 산으로 끌고 올라온 지혁은 아닌 게 아니라 퍽이나 좋은 구경을 시켜주고 있었다. 그가 쭈그리고 앉아 천체망원경을 주무른 지가 벌써 10분을 넘어서고 있었다.
　　"조금만 더 기다려."
　　지혁은 난처한 표정으로 짧은 한숨을 내쉬었다. 은서에게 제대로 된 추억을 선사하고 싶었던 그는 얼마 전 고가의 천체망원경을 덥석 구입했다. 그러나 뭐가 문제인지, 망원경은 10킬로그램에 육박하는 무게를 감내하면서 여기까지 짊어지고 올라온 보람도 없이 전혀 작동하질 않고 있었다.
　　"커피."
　　"고마워."

종이컵을 건네받은 지혁은 한 모금을 마신 후 망원경과의 지루한 씨름을 다시 시작했다.

평소엔 빈틈이라곤 하나도 없던 지혁의 색다른 모습을 구경하는 것도 슬슬 따분해진 은서는 컵에서 올라오는 따뜻한 김을 쐬면서 잠시 주저하다 나직이 말을 걸었다.

"오빠. 나, 그제 오후에 종민 오빠 만났다가…… 이상한 소릴 들었어."

"쳇. 그 자식……."

인상을 찌푸리며 뇌까린 지혁은 한참의 시간이 흐른 후에야 담담하게 덧붙였다.

"신경 쓰지 마."

"신경 쓰지 말라니, 무슨 소리야? 그 얘기……, 울 아빠 돌아가실 때 혼자 계셨던 거 아니라는 거, 오빠도 들었어?"

"그래. 그 새끼한테서 듣기 훨씬 더 이전부터 알고 있었어."

은서는 이루 말할 수 없는 배신감에 치를 떨며 자리에서 일어나 소리쳐 물었다.

"나한테는 왜 말 안 했어?"

"말할 필요가 없었으니까."

"왜?"

"증거 있어?"

지혁이 답답하다는 듯 싸늘하게 되묻자 은서는 말문이 막혀버렸다.

"아……."

"은서야. 벌써 7년 전의 일이야. 믿을 수 없는 도박중독 술꾼 말 빼고는 아무런 증거가 없잖아. 그리고 아버지 그 작자가 도박자금을 더 이상 대주지 않는다는 건, 이젠 이 기사가 어디 가서 무슨 소리를 해도 꼬리를 밟히지 않을 자신이 있다는 뜻이야. 증거가 없다면 의혹 따위 백 년을 끌어안고 있어봤자 아무 소용도 없어."

"그럼 우리 아빠……, 만약 우리 아빠 진짜로 억울하게 가신 거라면……, 나 어떡해! 흑! 어떡하면 좋아!"

은서가 발을 동동 구르며 울먹이자 지혁은 미어지는 가슴을 애써 외면하며 더욱더 싸늘하게 그녀를 몰아붙였다.

"정신 차려, 서은서. 그 인간이 네 아버지 죽음에 어떤 빌미를 제공했다 해도 지금 이 상황에서 변할 건 아무것도 없어."

"그치만……!"

"당장 해결 못하는 일 때문에 일일이 고민하지 마. 이 일에 대해 너는 더 이상 신경 쓰지 말란 말이야. 못 알아듣겠어?"

"오빠……."

지혁이 오랫동안 그 일에 대해 왜 말하지 않았는지, 그 이유는 애초에 묻지 않아도 알 수 있었다.

종민의 말을 들었을 때 애써 침착한 척하긴 했지만 은서는 이후로 지금까지 계속해서 마음이 무거운 상태였다. 후회, 죄책감, 불안감, 그런 복잡한 감정들이 온통 엉켜들었기 때문이었다. 지혁은 은서가 이런 감정으로 괴로워할 것을 분명 알아차리고 지금껏 묵묵히 그녀 몫의 짐까지 짊어지고 있었던 것이다.

최악의 환경이 아니었다면 지혁은 분명 그가 쓰고 있는 가면보다도 더 선하고 아름다운 청년으로 자랐을 터였다. 끔찍한 독기 같은 것은 전혀 모른 채, 그저 고운 마음씨와 배려만을 지닌 남자로 말이다.

은서는 가까스로 울음을 삼키고서 긴 한숨을 내쉬며 중얼거렸다.

"이딴 인생……, 정말 싫다……."

희미한 랜턴 불빛에 의지해 망원경을 이리저리 움직여보며 인상을 찌푸리던 지혁은 은서의 말을 듣고 손을 멈추었다. 이내 망원경을 포기하고 뒤로 물러난 그는 털썩 엉덩이를 깔고 앉아 하늘을 올려다봤다.

"그런 말 하지 마. 네가 죽음도 이기고 독하게 살아서 돌아온 이유는 나 때문이야. 나는 이 세상 인구가 몇백억으로 늘어나더라도 인연이라곤 너밖에 없는 사람이니까. 난 너 없이 못 살아. 너도 나 없인 한시도 못 살잖아."

"오빠……."

"두고 보라고. 우린, 그 인간들 다 쓸어버린 후에 보란 듯이 잘 살 거야."

보석이 흩뿌려진 까만 하늘은 여전히 광활하고 장엄했다. 오래전 추억을 떠올린 지혁의 얼굴에 문득 부드러운 미소가 번졌다.

"기억나, 오빠?"

"뭐가."

"우리 첫 키스 했던 때."

함께 같은 곳을 보며 몰래 사랑을 나눈 지 어언 7년. 그동안 어느새 몸뿐 아니라 생각까지 공유하게 된 모양이었다. 지혁은 피식 웃으며 은서를 올려다보고 물었다.

"왜. 그새 잊었을까 봐?"

은서는 느긋한 표정으로 지혁을 내려다보더니 짓궂은 표정으로 대답했다.

"응."

"잊었으면?"

"다시 기억나게 해주려고."

지혁은 추위에 떨며 서 있는 은서를 손짓으로 불러 앉혔다.

바로 곁으로 다가와 옆구리를 딱 붙이고 앉은 은서는 의미심장한 미소를 지으며 지혁의 옆얼굴을 흘겨봤다.

"오빠, 지금 엉큼한 생각 하고 있지?"

"머릿속에 그 생각밖에 없구나, 넌."

지혁의 핀잔에 은서는 키득키득 웃으며 응수했다.

"아마 그럴지도."

지퍼를 내리고 점퍼 앞섶을 벌린 지혁은 가만히 손을 뻗어 은서의 어깨를 단단히 잡은 후 그녀를 품 안으로 끌고 들어왔다.

꼭 껴안고 나눈 서로의 체온으로 어느 정도 추위를 이겨낸 둘은 동시에 고개를 들고 하늘을 올려다봤다.

굳이 비싼 천체망원경의 힘을 빌지 않아도, 눈에 보이는 별들은 충분히 아름다웠다.

가만히 눈을 감고서 은서의 체취를 듬뿍 들이마신 지혁이 조용히 속삭였다.

"아무래도 잊어버린 것 같다."

"뭘?"

"그날 일 말이야. 어쩐지 가물가물하네."

"그럴 줄 알았어."

지혁의 허리를 꼭 껴안은 은서는 오래전 그날보다 훨씬 더 남자답고 강인해진 턱 선을 오랫동안 감상하다 그의 입술에 가볍게 키스했다.

짧은 접촉이 영 탐탁지 않았던지, 지혁은 은서의 뒷목덜미를 단단히 휘어잡고서 열정적인 키스를 퍼붓기 시작했다.

순식간에 하나가 된 두 입술과 혀가 쉴 새 없이 감미롭고 은밀하게 움직이자 어느새 추위는 저 멀리 달아나버렸다.

"너를 몰랐던 때, 내가 대체 어떻게 살았을까……."

슬쩍슬쩍 떨어지는 입술 사이로 지혁의 거친 숨결이 실린 목소리가 나직이 새어 나왔다.

"넌 내 거야. 나 말고 다른 놈한테 빠지면 죽여버린다."

"나를?"

"아니……, 그 새끼를."

늘 입버릇처럼 하는 말인 데다 키스 때문에 띄엄띄엄 이어지긴 했지만, 정말 말처럼 하기라도 할 듯 지혁의 위엄은 대단했다.

그럼에도 은서는 아랑곳 않은 채 지혁의 입술을 살짝 핥더니 요염한 미소를 흘리며 속삭였다.

"그럼 상관없다니까. 내가 죽는 것도 아닌데, 뭐."

피식 웃은 지혁은 못 말린다는 표정으로 중얼거렸다.

"남자 애태우는 방법을 너무 잘 알아서 탈이로군."

"걱정 마. 난, 시시하게 매달리는 남자들은 질색이니까."

은서의 오만한 어조는 마치 여왕의 그것을 연상케 했다.

"그래?"

씩 웃은 지혁은 다시 한 번 그녀의 입술을 찾아들어 혀가 떨어져나갈 정도로 세게 빨아들이더니 이윽고 아랫입술을 아프도록 꽉 깨물어버렸다. 그게 꽤나 자극적이었던지, 은서는 입술 사이로 잔뜩 달아오른 신음을 흘렸다.

"으음……."

그 순간 지혁이 키스를 딱 멈추고서 은서의 부풀어 오른 입술을 지그시 내려다봤다.

"뭐야……, 왜 멈춰? 더 해줘."

아쉬움이 잔뜩 밴 눈으로 올려다보며 애원하는 은서의 반응을 즐기며 빙글빙글 웃던 지혁은 그녀의 귓가에다 입술을 바싹 들이대고서 속삭였다.

"매달리는 남자는 질색이라며."

잔뜩 약이 올라 눈을 흘기는 은서를 보고 지혁은 오랜만에 크게 소리 내어 유쾌하게 웃어버렸다.

은하수까지 눈으로 확인할 수 있을 정도로 맑고 청명한 밤하늘에 투명한 웃음소리가 높이 올라 퍼져 나갔다.

14. 서막

와장창창!

열린 문을 통해 사무실 집기들이 복도로 내동댕이쳐졌고, 이내 만취한 차민수가 주먹을 휘두르며 집무실을 빠져나와 고래고래 소리를 질러댔다.

"네! 이제 저 따위는 아무 상관도 없으니 아버지 마음대로 하세요! 죽이든지 살리든지 아버지 마음대로 하시란 말입니다! 이제 이 짓도 더러워서 더는 못해먹겠네요!"

집무실에서 득달같이 따라 나온 차 회장은 뒷목을 움켜쥐고서 주위 이목 따위는 신경 쓰지 않은 채 장남에게 똑같이 대거리를 하기 시작했다.

"제정신이냐? 지금 네가 뭘 잘했다고 이 행패야!"

"아버지, 제발 좀 참으세요!"

안에서부터 차 회장의 팔을 붙잡고서 뜯어말리기에 여념이 없던 지혁은 벌벌 떨며 근처에서 지켜보고 있던 측근에게 그를 맡겼다.

"여긴 제가 알아서 할 테니 전무님은 어서 회장님 모시고 안으로 들어가세요!"

김 전무가 차 회장을 모시고 집무실로 들어가버리자 지혁은 곧장 민수에게로 달려갔다.

흥분 상태에서 난동을 피우는 민수를 거의 질질 끌다시피 해간신히 회사 주차장까지 내려간 지혁은 그 길로 그를 차에 태워 집으로 향했다.

지혁의 연락을 미리 받고서 대문 앞까지 나와 있던 박 여사는 예상했던 대로 펄펄 날뛰고 있었다.

"아아! 내 조심하라, 조심하라 그렇게 일렀건만! 민수야, 이 녀석아! 어쩌자고 그런 짓을 저질렀어, 그래? 약을 하다니, 아니, 대체 이게 무슨 일이야! 아이고, 바깥으로 새어나가지 않은 게 천만다행이다."

소리를 지를 때마다 박 여사의 미간은 형편없이 구겨졌다. 얼마 전에 시술받은 귀족성형의 부기가 채 빠지지 않은 얼굴은 조금만 표정을 바꾸어도 괴기스러워 보였다.

"너 그것도 모자라 아버지한테까지 대들기까지 했다며? 민수야, 대체 요즘 왜 이러니! 응?"

"어머니, 진정하세요. 어머니까지 이러시면 안 돼요."

마구 덤벼드는 박 여사를 차분하게 제지한 지혁은 방구석의 휴지통을 끌어안고서 추하게 구토하고 있던 민수의 등을 토닥토닥 두드려주는 정성까지 보였다.

박 여사가 모든 것을 포기한 듯 망연자실한 표정으로 소파에 앉아 관자놀이를 문지르는 동안 민수 역시 속이 좀 진정됐던지 한숨을 내쉬고 말했다.

"미안하다……, 미안해, 지혁아……."

"그런 말씀 마세요, 형님."

"으윽! 그 빌어먹을 년이 설마 그렇게 뒤통수를 칠 줄이야……!"

민수의 말이 끝나기도 전, 지혁은 답답하다는 듯 그를 타박했다.

"그러니까 여자 조심하시라고 전부터 제가 그렇게 말씀드렸잖아요!"

"후우……. 이제 와서 그런 게 다 무슨 소용이겠니……."

민수에게 있어서 문란함은 체질이나 마찬가지여서, 그는 자유분방을 이미 넘어서 섹스 중독에 가까운 생활 패턴을 따르고 있었다. 스트레스 받는 일이 있을 때마다 그는 습관처럼 숱한 여자들을 찾아가 돌아가며 안곤 했었다. 물론 상대 여성들도 다들 똑같은 인간들인지라 제때 돈만 주면 골치 썩이는 일이 없었다.

그런데 최근 들어 만난 여자 한 명이 문제였다. 바에서 우연히 만나 스테디한 관계로까지 발전하게 된 여자였는데, 제법 하소연도 잘 들어주고 섹스 테크닉도 환상적이라 민수는 한 달 동안 거의 그녀를 매일같이 만났다.

그런데, 어느 날 그 계집이 좋은 거라며 웬 하얀색 알약을 몇 알 들고 왔다. 호기심에 먹어봤다가 그날 밤을 아주 화끈하게 보낸 것이 계기가 되어 몇 번 더 약에 손을 댔던 것이 화근이었다. 술과 약에 취해 출근도 하지 못한 채 호텔 방에서 깨어나 후회한 것도 잠시, 여자는 차 회장의 최측근인 김 전무에게 민수의 추문을 제보한 후 흔적도 없이 사라져버렸다. 함정에 빠졌다는 사실을 깨달은 것은 이미 늦은 뒤였다.

"이상해요. 지금까지 한 달이나 만났는데 진짜 이름도, 나이도 모른다는 게 말이 됩니까? 잘 생각해보세요. 뭔가 단서가 있을 거예요."

지혁의 말에 민수는 기억을 열심히 더듬어봤지만, 약도 덜 깬 상태에서 홧김에 퍼 마신 술 때문에 머릿속이 완전히 엉망이었다.

"모르겠어. 정말 모르겠다. 도대체 내가 뭐에 홀린 건지……."

"그리고 뜬금없이 약이라니, 정말 이상하지 않아요? 누군가가 형님을 음해하기 위해 일부러 접근한 거라면 몰라도……."

"음해…… 라고?"

"생각해보세요. 처음 그 정보를 아버지에게 전달한 사람이 누군지."

지혁의 의미심장한 말에 민수는 눈을 크게 떴고, 박 여사도 관자놀이를 문지르던 손을 딱 멈추었다.

그러고 보니 확실히 뭔가가 이상했다. 그 계집은 왜 그 사실을 차 회장에게 직접 제보하지 않고 굳이 김 전무를 통해 전달했을까. 그리고 지금 현재 민수가 실세에서 멀어진다면 그 득을 가장 많이 볼 사람은 누구일까. 말할 것도 없이 사내 서열 3위이자 차 회장의 오른팔인 김 전무였다.

"김 전무 그 인간이……! 그 인간이 내 아들을 감히……!"

순식간에 심지가 타오른 박 여사가 부들부들 떨며 이를 갈았지만, 지혁은 차분하고 냉철한 어조로 덧붙였다.

"어머니, 지금 흥분하시면 지는 겁니다."

"아, 그, 그렇지."

"만약 그게 사실로 밝혀진다면 이쪽에서도 차근차근 수를 내야죠."

"아아."

박 여사가 간신히 정신을 수습하며 숨을 고르는 것을 확인한 지혁은 눈을 빛내며 말을 이었다.

"제가 가서 최대한 잘 말씀드려보겠지만 그렇다고 해서 아버지 화가 쉽게 풀릴 것 같지는 않아요. 형님 호출하기 전에 아버지가 김 전무님과 대화하시는 걸 우연히 엿들었는데……. 아버지는 아무래도 이번 일을 무마시키는 조건으로 형님에게서 경영권을 거둬 가실 생각인 것 같았어요. 만약 이 일로 김 전무님이 실세 입지를 공고히 한다면, 다시 상황을 되돌리긴……, 안타깝지만 힘들겠지요."

"누구 맘대로! 누구 맘대로 내 아들을 밀어낸다는 거야!"

"어머니, 지금 아버지를 설득할 수 있는 분은 어머니밖에 없어요."

손톱을 깨물던 박 여사가 불안한 표정으로 중얼거렸다.

"내 말을 네 아버지가 어디 듣기나 하겠니?"

그 말에 어느 정도 수긍했던지, 지혁은 미간을 좁히며 심각하게 말을 이었다.

"어머니가 설득에 실패하신다면 형님이 버틸 수 있는 방법은 결국⋯⋯."

박 여사는 결심한 듯 가만히 고개를 끄덕였다. 경영권을 방어하려면 어떻게든 주식을 대량 매집해 지분을 늘리는 수밖에 없었다. 지금까지 민수만 바라보고 살아온 인생이었기에 이렇게 허무하게 무너질 순 없었다. 이 일로 결국 부부 관계가 파국에 이르더라도 갈 데까지 가보는 수밖에 없었다.

"전 이만 회사로 돌아갈게요. 어머님이 형님 잘 살펴봐주세요."

지혁이 슈트 재킷에 잡힌 주름을 탁탁 털며 방을 나서려 하자 박 여사는 애틋한 표정으로 그를 배웅하며 말했다.

"지혁아, 고맙다. 내 역시 믿을 사람이라곤 너밖에 없구나."

어깨를 두드려주는 박 여사의 손을 내려다보며 지혁은 환한 미소를 짓고서 대답했다.

"그런 말씀 하시면 서운하죠. 그간 어머니가 제게 주신 것에 대한 보답을 하려면 전 아직도 멀었는걸요."

어둑한 복도가 밝아질 정도로 환한 미소였지만, 어딘지 모르게 오싹하게 보이는 미소이기도 했다.

그로부터 며칠 뒤, 차 회장은 업무 중에 갑작스럽게 지혁을 호출해 두꺼운 서류 파일 하나를 건네주며 살펴보도록 했다.

"아버지, 이게⋯⋯ 대체 뭡니까?"

"자세히 보렴."

거기엔 오랫동안 차 회장의 충실한 측근으로 일해왔던 김 전무가 차 회장 몰래 거액을 횡령해 비자금으로 묻어둔 의혹이 소상하게 기록되어 있었다.

서류를 넘겨보는 지혁의 손길이 다급해졌다. 팔락팔락 페이지를 넘기던 지혁은 소리 나도록 서류 파일을 덮고 책상에다 쾅 내리치며 몹시 분한 듯 소리쳤다.

"세상에! 김 전무님이 설마 이러실 줄이야……! 다른 사람은 몰라도 전무님만은 믿었는데 어떻게 이런 배신을 합니까!"

"내 말이 그 말이다."

"그런데 아버지, 이걸 대체 어디서……?"

"조금 전에 민수가 네 어머니를 통해 나한테 보내준 거다."

당황한 듯 잠시 말을 잇지 못하던 지혁은 이내 차분한 어조로 말했다.

"지금이라도 아셨으니 천만다행이네요. 그동안 이런 사람을 믿고 오른팔을 맡기셨다니, 하마터면 큰일 당할 뻔하셨어요, 아버지."

지혁의 위로에도 기분이 전혀 나아지지 않았던지, 차 회장은 여전히 굳은 표정으로 미간을 문지르다 물었다.

"그런데……, 지혁아. 나는 어쩐지 민수가 영 의심스럽구나. 과연 이 사실을 믿어야 옳을까? 이대로 김 전무를 내쳐야 하는 걸까? 네 생각은 어떤지 묻고 싶다."

차 회장에게 있어 탐탁지 못한 장남은 생판 남인 부하보다 더 못했다. 양쪽 다 의심스러운 상황이니 누구의 말을 믿어야 할지 알 수가 없었다.

한동안 생각에 잠겨 있던 지혁이 어렵게 말했다.

"죄송하지만, 얼마 전에 아버지께서 말씀하시는 걸 우연히 엿들었어요."

"뭘 말이냐?"

"형님에게서 기어이 경영권을 뺏으실 생각이세요?"

차 회장은 긴 한숨을 내쉬더니 이내 어쩔 수 없다는 듯 솔직히 털어놓았다.

"그래. 그럴 작정이다. 내가 이 나이까지 민수 뒤치다꺼리 하느라 얼마나 고생을 했던지. 더 이상 그 녀석에게 뭔가를 기대할 순 없어."

지혁은 곧 눈물이라도 흘릴 것처럼 몹시 괴로운 표정으로 고백했다.

"아버지……, 저……, 제가 이런 말씀 드리기가 쉽진 않지만……, 사실……."

"무슨?"

"아, 아닙니다. 이 얘긴 그만두죠."

지혁이 몹시 주저하다 말을 꾹 삼켜버리자 차 회장은 애가 잔뜩 달았던지 지혁 쪽으로 몸을 숙이며 다급하게 물었다.

"뭔데 그래? 어서 말을 해봐라."

그 후로도 한참이나 더 고민하며 차 회장의 속을 들었다 놨다 하던 지혁은 마침내 결심한 듯 말을 이었다.

"사실, 요즘 형님 쪽 움직임이 조금 수상해서요."

"뭐……라고?"

"지금 제가 드릴 수 있는 말씀은 거기까지입니다. 죄송해요, 아버지."

"그게 무슨 말이냐?"

"아버지, 그동안 전 지금의 어머니를 친어머니라고 생각하고서 살아왔으니 이 일로 두 분 사이의 골이 더 이상 깊어지지 않았으면 합니다. 모쪼록 이 모든 일들이 다 원만하게 잘 해결됐으면 해요."

"허……."

그 말을 들은 차 회장은 짚이는 곳이 있었다. 아내인 박영자. 지금까지 그 여자의 후덕한 인상 뒤에 숨은 본모습을 그가 모르고 있을 줄 알았다면 오산이었다. 그동안 장남만 보고 살아왔던 그 여자가 이대로 그냥 물러나지는 않을 터. 지혁의 말로 미루어 보아 뭔가 꿍꿍이를 감추고 있는 것이 틀림없었다. 필시 오른팔인 김 전무부터 쳐내고 덤비겠다는 작정이겠지.

"지혁아."

"네, 아버지."

"나한테 있어서 믿을 사람이라곤 너밖에 없구나. 김 전무도, 민수도 저 지경이니, 이제는 네가 날 좀 도와다오."

"아닙니다. 제가 아버지께 무슨 도움이 되겠어요? 전 지금이 딱 좋아요. 능력 부족한 제게 너무 무거운 짐 지워주지 마세요."

"이 녀석아, 내가 늘 말했잖니. 겸손도 지나치면 독이 되는 법, 사내라면 배짱 두둑이 하고 과감하게 덤빌 줄도 알아야 해. 조만간 네 지분을 대폭 늘려주고 주주총회에서 등기이사 선임안도 낼 생각이다. 역시 아무리 생각해도 내 뒤를 이을 사람은 너밖에 없어."

"아버지……, 저는 무리예요. 거둬주세요."

"부탁이다. 난 널 믿는다. 그러니 제발 너만은 날 실망시키지 마라."

간절한 차 회장의 말에 무척 감동한 표정으로 한동안 말을 잇지 못하던 지혁은 이내 고개를 끄덕이며 단호하게 대답했다.

"그럼 아버지의 기대에 부응하기 위해 앞으로 열심히 하겠습니다."

"그래. 믿음직스럽구나."

차 회장은 절도 있게 인사하고 집무실을 나서는 지혁의 뒷모습을 만족스러운 눈으로 바라본 후 어딘가로 급히 전화를 걸었다.

"지금 당장 집사람이랑 민수 금융거래 내역 좀 뽑아 와. 그리고 한동안 그 둘한테 사람 붙여서 뒷조사 좀 해보고."

넓은 안방을 개조해 만든 방음부스 문을 열고 안으로 들어간 정현은 검은색 O-180 스타인웨이 그랜드피아노로 다가갔다. 지문 하나 없이 매끄럽고 반질반질한 폴리시드 에보니 상판 표면은 더없이 섹시한 곡선을 자아내고 있었다. 흑백의 대비가 선명한 건반들을 눈으로 훑어내린 그녀는 조만간 이 선물을 받고서 좋아할 은서의 표정을 상상하며 저도 모르게 미소를 지었다.

- 그런데 정현아, 나 좀 전에 집 앞에서 이시형 또 만났다. 주차장에다 차 대놓고 기다린 주제에 우연이라고 설레발치는데, 웃겨 죽는 줄 알았지 뭐니.

전화기 너머로 황당한 듯 헛웃음을 흘리는 은서의 목소리에 정현 역시 코웃음을 치고 말았다.

"도대체 이게 몇 번째야? 아주 스토커가 따로 없네. 그래서?"

─ 차 한잔 하자더라. 너무 반가워서 그러는 거니 오해하지 말라나, 뭐라나.

"구려! 웬 환웅이 웅녀에게나 했을 법 한 작업멘트?"

─ 그러게 말이다.

"그래서 마셨어?"

─ 싫다고 아주 냉정하게 딱 잘랐지.

"뭐라고? 왜?"

─ 차민정한테 연애 기분 즐길 기회 담뿍 주려고.

"야! 걔한테 그런 걸 왜 줘? 고 계집애 입에서 확 불 뿜도록 이 기회에 그냥 홀라당 넘어오게 만들어버려야지!"

─ 얘는. 그럼 내가 너무 섭섭하잖아.

"뭔 소리야!"

─ 그냥 떨어지면 되겠니? 꼭대기에 올라갔다가 맨땅에 제대로 떨어져야 눈물 나게 아프지.

은서의 섬뜩하게 냉랭한 목소리가 귓가에 휘감기자 정현은 저도 모르게 웃음을 터뜨리고 말았다.

"푸하하하, 아주 애들 장난감처럼 가지고 노는구나. 역시 넌 최고야."

─ 넌 어디야? 집?

이어서 들려오는 은서의 질문에 정현은 방을 나와 거실로 걸음을 옮기며 둘러댔다.

"아니, 잠깐 밖에 나와 있어."

- 어딘데? 내가 그리 갈게. 같이 점심 먹자.

"계집애! 너 이 시간까지 점심도 안 먹었어?"

- 시간이 애매해서.

정현은 3시를 가리키고 있는 벽시계를 올려다보며 난처한 표정을 지었다.

"아아……, 미안한데, 내가 지금 누굴 좀 만나기로 약속했거든."

- 그래? 그럼 어쩔 수 없지.

"응. 이따 전화할게."

휴대전화의 종료 버튼을 누르고 액정 화면을 내려다본 정현은 아쉬운 듯 낮게 혀를 차며 몸을 돌렸다.

얼마 전 차지혁의 부탁으로 현석이 비밀리에 마련한 이 아파트는 은서가 지금 살고 있는 오피스텔에 비하면 다섯 배는 넓었다. 실내를 쭉 둘러본 그녀는 킁킁거리며 공기 중의 냄새를 맡아본 후 공기정화기를 최대로 틀었다. 방음부스를 만들기 위해 인테리어 공사를 크게 벌였더니 후처리를 했음에도 새 집 냄새가 쉽게 빠지질 않았다.

"이제 다 됐나?"

현석이 집 안을 둘러보며 묻는 말에 정현은 만족스러운 표정으로 대꾸했다.

"응. 이 정도면 된 것 같아."

이윽고 시선을 거실의 분홍색 프렌치 앤티크 소파로 옮긴 그녀의 눈살이 가볍게 찌푸려졌다.

"촌스러운 저 소파만 빼고. 취향 진짜 구리다, 오빠."

"내 취향이 구리다는 얘기는 처음 듣는데? 오히려 네 취향이 너무 초현실주의지. 취향뿐 아니라 가슴 쪽으로 말하자면 거의 '이것은 가슴이 아니다[2]' 수준이고. 그것도 아니면, 아버지를 아버지라 부르지 못하고 가슴을 가슴이라 부르지 못하는 홍길……."

이어지는 현석의 노골적인 조롱에 정현은 끓어오르는 화를 참지 못해 어깨에 메고 있던 가방을 벗어 홱 집어 던져버렸다.

"닥쳐!"

얄밉게도 날렵하게 가방을 피해버린 현석은 정현을 똑바로 바라보며 약을 올렸다.

"운동신경은 여전하구나."

"부탁이야, 오빠. 제발 좀 죽어주라."

"누구 맘대로 죽어라 마라야? 사생유명(死生有命)이란 말도 몰라?"

능글능글 살살 약을 올리는 현석을 사납게 흘겨보던 정현은 다 포기한 표정으로 고개를 설레설레 흔들며 말을 돌렸다.

"사생유명이고 비명횡사고 간에 알 게 뭐냐. 내가 말을 말지. 그건 그렇고, 할아버지랑 얘기는 잘 됐어?"

---

2) 초현실주의 화가 르네 마그리트(René Magritte) 作 '이미지의 배반―이것은 파이프가 아니다(La trahison des images-ceci n'est pas une pipe)'의 패러디.

정현의 질문에 현석은 고개를 끄덕이며 진지하게 대꾸했다.

"그래. 자리는 다 깔았으니, 남은 건 그 녀석이 어떻게 설득하느냐에 달렸겠지."

"차지혁 씨라면 걱정 없을 거야."

"나도 그렇게 생각해."

"오빠네 할아버지가 협조한다면 앞으로의 계획은 어떻게 된대?"

"일단 차민수랑 김 전무를 묶어서 한 방에 밀어낸 이후 지혁이가 등기이사에 선임되면 은서 씨가 고발장 접수하고 즉시 움직이기 시작할 거야. 그때 우리 측은 전부터 보유하고 있던 지분에다 우호세력 지분 결집시키고, 지혁이가 이사회 쪽 흔들어놓은 뒤에 차 회장 비자금과 무자료 거래 비리 터뜨리는 순간 즉시 외자(外資) 투입시켜 총공격."

"과연 잘 될까?"

정현이 걱정스러운 표정으로 물었지만 현석은 자신만만한 표정으로 장담했다.

"계획대로만 된다면 문제없어."

"그렇다면 다행이고. 난 은서만 괜찮으면 돼."

정현이 중얼거리자, 현석은 웬일로 소심한 그녀의 반응이 우습다는 듯 피식 웃으며 집 안을 빙 둘러보더니 중얼거렸다.

"어쨌든 주인 맞을 준비는 다 된 것 같네."

"응."

나란히 서서 집 안을 둘러보는 정현의 얼굴에 부드러운 미소가 어렸다.

2012년 2월 4일 19시 50분, 홍콩.

음력설을 맞아 초대형 불꽃놀이가 벌어지기 직전, 빅토리아하
버는 암흑에 휩싸여 있었다. 쥐 죽은 듯 고요한 사위(四圍)엔 긴장
감마저 감돌고 있었다.

그 시각, 하버의 전경이 훤히 내려다보이는 페닌슐라 호텔 그
랜드 디럭스 스위트룸의 응접실 테이블 앞에는 네 명의 남자들이
둘러앉아 있었다.

각각 와인 잔을 앞에 두고 앉은 네 남자는 최근 부친의 지지를
받아 지분율이 4퍼센트로 껑충 뛰며 경영권의 핵심으로 급부상한
범애제약의 차지혁, 지산제약 창업주이자 최대주주인 이삼진, 이
삼진의 삼남(三男)이자 홍콩을 기반으로 한 금융회사 J&S의 대표
이홍기, 그리고 장손이자 지혁의 조력자를 자처한 이현석이었다.

방 안에 가라앉아 있는 매캐한 담배연기가 긴장감을 더하고 있
는 가운데, 이삼진 지산제약 회장이 말했다.

"자네 이야기는 잘 들었네."

이 회장은 팔순 노인이라고는 도저히 믿어지지 않을 정도로 날
카로운 눈빛의 소유자였다.

"그래. 과연 일리가 있는 말이야. 그런데 말이지, 박 여사가 경
영권 방어를 위해 움직이기 시작했다면 차 회장도 가만히 있지는
않을 텐데? 그렇지 않나?"

이 회장의 날카로운 질문에도 지혁은 느긋한 미소를 짓더니 차

분하게 말을 이었다.

"지금의 차 회장에겐 단기간에 판세를 뒤엎을 정도로 막대한 돈을 끌어 모을 곳이 없습니다."

그동안 말도 많고 탈도 많았던 모 도시의 기업도시 개발구역 지정 해제로, 미리 대규모 투자를 해두었던 차 회장 개인 자산의 상당 부분이 오도 가도 못한 채 묶여버렸다는 것은 재계에 이미 소문이 파다한 일이었다. 거기다 차 회장은 현재 그 손실을 메우기 위해 욕심껏 대출을 끌어다 여기저기 일을 벌여놓은 상태였다.

이 회장은 여전히 미심쩍다는 표정으로 의자 등받이에 등을 기대더니 짧아진 담배를 재떨이에 비벼 끄며 질문을 이었다.

"재단 쪽 자금이 있잖나. 차 회장이 서종근 사장 사후(死後)에 굳이 그 양녀를 데려가기까지 하면서 유산을 재단에 기탁했던 이유야 불을 보듯 훤한 거 아닌가?"

이 회장의 말에 현석이 문득 의미심장한 미소를 지으며 지혁을 건너다봤다.

불리한 상황을 꼬집는 말에도 지혁은 여전히 느긋한 표정으로 입술 한쪽 끝을 끌어당겨 웃기까지 했다.

"제가 장담컨대, 앞으로 한동안 차 회장은 재단 돈에 절대 손 못 댑니다."

지혁의 말에 이 회장은 금세 눈치를 채고서 중얼거렸다.

"뭔가 믿는 구석이 있는 것 같구먼."

"차민수가 회사 밖으로 밀려나는 순간 범애재단과 차 회장 개인의 비리 의혹 수사를 촉구하는 고발장이 검찰에 즉시 접수될 겁니다."

"흐음, 글쎄. 그게 말처럼 쉬울까? 수사에 들어간다 해도 빠져나갈 구멍이야 얼마든지 있지. 순조롭게 진행된다 하더라도 결과가 나오는 건 꽤 훗날의 이야기가 될 테고, 거기다 최악의 경우 자네 부친의 비리가 미처 다 밝혀지기도 전에 역으로 자네가 꼬리를 밟혀 지분 뺏기고 내쳐지는 경우도 생길 수 있지 않겠나?"

"그건 고발장을 접수하는 사람이 누구냐에 따라 다르겠지요."

"무슨 뜻이지?"

"서은서. 돌아가신 서종근 사장님의 양녀입니다. 그동안 차 회장의 그늘에서 7년이나 숨어 지내던 서 사장의 양녀가 막대한 유산의 집행에 대해 뒤늦게 걸고넘어지는 내막, 기자들의 좋은 먹잇감 아닙니까? 분명 개떼처럼 몰려들어 물어뜯겠지요. 언론에 한번 크게 터지고 대중들의 시선이 몰리기 시작하면 무마하는 것에도 한계가 있으니 검찰 수사가 진행되는 동안 재단 자금과 차명계좌 쪽에 전혀 손을 못 댈 겁니다. 재수 없으면 바로 걸려들 수도 있으니까요."

"허어……!"

"재단 비리를 파헤치려는 것 따위가 아닙니다. 차 회장의 자금줄을 막는 것, 그게 고발의 진짜 목적이죠."

이 회장은 도무지 믿을 수 없다는 표정으로 지혁의 얼굴을 쳐다보며 물었다.

"그런데 왜 이런 일을……? 서 사장의 딸이야 그렇다 처도, 자네한테는 부모 아닌가."

'부모'라는 단어에 지혁의 눈빛이 일시에 싸늘하게 식었다.

"Y염색체 제공자와 아무 관계도 없는 여자, 그 이상도 이하도 아닙니다."

지혁이 독하게 내뱉은 말에 이 회장은 대충의 사정을 짐작할 수 있었다. 세상엔 생판 남보다도 못한 부모도 많은 법이니까.

"복수인가? 그렇다면 무엇에 대한 복수지?"

섬뜩하게 눈을 빛내는 지혁의 얼굴에선 오싹할 정도로 압도적인 기(氣)가 흘러나왔다.

그는 이 회장의 질문에 대한 대답은 피한 채 차분하게 말을 이었다.

"차 회장이 자금을 유용하며 회사 측에 중대한 손실을 끼친 증거 역시 모두 제 손 안에 있습니다. 선택하십시오, 회장님. 신약 개발 경험이 많은 경쟁사를 간단하게 잡아먹을 수 있는 절호의 기회죠. 다소 모험은 되겠지만 지산제약 측에 손해 날 것은 전혀 없을 겁니다. 어떻게 하시겠습니까?"

말을 마친 지혁은 이미 대답을 알고 있다는 듯 자신만만한 눈빛을 하고 있었다.

새파랗게 어린 녀석이 자신을 이용해먹겠다는 심보가 건방지게 느껴지긴 했지만 전부터 탐을 내던 범애제약이었으니 이 회장에게 있어서 거절할 이유는 전혀 없었다.

삼남인 J&F 대표를 힐끗 바라본 이 회장은 짧게 명령했다.

"이 대표, 자금 준비해둬."

회심의 미소를 짓고 있는 지혁과 현석을 돌아본 이 회장은 와인 잔을 들고서 덧붙였다.

"자. 이제 한 배를 타게 됐으니 건배라도 하세."

공중에서 부딪치는 잔 안에서 피처럼 붉은 액체가 찰랑이는 순간, 너른 창 너머로 요란한 폭발음과 함께 거대한 불꽃들이 일제히 솟아올랐다.

바야흐로 복수의 서막이 오른 것을 축하라도 하듯, 지혁의 얼굴 위로는 폭죽이 산화하며 내는 각양각색의 빛이 드리워져 더없이 선연하게 빛나고 있었다.

15. 마음과 마음

저녁 무렵 녹원호텔 내 미술관에서 열린 모 유명 화가의 전시회에 들렀다 나오던 길, 은서는 로비 입구에서 우연히 뜻하지 않았던 상황에 맞닥뜨렸다.

그녀 또래로 보이는 여자를 동반한 남자의 모습이 왠지 너무도 익숙해 보였다. 단정한 슈트 차림에 습관인 듯 구부정하게 움츠린 어깨, 날렵한 옆선에 전혀 어울리지 않는 금테안경과 비굴한 미소.

은서는 정신을 차리기 위해 눈을 몇 차례나 비비고 뺨을 때려 봤지만, 그 남자는 몇 번을 다시 봐도 분명 지혁이었다.

중국 출장을 마치면 꼭 좋은 소식을 가지고 돌아오겠다던 그였다. 귀국하자마자 바로 집으로 찾아와 선물을 주겠다고 하며 설레게 했던 그였다. 그런데 그랬던 그가 비행기 도착이 아직 세 시간도 더 넘게 남은 시각에 자신 몰래 다른 여자와 함께 서 있는 걸 보게 되다니. 놀라움을 넘어서 충격이었다.

상대 여자는 은서도 다소 안면이 있던 모 유력 인사의 외동딸이었는데 정숙하기로 소문이 자자한 여자인 만큼 생김새도 고상해 보였다.

발레파킹을 맡긴 차를 기다리며 담소를 나누는 여자와 지혁의 분위기는 꽤나 훈훈했다. 여자가 무언가를 속삭이자 지혁은 그녀 쪽으로 살짝 몸을 기울여 경청해주는 정성까지 보였고, 이내 그녀는 얼굴을 몹시 붉히며 수줍어했다.

배신감에 치를 떨던 은서는 그만 이성을 잃고 말았다. 두 사람 쪽으로 다가가는 그녀의 예민한 구둣발 소리에는 숨길 수 없는 분노와 초조함이 드러나 있었다.

"어머나! 이게 누구야? 차지혁 씨 아니세요?"

반가운 듯 소리치는 은서를 돌아본 지혁의 얼굴에 일순 당혹감이 스쳤다.

"이분은…… 누구시더라? 가만, 우리 구면이죠?"

은서가 환하게 웃으며 불쑥 말을 건네자 다소 놀란 듯 눈을 동그랗게 뜨고 있던 여자가 어색하게 웃으며 대꾸했다.

"네. 전에 자선바자에서 한 번 뵀었던 것 같은데요."

"아버님께서 여의도에서 장사하신다고 했던가요?"

은서가 내놓은 다소 무례한 말에 여자의 얼굴이 살짝 굳었다.

"저희 아버지는 3선 국회의원이세요."

"어머나, 국회의원이셨어요? 그것도 3선? 미안해요. 내가 좀 기억력이 안 좋아서요. 근데 3선씩이나 드신 국회의원이면 대충 비슷하게 맞혔네. 공천 장사도 다 장사 아닌가?"

일부러 그러는 건지 정말 모르고 그러는 건지, 은서가 해맑게

까르르 웃어버리자 여자는 마침내 불쾌한 표정으로 지혁을 곁눈질했다.

"죄송합니다. 제가 해결하죠."

여자에게 사과한 지혁이 차분하게 은서 쪽을 돌아보고 물었다.

"서은서, 너 이게 지금 뭐 하는 짓이야?"

너무도 담담한 지혁의 태도에 은서는 울컥한 나머지 지지 않고서 싸늘하게 되받아쳤다.

"글쎄요, 저는 멍청해서 잘 모르겠는데요? 오빠가 보기엔 제가 뭐 하고 있는 것 같아요?"

"좋게 말할 때 가라."

"안 가면 어쩔 건데요? 또 죽도록 때리게요? 아이, 무서워라."

환하게 웃은 은서는 여자 쪽을 돌아보며 짓궂은 어조로 덧붙였다.

"제가 좋은 거 하나 알려드릴까요? 여기 계신 차지혁 씨요, 순해 보이긴 하는데 보기보다 성질이 아주 다혈질이시랍니다. 마음에 안 드는 사람에게 폭력 휘두르는 건 기본이고 목적을 위해서라면 수단방법을 가리지 않고 끝까지…….."

"서은서!"

지혁이 큰 소리로 이름을 부르자 은서는 한동안 차갑게 얼어붙은 눈으로 그를 노려보더니 독하게 대꾸했다.

"네, 네. 귀찮고 꼴 보기 싫은 저는 그럼 여기서 이만 꺼져드릴 테니, 두 분이서 아주 불타는 밤 보내시지요."

꽈배기처럼 배배 꼬인 어조로 싸늘하게 내뱉은 은서는 요란한

폴라리스

구둣발 소리를 내며 돌아서서 자리를 떠버렸다.

"후우……."

답답한 듯 한숨을 쉬며 은서의 뒷모습을 본 지혁은 그녀가 억지로 울음을 참고 있다는 것을 깨달았다. 눈물을 참을 때 두 주먹을 부서져라 꽉 쥐는 것은 그녀의 오랜 습관이었다. 눈치 채지 못할 리가 없었다.

여자는 무표정하게 그 자리에 선 채 생각에 잠긴 지혁을 올려다보며 어이없다는 듯 웃음을 터뜨리며 빈정거렸다.

"전부터 두 분 사이 안 좋다고 들었는데 그 말이 사실이었나 보네요. 그런데 어쩜 저렇게 교양 없는 여자가 다 있지요? 순진한 얼굴이랑은 완전히 딴판이네요. 듣기로는 요조숙녀인 척하는 저 얼굴로 남자들 여럿 홀리고 다닌다고 하던데, 정말이지 천박하기 짝이 없어요."

짧은 한숨을 내쉰 지혁은 여자의 얼굴을 내려다보며 뜬금없는 소리를 했다.

"본인이나 잘하시죠."

"무슨……?"

"귀 먹었어? 남 얘기하기 전에 너나 잘하시라고."

지금까지 친절하게 대해주던 지혁이 갑작스럽게 태도를 180도 바꾸자 당황한 여자는 믿을 수 없다는 눈으로 그를 올려다봤다.

"다시는 연락하지 마. 만약 방금 일에 대해 어디 가서 입이라도 뻥긋했다가는, 과거에 네가 동거했던 남자들 신상이 네 아버지 사무실 간판 위에 걸리게 될 거야. 못 믿겠으면 시험해보든지."

"어머머……, 으윽!"

지혁의 협박에 여자는 몹시 화가 난 듯 붉으락푸르락 다채롭게 색이 변하는 얼굴로 그를 올려다봤지만 더 이상 아무 말도 하지 않았다. 아니, 무서워서 아무 말도 할 수가 없었다.

은서는 정문까지 길게 이어지는 호텔 진입로를 따라 걸어 내려오는 동안 지나가는 택시가 있으면 잡아 타려 했지만 공교롭게도 간간이 이어지는 차량 행렬 중 택시는 한 대도 없었다. 신경질적으로 두 다리를 교차하며 걷던 그녀는 하이힐에 옥죈 발이 너무 아파 잠시 보도블록 위에 멈춰 섰다.

그때, 차 한 대가 다가와 그녀의 뒤에서 멈추더니 가볍게 경적을 두 번 울렸다. 일부러 뒤돌아보지 않은 채 다시 걸음을 옮겼지만, 그녀는 10미터도 못 가서 지혁에게 팔을 붙잡히고 말았다.

"서은서."

"놔."

"따라와."

"놓으라니까! 이거 안 놔? 놔!"

은서가 팔을 뿌리치기 위해 사납게 클러치 백을 휘두르자 제법 둔탁한 소리와 함께 지혁의 고개가 한쪽으로 획 돌아갔다. 다시 고개를 돌려 똑바로 그녀를 내려다보는 그의 왼쪽 뺨에는 금속 장식에 쓸린 생채기가 선명하게 나 있었다.

"일단 타. 가면서 얘기하자."

"할 얘기 없어."

"이대로 있다가 지나가는 사람들 다 쳐다보게 할 거야? 여기서
다 때려치울까? 네가 원하는 게 그거야?"

지혁이 차갑게 다그치는 말에 은서는 어쩔 수 없이 입술을 깨
물고 그의 차에 오를 수밖에 없었다.

호텔을 빠져나온 후로도 한참이나 두 사람 다 아무런 말도 하
지 않았다. 낡은 차의 엔진소리를 제외한다면 차 안은 완전히 적막
에 감싸여 있었다.

고집스럽게 시선을 창 밖으로 향한 채 냉랭한 분위기를 풍기고
있던 은서가 먼저 말문을 열었다.

"맞선?"

지혁은 굳이 변명을 하거나 어설프게 둘러대지 않고 산뜻하게
시인했다.

"그래."

"지금까지 몇 번이나 봤어?"

"대여섯 차례."

금시초문이었다. 기가 찬 은서는 저도 모르게 허탈한 웃음을
흘리며 물었다.

"저 여자랑은 얼마나 만났어?"

"오늘이 세 번째야."

막힘없이 대답하는 지혁의 담담한 태도에 은서는 싸늘하고 시
니컬한 어조로 덧붙여 물었다.

"몇 번 했어?"

"뭐?"

"몇 번이나 데리고 잤냐고."

"미쳤구나, 서은서."

"어땠어? 나랑 할 때보다 더 좋았어?"

운전대를 틀어 쥔 지혁의 손아귀에서 으드득, 하는 소리가 섬뜩하게 울렸다. 그러나 은서는 전혀 아랑곳 않는 듯 여전히 창 밖을 내다보며 빈정거렸다.

"아아, 그러고 보니 그쪽은 3선 국회의원 따님으로 아주 태생부터 고귀하고 교육 잘 받은 아가씨시라 함부로 몸 안 굴리겠구나. 좋겠네. 나도 그렇게 순진하고 정숙한 여자였다면 좋았을 텐데 말이……."

"더 이상은 안 듣는다. 입 다물어."

바닥에서부터 울리는 듯 낮고 위압적인 지혁의 목소리에 은서는 단숨에 기가 질려 입을 다물고 말았다. 그동안 그가 이렇게 대한 적이 한 번도 없었기에 그녀는 더욱더 자신의 꼴이 비참하고 억울하게 느껴졌다.

"내가 무슨 생각으로 그런 자리에 계속 나가는지, 왜 너한테 말 안 하고 그랬는지, 너 정말 몰라서 이래?"

전부터 이상하다는 생각은 은서도 했었다. 차 회장뿐 아니라 회사 안팎에서 꽤나 인정받는 지혁이었으니 그간 맞선 제의가 단 한 번도 안 들어왔다는 건 말이 안 되는 이야기였다.

지혁이 지금껏 몇 번이나 선을 보는 동안 은서에게 일언반구도 하지 않았던 것은 결코 맞선이 좋았다거나 그녀에게 질렸기 때문은 아닐 터였다. 아니, 차 회장의 신임을 확실히 얻기 위해선 오히려 귀찮은 맞선을 보는 것보다 민수가 이루지 못했던, 좋은 집안과의 정략결혼을 선택하는 쪽이 더 쉽고 간편했을 터였다.

"알아……."

지난 시간처럼 어둡게 스쳐 지나가는 야경을 응시하며 은서는 답답하게 억눌린 목소리로 말을 이었다.

"안다고. 오빠가 나한테 쓸데없는 걱정 안 시키려고 숨긴 거 나도 다 알고 오빠를 믿는 마음도 그대로야. 그치만……, 그치만……!"

고개를 돌려 지혁을 똑바로 쏘아본 은서가 앙칼지게 소리쳤다.

"그치만 싫어! 죽도록 싫다고! 싫은 걸 나더러 어떡하란 말이야! 아무것도 가진 게 없는 나는 이렇게 죄 지은 사람처럼 가슴 졸인 채 숨어서 오빠 만나는데, 모든 걸 다 가진 그런 여자들은 당당하게 오빠랑 좋은 데서 식사도 하고 차도 마시고 데이트도 하고……! 그런 걸 보고 내 기분 좋을 리가 없잖아! 이런 내 맘을 오빠가 알긴 알아?"

"은서야……."

"오빠를 이렇게 만들어놓은, 그리고 내가 가진 것 다 뺏은 그 집안 인간들……, 그래, 나도 오빠처럼 그 인간들 다 갈아 마셔버리고 싶어! 복수하고 싶다고! 그렇지만……."

은서는 눈을 크게 뜨고 부들부들 떨리는 두 손을 내려다보며 처절한 고백을 이어갔다.

"도대체 언제까지 이렇게 지내야 해? 이게 사는 거야? 이건 사는 거 아니잖아. 사는 게 아니라고! 나, 너무 혼란스러워. 정말 복수만이 답일까? 만약 실패한다면? 언제가 될지도 모르는 그때까지 계속 이렇게 지내야 하는 거야? 그럼 난 오빠가 다른 여자랑 결혼해서 애 낳는 것까지 입 닥치고서 지켜보고 있어야 하는 거야? 정말이지 미칠 것 같아! 가슴속에서 불덩이가 치밀어 올라서, 이러다 내 화에 내가 미쳐 죽을 것 같다고! 나한테 남은 거라곤 오빠밖에 없잖아! 그런데 오빠마저 온전히 내 것이 되어주지 않는다면, 난 어떻게 해야 해? 난 어떻게 해야 하냐고!"

은서는 격렬하게 감정을 토해낸 후 가쁜 숨을 몰아쉬었다. 그녀의 울분이 차 안의 흡음제에 부딪쳐 사라지자 사방엔 다시 침묵이 내려앉았다.

그때까지 가만히 은서의 말을 듣고만 있던 지혁은 앞 차창 너머를 응시하며 차갑게 내뱉었다.

"헛소리 하지 마."

지혁은 맨몸으로 태풍에 맞서도 전혀 무릎 꿇지 않겠다는 듯 꿋꿋한 태도로 덧붙였다.

"날 봐. 감았던 눈 뜨고 다시 똑바로 보라고. 지금껏 난 단 한 번도 네 것이 아니었던 적 없었어. 너 역시 마찬가지고. 아직도 모르겠어? 복수만이 답이냐고 물었지? 그래. 복수만이 답이야. 거기에 내 일생을 걸었는데, 그게 없으면 나더러 어떻게 살란 말이야?"

"오빠⋯⋯."

"아무 걱정 하지 마. 실패 따윈 애초부터 계획에 없었어. 몇 년을 기다리며 죽어 살았는데. 난 절대 실패 안 해."

고개를 돌려 똑바로 은서의 눈을 마주한 지혁은 전혀 흔들림

없는 어조로 못 박았다.

"이 세상은 내게 그저 생지옥일 뿐이었어. 그런 이곳에 소중한 거라곤 너를 제외하곤 단 하나도 없다고. 그런 너를 위해서라도……, 나는 절대 여기서 안 멈출 거야. 그러니까 날 믿어."

"오빠……."

"믿어. 이제 와서 흔들리지 마. 넌 하나도 불안해할 것 없어."

의심 한 점 없이 확고해 보이는 지혁의 눈동자를 보며, 은서는 한숨을 길게 내쉬더니 이내 얌전히 고개를 끄덕였다.

"미안해. 응석부려서…… 미안해……."

가만히 손을 내민 지혁은 은서의 여린 뺨을 부드럽게 어루만지며 애틋한 미소를 짓더니 덧붙였다.

"너한테 줄 선물이 있다고 했지?"

숨이 탁 트일 정도로 넓은 아파트 실내엔 은서를 위한 모든 것이 완벽하게 구비되어 있었다.

그중에서도 은서가 특히 마음에 들어 했던 것은 바로 안방을 개조해 만든 방음부스로, 문을 닫으면 외부와 완전히 차단되어 마치 그 아담한 공간만이 세계의 전부인 것처럼 느껴지는 곳이었다.

신월(新月)도 진 깊은 밤이 아쉬워서였을까, 방음부스 안에는 케이크 위에 꽂힌 가느다란 초 하나가 연약한 빛을 드리우고 있었다. 은서는 그 연약한 빛에 의지해 드뷔시의 베르가마스크 조곡 중 'Clair de lune'을 연주하고 있었다.

은서의 손가락은 마치 오랜 세월 동안 잡혀 있다 풀려난 물고

기처럼 자유자재로 건반 위를 유영하고 있었다. 흑건과 백건이 잠들어 있던 해머를 일제히 깨웠고, 향판과 현을 지난 진동은 닫힌 피아노 상판 안에서 풍부하게 공명했다. 그녀의 손에서 시작된 음은 마침내 음악의 색을 입고서 제 존재를 선명하게 펼쳐내고 있었다.

다채로운 박자와 화성 안에서 빛을 내고 있는 은서의 연주는 무척이나 감상적이고 섬세했지만 그녀가 지닌 분위기가 그렇듯 어둡고 요염하게 느껴지는 면도 있었다. 그것은 확실히 여기 아닌 다른 어디서도 들어본 적 없는, 은서만의 '달빛'이었다.

줄곧 곁에 앉아 연주를 지켜보고 있던 지혁은 천천히 몸을 일으키더니 은서의 등 뒤로 다가갔다.

"겉으론 보는 눈이 깨끗해질 정도로 아름답고 순결해 보이지만, 그 안에 든 너는 고양이처럼 음험하고 요부(妖婦)처럼 음란하지."

의자에 앉은 채 여전히 연주에 몰두해 있는 그녀의 뒷모습을 찬찬히 감상하는 지혁의 눈동자는 욕망으로 한층 더 짙어졌다.

"길가에 널린 돌멩이들처럼 흔한 게 아니야. 너처럼 아름답고 강하고 관능적인 여자는 본 적이 없어. 난, 너의 유일무이함을 사랑해."

찬사를 넘어서 거의 찬양에 가까운 어조로 중얼거린 지혁은 음악과 동화되어 부드럽게 흔들리고 있는 은서의 어깨를 살며시 어루만졌다.

그녀의 기다란 머리카락을 한데 모아 오른쪽 어깨 위로 드리운 그는 피부 위로 느껴질 정도로 생생한 선율을 음미하면서 느릿느릿 몸을 숙였다. 목덜미 위에다 진하게 입을 맞추자 은서가 흠칫 떠느라 멜로디가 주춤거렸다.

간지러웠던 듯 그녀는 몸을 바짝 움츠렸지만 지혁은 전혀 물러설 기세가 아니었다.

"신경 쓰지 말고 계속해."

"하여튼 밝힘증."

웃느라 미스 터치도 나고 박자도 엉망으로 일그러졌다. 그래도 무척이나 만족스러운 듯 은서의 연주는 여전히 멎질 않았다.

"은서야."

귓바퀴에 살짝 입 맞추고 귓불을 잘근잘근 깨물던 지혁이 은밀한 목소리로 이름을 불렀지만, 은서는 몸을 부르르 떨면서도 고집스럽게 건반에서 손을 떼지 않은 채 슬쩍 그를 뒤돌아보기만 할 뿐이었다.

"왜……, 오빠."

"선물이 마음에 들어?"

조금 전 선물을 주겠다며 지혁이 은서를 데리고 찾은 곳은 바로 이 아파트였다.

문을 열고 안에 들어서자마자 마음속에 각인처럼 새겨진 그의 한 마디는 지금까지도 귓가에 생생했다.

"네 집이야."

집.

내 집.

그동안 이렇게 짧고 간단하면서도 멀게 느껴졌던 단어가 세상에 또 있었을까.

그 말 한 마디에 지금껏 불안하고 서러웠던 마음이 눈 녹듯 녹아버렸다. 이제 이 집에서 누구의 눈치를 볼 것도 없이 마음대로 살 수 있었다. 부친이 돌아가신 후로 꼭 7년 만에 찾은 자유였다.

마음에 드느냐고?

지혁의 질문에 주책없이 감정이 북받친 은서는 울음을 참으며 간단히 대답했다.

"응, 최고야."

한 자루 초의 희미한 불빛에 의지해 건반을 내려다보느라 알 수는 없었지만, 은서의 귓가에 부드럽게 감겨온 지혁의 숨소리는 그가 지금 웃고 있다는 것을 알려주고 있었다.

지혁이 등 뒤에 밀착하며 은서의 어깨 위에 턱을 받치자 두 사람의 뺨이 가볍게 스쳤다. 이내 그녀의 양팔 아래로 손을 넣은 그는 거기서 멈추지 않고 블라우스 버튼을 하나씩 풀어나갔다. 이윽고 아담한 공간 안에 비밀스러운 열기가 달아오르기 시작했다.

벌어진 두 입술 사이로 현저히 거칠어진 호흡이 새어 나와 가파르게 상승하는 선율 안에 동화되기 시작했다. 그와 함께 은밀한 긴장감 역시 점점 더 고조되고 있었다.

어느새 블라우스 앞섶이 완전히 벌어지자 지혁은 오른손을 은서의 등 뒤로 돌려 브래지어 후크를 풀어버리고 헐거워진 레이스 천 조각 아래 자리한 그녀의 젖가슴을 아프도록 움켜쥐었다.

"으음……."

감미로웠던 아르페지오는 마치 물에 비친 달그림자가 파문(波紋)에 일그러지듯 점점 흐려졌고, 이내 건반을 어루만지던 은서의 손이 멈추었다.

"못 참겠어."

한 마디를 내뱉은 지혁은 허리를 세우고 곧장 은서의 몸을 안아 올렸다.

그대로 피아노를 돌아 아우터 림의 우묵한 굴곡 부분 앞으로 간 그는 닫힌 상판 위에다 그녀를 앉히고 가만히 얼굴을 들여다봤다.

키 차이가 완전히 사라진 두 사람의 시선이 허공에서 맞부딪쳤다.

누가 먼저랄 것도 없이 단숨에 서로의 목덜미를 붙잡아 자신 쪽으로 끌어당긴 두 사람은 정신없이 상대방의 입술을 탐하고 남김없이 빨아들이기 시작했다. 마치 누가 더 격하게 하는지 대보기라도 하려는 듯 무척이나 거칠고 야만적인 키스였다.

케이크에 꽂혀 있던 초는 어느새 다 타버려, 깜박거리던 불빛이 일시에 사라지며 방 안은 희미한 연기 냄새와 암흑에 휩싸였다.

벌어진 은서의 두 허벅지 사이에 바짝 붙어 서 있던 지혁은 그녀의 블라우스와 브래지어를 몸에서 벗겨내 멀리 던져버렸다. 이윽고 그는 왼손을 뻗어 케이크의 크림을 크게 한 번 떠내더니 짓궂게도 그녀의 목덜미에다 물감을 칠하듯 길게 주욱 묻혀내렸다.

"아하하! 뭐야, 오빠!"

간지러움을 참지 못해 깔깔 웃으며 몸을 뒤로 빼려는 은서의 날씬한 허리를 오른팔로 단단히 구속해둔 지혁은 혀를 내밀어 그녀의 목덜미에 묻은 크림을 단숨에 핥아 올린 후 맛을 음미하려는 듯 다시 느릿느릿 꼼꼼하게 입을 맞춰 내려왔다.

"으응……, 하아……."

처음 느껴보는 색다른 희열을 좀 더 제대로 즐기고 싶었는지 은서가 목을 길게 빼며 천장을 올려다봤다. 움직이기 수월해진 덕분에 지혁의 혀 놀림은 점점 더 진하고 대담하게 변해갔다.

"하앗……!"

목덜미에 남은 크림이 그의 혀 위에서 달콤하고 부드럽게 녹아 내려갈수록 그녀의 입술 사이로 흘러나오는 입김은 더욱더 뜨거워졌고 신음소리 역시 점점 높아져갔다.

보드라운 목덜미를 샅샅이 다 핥은 후로도 지혁은 만족하지 못했던지, 손을 뻗어 다섯 손가락에다 온통 크림을 묻혀 와 은서의 눈앞에다 흔들어 보였다.

"어떻게 해줄까?"

어둠에 익숙해진 눈앞에서 더없이 유혹적으로 움직이는 그의 손을 가만히 바라보고 있던 은서는 두 손을 뻗어 그의 손목을 꽉 잡은 후 자신의 몸 쪽으로 끌어당겼다.

지혁의 손이 가슴을 지나 군살 한 점 없이 날씬한 아랫배까지 쭉 훑어 내려갔다. 그 손길을 유도했던 은서는 거기서 멈추지 않고서 그의 손을 똑바로 자신의 얼굴 앞에다 가져왔다.

유혹적인 미소를 지은 은서는 크림이 남아 있는 지혁의 손가락들 중 중지에다 가만히 입 맞추었다. 중지 뿌리에서부터 손톱 끝까지 혀를 내밀어 샅샅이 핥아 올린 후 입 안으로 깊이 빨아들이자, 지혁의 입술 사이로 잔뜩 더워진 숨결이 일시에 뿜어 나왔다.

"으음."

손가락 사이에서 느껴지는 더없이 부드럽고 은밀한 감촉을 만 끽하던 지혁은 은서의 몸 위로 고개를 숙인 후 크림이 지나간 자리 를 따라 느릿느릿 입을 맞춰갔다.

"아아……."

희미한 어둠 속에서 은서의 나지막한 신음성이 흘러나와 공중 으로 흩어지는 순간, 지혁이 부드럽게 속삭였다.

"은서야……, 언젠가 이 모든 걸 다 끝내면……."

고개와 몸을 잔뜩 숙이고 불편한 자세로 애무를 이어가던 지혁 은 더 이상은 안 되겠던지 은서의 상체를 가볍게 안아 피아노 상판 위에다 부드럽게 눕혔다.

창 밖에서 새어 들어오는 아주 희미한 빛도 반사시킬 정도로 매끄럽고 광택 있는 피아노는 마치 검은색 거울을 보고 있는 것 같 았다. 그곳에 그대로 투영된 은서의 그림자는 지혁의 끈질긴 애무 에 연방 흠칫흠칫 놀라며 허리를 비틀고 있었다.

"이 모든 게 다 끝나면……. 은서야, 나랑……."

매끈한 아랫배, 탄탄하게 뻗은 윗배를 거슬러 가슴골 사이와 목덜미에까지 일직선으로 죽 따라 입 맞춰 올라온 지혁은 은서의 입술이 닿을 듯 말 듯 한 거리에서 멈춘 후 허스키한 목소리로 속 삭였다.

"결혼하자."

갑작스러운 말에 은서는 지혁의 까만 눈동자를 가만히 들여다 보았다. 여기 오기 전 흥분한 나머지 잠시라도 의심한 게 부끄러워질 정도로, 그의 눈동자엔 예나 지금이나 자신의 모습만이 오롯이 비쳐 있었다.

"행복하게 해줄게. 세상에 너 혼자만 있었던 시간들 전부 다 잊을 만큼, 지금까지 네가 살아왔던 힘든 시간들 다 보상하고도 남을 만큼, 그만큼 행복하게 해줄게. 내가."

"오빠……."

"널 위해 죽으라면 백 번 천 번이라도 죽을 수 있어. 나한테는 너뿐이니까. 네가 없으면 난 아무것도 아니니까."

가만히 두 손을 올려 지혁의 뺨을 소중하게 쓰다듬어보던 은서의 입술이 파르르 떨리는가 싶더니 이내 그 사이로 흑, 하고 흐느낌이 터져 나왔다. 어느새 눈가에 고였던 눈물은 둑이 터지듯 쏟아져 나와 긴 궤적을 그리며 귀 옆으로 후드득후드득 떨어져내리기 시작했다.

"있잖아, 오빠. 나, 실은…… 아빠를 원망했던 적도 있었어. 이렇게 힘든데 차라리 그때 죽게 놔두지……, 하고 말이야. 하지만……."

"은서야……."

지혁의 뺨을 어루만지던 손을 거두고 제 눈물을 쓱 훔쳐낸 은서는 어둠 속에서 더없이 요염한 미소를 지으며 그를 올려다봤다.

"이제야 깨달았어. 그래. 그때 나는 오빠를 위해서 살아 돌아온 거야. 복수가 다 끝나더라도 내가 없으면 오빠는 영원히 행복해지지 않을 테니까."

잠시 말을 멈춘 그녀는 명령이라도 하는 듯한 어조로 덧붙였다.

"난 오직 오빠를 위해서만 사는 존재야. 그러니까, 최선을 다해 날 행복하게 만들어."

어둠 속에서 피식 웃은 지혁은 느릿느릿 은서의 입술을 찾아들며 중얼거렸다.

"넌 어떻게 하면 나를 달아오르게 하는지 너무 잘 알아서 탈이지. 역시 난, 네가 아니면 안 돼."

입술을 겹치자마자 지혁의 혀가 단번에 은서의 입 안 깊숙한 곳까지 밀고 들어왔다. 뜨겁게 젖은 그의 혀에선 달콤하고 부드러운 크림 향기가 진하게 풍기고 있었다. 은서는 한껏 입을 벌리고 지혁의 혀를 휘감아 강하게 빨아들이며 그의 셔츠를 벗기고는 바지 버클을 푼 후 다급하게 지퍼를 끌어내리기 시작했다.

"신혼여행은…… 어디가 좋을까?"

성마른 손길로 은서의 스커트를 들추고 스타킹과 얇은 브리프를 한 번에 벗겨버린 지혁은 한 줌에 쥐어버릴 수 있을 정도로 날씬하고 낭창한 은서의 옆구리를 양손으로 붙잡아 살짝 아래로 끌어내렸다.

은서는 벌린 다리를 이용해 지혁의 허리를 단단히 옭아맸고 지혁은 기다렸다는 듯 두 손으로 그녀의 허리를 단단히 지탱해주며 흠뻑 젖은 수풀 안쪽으로 찾아들었다.

굵고 단단한 열기가 젖은 길을 꽉 채우며 더 이상 들어갈 수 없을 정도로 깊은 곳까지 파고들자, 그녀는 저도 모르게 뜨거운 탄성을 터뜨렸다.

"아앗!"

"어디든 좋으니 네가 정해. 밤새 하고, 하고 또 하고, 새벽녘엔 아주 지쳐서 다리가 풀릴 때까지 하는 거야."

짓궂은 대답을 내놓은 지혁은 어둠 속에서 키득키득 웃은 후 느릿하게 허리를 움직여보았다. 그와 동시에 은서의 새빨간 입술 사이로 간지러운 교성이 새어나오기 시작했고, 그 소리가 마치 머릿속의 스위치라도 건드린 듯 지혁의 허리에 점점 더 힘이 실리기 시작했다.

은서는 한밤의 어둠 속에 숨은 채 들킬까 봐 소리 죽여 키스를 나누었던 시절을 문득 떠올렸다. 그에 대한 보상이었을까. 그녀는 수줍음 따위는 벗어버리고 전혀 거리낄 것 없다는 듯 마음껏 소리를 내기 시작했다.

"오빠……! 아아!"

"은서야……."

거칠고 빠르게 이어지던 피스톤 운동이 어느 순간 딱 멎는가 싶더니, 두 사람은 나란히 절정을 맞아 피아노 상판 위로 무너져내렸다.

"하아……, 하아……."

극에 달했던 흥분은 쉽사리 잦아들지를 않았다. 두 사람의 희열에 들뜬 신음성과 거친 호흡은 피아노의 공명통 안에서 메아리를 치며 더욱더 크고 낮 뜨겁게 울려 댔다. 그러나 이젠 아무래도 상관없었다. 이곳은 바깥과 완전히 차단된 그들만의 무인도나 다름없었으니까.

서로를 꼭 끌어안은 두 사람은 천천히 몸을 굴려 푹신한 카펫 위로 떨어져내리며 동시에 중얼거렸다.

"사랑해."

"나도, 사랑해."

16. 폭풍

오른팔로 여겼던 김 전무의 배신과 장남 민수의 끝도 없는 기행(奇行)에 결국 화가 머리끝까지 난 차 회장은 지혁에게 지분을 대폭 늘려주었다. 민수의 지분을 거뜬히 눌러버릴 정도로 파격적인 대우였다. 거기다 그것으로도 모자랐던지 조만간 주주총회를 열어 등기이사에 등재되어 있는 민수를 해임하고 지혁을 추가 선임하겠다는 발언을 해 지혁에게 후계자 자리를 완전히 물려주겠다는 뜻까지 넌지시 시사했다.

이에 단단히 꼭지가 돈 박 여사가 회사 집무실까지 찾아와 거칠게 항의하고 있었다.

"누구 맘대로 내 아들을 밀어낸다는 거야! 그럴 순 없어요!"

차 회장에게 큰 소리를 내며 덤비는 박 여사는 더 이상 평소처럼 인자하고 사근사근한 얼굴이 아니었다.

"어디 여자가 회사에서 언성 높이고 있어? 그리고 당신은 요즘 대체 뭐 하고 돌아다니는 거야?"

싸늘한 눈으로 박 여사를 올려다본 차 회장이 서랍에서 서류파일 한 권을 꺼내 책상 위에다 던져놓더니 으름장을 놓았다.

"주식으로 장난 한번 쳐보겠다는 심산인가 본데, 당신, 이 이상 움직이면 나 역시 가만히 안 있을 거야."

민수와 자신의 금융거래 내역을 낱낱이 조사한 서류파일을 넘겨보던 박 여사는 뜨끔한 표정으로 입을 다물었다. 경영권 방어를 위해 은밀하게 자금을 모으고 있었던 것을 들키자 표정 관리가 힘들었다.

"그만큼 했으면 됐어. 난 이제 더 이상 민수한테 아무것도 못 맡겨. 그 녀석한테는 비에이케미컬 대표 자리 내줄 테니까 좋게 물러나 있으라고 해."

비에이케미컬이라면 범애제약에서 곧 계열 분리가 확정된, 말하자면 필요가 없어져버리는 카드나 마찬가지의 자회사였다. 그런 회사의 대표라면 사실상 좌천이었다.

"지금 우리 민수더러 이깟 것 먹고 떨어지라 그 뜻이에요? 민수는 장남이에요. 당신하고 나, 우리 두 사람의 아들이라고요!"

박 여사가 부들부들 떨며 소리쳤지만 귀찮은 듯 인상을 찌푸린 차 회장은 집무실 키폰으로 비서를 호출했다.

"안사람 지금 나가니까 차(車) 대기시켜."

- 네, 회장님.

한동안 핼쑥한 얼굴로 차 회장을 노려보고만 있던 박 여사는 도움을 청하기 위해 그길로 발걸음을 옮겨 지혁의 집무실로 향했다.

얼마나 다급했던지, 박 여사는 비서의 안내도 뿌리친 채 다급하게 문을 열고 안으로 들어섰다. 집무책상에 앉아 전화를 받고 있던 지혁이 고개를 들고 똑바로 그녀를 바라봤다.

"지혁아! 잠깐 내 말 좀 들어다오, 네 아버지가……!"

"네. 그럼 기다리고 있겠습니다."

평온하게 전화를 끊고 천천히 자리에서 일어난 그가 뚜벅뚜벅 박 여사가 서 있는 곳까지 걸어왔다.

"어머니, 갑자기 무슨 일이세요?"

무슨 일이었을까. 지혁이 가까이 다가오자 박 여사는 왠지 압도되는 느낌을 지울 수가 없었다. 비굴하게 웃는 얼굴도, 구부정한 어깨도 평소와 똑같았는데, 왠지 오늘의 지혁은 지금껏 봐온 것보다 훨씬 더 크고 오싹하게 보였다.

박 여사와 세 걸음 정도 떨어진 곳까지 와서 선 지혁이 다시 물었다.

"무슨 일이세요, 어머니? 죄송하지만 업무 중이라 오랫동안 말씀 나누긴 힘들 것 같아요."

눈앞의 익숙하면서도 생소한 청년의 얼굴을 올려다본 박 여사의 얼굴에 일순 당혹감이 스쳤다.

왜지? 왜 이렇게 느낌이 좋지 않지?

그러고 보니, 뭔가 이상하다. 영 석연치가 않았다.

민수가 누군가의 함정에 빠진 것이라 의심하게 한 후 그 배후로 김 전무를 지목한 것, 박 여사에게 김 전무의 비리 정보를 캐내 남편인 차 회장에게 넘기도록 만든 것, 그로 인해 손쉽게 차 회장의 최측근 김 전무를 자리에서 밀어낸 것. 그 모든 것의 가운데에 있었던 이는 바로 차지혁이었다. 거기다, 지금 이 상황의 최대 수혜자는 말할 것도 없이 지혁이 아닌가.

"지혁아. 너……, 혹시 허튼 맘 먹은 건 아니겠지?"

"네? 허튼 맘이라니요?"

"형님을 억지로 밀어내고서 네가 그 자리를 차지하겠다는 욕심 말이다."

"무슨 말씀이세요, 어머니. 갑자기 이상한 말씀을 하시네요."

부드러운 지혁의 미소를 올려다본 박 여사는 원하던 대답을 들었음에도 쉽사리 마음을 가라앉히지 못했다. 한번 의심을 시작하니 멈출 수가 없었다.

"그런데요, 어머니, 사실, 민수 형님은 굳이 누가 밀어내지 않아도 그 자리에서 내려올 수밖에 없었을 거예요. 솔직히…… 회사 내에서 다들 한심하게 여기고 있었으니까요."

"뭐……, 뭐라고? 너!"

"인정할 건 인정하세요. 형님이 무능했던 건 사실이잖아요."

박 여사의 눈동자가 격렬히 흔들렸다.

오랜 세월 동안 지혁이 자신에게 엎드려 기며 충성했던 일, 아닌 척하면서 회사에서 좋은 자리를 꿰찬 것, 점점 민수의 입지를 좁히다 결국 밀어내고 그 자리를 차지한 것까지, 그 모든 것이 다 겸손한 척, 착한 척 속이며 꾸민 일이었다면? 겉으론 위하는 척, 도와주는 척하며 뒤로는 차곡차곡 경영권을 뺏을 준비를 하고 있었던 거라면? 줄곧 믿게끔 하면서 뒤통수를 친 것이었다면?

그렇게 오랫동안 왜 의심하지 않았을까? 바보처럼 왜? 하긴,

그러고 보면 지혁을 거둔 게 벌써 23년 전의 일이었다. 만약 저 의심이 다 사실이라면, 그 긴 세월 동안 그가 완벽하게 연기를 하고 있었다면, 누구라도 속아 넘어가지 않을 수 있었을까?

"아무튼 어머니, 흥분하지 마시고 앞으로의 일 차분히 도모하세요. 형님 이대로 두실 거 아니잖아요."

지혁이 몹시 안타깝다는 듯 내놓는 말에 박 여사는 부들부들 떨며 고개를 저었다.

안경 렌즈 아래 지혁의 눈동자는 여전히 깊은 색을 띠고 있었다. 그 안에 숨겨진 것이 전혀 보이지 않는 눈. 박 여사는 정체를 알 수 없는 지혁이 문득 두려워지기 시작했다.

"너…… 지금 혹시 연기하는 건 아니겠지?"

"연기라니요?"

천천히 몸을 숙인 지혁은 박 여사의 귀에다 대고 들릴 듯 말 듯 조그맣게 속삭였다.

"그렇게 안 봤는데, 눈치 빠르시네."

"하! 너……!"

박 여사는 자신이 지금껏 호랑이 새끼를 키우고 있었다는 것을 깨닫고 뒤늦게 분노에 사로잡혔다.

"네놈이! 네놈이 감히 나를!"

지혁은 펄펄 뛰는 박 여사를 건너다보며 느긋하게 키득거리고 있었다.

"네 이중적인 면모를 남편 앞에서 낱낱이 까발려주겠어!"

"글쎄. 진작부터 등 돌리고 있던 아버지가 당신 말에 귀 기울여주기나 할까."

들고 보니 맞는 말이었다. 그러나 설득할 방법이 아주 없지는 않을 터.

"건방진 소리 하지 마라! 이 박영자, 너 같은 애송이한테 가만히 당하고만 있을 줄 알았다면 오산이야!"

박 여사가 피 토하는 어조로 사납게 위협했지만, 지혁은 오히려 조소를 감추지 않으며 되물었다.

"같은 상황에서 그 인간은 과연 누구 편을 들어줄까?"

"가만 안 두겠다! 전처럼 싹싹 빌며 내 밑에 바짝 엎드리게 해주마!"

"전처럼 싹싹 빌며 바짝 엎드리게 해주시겠다……?"

박 여사의 말을 그대로 되뇌어본 지혁은 소름 끼치는 어조로 한 마디를 덧붙이더니 피식 비웃었다.

"아줌마, 내가 아직도 그때의 유치원생으로 보여?"

구부정하게 움츠리고 있던 어깨를 펴고 마침내 몸을 곧게 세운 지혁에게선 두려울 정도로 묵직한 존재감이 흘러넘치고 있었다. 훤칠한 키와 늘씬하고 곧게 뻗은 허리, 넓고 강인한 어깨와 탄탄한 등, 그리고 마치 땅에 박힌 기둥처럼 단단해 보이는 다리까지를 훑어본 박 여사는 온몸이 벌벌 떨렸다. 지혁이 그 오랜 세월 동안 비굴하게 움츠리고 일부러 존재감을 흐릿하게 감춘 채 속으론 줄곧 자신에게 시퍼런 칼날을 겨누고 있었다고 생각하니 오싹해서 더 이상 견딜 수가 없었다.

"이런 건방진……!"

박 여사가 손을 들어 패악스럽게 지혁의 뺨을 후려치는 순간, 그는 무슨 의도에서인지 그녀의 손길을 피하지 않은 채 오히려 때리기 편하게 몸을 숙여주기까지 했다. 덕분에 제대로 얻어맞은 지혁의 얼굴에서 금제 프레임의 안경이 튕겨나가 카펫 바닥에 나동그라졌다.

"응……?"

이상한 느낌에 뒤늦게 고개를 돌린 박 여사는 그 장면을 정통으로 목격하고서 얼굴이 붉으락푸르락해진 남편을 발견했다. 그제야 그녀는 아까 이 방에 들어왔을 때 지혁이 통화하고 있던 상대가 차 회장이었다는 것을 깨달을 수 있었다.

"아니, 이 여자가 미쳤나! 지금 이게 뭐 하는 짓이야!"

차 회장이 벼락같은 호통을 치자 박 여사는 바닥의 안경을 집어 들면서 또다시 비굴한 모습을 연기하는 지혁의 이중적인 모습에 치를 떨며 소리쳤다.

"이 배은망덕하고 후안무치한 녀석! 이제 누가 속을 줄 알고? 여보! 잘 봐요, 이 녀석이……!"

"시끄러워! 이 여편네가 정말 보자보자 하니까! 어디 회사까지 찾아와 일 잘하고 있는 아들한테 행패야, 행패가? 지혁아, 다치지 않았니? 어디 보자! 얼굴 좀 봐!"

"아버지, 별일 아니에요. 전 괜찮습니다. 어머니가 지금 많이 흥분하셔서……."

박 여사가 지혁의 말을 끊고 끼어들더니 발을 동동 구르며 소리쳤다.

"내 말 좀 들어요, 여보! 당신 지금 이 녀석한테 완전히 속고 있는 거예요! 모두 다 이 녀석이 꾸민 짓이야! 이 녀석이……!"

차 회장은 어이없다는 표정으로 더욱더 크게 호통을 쳤다.

"미쳤군! 정말 제대로 미쳤어! 지금 민수가 무능한 게 지혁이 탓이란 말을 하고 싶은 건가? 그만큼 기회를 줬으면 됐지, 나더러 더 이상 어떻게 하라고! 참는 것에도 한계가 있어! 말 같지도 않은 소리 더 이상 듣기 싫으니 당장 나가! 썩 꺼지라고!"

"아니, 저 녀석이 지금까지 우리를 속여먹고 내 아들 민수를 밀어내는 걸 대체 왜 모르냐고! 이 미련한 인간아!"

분노가 마침내 극에 달한 차 회장은 문 밖의 비서를 향해 소리쳤다.

"자네! 멍하니 보고 있지만 말고, 경비원 불러서 이 여자 끌어내!"

"여보!"

"어머니, 제발 좀 진정하세요. 이러시면 건강에 안 좋아요."

또 한 번 안면을 바꾸고 상냥하게 부축하려는 지혁의 손길에 박 여사는 진저리를 치며 그를 밀어내고 바락바락 소리쳤다.

"저리 비켜, 이 정신병자야!"

지혁을 대하는 박 여사의 태도에 차 회장은 지쳤다는 듯 고개를 설레설레 가로젓더니 내뱉었다.

"에잇! 정신이 사나워서, 원! 당분간 집에 안 들어갈 테니까 그렇게 알고 있어!"

뒤늦게 아차 싶었던지 박 여사는 차 회장에게로 기어가 지금까지의 일을 다급하게 사과하기 시작했다.

"여, 여보, 잠깐만요! 미안해요! 내가 너무 흥분했어요! 그러니 우리, 일단 집으로 들어가서 조용히 얘기합시다!"

"조용히 얘기는 무슨 얘기! 당신도, 민수도 이젠 작작 좀 해! 아랫사람들 보기도 민망하다고!"

박 여사는 주위의 이목도 아랑곳 않는 듯 그의 바짓가랑이를 붙들고 늘어졌다.

"여보! 여보! 오늘은 내가 경솔했으니 일단 집으로……!"

"놔!"

아내에게 붙들린 다리를 가차 없이 뿌리치는 차 회장의 몸짓에서 배려나 정이라고는 눈을 씻고 봐도 찾을 수가 없었다.

이 기회에 그가 아주 대놓고 딴 살림을 차릴 셈인 것을 대번에 파악한 박 여사는 마침내 분을 참지 못하고 고함쳤다.

"이번엔 또 어느 년 집으로 가려고! 당신 바람기도 이제 지긋지긋해! 내가 지금껏 뭣 때문에 이렇게 죽어지냈는데! 당신이 좋아서 그랬는 줄 알아?"

"이 여편네가 점점!"

"내가 이대로 민수 밀려나게 할 것 같아? 두고 봐!"

두 사람이 격렬하게 다투는 동안 집무실 전면창 너머로 꾸역꾸역 먹구름이 몰려들기 시작했다.

창 밖을 물끄러미 내다보는 지혁의 얼굴에 회심의 미소가 슬며시 어렸다.

톡. 쪼르르륵.

폴라리스

이른 아침, 캡슐커피 머신에서 진한 에스프레소가 추출되는 것을 내려다보고 있는 은서의 얼굴에 화사한 미소가 번졌다. 갓 샤워를 마치고 나와 물기가 잔뜩 배어 있는 그녀의 피부와 젖은 머리카락에선 매혹적인 향기가 풍기고 있었다.

진작부터 출근 준비를 마친 상태였던 지혁은 식탁 위의 랩톱을 내려다보다 말고 안경을 벗더니 힐끗 그녀의 얼굴을 곁눈질했다.

"그렇게 좋아?"

"응."

은서가 정말로 집이라 부를 수 있는 공간을 갖게 된 이후로 열흘이 흘렀다.

그 열흘 동안 그녀는 무슨 강박증이라도 있는 사람처럼 거의 매일같이 소소한 물건들을 하나씩 사 모았다. 살려달라고 애원하는 듯 바닥에 손이 튀어 나와 있는 특이한 디자인의 컵이라거나, 용도에 맞춰 하나씩 뽑아 쓸 수 있는 아이디어 도마라거나, 천장에 매달아 키우는 화분이라거나 하는, 있어도 그만, 없어도 그만인 쓸데없는 물건들을 집 안 곳곳에다 늘어놓는 것도 모자라 이미 있는 물건들까지 또 사서 쟁여놓기까지 하며 점점 더 살림을 늘리고 있었던 것이다. 지금 은서가 조작하고 있는 저가의 캡슐커피 머신만 해도 그랬다. 주방 한쪽에는 평소에 커피를 좋아했던 은서를 위해 지혁이 직접 사서 넣어준 고급 전자동 에스프레소머신이 이미 떡하니 자리를 잡고 있었다.

그렇지만 지혁은 지금 은서의 이 기행(奇行)이 전혀 놀랍거나 싫지 않았다 처음 차 회장의 집에서 나와 좁은 오피스텔로 거처를 옮겼을 때 은서의 짐은 지난 7년 동안 거기서 살다 나온 사람이라고는 믿을 수 없을 정도로 적었다. 피아노와 악보, 옷을 제외한 나머지 짐은 여행용 대형 캐리어 하나에 다 들어가고도 남았다. 마치 언제든 떠날 준비를 하고 있었던 사람처럼 말이다.

그러니 은서가 어떤 방식으로든 제 살림을 늘려가는 건 좋은 일이었다. 그건 이곳이 자신의 자리라는 걸 인정했다는 반증일 테니까. 쓸데없는 물건들로 집 안이 터져나가도 정말 괜찮았다. 이러다 발 디딜 틈이 없어지거든 더 넓은 집으로 옮겨주면 그만 아닌가. 지혁의 만면(滿面)에 더할 나위 없이 만족스러운 미소가 번졌다.

"마셔, 오빠."

"아니, 난 별로."

"마셔. 남자라면 에스프레소지."

"뭐……?"

종지처럼 작은 잔을 내미는 은서의 얼굴은 배꽃처럼 순하고 화사했지만, 내놓는 말은 어째 얼굴과는 전혀 달라 오싹하게 들리기까지 했다.

"주는 대로 얌전히 마셔. 이걸 매일 아침 한 잔씩 마시면 조지 클루니처럼 섹시해질 거야."

사약처럼 시커먼 커피가 담긴 잔을 건네받은 지혁이 눈을 가늘게 뜨며 되물었다.

"그 말은 곧, 지금 내가 섹시하지 않다는 말?"

폴
라
리
스

은서는 셀러리 한 줄기를 아삭아삭 씹으며 도도한 어조로 말했다.

"오빤 날카롭고 담백하기만 할 뿐 느끼한 맛이 전혀 없잖아. 가끔은 기름진 것도 필요한 법이지."

몸매 유지를 위해 극도로 음식을 가리는 은서는 매일 아침으로 커피 한 잔과 삶은 달걀, 샐러드 조금만을 먹을 뿐이었다. 지혁은 토스트에다 버터를 듬뿍 발라 한입 베어 물며 핀잔을 주었다.

"아침부터 무슨 헛소리야. 그딴 건 아무래도 좋으니 넌 기름진 음식들이나 좀 챙겨 먹어. 그 눈물 나는 다이어트는 제발 그만두고."

"노력 없이도 이런 몸매를 만들 수만 있다면 삼시 세끼에다 야식까지 삼겹살을 구워 먹고 살겠어."

"넌 지금도 부담스러울 정도로 예뻐. 몸매에 그렇게까지 집착하는 이유가 뭔데?"

지혁의 질문에 눈을 동그랗게 뜬 은서는 도무지 믿을 수 없다는 표정으로 되물었다.

"농담이지? 그걸 정말 몰라서 물어?"

은서는 길고 가느다란 손가락으로 슬쩍 가운 앞섶을 벌리며 그 사이로 늘씬하게 쭉 뻗은 자신의 나신(裸身)을 자랑스럽게 드러내 보이더니, 지혁을 똑바로 마주본 상태로 그의 허벅지 위에 걸터앉았다. 정장 바지와 드레스셔츠 위로 온몸을 밀착해온 그녀의 맨살에선 숨이 막힐 정도로 매혹적인 향기와 은밀한 온기가 그대로 전해져오고 있었다.

키스할 것처럼 지혁의 목을 끌어안고 얼굴을 가까이 들이댄 은서는 입술을 허락하지 않은 채 닿을 듯 말 듯 한 거리에서 짓궂은 표정으로 그의 애를 태우기 시작했다.

입을 맞추려 하면 뒤로 슬쩍 물러나고, 다시 가까이 다가온 입술에 키스하려 하면 또 한 번 뒤로 물러나며 애간장을 살살 녹이는 그녀의 장난에 몇 번이나 키스를 하려다 실패한 그는 꽉 잠긴 목소리로 중얼거렸다.

"아침부터 미치게 만들지 마."

"오빠답지 않게 바보 같은 질문을 한 벌이야."

오른손을 들어 은서의 뒷목덜미를 단단히 붙잡아 움직이지 못하게 한 지혁은 똑바로 그녀와 눈을 마주친 채 나직이 속삭여 물었다.

"그래서 설마, '잘못했습니다.'라는 말이라도 듣고 싶은 건 아니겠지?"

은서가 피식 웃어버리자 지혁은 기다렸다는 듯 거칠고 강하게 키스했고, 이내 두 사람은 질릴 때까지 서로의 입술과 혀를 탐하며 뜨겁게 젖은 숨결을 교환했다.

한참이나 은서에게 빠져 헤어 나오지 못하던 지혁은 출근해야 한다는 사실을 애써 상기하며 억지로 입술을 떼어냈지만, 이후로도 계속해서 들끓어 오르는 피를 식히기 위해 필사의 노력을 퍼부어야만 했다.

"이제 그만 가야겠다."

"으응."

잔뜩 아쉬운 한숨을 흘리는 은서를 가만히 올려다보던 지혁은 피식 웃음을 터뜨리더니 스스로도 한심했던 듯 고개를 저었다. 밤새 지치지도 않고 몇 번이나 사랑을 나누고도 모자라 눈 뜨자마자 또 이 모양이라는 사실이 한심하게 느껴지는 건 지혁뿐이 아니었던지, 그의 허벅지에서 내려오는 은서 역시 헛웃음을 흘리고 있었다.

은서가 의자 등받이에 걸쳐져 있던 타이를 집어 들어 지혁의 목에다 정성스럽게 매어주는 동안 그는 손을 내밀어 그녀의 날씬한 허리를 어루만지며 걱정스러운 어조로 중얼거렸다.

"드디어 오늘이네. 잘할 수 있겠지?"

"응. 나만 믿어, 오빠."

다소 비장한 분위기로 고개를 끄덕이던 은서는 이내 들뜬 어조로 덧붙였다.

"나중에 그 인간 반응이 어땠는지 꼭 알려줘. 내가 직접 볼 수 없어서 너무 아쉬워."

지혁이 피식 웃으며 현관으로 향하자 그를 따라 배웅을 나간 은서는 서류가방을 건네주고 환하게 웃으며 속삭였다.

"다녀와, 오빠."

지그시 눈을 감은 채 '다녀와.' 라는 말에 담긴 달콤하고 편안한 뉘앙스를 만끽한 지혁은 손에 들고 있던 안경을 쓰고서 천천히 눈을 떴다.

문을 밀고서 밖으로 나가려던 지혁이 문득 발걸음을 멈추고 뒤를 돌아봤다. 은서는 뭔가 잊은 거라도 있나 싶어 눈을 크게 뜨고 물었다.

"왜?"

"은서야."

"응."

"다녀올게."

수줍은 듯 얼굴을 붉힌 은서는 팔짱을 꼈던 오른손을 들고서 가볍게 흔들어 보였다.

그가 나간 후, 한동안 닫힌 문을 바라보고 있던 그녀는 다시 주방으로 향했다.

랩톱 화면에는 뉴스 기사 하나가 한 면 가득 선명하게 떠 있었다. 그녀는 아직도 지혁의 체온이 남아 있는 식탁 의자에 엉덩이를 붙이고 앉아 그가 남긴 커피를 마시며 느긋한 표정으로 기사를 읽어 내려가기 시작했다.

"범애제약은 곧 서울 본사 사옥에서 임시 주주총회를 연다고 공시했다. 이번 임시주총의 안건은 차지혁 상무이사의 사내이사 신규 선임에 대한 것으로, 최근 드러난 후계 구도 변화의 신호탄이 될 것으로 보인다. 실세를 누리던 김영수 전무가 전격 해임되고 차민수 부사장까지 사실상 좌천되며, 자칫 이번 사태가 경영권 분쟁으로까지 이어지지 않을까 하는 불안감이 팽배하는 가운데 범애제약의 주가는……."

기사를 소리 내어 읽던 은서의 얼굴에 서늘한 미소가 번졌다. 그녀는 키득키득 웃으며 혼잣말로 중얼거렸다.

"경영권 '분쟁'이라고? 웃기지도 않아. 애초에 그렇게 말랑말랑하고 시시한 각오로 덤빈 게 아니라고, 이쪽은."

기지개를 쭉 켜며 몸을 푼 그녀는 의미심장한 미소를 지으며 자리에서 일어났다.

"가만. 이렇게 좋은 날을 나만 즐길 순 없지."

현관 앞에 수문장처럼 떡하니 버티고 선 민정은 음력 정초부터 말간 얼굴로 찾아와 남의 속을 뒤집어놓는 은서를 사납게 노려보았다.

"여긴 뭐 하러 왔어?"

"설에 못 찾아뵀었잖아. 인사 드리러 온 거야."

은서가 선물로 들고 온 과일바구니를 빼앗듯 낚아챈 민정은 여전히 현관을 막고 서서 그녀의 면전에다 대고 내뱉었다.

"내숭도 정도껏 떨어. 지금 집안 분위기 몰라? 이 판국에 인사는 무슨 인사? 엄마 당분간 아무도 안 만난댔으니까 돌아가."

골이 깊어질 대로 깊어진 차 회장과 박 여사는 곧바로 별거에 들어갔다. 전부터도 별별 핑계로 외박이 잦았던 차 회장이었지만, 얼마 전 지혁의 집무실에서 있었던 사건 이후로 그는 아예 집에 들어오지 않은 채 내연녀의 빌라에만 머물고 있었다.

정신적으로 완벽히 궁지에 몰린 민수는 스트레스를 견디지 못해 줄곧 밖으로 나돌고 있었다. 들리는 소문에는 그가 우울증으로 병원 치료를 받고 있다고도 했다. 박 여사에 의해 내몰린 지혁과 진작 독립해 나간 종민 역시 언젠가부터 코빼기도 보이질 않아 결국 정초부터 민정만이 홀로 쓸쓸하게 모친의 곁을 지켜야 하는, 초라하기 그지없는 형국이었다.

화목하고 번듯한 집안으로 안팎에 명성이 자자했던 범애제약 일가의 실상이란 이렇게 겨우 한 꺼풀만 벗겨보아도 콩가루였다. 은서는 금방이라도 터져 나오려는 조소를 참느라 표정 관리가 안 될 정도였다.

"분위기가 왜? 집에 무슨 일 있었어?"

사정을 훤히 다 꿰고 있을 텐데도 짐짓 모르는 체하며 순진하게 묻는 은서를 한 번 더 노려본 민정은 짜증 난다는 듯 내뱉었다.

"생판 남은 신경 쓸 것 없어! 모르면 모르는 대로 살아!"

"그럼 어쩔 수 없지. 네가 아줌마한테 인사 좀 대신 전해드려. 복(福) 많이 받으시라고. 너도 복 많이 받고."

복은 무슨 복. 하긴, 너희 집안, 올해 받을 복이 터지긴 했지. 은서는 속으로 중얼거리며 피식 웃은 후 뒤로 돌아섰다.

"잠깐만, 서은서."

"왜?"

돌아보는 은서의 얼굴은 얄밉게도 예뻤다. 일부러 더 사납게 눈을 흘긴 민정은 거만한 태도로 우쭐거리며 말했다. 일부러 과장하는 게 눈에 빤히 보일 정도였다.

"시형 씨네 집이랑 상견례 일정 잡았어. 집안 분위기는 좀 흉흉하지만 그래도 우리 결혼 좀 서둘러 진행될 것 같아."

"그래? 어머머, 정말 잘됐다. 축하해."

"아, 고, 고마워."

상견례라니, 실은 새빨간 거짓말이었다.

최근 막냇동생의 피아노 전공 문제로 시형은 은서에게 종종 전화를 걸어 조언을 구하고 있었다. 그게 정말로 조언 때문인지, 아니면 다른 어떤 의도가 있는 건지 도무지 시형의 속을 알 수가 없었다. 집안끼리 벌써 이야기가 진행되어야 하는 타이밍인데도 어쩐지 시형의 태도는 날이 갈수록 더 미적지근해지고 있어 민정은 사실 무척이나 초조해진 상태였다. 확실한 증거는 없지만 그의 태도가 은서 때문일 거란 의심을 지울 수가 없었다.

"서은서. 경고하는데 너, 전처럼 또 그런 일 생기면 이번엔 정말 가만 안 둘 거야."

민정이 짐짓 사납게 눈을 부라렸지만 은서는 전혀 모르겠다는 표정으로 눈을 동그랗게 뜨면서 되물었다.

"뭐? 그게 무슨 소리야?"

"이게 시치미를 떼? 네가 내 남자들 가로챈 게 어디 한두 번이냐고!"

"내가 네 남자들을 가로챘다고?"

민정의 말을 그대로 되묻던 은서가 문득 묘한 얼굴을 했다. 지금까지 단 한 번도 본 적 없는 표정, 사람 뼛속까지 약 오르게 만드는 표정이었다.

"얘가 지금 뭐래? 차민정, 너 뭐 착각하는 거 아니야? 난 너처럼 싸구려 수집하는 취미 없어."

드디어 은서가 처음으로 속내를 드러내자 민정은 기다렸다는 듯 이를 갈았다.

"하! 그래! 내가 너 이럴 줄 알았지! 이럴 줄 알았어!"

민정의 분한 표정을 느긋하게 감상하고 있던 은서가 다시 한 번 물었다.

"그리고 너 전부터 왜 자꾸 나만 나쁘다고 하니? 제일 문제는 내가 아니라 멀쩡한 애인 놔두고 다른 여자한테 눈길 돌린 그 새끼들이잖아. 안 그래?"

"우와아아! 이 내숭……! 이 이중인격자……! 와, 뭐 이런 게 다 있어?"

"그것도 아니면 그동안 두 눈 빤히 뜬 채 연타로 뒤통수 맞은 너겠지. 솔직히 너, 지금까지 나한테 뒤통수 맞은 것도 모르고 있었잖아. 이 멍. 청. 아."

더 이상은 아무것도 모르는 척, 가련한 척하지 않는 은서는 너무도 생소하고 오싹했다. 얘가 원래 이런 애였던가 하는 생각에 몹시 혼란스러웠다.

그건 그렇고, 지금까지 잠잠하다 갑자기 이렇게 본색을 드러내는 이유는 뭐지?

그동안 은서 때문에 남자 문제로 몹시 고통 받아왔던 민정이었다. 앞으로 무슨 일이 생기게 될지, 민정은 은서가 슬슬 두려워지기 시작했다.

"내가 하는 말이 마음에 안 들어? 어머, 표정 보니 별로 마음에 안 드는 모양이네."

"야, 너……."

"왜? 또 고양이 죽여서 보내려고?"

오래전, 흥분한 나머지 자신이 저질렀던 짓을 떠올린 민정은 문득 공포에 사로잡혔다. 그때 일을 아직까지도 마음속에 품고 있었다니.

"그런데 어떡하니. 나도 살면서 산전수전 다 겪다 보니 제법 담력이 좀 생겼거든. 이제 고양이 시체 정도론 별로 안 놀랄 것 같으니까 다음번엔 좀 더 화끈한 걸로 시도해봐. 아, 그리고 내가 너 진심으로 걱정해서 하는 얘긴데, 진짜 화끈한 거 시도한답시고 사람 죽이고 그러면 안 된다, 응?"

은서가 환하게 웃으며 내놓는 끔찍한 소리에 온몸에 소름이 확 끼친 민정은 뒤로 한 걸음 물러나더니 이내 지지 않으려는 듯 사납게 되물었다.

"그, 그래! 옛날에 내가 너 좀 괴롭혔던 건 사실이야. 그래서 네가 나한테 물 먹이려고 하는 건, 뭐, 그렇다 치자! 그럼, 넌? 넌 잘한 거 있어? 겉으론 착한 척하면서 아무 죄도 없는 내 남친들 유혹하고 줄줄이 차버린 넌 잘한 거냐고! 그 사람들이 무슨 죄야?"

말없이 민정의 얼굴을 바라보던 은서의 눈동자가 일순 흔들렸다. 민정은 그 틈을 타 간절한 어조로 덧붙였다.

"넌 시형 씨한테 미안하지도 않아?"

한동안 은서는 아무 말도 없었다. 미안한 마음을 갖고 있긴 한 모양이었다.

시형마저도 눈앞에서 은서에게 농락당하면 이제 자신의 설 자리가 없어질 거란 생각이 들었다. 그동안 쌓인 고통에 갑자기 서러움까지 북받친 민정은 상대가 서은서라는 것도 잊을 정도로 감정이 격해져 눈물까지 글썽이며 애원했다.

"이러지 말자, 진짜! 부탁이야! 나 정말 시형 씨 좋아해. 사랑한단 말이야……!"

한숨을 내쉬는 은서의 얼굴에 또 한 번 스치고 지나간 희미한 갈등을 민정은 놓치지 않았다.

서은서는 그간 얄밉긴 했어도 그렇게 뼛속 깊이 나쁜 계집애는 아니었다. 이전까지 그녀를 일방적으로 괴롭히고 화풀이 상대로 여겼던 건 오히려 민정이었으니까. 진심을 담아 사과한다면 용서해주고도 남을 은서를 잘 알고 있었던 민정은 내키지 않았지만 어렵게 한 마디 한 마디를 내놓기 시작했다. 지금은 체면 차릴 때가 아니었다.

"나, 이 남자만큼은 정말 놓치고 싶지 않아. 미안해, 은서야. 진짜 미안해. 그동안 내가 너무 못되게 굴었었지? 많이 힘들었지? 내가 이렇게 사과할 테니까……, 앞으로 다신 그런 일 없을 테니까, 무릎 꿇으라면 꿇을게. 더 이상은 시형 씨 근처에서 맴돌지 말아줘, 부탁이야. 은서야."

간절한 사과를 듣고서 마음이 누그러졌던지, 마주보고 있던 은서의 얼굴이 마치 봄바람에 꽃 피듯 화사하게 밝아졌다.

은서는 천천히 손을 내밀어 민정의 어깨를 어루만졌다. 그 손길이 어찌나 따스하던지, 민정은 하마터면 저도 모르게 눈물을 흘릴 뻔했다.

"오래 살고 볼 일이다. 너한테서 '고아 년' 소리 안 듣는 날이 오다니."

"미안해. 정말 미안해."

"그래. 사람이 이렇게까지 하는데 외면할 순 없지. 그 사과 받아들일게."

기대감에 부풀어 올려다보는 민정의 귀에 전혀 예상치 못했던 은서의 목소리가 차갑게 휘감겼다.

"그런데 전부터 느낀 거지만, 너 인생 참 편하게 산다."

"응……?"

"사과는 사과고. 나한테서 받을 건 똑바로 받아 가야지."

은서의 오싹한 미소를 올려다본 민정의 얼굴에서 핏기가 가셨다.

"차민정, 너는 내가 허락하기 전엔 연애도, 결혼도 못 해. 절대로 못 웃어. 왜냐고? 내가 그렇게 만들 거니까. 네가 전에 나 괴롭혔던 7년만큼 나도 너 딱 7년 동안만 괴롭힐게. 그때까지 이시형이 아니라 다른 남자 한 트럭을 데려와도 넌 안 돼. 알아?"

"뭐…… 라고?"

"어디서 인생을 날로 먹으려고 해?"

싸늘하게 내뱉은 은서는 이내 느긋한 어조로 말을 이었다.

"이시형 씨한테 미안하냐고 물었지? 전혀 안 미안해. 오히려 너 같은 애랑 결혼하는 거 말려주는 걸로 그 사람이 나한테 고마워해야지. 그리고 집안끼리 혼담 오가는 와중에 내가 조금만 흘려도 정신 못 차리는 병신한테는 전혀 미안할 이유가 없지. 굳이 내가 아니라도 금세 넘어갈 놈일 텐데 왜 내가 미안해해야 하지?"

"이……! 미친년! 나쁜 년아!"

"그래, 나 미친년, 나쁜 년이야. 몰랐어? 애가 새삼스럽게 왜 이렇게 순진한 척을 해?"

분을 이기지 못한 민정이 발을 동동 구르는 것을 만족스럽게 내려다보던 은서는 그녀의 어깨를 아프도록 꽉 잡고 몸을 숙이더니 나직이 속삭였다.

"나 그렇게 야박한 사람 아니야. 받은 건 받은 만큼에다가 꼭 더 얹어서 돌려주는, 아주 매너 있는 여자라고. 7년 꽉 채우고 놔줄 테니까 그때까지 마음껏 즐겨."

"아아……!"

"그럼 난, 약속이 있어서 이만."

또박또박, 도도한 구둣발 소리를 내며 걸음을 옮기는 은서의 뒤에서 민정은 부들부들 떨다 악에 받친 고함을 내질렀다.

"아아악! 서은서! 너어어어어!"

저소득층이나 시설의 어린이들을 후원하고 대대적인 아동학대 예방 캠페인을 벌이는 것은 벌써 수년째 이어오고 있는 범애제약의 간판 자선사업이었다.

오후 3시, 범애재단 대강당 벽면에는 울긋불긋한 색으로 선명하게 프린트 된 '범애제약, 범애재단과 함께하는 사랑 나누기 축제' 플래카드가 붙어 있었다.

문구를 물끄러미 올려다보고 있던 지혁의 얼굴에 일순 조소가 어렸다.

"물질적인 풍요가 넘치는 이 시대에 아직도 고통받는 어린이들이 존재하고 있다는 것은 참으로 안타깝기 그지없는 일입니다. 어린이는 미래의 희망입니다. 어떠한 상황에서라도, 아이들만큼은 그늘 아래, 찬바람 속에 두어선 안 됩니다. 우리 범애제약은 해마다…….

단상 위에서 목에 핏대까지 올려가며 혼신의 힘을 다해 연설하고 있는 차 회장의 얼굴은 고통과 연민, 그리고 한없는 자애로움으로 가득 차 있었다. 마치 그가 지금 외치고 있는 위선 가득한 저 공염불이 사실인 듯 느껴질 정도로 말이다.

끔찍한 흉터들이 자리한 등이 욱신거리며 이내 지독한 두통이 몰려왔다. 지혁은 고개를 숙이고 두 손으로 얼굴을 문지르며 키득거리기 시작했다.

"크크큭."

어떠한 상황에서도 아이들만큼은 그늘 아래, 찬바람 속에 두지 말라고? 과연, 여기저기 제 새끼들을 싸질러놓고 정신병자 마누라의 학대에다 고스란히 노출시킨 것도 모자라 전 동업자를 죽음으로 내몰고 그 딸의 유산까지 모두 가로채 제 배를 불린 위인다웠다. 차 회장의 정신 상태가 정상이 아니란 건 진작부터 알고 있었지만, 이쯤 되면 새삼스럽게 감탄하지 않을 수가 없었다.

"올해의 중점 사안은 복합 어린이 단지 추진 계획입니다. 좀 더 적극적인 활동으로 기금을 조성하여 아동복지 발전의 초석을…….

계속되는 연설을 듣고 있으려니 더 이상 욕지기를 참을 수가 없었다. 지혁은 고개를 숙인 채 손목시계를 들여다보며 속으로 투덜거렸다.

'서은서, 대체 언제까지 기다리게 할 셈이야?'

그때, 갑자기 마이크가 듣기 싫은 소리를 내더니 차 회장의 연설이 딱 끊겼다.

　단상 위로 올라간 차 회장의 수행비서가 그의 귀에다 대고 뭔가를 귀띔하고 있었다. 귀엣말을 듣고서 순식간에 핏기가 가시는 차 회장의 얼굴을 노려보며, 지혁은 스마트폰을 꺼내 인터넷에 접속했다. 포털 사이트의 뉴스 속보에는 '범애제약 차영철 회장 민형사 피소' '차영철 회장 개인비리 고발 기자회견' 등 관련 속보가 올라오고 있었다.

　[범애제약 공동 창업주인 故 서종근 사장의 양녀 서은서 양은 지난 2004년 작고한 부친의 유산을 횡령하여 유용한 혐의로 전(前) 법정 후견인 차영철 회장에 대한 민형사 소장을 제출했다. 이와 함께 서 양은 긴급 기자회견을 열고 '부친의 유산 일부는 범애재단에 기탁되는 과정에서 돈세탁되어 차명계좌로 분산된 후 차 회장의 개인 자금으로 둔갑됐다. 이 과정에서 재단 소유의 다른 자금들이 동원된 증거들도 가지고 있다.'고 밝혔으며, 개인적인 민형사 소송과 함께 재단 비리 고발도 동시에 진행할 것이라고 밝혔다. 한편…….]

　차 회장은 아무 일도 없다는 듯 다시 연설을 이어갔지만 얼굴에 드리워진 그늘까지 가릴 수는 없었다.
　지혁은 모처럼 마음에 드는 그의 얼굴을 느긋한 표정으로 감상하며 거만하게 다리를 꼬았다.

　연설을 마치고 단상에서 내려오자마자, 차영철은 믿을 수 없다는 표정으로 측근들을 닦달하기 시작했다.

"뭐가 어쩌고 어째? 고 깜찍한 계집애가 나를 고발했다고? 홍보실은 그동안 뭐 했어! 애송이가 기자회견 소집할 때까지 넋 놓고 구경하고만 있었단 말이야? 이런 밥버러지 같은 것들!"

"회장님, 진정하십시오. 회견 전에 기자실에 돌린 공문에는 서은서 애기가 일절 없었던 모양입니다."

이름도 들어본 적 없는 시민단체가 비윤리적 상업행태를 그만두라고 촉구하는 일이야 자주 있었던 일이고 그것을 무마하는 것 역시 어렵지 않은 일이었기에 전혀 신경 쓰지 않고 있다가 뒤통수를 맞은 것이다.

"그 멍청해 보이는 계집한테 내가 7년이나 속았단 말인가. 이런 어이없는 일이……!"

지금껏 고분고분 말을 잘 들으며 딸인 민정보다도 외려 더 살갑게 굴던 은서를 떠올린 차 회장은 황당한 표정으로 헛웃음을 흘렸다. 그건 그렇고, 지금껏 잘 포장해온 이미지에 반하는 일을 언론에다 크게 터뜨렸으니 무마하는 일이 쉽지는 않아 보였다.

차 회장은 이를 박박 갈며 휴대전화를 들어 은서에게 전화를 걸었다.

신호음이 몇 번 울리기도 전, 얄밉기 짝이 없는 목소리가 귀에 들려왔다.

- 어머, 한창 바쁘실 텐데 아저씨께서 웬일이세요.

차 회장의 얼굴에 느긋하고도 싸늘한 미소가 번졌다.

"오랫동안 뒷구멍으로 호박씨 까느라 고생이 많았겠구나."

- 지금이라도 알아주시니 고맙습니다. 그동안 답답해서 죽을 뻔했지 뭐예요.

마치 약이라도 올리는 듯한 목소리에 차 회장의 미간이 좁아졌다.

"네가 아직 어려서 뭘 모르는 모양인데, 세상 일은 그렇게 호락호락하지 않다. 나를 우습게 보지 마라. 검찰 조사 같은 건 얼마든지 피해 갈 수 있어. 그리고 너 같은 계집애 하나쯤 쥐도 새도 모르게 망가뜨리는 건 일도 아니지."

- 아저씨, 절 너무 어리게 보시는 거 아니에요? 만약 지금 저한테 무슨 일이 생기면 그 혐의가 누구한테 제일 먼저 갈 것 같으세요?

"확실히 어리구나. 괴롭힘이란 게 꼭 물리적인 형태로만 드러나는 건 아니지. 손가락 하나 까딱 안 하고도 상대를 무너뜨리는 방법은 얼마든지 있단다. 협박으로 돈이라도 뜯어낼 생각인가 본데, 협박은 그 따위로 하는 게 아니야. 원하는 게 돈이라면 얼마든지 주겠다. 걸레짝 돼서 쥐도 새도 모르게 묻히고 싶지 않거든 그쯤에서 그만둬라."

차 회장이 살벌한 위협과 부드러운 회유를 적절히 섞어 내놓자 전화기 너머에서 잠시 침묵이 흘렀다. 그러면 그렇지. 상대는 솜털도 안 가신, 순진하기 짝이 없는 애송이였다.

그가 씩 웃으며 한 마디를 더 덧붙이려던 순간, 스피커를 통해 묘한 말이 흘러나왔다.

- 우리 아빠처럼 말인가요?

늘 사근사근하고 가느다랗기만 하던 은서의 목소리는 도저히 그녀의 것이라곤 생각할 수 없을 정도로 차갑고 오싹하게 들렸다. 일순, 차 회장의 팔뚝에 소름이 좍 돋았다.

"지금 무슨 말을 하는 거냐."

- 뭐, 모든 진실을 알고 있는 사람은 결국 아저씨뿐이니, 운이 참 좋으시네요. 협박은 그 따위로 하는 게 아니라고 하셨던가요? 그 말 그대로 돌려드리죠. 오랜만의 통화 즐거웠어요. 녹음도 끝까지 잘 됐고요.

조롱 섞인 말과 함께 전화는 갑작스럽게 뚝 끊겨버렸다.

"이…… 발칙한 계집애가!"

휴대전화의 액정화면을 내려다보던 차 회장은 부들부들 떨더니 이내 바닥에다 전화기를 집어던져버렸다.

자기 손으로 산산조각 내버린 휴대전화는 꼭 그의 앞날을 대변하는 듯 불길하게 보였다.

17. 반격

　오랫동안 집안일을 도맡아 해주었던 파주댁이 주방에서 고개를 비죽이 내밀고 민정을 불렀다.

　"아가씨, 사모님께서 계속 입맛이 없다고 식사를 거르셔서 전복죽을 좀 끓였는데 올라가는 길에 좀……."

　"쳇. 이리 줘요."

　귀찮은 표정으로 죽 대접과 반찬, 수저가 얹힌 쟁반을 건네받은 민정은 2층으로 올라가 노크도 하지 않은 채 안방 문을 벌컥 열어젖혔다.

　"엄마……?"

　민정은 갑작스럽게 느껴지는 묘한 불쾌감에 저도 모르게 진저리를 치고 말았다.

　또다.

　안방에는 박 여사만 있는 게 아니었다. 침대에 드러누워 있는 박 여사의 바로 곁에 김래연이 걸터앉아 있었다. 마치 그 자리가 제 자리인 양 아주 자연스러운 태도로 말이다.

박 여사의 수족이나 다름없는 수행기사 일을 벌써 25년 가까이 해오고 있는 김래연은 태어나자마자 이리저리 치이고 존재감 제로 취급을 받으며 겉돌았던 민정을 살갑게 챙기고 돌봐주는 유일한 어른이었다. 그런데도 이상하게 민정은 그런 김래연이 싫었다. 그건 비단 그가 거구에다 무시무시한 인상을 지녔기 때문만은 아니었다.

느낌.

역시 느낌이 싫었다. 왠지 그와 마주하면 싫은 기억들이 떠오를 것 같은 느낌, 알아선 안 될 것을 알게 될 것만 같은 느낌……, 그런 온통 불길한 느낌들 말이다.

"엄마, 아무것도 안 먹었다며? 죽이라도 좀 먹어."

주뼛주뼛 쟁반을 들고 안으로 들어온 민정은 침대 옆 협탁을 무시한 채 창가의 테이블 쪽을 향해 걸어갔다. 김래연과 마주칠 일을 만들지 않으려는 의도였지만, 그는 전혀 눈치 채지 못했던지 곧장 민정이 있는 쪽으로 다가와 쟁반을 받아 들려고 했다.

기분이 상한 민정은 몸을 돌려 그를 피하려다 그만 쟁반을 놓치고 말았다.

와장창!

쟁반의 식기들이 요란한 소리를 내며 바닥으로 곤두박질쳤고 그 바람에 튀어나온 뜨거운 죽이 실내복 반바지 차림이었던 민정의 발목에 덩어리져 들러붙고 말았다.

"꺄악! 뜨거워!"

"아가씨! 괜찮아요?"

다급하게 몸을 숙인 김래연이 발목을 살펴보려 했지만 민정은 벌겋게 달아오른 얼굴로 사납게 그를 밀어내버렸다. 최근 은서에게서 받고 있는 스트레스와 우울한 집안 분위기, 그리고 그동안 쌓여왔던 모든 억울하고 꼬인 감정들이 화끈거리는 통증을 통해 드디어 폭발하고 말았다.

　　"운전기사 주제에 친한 척하지 마! 격 떨어진단 말이야!"

　　민정이 악을 쓰며 내뱉은 말에 박 여사가 차갑게 그녀를 나무랐다.

　　"차민정! 버르장머리 없이 어른한테 그게 무슨 말버릇이니!"

　　"돈 받고 일하는 기사잖아! 이따위 무식한 아저씨가 어른은 무슨 어른이야!"

　　바락바락 소리를 지른 민정은 얼굴을 붉힌 채 울상을 하고 밖으로 뛰쳐나가버렸다.

　　김래연이 뒤따라 뛰어나가려 했지만 박 여사는 한심하다는 표정으로 그를 제지하며 긴 한숨을 내쉬었다.

　　"스물세 살이나 먹은 계집애 행실하고는. 그냥 내버려둬. 지금 쟤한테까지 신경 쓸 여력이 어디 있어?"

　　박 여사의 말에도 한동안 문 앞에 서서 주저하던 김래연은 걱정스러운 표정으로 복도를 내다보다 이내 문을 닫고 돌아섰다.

　　"화상 입었을지도 몰라요. 시집도 안 간 애 몸에 흉이라도 지면 어쩌려고 그러십니까."

　　"하! 유치원생을 인정사정없이 고문해 반 죽여놓기까지 했던 김 기사가 그런 말을 하다니."

빈정거리는 박 여사를 건너다보며 씩 웃은 김래연은 이내 의심스러운 한 마디를 내놓았다.

"그 녀석이랑 민정이는 다르잖아요."

의미심장한 말에 박 여사의 눈매가 날카로워졌다. 그녀는 예민한 태도로 그의 말을 딱 자르고 끼어들었다.

"외로울 때 조금 데리고 놀았다고 기어오를 생각이야? 왜 생전 안 하던 짓을 하지, 김 기사?"

박영자와 김래연의 내연 관계는 이미 민정이 태어나기 훨씬 전부터 시작되어 있었다.

신혼 초부터 남편의 끊임없는 외도로 신경쇠약에 시달리던 박영자는 어느 날 밤 우발적으로 잠깐의 일탈을 저지르고 말았다. 술에 취해 운전기사의 품에 안기고 만 것이다. 그 후 박영자는 곧바로 자신의 실수를 뉘우쳤지만, 남편과의 관계에 늘 목말라 있던 그녀에게 있어서 탄탄한 육체를 지닌 한창 나이의 남성은 거부할 수 없는 유혹이었다. 한 번이 두 번 되고 두 번이 세 번 되며 벌써 오랜 시간 습관처럼 이어온 두 사람의 관계는 어느새 부부나 다름없게 되어 있었다.

"네, 네. 알았습니다, 알았어요."

건성으로 대답하곤 있었지만 슬그머니 박 여사를 건너다보는 김래연은 뭔가를 기대하는 눈빛이었다.

"하아……."

박 여사는 한숨을 길게 내쉬며 관자놀이를 문질렀다.

전부터 의심은 했지만, 아무래도 김래연은 민정이 자신의 딸이라고 믿고 있는 것 같았다.

민정이 그녀가 김래연과의 관계에 깊이 몰두하던 시기에 들어선 것은 맞았다. 하지만 그땐 차 회장과의 관계 또한 아주 끊어지기 전이었기 때문에 박 여사는 민정의 생부가 누구인지에 대해 사실 스스로도 확신할 수가 없었다. 비밀이 새어나갈까 봐 유전자 검사를 할 수도 없었다. 본인은 희대의 개망나니이면서도 칼자루를 쥔 것은 언제나 차 회장 쪽이었기 때문이었다. 혹시라도 민정이 남편의 씨가 아니라면 그녀는 맨몸으로 집에서 쫓겨날 수도 있었다.

그렇게 23년을 지내오다 보니 박 여사는 민정을 볼 때마다 늘 마음이 불안했다. 자신의 죄의 증거일지도 모르는 딸이었기에.

"허튼소리 작작 해. 그 일 아니라도 머리 복잡해 미칠 것 같다고."

"앞으로 어떻게 하실 생각입니까?"

"마침 서 사장 딸, 고 애송이 계집애가 타이밍 좋게 잘 터뜨려 줬어. 뭔가를 하려면 차영철 그 작자가 소송으로 손발 다 묶인 지금이 기회겠지. 이 기회에 가진 걸 다 팔아서라도, 아주 끝까지 가서라도 민수 지켜내고 말 거야. 지금까지 어떻게 키운 내 아들인데."

"그렇지요."

"그리고 차지혁 말이야. 그 녀석도 이대로 가만 둘 순 없어."

"그쪽은 저도 예상 밖이었습니다."

"어디 누가 생각이나 했겠어? 그렇게 오랫동안 독을 품어왔던 녀석이니 호락호락하진 않겠지. 김 기사가 오늘부터 뒤를 좀 밟아

봐. 어딘가 쥐고 흔들 약점 같은 게 있을지도 몰라."

"네, 사모님."

벌써 며칠째 재단과 회사를 오가며 측근들을 모두 불러다 대책 회의를 하는 내내 차 회장은 평소의 그답지 않게 무척이나 초조해 보였다. 그도 그럴 것이, 은서의 소송 소식이 언론을 통해 불거지 자마자 기다렸다는 듯 민수와 박 여사 라인 인사들이 주식을 대거 사들이기 시작했기 때문이었다. 이건 누가 보더라도 명백하게 경 영권을 노리고 뛰어든 도전이었다.

이런 상황에 검찰이 조사에 착수해 재단 측 자금줄을 막아버리 면 차 회장 입장에선 당장 경영권 방어를 위한 돈을 끌어 모을 곳 이 없었다.

얼마나 똥줄이 탔던지 발을 동동 구르는 차 회장을 달래며 비 위를 맞추는 동안 지혁은 터져 나오려는 웃음을 참느라 아주 혼이 났었다. 이제 시작인데 벌써부터 이렇게 추한 꼴을 보일 줄은 몰랐 기 때문이었다.

집무실에서 지는 해를 바라보며 느긋하게 망중한에 잠겨 있던 지혁을 깨운 것은 날카로운 호출음이었다.

- 동생분께서 찾아오셨는데요.

"들어오라고 해요."

책상 위의 서류들을 한쪽으로 치우고 있는 중, 노크 소리와 함 께 문이 열리며 종민이 안으로 들어섰다.

"형."

성큼성큼 다가와 손님용 소파에 털썩 앉는 종민을 말없이 바라
보고만 있던 지혁은 집무책상 한쪽에 걸터앉아 말보로레드 갑을
집어 들었다. 이윽고 담배 한 가치를 꺼내 입에 물고 불을 붙인 그
가 물었다.

"줄까?"

"됐어."

비서가 차를 내온 후 물러가자 종민은 장난스럽게 핀잔을 주었
다.

"이제 대놓고 피우네. 좋아 보인다."

지혁은 별 반응 없이 연기를 길게 뿜어내더니 물었다.

"안 물어봐?"

"뭘?"

"오늘 내가 널 불러낸 이유."

"뭔데?"

"전에 네가 LA에서 아버지 사생아 한 명 더 만났다고 했었지?
나한테 연락처 넘겨."

부친을 괴롭혀주겠다던 종민은 일전에 지혁의 저지로 그 일에
서 손을 뗀 상태였다. 그런데 그랬던 지혁이 갑자기 상대의 연락처
를 요구하다니. 그 의도를 단번에 눈치 챈 종민은 한동안 조용히
생각에 잠겨 있다 뜬금없는 소리를 했다.

"내가 얘기 했던가? 미국 가서 생모 만난 얘기."

지혁이 아무런 반응도 보이지 않자 종민은 씁쓸한 표정으로 중
얼거렸다.

"알코올 중독자 요양원에 있더라. 처음엔 날 전혀 못 알아보더니, 나중엔 펑펑 울었어."

지혁 역시 씁쓸한 표정으로 담배를 깊이 빨아들였다가 한숨 섞인 긴 연기를 뱉어냈다.

허공으로 흩어지는 회색 담배 연기를 물끄러미 쳐다보던 종민은 담담하게 말을 이었다.

"오랫동안 원망하고 있었거든. 엄마를 만나면 그때 왜 날 버렸는지, 왜 이딴 아버지한테 보냈는지 화를 내려고 했는데……, 그렇게 초라하게 폭삭 늙어버린 여자가 서럽게 우는 걸 막상 마주하니 화를 낼 수가 없는 거야. 게다가…… 미안하다는 말까지 들으니까 그냥 허탈해지면서……, 그렇게 주책없이 화가 풀리고 보니 엄마도 그냥 불쌍하게만 느껴지고 해묵은 원망이나 증오 같은 것도 다 희미해져버리더라고. 그렇게 엄마를 용서했어."

스스로가 한심하다는 듯 고개를 저은 종민이 덧붙여 말했다.

"뭘 해도 이렇게 쉽고 무르기만 한 내가 싫어. 언젠가 저 인간 같지도 않은 아버지 역시 그렇게 용서하게 될까 두렵기도 하고."

부모 같지 않은 부모 밑에서 태어나 어린 시절부터 지금까지 그 집에서 함께 살아왔건만 지혁과 종민은 확연히 달랐다. 오기와 독기, 증오와 분노를 양분 삼아 스스로를 키워온 지혁과 달리 종민은 애초부터 심성이 너무 무르고 약했다. 그로서는 피하고 숨는 게 생존을 위한 최선의 방법이었던 것이다.

무표정한 얼굴로 다시 한 번 담배를 깊숙이 빨아들인 지혁은 매캐한 연기를 음미하려는 듯 한동안 숨을 참았다가 길게 내뱉으며 심드렁하게 대꾸했다.

"인간을 인간답게 만들어주는 게 뭔지 알아? 망각(忘却)이야. 머릿속에 끈적끈적하게 달라붙어 있는 찌꺼기들을 주기적으로 깨끗하게 비워줘야 다음 생각이 들어갈 자리가 생기거든. 뭐든 잊을 수 있는 건 좋은 일이야. 비우지 못한 채 용량 초과인 머리로 살면…….'

잠시 말을 끊은 지혁은 키득거리며 검지로 자기 머리를 툭툭 가리키더니 내뱉었다.

"나처럼 된다고. 알아?"

싸늘하고 시니컬한 어조였지만 지혁의 말 속에선 깊은 위안과 위로가 느껴졌다. 비록 가면이었다 해도, 돌이켜 보면 지혁은 언제나 그랬었다. 만약 이런 집안에서 태어나지 않았다면 누구보다도 우애 좋은 형제로 살 수 있었을 거란 생각이 들어 종민은 문득 코끝이 시큰해졌다.

이내 종민은 뭔가 각오라도 한 듯 제법 비장한 표정으로 말했다.

"그 폭탄 내가 놓을게. 나한테 맡겨줘. 형이 언제든 버튼을 누를 수 있도록, 형을 위해서 내 손으로 직접 도화선을 깔아줄게."

종민이 어울리지 않게 비장한 각오를 밝히자 지혁은 피식 웃으며 대꾸했다.

"자폭이나 하지 마라."

회사 안으로는 경영권 분쟁, 밖으로는 사생활 추문이 연달아 뻥뻥 터지는 상황에서 차 회장은 과연 어디까지 버틸 수 있을까.

지혁의 만면에 회심의 미소가 어렸다.

계속되는 대책회의 때문에 지혁의 퇴근길은 평소보다 한참이나 늦어졌다.

차를 몰고 회사를 나선 지혁은 카 오디오의 볼륨을 최대로 높이고 차이콥스키 피아노 협주곡 1번을 감상하며 흥얼거렸다. 오케스트라와 대결이라도 하듯 사납게 몰아치는 피아노 선율은 흥분 상태인 그의 가슴을 더욱 호전적으로 만들고 있었다.

지혁은 핸즈프리 버튼을 누르고 은서에게 전화를 걸었다.

- 아유, 오빠. 어딘데 이렇게 시끄러워?

"차 안이야."

- 볼륨 좀 줄여!

"싫은데."

지혁이 장난스럽게 놀리자 은서 역시 키득거렸다. 오디오를 꺼버리자 차 안에는 은서의 나직한 웃음소리만이 투명하게 울렸다.

그 소리를 들으니 사납게 날뛰던 그의 심장이 언제 그랬냐는 듯 차분하게 페이스를 찾으며, 한없는 편안함이 온몸으로 퍼져 나갔다.

- 어서 말해봐. 그 영감 표정이 어땠어?

"내내 밀가루 반죽처럼 하얗게 질려 있었지. 사진이라도 찍어 오고 싶었는데."

- 아아, 아쉬워 죽겠네.

"축하하는 의미에서 샴페인 사 갈게."

- 카나페 만들어둘까?

"좋지. 지난번에 사둔 캐비아도 꺼내……."

습관적으로 룸미러를 올려다본 지혁이 돌연 입을 다물었다.

룸미러에 비친 후방을 자세히 살핀 그는 심각한 표정으로 말을 이었다.

"은서야, 이따 다시 전화할게."

- 응. 나 지금 간단하게 장보러 나갈 건데 뭐 먹고 싶은 거라도……?

지혁의 미간이 급격히 좁아졌다. 그는 평소의 그답지 않게 불안하고 다급한 어조로 그녀의 말을 가로막고서 명령했다.

"아니, 나가지 마."

- 바로 집 앞인데 뭘. 별로 안 추워.

"나가지 말라니까!"

그제야 이상한 낌새를 눈치 챘던지, 은서가 착 가라앉은 목소리로 물었다.

- 무슨 일이야, 오빠?

"아무 일도 아니야. 걱정하지 말고 내가 다시 전화할 때까지 얌전히 집에서 기다리고 있어. 알았지? 밖으로 한 발짝도 나가면 안 돼."

- 으응. 알았어. 오빠도 조심해.

은서가 다소 걱정스러운 목소리로 대답하고 전화를 끊자, 지혁은 급히 차선을 변경해 행선지를 그녀의 아파트에서 자신의 임시 거처인 오피스텔로 바꾸었다.

다시 한 번 룸미러를 들여다보자 아니나 다를까, 아까부터 눈에 띄던 검은색 중형차가 차선을 바꾸고 일정 거리를 둔 채 계속해서 따라붙고 있었다.

"자, 얼굴을 보여봐. 어느 쪽에서 보낸 개새끼인지 궁금하잖아."

차갑게 눈을 빛내며 중얼거린 지혁은 초조하게 운전대를 틀어 쥐고서 액셀러레이터를 깊게 밟았다.

붉은 미등이 길게 꼬리를 드리우며 어두워진 거리를 빠르게 달려 나가자 뒤를 따르던 검은 차 역시 속도를 내기 시작했다.

지하주차장을 한 바퀴 돌아 일부러 구석 진 곳에 후진주차 한 지혁은 날카로운 눈으로 전방을 주시했다. 아까부터 차 한 대나 두 대 정도를 사이에 둔 채 계속해서 뒤를 따르던 검은색 차량은 무슨 일인지 주차장 입구에서부터 보이질 않았다.

한동안 기다려봤지만 오늘따라 인적 드문 주차장엔 쥐새끼 한 마리도 보이질 않았다.

기우였나, 하는 생각에 가벼운 한숨을 내쉰 그는 조수석에 놔둔 서류가방을 들고서 천천히 차에서 내렸다.

지은 지 꽤 오래된 오피스텔의 지하주차장 조명은 평소에도 그리 밝은 편은 아니었다. 흐릿한 천장 조명이 깜박거리기까지 하자 어쩐지 오싹한 기분마저 들었다.

눈살을 찌푸리고 천장을 올려다보며 차 문을 닫은 그는 키에 달린 리모컨 버튼을 눌러 문을 잠갔다.

삑, 하는 기계음과 함께 철컥 문이 잠기는 순간, 옆구리에 날카롭고 섬뜩한 감촉이 드리워졌다. 끝이 뾰족하고 날 선 흉기가 내뿜는 노골적인 살기는 재킷의 두꺼운 모직 소재 옷감을 뚫고 생생히 느껴질 정도였다.

천천히 고개를 왼쪽으로 돌린 지혁은 자기 옆구리를 똑바로 겨누고 있는 잭나이프를 가만히 내려다보며 나직이 중얼거렸다.

"역시. 내가 아는 남자 중 왼손잡이라곤 당신밖에 없지. 직접 행차하실 줄은 몰랐는데, 어지간히도 급하셨나 봐?"

지혁은 서류가방을 떨어뜨리고 뒤로 돌아서려고 했지만 등 뒤에 바싹 따라붙어 있던 김래연이 낮게 깔린 어조로 위협했다.

"돌지 말고 그대로 서 있어."

고분고분 차 지붕을 짚고 선 지혁은 일부러 도발하려는 듯 조롱 섞인 한 마디를 내뱉었다.

"완전히 미치셨군. 요즘은 사모님 대신 두 팔 걷어붙이고 출장 백정 짓까지 하고 다니는 모양이지?"

지혁의 도발에 김래연은 키득키득 웃더니 중얼거렸다.

"이런 장난감으론 상처 정도는 입힐 수 있어도 단번에 죽이긴 힘들거든. 이건 그냥 위협용이니까 그리 떨 것 없어. 그나저나 많이 컸네, 우리 지혁이 도련님. 살려달라고 내 밑에 엎드려서 앙앙 울던 때가 바로 엊그제 같은데 말이야."

잔인하게 웃으며 등을 쓰다듬어 내리는 김래연의 손길에 지혁은 스멀스멀 기어 올라오는 끔찍한 기억을 외면하려 애쓰며 이를 악물었다. 포커페이스를 하고 있긴 했지만, 몸은 무의식적으로 기억 저편의 고통을 반추(反芻)했던지 서서히 손바닥에 식은땀이 배어나오기 시작했다.

김래연은 가만히 몸을 숙이더니 지혁의 귓가에다 바싹 입을 들이대고 음산한 목소리로 속삭였다.

"도련님, 내가 그때 분명히 말했지? 사모님 말씀 잘 듣지 않으면 이 아저씨한테 혼난다고 말이야. 마지막 경고야. 이 이상은 설치고 다니지 마라. 이젠 봐주지 않고 아주 끝까지 가줄 테니까."

말이 끝나기 무섭게 지혁의 입술 사이로 피식, 비웃는 소리가 새어나왔다.

"그거 듣던 중 반가운 말이네. 어디, 끝까지 한번 가보자고."

지혁이 독기 서린 표정으로 키득거리며 내뱉은 말에 김래연 역시 씩 웃으며 응수했다.

"호오, 버티시겠다?"

"이봐, 주둥이는 비뚤어졌어도 말은 똑바로 해야지. 버티는 게 아니라 그쪽을 깡그리 다 밟아버릴 거라고, 내가. 사람이 은혜를 입었으면 마땅히 갚는 게 도리잖아. 그러니 고스란히 돌려줄게. 이자도 잘 쳐서."

지혁의 어조는 무척이나 느긋하면서도 등골이 서늘할 정도로 살벌하게 들렸다.

"하!"

"왜 웃어? 당신 눈엔 지금 내가 장난하는 것처럼 보여?"

흉기를 들이대며 위협했는데도 예상했던 반응을 보여주지 않아서 약이 올랐던지, 김래연은 칼을 틀어쥔 왼손에 바싹 힘을 주었다.

옆구리에 와 닿는 섬뜩한 감촉이 한층 더 선명해지자 지혁은 그가 동요하고 있다는 것을 확실히 느낄 수 있었다.

한동안 굳은 표정을 하고 있던 김래연은 이내 짧은 한숨을 쉬더니 피식 웃으며 나이프를 치켜들었다.

"도련님, 이런 장난감이라도 제대로 쓰는 방법이 있다는 거, 알아?"

비록 날이 5센티미터 정도밖에 안 된다 해도 급소를 노린다면 충분히 목숨에 위협이 될 만했다. 아무리 미친놈이라도 이런 데서 칼까지 휘두를 거란 생각은 들지 않았지만, 쥐도 궁지에 몰리면 무슨 짓을 할지 모르는 법.

지혁은 날카로운 눈으로 김래연을 노려본 후 오른손에 쥐고 있던 차 키를 그대로 문짝의 키 홀에다 쑤셔 넣고서 있는 힘껏 돌려버렸다.

왱! 왱! 왱!

리모컨으로 잠근 차문을 수동으로 열자 곧장 도난방지 장치가 가동되며 날카롭고 시끄러운 알람이 지하주차장 안에 메아리치기 시작했다.

이윽고 20미터쯤 떨어진 코너의 주차관리실 문이 열리더니 늙수그레한 경비원 한 명이 밖으로 나와 이쪽으로 다가오기 시작했다.

"자, 여기서 문제를 일으키면 누가 곤란해질까? 사업상 라이벌인 계모가 운전기사를 시켜 경영후계자한테 흉기를 휘두르다니,

이렇게 재밌는 가십거리가 또 있으려나?"

"이 자식이……."

"이봐, 아저씨. 궁지에 몰린 채 서서히 피가 말라가는 기분이 어떤 건지 모르지? 내가 확실히 맛보게 해줄 테니까, 끝까지 절대 도망치지 마."

"쳇!"

유약한 도련님 행세에 너무 오랫동안 속아왔기 때문일까. 지혁이 비상한 머리의 소유자에다 순발력도 좋다는 것을 김래연도 알고는 있었지만 그래도 이 정도까지 독종인 줄은 전혀 몰랐었다. 어린 시절 그렇게나 요리를 해두었으니 조금은 움츠러들 만도 했을 텐데 지금의 지혁은 어째 조금의 빈틈도 보이지 않았다.

안경 렌즈 아래 살기등등한 빛을 내뿜고 있는 지혁의 눈동자를 들여다보던 김래연은 어쩔 수 없다는 표정으로 낮게 혀를 차며 칼을 숨겼다.

"아무래도 우리 도련님께서 뭔가 오해하신 모양인데, 내가 오늘 찾아온 건 할 말이 있어서였어."

김래연은 지혁의 귀에다 입술을 바싹 들이대더니 나지막이 속삭였다.

"지금부터 보물찾기 시작. 약점은 꼭꼭 숨겨두라고. 이 아저씨가 찾아내지 못하도록 말이야."

귀 따가운 경보음 사이로 그의 말에 귀를 기울이고 있던 지혁의 표정이 미묘하게 굳었다.

"그럼, 나중에 또 보자고. 도. 련. 님."

어깨를 툭툭 치고 자리를 뜨려던 김래연을 느긋한 눈초리로 돌아본 지혁이 뜬금없는 질문을 던졌다.

"민정이는 잘 있어?"

갑작스럽게 차민정 이야기가 나오자 이번엔 김래연의 표정이 미묘하게 굳어졌다. 그 타이밍을 놓치지 않고서 지혁이 덧붙였다.

"우리 아버지는 통 집안일엔 관심이 없어서 당신 딸이 왼손잡이인지 아닌지도 잘 모르더라고. 그러니까 같은 왼손잡이인 아저씨가 잘 좀 봐줘."

마치 약이라도 올리는 것처럼 느긋하게 웃는 지혁의 얼굴을 본 김래연은 지혁이 박 여사와 자신의 관계를 눈치 챘다는 것을 깨닫고 불안한 표정으로 으르렁거렸다.

"머리에 피도 안 마른 것이, 까불지 마라."

"내 생모는 말이지, 물론 비참하게 죽긴 했지만 아버지 세컨드로 살았던 동안은 제법 공주 대접 받으면서 호화스럽게 지냈었어. 내 생모뿐 아니라 다른 여자들도 사귀는 동안은 받을 거 다 받으면서 살더라고. 그런데 그렇게 오랫동안 세컨드로 살았으면서 이렇게 뒤치다꺼리나 하고 머슴 취급 받는 거, 당신은 정말 아무렇지도 않아, 김래연 씨? 이거, 사람이 좋은 거야, 멍청한 거야?"

새파랗게 어린 녀석에게 조롱당한 것이 분하긴 했으나, 여기서 문제를 일으키면 박 여사가 곤란해질 거라는 지혁의 말만은 사실이었다. 김래연은 험악한 표정으로 이를 박박 갈더니 재빠르게 주위를 살피고는 뒤편 비상구를 통해 쏜살같이 도망쳐버렸다.

곧이어 잔뜩 의심스럽다는 표정의 경비원이 빠른 발걸음으로 다가와 지혁에게 물었다.

"무슨 일 있었습니까?"

"아무 일도 아닙니다. 실수로 작동시켜버렸네요."

실수로 도난방지 장치를 작동시켰다는 사람치고는 지나치게 차분하고 냉정한 표정이었다.

경비원이 여전히 의심스럽게 바라보는 가운데 시끄럽게 울고 있는 차를 잠재운 지혁은 서둘러 지하주차장을 빠져나가 엘리베이터에 몸을 실었다.

10층에서 내려 정신없이 자신의 집 문을 열고 들어선 지혁은 곧바로 화장실로 직행했다.

"하아, 하아······!"

조금 전까지 그렇게 냉정한 표정을 짓고 있던 사람이라고는 생각할 수 없을 정도로 고통에 일그러진 얼굴로, 그는 욕실 바닥에 무릎을 꿇고서 변기 위로 몸을 숙인 후 맹렬하게 위액을 쏟아내기 시작했다.

"우우욱! 쿨럭쿨럭!"

온몸이 경련하며 목구멍으로 쓴물이 넘어오는 동안, 쉴 새 없이 날아드는 가죽벨트가 여린 살갗을 헤집고 찢어내는 느낌이 선연하게 살아 돌아왔다. 이제는 극복할 때도 됐을 텐데, 그렇게 오랜 시간 동안 아무리 잊으려 애를 써도 도무지 잊을 수가 없었다.

아니, 애초에 잊힐 리가 없는 일이었다. 온갖 말도 못 할 고문을 당해 말 그대로 저승 문턱을 밟고 돌아왔는데, 아무것도 몰랐던 어린 시절에 그런 공포를 맞닥뜨리고서 남은 인생을 정상적으로 살 수 있을 리가 없었다. 그때의 악몽을 지금껏 몇천, 몇만 번 꾸었는지 모른다. 은서가 곁에 있을 때조차 또 꿈을 꿀까 두려워 자는 걸 참았던 적도 있었다.

한참이나 계속된 구역질을 멈추고 숨을 고른 지혁은 비틀거리며 세면대로 다가가 찬물을 세게 틀었다.

불길한 경보음 사이를 비집고 들려왔던 김래연의 오싹한 목소리가 아직도 귀에 울리고 있었다.

"지금부터 보물찾기 시작. 약점은 꼭꼭 숨겨두라고. 이 아저씨가 찾아내지 못하도록 말이야."

지혁은 수도꼭지에서 쏟아져 나온 물이 세면대의 배수구를 통해 빨려나가는 것을 멍하니 내려다보다 자기도 모르게 끔찍한 상상을 하고 말았다.

피투성이가 되어 차가운 시멘트 바닥에 늘어져 있는 여린 몸. 이번엔 어린 시절의 자신이 아니라 은서였다.

이 세상 단 하나뿐인 인연, 목숨과도 바꾸지 않을 은서였다. 그녀를 위해서 죽으라면 당장 그렇게 할 정도로 사랑하는 은서였다. 그런 은서가 잘못된다는 상상만으로도 순식간에 숨통이 콱 막히더니 온몸에서 힘이 빠졌다. 손끝부터 시작해 전신이 덜덜 떨리기 시작했다.

"안 돼……, 안 돼……."

모든 것이 다 계획대로 진행되고 있었으니 아무런 문제도 없었다.

박 여사 측에서 김래연을 풀어 자신의 뒤를 캐고 협박할지도 모른다는 것 역시 전부터 염두에 두고 준비해온 일이니 두려워할 것은 하나도 없었다. 은서 역시 복수를 준비해온 세월 동안 온갖 상황에 잔뼈가 굵은 여자였다. 그렇게 호락호락하게 걸려들 일이 없다는 것은 잘 알고 있었다.

잘 알고 있는데. 분명 머리로는 잘 알고 있는데.

그런데도 막상 김래연을 맞닥뜨리니 도무지 평정을 유지할 수가 없었다. 머리는 어떤지 몰라도 몸은 그때의 기억을 고스란히 간직하고 있기 때문이었을까.

"하아……, 하아……. 안 돼! 말려들면 안 돼. 정신 차려, 차지혁!"

거칠게 주먹을 내지르자 파삭 하는 소리와 함께 눈앞에서 거울이 깨졌다. 손마디에 느껴지는 아픔에 정신이 맑아지며, 사방으로 금이 간 거울 속에서 이쪽을 바라보고 있는 자신이 마침내 눈에 들어왔다.

초조함으로 이성을 잃은 눈, 지금 절대로 보여선 안 되는 눈이었다.

천천히 머리를 쓸어 올린 지혁은 들끓는 마음을 가라앉히기 위해 필사적으로 생각을 정리하기 시작했다.

김래연은 분명 '약점'이라고 표현했다. '소중한 사람'이나 '여자'라는 단어를 사용하지 않은 것으로 봐서 아직 자신과 은서의 관계까지 눈치 채지는 못한 듯했다.

포켓에서 휴대전화를 꺼낸 지혁은 은서에게 전화를 걸기 위해 번호를 찍다 말고 종료 버튼을 눌러버렸다. 다시 누른 번호는 현석의 비밀회선 전화번호였다.

　- 어이, 차지혁. 웬일이야? 지금쯤 둘이서 자축파티라도 벌이고 있을 줄 알았…….

　지혁은 현석의 말허리를 딱 끊고서 물었다.

　"지금 은서 주위에 사복 경호원 몇 명 붙어 있지?"

　이상한 낌새를 금세 눈치 챘던지, 현석은 진지한 태도로 말했다.

　- 두 명.

　"더 붙여. 집 안에도 한 명 배치하고."

　- 무슨 일 있어?

　"날파리가 붙었어. 당분간은 은서하고 연락 끊은 채 떨어져 지낼 거야. 혹시 차 회장 쪽에서도 붙일지 모르니까 될 수 있으면 우리도 연락 안 하는 게 좋겠어. 은서한테는 정현 씨 통해서 소식 전할 테니 한동안 얌전히 몸 사리고 있으라고 전해줘. 그리고 즐기는 건 일단 나중으로 미루고 이쪽에서 먼저 치고 들어가야겠어."

　- 너답지 않게 갑자기 왜 이리 성급해?

　깨진 거울 안, 평정을 되찾은 얼굴을 가만히 들여다보던 지혁이 자신감에 가득 찬 표정으로 씩 웃더니 내뱉었다.

　"기다리는 것도 이제 지긋지긋하거든."

　형형한 눈을 빛내며 지혁은 세면대 모서리를 붙잡았다. 얼마나 세게 힘을 주고 움켜쥐었던지, 으드득 소리를 내며 튀어나온 손마디가 하얗게 질리기까지 했다.

18. 쇼의 끝

2012년 3월 9일 오후 6시.

대표이사실 안으로 지혁이 들어서자 차 회장의 비서가 다소곳이 인사하며 물었다.

"어서 오세요, 사장님. 회장님은 아직 돌아오지 않으셨는데 어떻게 할까요?"

"아, 그럼 안에 들어가서 기다릴게요. 차(茶)는 준비 안 해도 되니 편하게 일 봐요."

"네, 사장님."

문을 열고 차 회장의 집무실에 들어선 지혁은 너른 실내를 돌아봤다.

그동안 이곳까지 오기 위해 쏟아 부었던 노력과 시간, 그리고 속으로 피 흘리며 참아왔던 고통을 다시 한 번 상기한 그는 흥분으로 들뜬 가슴을 가라앉히려 애쓰며 차 회장의 집무책상으로 다가갔다.

최고급 마호가니 원목 책상 위의 자개 명패에서는 '대표이사 차영철' 문구가 번쩍번쩍 빛을 발하고 있었다. 명패를 들어 올려보니 차영철의 이름값에 비해 꽤나 묵직했다. 지혁은 씩 웃고서 그것을 쓰레기통에다 처박아버린 후 차 회장의 가죽 회전의자에 몸을 묻었다. 소름 끼치는 차 회장의 체취가 묻어 있어 기분을 잡친 그는 포켓에서 담배를 꺼내 입에 물고서 불을 붙였다.

공중으로 길게 연기를 뿜어내자 그제야 만족스러움이 온몸으로 퍼져나갔다. 두 다리까지 책상 위에다 떡하니 올려놓으니 더할 나위 없이 편안했다.

축하케이크의 마지막을 장식할 초콜릿을 기다리는 마음으로, 지혁은 자신에게 주어진 달콤한 행복을 만끽하고 있었다.

같은 시각, 범애제약 본사 로비에서는 작은 소동이 벌어지고 있었다.

아침 8시 30분에 출두해 이 시간까지 검찰 조사를 받고 돌아와 의전차량에서 내린 차영철이 분을 참지 못해 내지르는 소리가 로비를 통해 2층 복도까지 쩌렁쩌렁 울렸다.

"이런 빌어먹을!"

흥분하기만 하면 습관적으로 뭔가를 집어 던지는 게 일이었던 차 회장의 손끝을 떠난 휴대전화는 대리석 바닥에 부딪쳐 둔탁한 소리를 내며 산산조각이 나고 말았다. 새로 개통한 지 사흘도 채 되지 않은 최신형 휴대전화는 그렇게 회사 로비의 쓰레기통으로 직행하고 말았다.

"도대체 어느 놈 짓인지 철저하게 조사해서 내 앞으로 끌고

와!"

화를 이기지 못해 몸을 부들부들 떨며 로비를 가로지르는 차 회장의 서슬 퍼런 기운에, 뒤따르던 측근들과 로비를 지나던 몇몇 사원들의 어깨가 일제히 움츠러들었다. 그간 병적으로 집착하던 대외 이미지 관리 따위엔 이제 아무 관심도 없는 듯 그는 계속해서 정신병자처럼 소리를 질러대고 있었다.

"어떤 놈이 감히 날 건드려? 감히!"

2월 초에 있었던 재단 비리 고발과 은서의 소송 건에 이어 기다 렸다는 듯 한꺼번에 일이 터지기 시작한 것이다.

그동안 경영권 방어에 온 힘을 기울이던 박 여사와 민수는 임 시 주총에서 민수의 해임안과 지혁의 신규 선임안이 가결되자 결 과에 승복할 수 없다며 즉각 법원에 소장을 냈다. 게다가 박 여사 는 얼마나 독을 품었던지 이에 그치지 않고 이혼소송까지 함께 걸 고 나서, 위자료로 막대한 양의 범애제약 주식을 당당히 요구하기 까지 했다.

기가 찬 차 회장은 코웃음을 치면서 어디 날뛰어봐라 하며 뒷짐 을 지고 있었는데 전혀 뜻하지 않은 곳에서 두 번째 사건이 터졌다.

그간 어디 처박혀 있었는지도 몰랐던 종민이 갑자기 튀어나와 난동을 부리기 시작했다. 벌써 10년도 더 전에 거액을 주고 입막 음했던 미국 현지처와 그 자식을 부추겨 친자 확인 소송을 건 것도 모자라 화려하게 기자회견을 열고 '추악한 범애제약 회장의 실상' 따위 소리를 입에 올렸던 것이다.

종민의 배은망덕한 작태에 뒷목을 붙잡고 넘어가던 순간, 이번엔 몹시 의심스럽고 치명적인 세 번째 사건이 수면 위로 드러났다. 앞서 일어난 사건들이 사생활 문제로 경영과는 비교적 무관한 일이었다면 이번 사건은 경영 부분과 직접적인 연관이 있는 치명타였다.

범애제약의 무자료 거래를 통한 탈세 의혹, 그리고 차 회장이 회사 돈을 빼돌려 개인 비자금을 조성하느라 회사에 수백억 원대의 손실을 입힌 사실을 상세히 기술한 문건이 익명으로 모 언론사에 투서가 된 것이다. 줄을 이은 소송들이 촉매제가 된 덕에 이 문건은 공개되자마자 핫이슈로 떠올랐고, 차 회장은 순식간에 막다른 골목에 몰려 스포트라이트를 받게 되며 결국 경영 비리와 관련해 강도 높은 검찰 조사까지 받게 되었다. 굴욕도 이런 굴욕이 없었다.

이런 상황에 설상가상 경쟁사인 지산제약이 기다렸다는 듯 외자를 동원해 주식을 대량 매집하기 시작했다. 이건 누가 봐도 적대적 M&A를 노리는 것이었다.

당연히 주가는 널을 뛰기 시작했고 회사 안팎으로 혼란이 가중되었다. 정기 주주총회를 한 주 앞두고 주주들의 원성과 이사회의 균열은 점점 더 심해졌으며, 불안감을 느낀 측근들까지 하나 둘씩 떨어져나가기 시작했다.

이 아비규환의 한가운데에서 차 회장은 꼼짝달싹도 못한 채 마치 누군가가 쳐놓은 덫을 향해 똑바로 달려가는 기분이었다. 처음엔 그게 박 여사와 민수일 거라고만 생각했었는데, 시간이 지나면 지날수록 배후에 다른 누군가가 있을 거란 의심이 들었다.

"대체 누가 이런 짓을……. 대체 누가……!"

오는 길 내내 지끈거리던 머리를 연방 흔든 차 회장은 대표이사 집무실 문을 벌컥 열어젖히고 안으로 들어섰다.

담당 비서가 다소곳이 인사하며 외투를 받아들더니 뭔가 말하려 했지만, 머릿속이 복잡한 나머지 아무 소리도 듣고 싶지도 않았던 그는 깡그리 그녀를 무시한 채 집무실 문을 열고 안으로 들어가 버렸다.

"아니……?"

문을 열자마자 차영철이 마주한 것은 쓰레기통에 처박힌 명패, 자신의 집무책상 위에 떡하니 올라와 있는 누군가의 날렵한 구둣발, 그리고 매캐한 담배연기였다.

"너……? 너……, 이, 이게 지금…… 뭐 하는 짓거리냐?"

지금껏 단 한 번도 본 적 없는 거만한 태도로 책상 위에 다리를 걸친 채 느긋하게 담배를 태우고 있던 사람은 다름 아닌 지혁이었다.

어디 가더라도 자랑스럽게 내놓을 수 있을 정도로 능력 충만하면서도 자신의 말엔 한없이 고분고분한, 마치 꼭두각시 같았던 예스맨. 구부정한 어깨로 비굴하리만치 비위를 맞춰주고 입안의 혀처럼 굴었던 차남. 집에선 다정다감한 아들이자 사내에선 든든한 오른팔. 얼마 전 차 회장이 자기 손으로 직접 사장 자리에 앉혀주었던 바로 그 차지혁 말이다.

그러나 지금 눈앞에 있는 사람은 차 회장이 알던 지혁이 아니었다.

늘 쓰던 안경을 벗은 눈매는 등골이 오싹할 정도로 날카롭고 차가워 마치 야생동물의 그것을 연상케 했고, 만족스러운 표정으로 담배연기를 내뿜는 저 오만방자한 행태는 꼭 대표이사 집무실이 제 방인 양 자연스러웠다.

차 회장은 갑자기 발밑이 꺼진 사람처럼 비틀거렸다. 흐릿하던 시야가 일시에 맑아지며 그제야 실체 없던 뭔가가 손에 잡히기 시작했다.

지금 이 상황의 최대 수혜자는 누구인가. 더 볼 것도 없이 지혁이었다. 지금까지 일련의 모든 사건 뒤에 지혁이 있었다고 생각하면 그 모든 것의 앞뒤가 딱딱 맞았다.

차 회장의 꽉 다문 잇새에서 피를 토하듯 처절한 신음이 흘러나왔다.

"네…… 이놈! 네놈이 내 뒤통수를……!"

지금껏 단 한 번도 의심해본 적 없던 차남의 배신에 차 회장은 부들부들 떨며 얼굴을 잔뜩 붉혔다.

그런 차 회장의 얼굴을 느긋하게 건너다보며 구경하던 지혁이 마침내 입을 뗐다.

"내가 이 순간을 얼마나 오랫동안 기다려왔는지……, 당신은 아마 죽었다 깨어나도 모를 거야."

전에는 단 한 번도 들어본 적 없던 반말 짓거리에 차 회장의 표정이 흉하게 일그러졌다.

"이 시건방진 녀석……, 너 대체 언제부터……."

떨려 나오는 차 회장의 목소리, 단어 하나하나를 놓칠세라 경청하고 있던 지혁은 이 순간을 음미하기라도 하려는 듯 지그시 눈을 감고 중얼거렸다.

"23년이야, 아버지. 23년이나 이 순간을 기다려왔어. 내 인생 3분의 2가 넘는 시간을 오직 이 순간만을 위해 투자했다고. 알아?"

눈을 반짝 뜬 지혁은 여전히 책상 위에다 다리를 걸친 채 앉아 똑바로 차 회장을 노려보며 물었다.

"어때, 아버지? 그동안 내 쇼가 봐줄 만했어?"

당혹감을 감추지 못한 차 회장은 하얗게 질린 얼굴로 절망 섞인 소리를 내질렀다.

"내 자리를 노린 거라면 이런 짓을 할 필요가 없었어! 이 자리는 처음부터 네 것이었다고! 널 믿었는데! 나는 너를 믿었단 말이다! 그런데 네가 이런 식으로 나를 배신해?"

"착각하지 마. 난 당신 배신한 적 없어. 애초부터 난 아버지 편이 아니었으니까."

"나한테 이렇게 하는 이유가 뭐냐, 대체!"

지혁은 담배를 입에 물고서 느릿느릿 일어서며 느긋한 표정으로 재킷을 벗었다. 이어서 타이를 푼 후 드레스셔츠까지 벗어던진 지혁은 무표정하게 차 회장을 바라보더니 천천히 그를 등지고 돌아섰다.

"헉……! 이, 이게……!"

차 회장이 놀라 숨을 삼키는 소리가 어깨 너머로 들려오자 지혁은 피식 웃으며 길게 연기를 내뿜었다.

"처음 보는 거지? 내 등."

넓고 탄탄한 지혁의 등에 남은 끔찍한 흉터들을 바라보던 차 회장의 얼굴이 흉하게 일그러졌다.

"예술이지? 죽이지 않아? 당신 마누라 작품이야. 바람난 남편에 대한 화를 풀 곳이 없었던지, 운전기사한테 사주해서 날 이 꼴로 만들었다고. 언제였냐고? 일곱 살, 어머니가 뛰어내리는 걸 직접 목격한 지 일주일도 안 된 때였어."

지혁이 별안간 말을 끊고 뒤로 돌아 똑바로 노려보자 차 회장은 저도 모르게 놀라 숨을 멈추고 말았다. 지혁의 눈동자 안에서는 오금이 저릴 정도로 시퍼런 광기(狂氣)가 일렁이고 있었다.

"말해봐, 아버지."

"뭘 말이냐!"

"이런 내가 제정신으로 살아왔을 것 같아? 앞으로 남은 인생을 제정신으로 살 수 있을 것 같아?"

차 회장이 말을 잇지 못하자 지혁은 키득거리다 다시 셔츠를 입으며 담담하게 말을 이어갔다.

"종민이가 왜 지금 미친 짓 하는지 궁금하지? 그 녀석도 나처럼 이렇게 될 뻔했거든. 당신이 대외적으로 성인군자 가면놀이 하고 돌아다니는 동안 그 집안은 지옥 밑바닥이나 마찬가지였어."

차 회장은 절망적인 표정으로 지혁의 뒷모습을 망연자실 바라보고 있었다.

언제나 자신이 있었는데 이젠 그 무엇 하나 자신이 없었다. 훌륭한 기업인으로 추앙받았던 때는 마치 까마득한 옛날인 것처럼 느껴졌다. 마누라고 자식이고 애인이고 회사고, 모든 게 다 괜찮다고만 생각했었지, 실은 이렇게 시궁창이었는지는 전혀 모르는 일이었단 말이다. 그러고 보니 가족들 중 정상인 건 가장 신경을 덜 썼던 민정밖에 없지 않나, 하는 생각에 허탈해지기까지 했다.

차 회장의 얼굴을 가만히 바라보던 지혁은 그의 마음을 읽기라도 한 듯 씩 웃으며 내뱉었다.

"정상인 건 민정이밖에 없다고 생각해? 당신 마누라 개인 운전기사가 지금 몇 년째 근속 중인지 알아? 나 같으면 의심부터 해보겠는데."

지혁이 뒤를 돌아보며 약 올리듯 내놓는 말에 차 회장의 얼굴이 험악하게 일그러졌다.

타이를 매고 재킷을 걸친 후 옷매무새를 다시 가다듬은 지혁이 이쪽으로 뚜벅뚜벅 걸어오자 차 회장은 이를 악물고 으르렁거렸다.

"아무짝에도 쓸모없는 가족 따위 처음부터 안중에 없었다. 날 물로 보지 마라. 이렇게 물러날 거라고 생각하면 오산이야. 네가 내 자리를 뺏도록 내가 가만히 놔둘 것 같으냐?"

경고에도 아무런 태도 변화가 없는 지혁을 올려다본 차 회장은 새삼 아들의 시퍼런 기(氣)에 압도되어 시선을 피하고 말았다.

"아버지, 지금까지 뭐든지 다 당신 맘대로 될 거라 자신하며 살았지?"

차 회장의 얼굴에다 바싹 얼굴을 들이대고 건방진 태도로 담배 연기를 훅 뿜어낸 지혁은 피식 웃으며 덧붙였다.

"이사회 이사들 말이야, 이제 당신 라인 아니야. 그리고 당신이 철석같이 믿고 있던 새나라당 부총재도 말이지, 세무조사 못 막아주니까 더 이상 부탁하지도 마. 총재가 직접 지시한 거라 그 아저씨도 어쩔 수 없거든. 이도저도 안 되면 결국 직접 나서서 지산 제약 측과 협상해볼 생각이겠지만 그것도 소용없어. 거긴 진작부터 내 텃밭이라서."

빠져나갈 구석이 없었다. 언제 이렇게까지 치밀하게 준비해뒀는지, 차 회장은 이 모든 상황이 그저 아득하게 느껴질 따름이었다.

"이, 이게 대체……!"

"조금 전에 당신 자리를 노린 거라면 이런 짓을 할 필요가 없다고 말했었지? 내가 겨우 자리 하나 뺏겠다고 그 긴 세월 동안 죽어지냈는지 알아?"

찬바람이 일 정도로 싸늘하게 돌아선 지혁은 곧장 차 회장의 집무책상으로 가, 매끄러운 마호가니 상판 한복판에다 보란 듯이 담배를 처박아 비벼 끄더니 잔인한 어조로 내뱉었다.

"당신이 일으켰던 그 모든 것들, 다 가루로 만들어버릴 거야. 애초에 없었던 것처럼 하나도 남김없이 모조리 다! 자, 최선을 다해 막아봐. 이미 끝은 정해져 있으니 아무 소용은 없겠지만."

"어떻게 네가! 네가 어떻게 감히 나한테!"

"모든 것이 물거품처럼 사라지는 걸 당신 두 눈으로 똑똑히 지켜보라고."

"이런 인간 같지도 않은 놈! 으아아아악!"

크게 흥분하여 그 자리에서 길길이 날뛰는 차 회장은 금방이라도 혈압으로 쓰러질 듯 위태로워 보였다.

그런 그를 깡그리 무시한 채 집무실 문을 향해 꼿꼿한 걸음걸이로 걸어가던 지혁이 느긋한 미소를 지으며 뒤를 돌아보고 내뱉었다.

"억울해할 것도, 원망할 것도 없어. 날 이런 괴물로 만들어낸 건 바로 당신들이니까."

닫고 나온 문 너머로 차 회장의 짐승 같은 울부짖음 소리가 길게 울렸지만, 지혁은 싱긋 웃고서 비서에게 목례하는 여유까지 부리며 밖으로 나왔다.

긴 복도를 걸어가는 동안 지혁의 손 안에 어느새 끈끈한 식은땀이 배어나오고 있었다.

어둠 속에서 죽어지내온 시간이 있는데 설마 냉정하게 대처 못할까 생각했지만, 그게 아니었다. 오히려 그 시간 때문에 냉정한 정신을 유지할 수가 없었다. 눌러놓은 스프링은 언젠가는 다시 튀어 오르기 마련 아니던가.

오랫동안 참고 또 참았던 것을 한 번에 터뜨리고서 마침내 마주한 희열과 카타르시스, 그리고 동시에 덮쳐오는 회한과 분노는 그의 가슴 안에서 온통 뒤섞여 시커멓게 들끓고 있었다.

곧이라도 쓰러질 듯 휘청거리며 엘리베이터에 오른 그는 버튼을 누를 생각도 하지 못한 채 벽에 기댄 후 두 손으로 얼굴을 감쌌다.

"하아……, 하아……."

이 거친 호흡과 들끓는 가슴을 잠재워줄 수 있는 이는 세상에 오직 단 한 사람뿐이었다.

은서를 깊은 잠에서 깨운 것은 휴대전화의 진동이었다. 희미하게 들려오는 소리에 가까스로 눈을 뜬 그녀는 시계를 바라봤다. 오늘따라 유독 몸이 무거워 잠깐 눈을 붙이려 했던 것뿐인데, 사이드 테이블의 디지털시계는 벌써 7시 30분을 알리고 있었다.

베개 옆의 휴대전화 액정에 선명하게 떠 있는 것은 지혁의 전화번호였다. 정확히 3주 만에 그 숫자 조합들을 마주하는 순간, 은서는 이제 끝이 멀지 않았다는 것을 직감했다.

깊은 잠에서 영 깨지 않는 몸을 억지로 움직인 그녀는 통화 버튼을 누르고 전화를 스피커 모드로 돌려놓았다.

전화기 하단의 작은 스피커를 통해 연약한 잡음이 새어나왔다. 그 잡음 사이로 Requiem in D minor K.626 중 'Lacrimosa'의 장엄한 합창 소리가 들렸다. 스스로를 위한 진혼곡이 되고 만 모차르트의 유작.

전화 스피커를 통해 흘러나와 온 방에 울리는 이 애통하고 비장한 음악이 지금 누구를 위해 흘리는 눈물일지, 어느 영혼에 안식을 주는 곡일지 은서는 묻지 않아도 알 수 있었다. 오랜 세월 줄곧 죽은 채 살아왔던 서로의 영혼을 위로하는 레퀴엠. 딱 그다웠다.

하얗고 보드라운 침대시트에 엎드린 채 졸린 눈을 깜박이던 은서는 가만히 그를 불러보았다.

"오빠."

차 안인 듯, 전화 건너편에선 음악소리 외엔 아무 소리도 들리지 않았다.

은서는 엎드려 있던 몸을 살며시 굴린 후 천장을 바라보며 나직이 속삭여 물었다.

"생각해봤는데, 신혼여행은 역시 바다가 좋을 것 같아. 그때 그 약속……, 기억하지? 어디가 됐든 밤새도록, 다리가 풀릴 때까지 하고 하고 또 하자고 했잖아."

이내 전화 저편에서 투명한 웃음소리가 울렸다. 은서는 문득 또 한 번 잠이 와 견딜 수가 없었다. 3주 만에 들은 그의 웃음소리는 바로 오늘 아침에 들은 것인 듯 한없이 편안하고 익숙했다.

은서는 가만히 눈을 감고 조금 전 꾸었던 꿈을 떠올려보았다.

그와 둘이서 손을 꼭 잡고 맨발로 백사장을 거니는 꿈. 하얀 거품이 이는 파도가 발목을 간질이는 걸 기분 좋게 내려다보다가 커다란 뿔이 난 소라껍질을 주워들었고, 그러는 동안 어느새 귓가엔 아무 소리도 들리지 않게 되었다. 이 넓은 세상에 그와 자신, 단둘뿐이었던 행복한 꿈이었다.

- 이제 다 끝나가. 조금만 기다려.

"응."

- 사랑해.

애틋함이 절절하게 묻어나는 목소리가 스피커를 통해 전달된 후 연약한 통화 단절음이 이어졌다.

깜박거리는 액정을 한참이나 들여다보며 미적거리던 그녀는 천천히 몸을 일으켜 침대 모서리에 걸터앉아 생각에 잠겼다.

지혁이 전화를 한 것을 보니 차 회장 쪽은 이미 볼 것도 없이 파멸을 향한 직선주로로 접어들었을 것이다. 박 여사 측 역시 경영권 방어에 실패했으니 회사가 지산제약으로 넘어가면 이제 곧 끈 떨어진 연이 될 터였고. 민정에게 얽힌 원한은 앞으로도 계속 현재 진행형일 테지만 그거야 뭐 어렵지 않은 일이었다.

　그의 말처럼 모든 것이 다 끝나가고 있는 것이다.

　찌뿌드드한 몸을 풀기 위해 자리에서 일어나는 순간 갑자기 속이 몹시 울렁거리더니 사방이 핑그르르 돌았다.

　"아!"

　눈앞이 일순 새카매지더니 몸의 균형이 무너지며, 그녀는 몇 걸음 비틀비틀 걸어가다 방바닥에 쓰러지고 말았다.

　"괜찮으세요?"

　거실에서 대기 중이던 여자 경호원이 문을 열고 뛰어 들어와 부축을 해주자 은서는 뒤늦게 정신을 차리고 근처의 카우치에 걸터앉았다.

　"아아……, 괜찮아요. 잠깐 어지러워서……."

　다친 곳은 없는지 경호원이 이리저리 상태를 확인하는 동안 은서는 뭔가를 골똘히 생각하는 듯 눈동자를 이리저리 굴리고 있었다.

　"병원으로 모셔다드릴까요?"

　"아니에요. 괜찮아요."

　다이어리를 확인하자 의심스러운 느낌은 마침내 실체로 드러났다.

　한 달에 한 번, 항상 규칙적으로 체크되어 있던 표시가 지난 1월 말 이후로 전혀 없었다.

19. 파국(破局)

습기가 가득한 욕실에 벨리니의 오페라 노르마(Norma) 중 '정결한 여신(Casta diva)'이 메아리치듯 울리고 있었다. 거품을 가득 풀어둔 욕조에 드러누운 채 천장을 바라보고 있던 은서가 몸을 벌떡 일으키자 마리아 칼라스의 드라마틱한 음성 사이로 촤악 하는 물소리가 섞여들었다.

노르마의 결말은 비극이었다. 마리아 칼라스의 사랑 역시 비극으로 끝났고.

괜스레 기분이 나빠진 은서는 눈살을 찌푸리며 욕조 난간 위에 올려둔 리모컨을 집어든 후 신경질적으로 버튼을 눌러 오디오 전원을 꺼버렸다. 그러자 조금 전까지 화려한 벨칸토 아리아가 울리던 욕실 안은 마침내 정적에 휩싸였다.

욕조 밖으로 나온 은서는 바스가운을 걸치며 곧장 거울 앞으로 다가갔다.

거울 안에 비친 자신의 모습을 한동안 무표정하게 들여다보던 그녀는 손을 내밀어 거울을 한쪽으로 밀었다. 거울 뒤에 숨겨져 있던 수납공간 안에는 얇고 길쭉한 상자 하나가 놓여 있었다.

"어떻게 하지……."

상자를 꺼내 세면대 위에다 내려놓은 은서는 한참이나 고민하고 주저하다 다시 그것을 제자리에 돌려둔 후 욕실을 나섰다.

아까까지만 해도 훤한 조명이 켜져 있던 거실은 온통 암흑에 잠겨 있었다.

욕실 앞을 지키고 있던 여자 경호원 역시 사라진 것을 확인한 은서는 덜컥 겁을 집어먹고서 몸을 웅크렸다. 짙은 어둠 속, 소파에 누군가가 앉아 있었다.

"누, 누구세요!"

이윽고 어둠 속에서 아주 익숙하고도 편안한 목소리가 들려왔다.

"놀라지 마."

지혁이었다.

평소 같으면 보자마자 다가와 끌어안거나 키스해주었을 지혁이었는데, 오늘의 그는 컴컴한 거실 한가운데의 소파에 그저 앉아 있기만 할 뿐이었다.

놀란 가슴을 가만히 쓸어내린 은서는 소파 가까이 다가가 지혁의 발치에 앉아 가만히 위를 올려다봤다.

"괜찮은 거야, 오빠?"

오늘따라 지혁의 눈은 주변의 모든 것을 집어삼키고 불태워버릴 것처럼 형형하게 빛나고 있었다.

"응. 박영자 쪽에서 나한테 붙인 녀석들, 며칠 전부터 말끔히 자취를 감췄어. 차민수가 그 꼴 난 데다 아버지와 맞고소하느라 아마도 정신없겠지. 여기까지 오는 동안에도 몇 번이나 다시 확인했으니 걱정하지 마."

예민하게 날 서 있는 지혁의 말에 은서는 진정하라는 듯 그의 뺨을 부드럽게 쓰다듬어주며 다시 말했다.

"아니, 그런 거 말고, 오빠가 괜찮은지를 묻는 거야."

은서의 말을 듣고 뭔가에 얻어맞은 듯 한동안 굳어 있던 지혁은 입술 사이로 가벼운 한숨을 흘렸다. 긴장이 뒤늦게 풀린 모양이었다.

지혁은 은서의 따스한 손 위에 자신의 손을 가만히 얹고서 그녀의 입술을 찾아 깊고 진한 키스를 퍼부은 후 나직이 말했다.

"이제 좀 낫다."

대답을 들은 은서는 그제야 화사하게 웃으며 지혁의 무릎 위에 이마를 기댔다. 놀고 있는 손을 들어 그의 재킷을 들추고 가슴팍 위에다 가만히 놓아본 그녀는 곧이라도 터질 듯 거칠게 뛰고 있는 그의 가슴을 부드럽게 어루만져주며 물었다.

"목욕물 받아줄까? 피곤하지?"

"피곤……?"

은서의 젖은 머리카락을 쓰다듬던 지혁은 문득 한없이 편안한 기분에 사로잡혔다. 긴 여행을 마치고 이제야 집에 돌아온 것 같은 느낌. 이제야 깨달을 수 있었다. 여기 오는 동안 계속해서 그를 짓누르고 있던 것의 정체는 그녀의 말처럼 '피곤'의 무게였다.

"은서야."

"왜?"

"다녀왔어."

"응. 오빠, 어서 와."

수전(水栓)에 매달려 있던 물방울 하나가 자잘한 꽃잎이 떠 있는 수면으로 똑 떨어지며 작은 파장을 만들어냈다.

체온보다 훨씬 더 뜨거운 물의 온도와 산뜻한 향기가 긴장을 이완시키며 지혁의 노곤한 몸을 더욱더 나른하게 만들고 있었다.

졸린 눈으로 올려다보고 있던 천장이 어느새 가물가물해질 무렵, 욕실 문을 열고 은서가 나타났다.

갈아입을 속옷과 파자마를 욕실 벤치 위에다 내려놓는 그녀의 모습을 물끄러미 바라보고만 있던 지혁은 욕조 밖으로 팔을 뻗으며 이쪽으로 오라고 손짓했다.

"너 왜 이렇게 야위었어?"

"요즘 속이 좀 안 좋아서……."

"위염이라도 생긴 거 아니야?"

지혁이 안쓰러운 표정으로 물었지만 은서는 희미하게 웃으며 대답을 피한 후 핀잔을 주었다.

"오빠야말로 얼굴이 많이 상했어. 고생 많았지?"

"별로."

"목마르면 주스라도 좀 가져다줄까?"

"나중에."

짧은 대화가 끊어진 욕실은 귀가 멍할 정도로 적막했고 잠이 올 정도로 평화로웠다.

지금껏 복수를 위해 쉼 없이 달려오는 동안 이런 고요함을 느껴본 적이 단 한 번도 없던 두 사람이었기에 적응이 되질 않았다.

보랏빛을 띠고 있는 물을 손으로 가만히 떠본 지혁은 손바닥 위에 남은 자잘한 꽃잎을 내려다보며 물었다.

"뭐야, 이건?"

"라벤더 입욕소금. 스트레스 해소에 좋대."

"이런 게 있었나? 별게 다 있네."

"오빠 오면 해주려고 사놨지."

"흐음. 우리 둘 중에서 스트레스 받는 건 나밖에 없다는 소리로 들리는데."

은서는 그의 흉터투성이 등을 어루만지며 진지하게 중얼거렸다.

"그냥……, 그런 생각이 들어서."

지혁은 은서의 차디찬 손을 꼭 잡은 채 다시 천장을 응시하며 중얼거리기 시작했다.

"스트레스라. 그럴지도 모르겠다. 나란 놈이 내가 생각했던 것보다 훨씬 더 악랄한 놈이었다는 걸 깨닫고 나니까 좀 혼란스럽더라고."

욕조 난간에 걸터앉은 은서가 의아한 표정으로 내려다보자 지혁은 다소 어두운 표정으로 말을 이었다.

"그 인간들을 단 한 번도 가족이라고 여긴 적은 없었지만 그래도 반은 피가 섞였고 함께 살았던 시간이 있으니까……, 조금은……, 아주 조금이라도 안타깝거나 용서하고 싶은 마음이 생길 줄 알았어. 그런데, 그런 마음이 전혀 안 드는 거야, 전혀."

"오빠……."

"끔찍하지?"

마치 고해성사처럼 들리는 말이었다.

은서는 지혁의 손가락 사이사이에 제 손가락을 맞물려 넣고 깍지를 끼더니 뜬금없는 말을 꺼냈다.

"전 세계 인구가 70억이 다 되어간대. 장난 아니지? 그 많은 70억 명 중 오빠랑 나, 두 명 정도는 나빠도 괜찮지 않을까?"

"갑자기 무슨 소리야?"

"요(要)는 밸런스라고, 밸런스. 온통 착한 사람들만 사는 세상은 재미없잖아. 소설이든 실제든, 나쁘고 독한 인물들도 있어줘야 클라이맥스도 생기는 거고 천국도 인구 과잉으로 터져나가지 않을 거 아냐. 그러니까 괜찮아."

한동안 은서의 얼굴을 빤히 올려다보던 지혁은 이내 피식 웃음을 터뜨리고 말았다.

"넌, 그렇게 순진한 얼굴로 잘도 그런 말을 하는구나."

한동안 두 사람은 마주 보고 함께 키득거렸다.

두 사람 다 오랜 세월의 허물을 벗은 이들치고는 상당히 담담한 모습이었다.

목욕 후 마실 음료를 준비하겠다며 은서가 욕실을 나간 후, 주방 쪽에서 믹서 돌아가는 소리가 희미하게 들려왔다.

기분 좋게 몸을 닦다 수건을 놓쳐 바닥에 떨어뜨린 지혁은 새 수건을 꺼내기 위해 세면대 위의 거울을 한쪽으로 밀어젖히고 그 안의 수납장을 들여다봤다.

"이건……?"

가지런히 정리되어 있는 수건과 욕실 비품들 아래 못 보던 분홍색 박스가 하나 눈에 띄었다. 자사에서 외주생산한 임신진단 시약이었다.

대충 가운을 껴입은 후 길쭉하고 얄팍한 박스를 집어든 지혁은 다소 충격 받은 표정으로 그것을 내려다보다 안에서 은박 포장된 내용물을 꺼내 보았다. 아직 사용하지 않은 새것이었다.

"오빠. 목마르……?"

욕실 문을 열고 다시 안으로 들어선 은서의 시선이 지혁의 손으로 향했다.

"서은서. 너……, 이게 뭐야?"

한동안 주저하던 그녀가 조용히 대꾸했다.

"보면 몰라?"

"이게 왜 여기 있어?"

"멘스 끊겼거든. 1월 말에 마지막으로 했어."

무엇에 얻어맞기라도 한 사람처럼 굳은 채 눈을 크게 뜨고 내려다보던 지혁이 이내 믿을 수 없다는 표정으로 물었다.

"계속 피임약 먹고 있었잖아."

"끊었어."

"왜?"

오랫동안 복용했던 경구피임약을 지혁에게 알리지 않은 채 몰래 끊었던 건 지난 12월 말의 일이었다. 함께 있을 때면 언제나 지치지도 않고 서로의 몸을 탐했기에 약을 끊으면 임신할 거란 사실을 잘 알고 있었다. 그걸 알면서도 은서가 일부러 복용을 중단한 것은, 어느 날 밤 술에 잔뜩 취해 찾아왔던 그가 중얼거렸던 말 때문이었다.

"오빠한테도 가족이 있었으면 좋겠다고 그랬잖아. 온전히 사랑하고 사랑받을 수 있는 내 편, 내 핏줄이 있으면 좋겠다고……, 오빠가 그랬잖아…….."

얼마나 놀랐던지 도무지 말을 잇지 못하던 지혁은 젖은 머리를 쓸어 올리며 애써 감정을 다스리다 은서를 내려다보며 물었다.

"그런데 표정이 왜 그래?"

어쩌면 아기를 가졌을지도 모르는데, 그녀는 기쁘거나 설레기보다는 다소 두려워하는 것처럼 보였다.

"무서워서."

"뭐가 무서워?"

"만약……, 받아들이지 못하면 어쩌나 싶어서."

"무슨 뜻이야, 그게?"

한동안 주저하던 은서는 가늘게 떨리는 손으로 지혁의 손목을 붙잡더니 담담한 어조로 말했다.

"태어나자마자 차디찬 땅바닥에 버려지고 뼛속 깊은 곳부터 외톨이인 채 살았어. 물론 아빠가 입양해주셔서 그래도 행복한 한때를 보내긴 했었지만, 내가 아파서 죽어가는 동안에도 나한테 핏줄이나 엄마 따윈 전혀 없었다고. 오빠한테 가족을, 핏줄을 만들어주고 싶지만……, 막상 임신했을지도 모른다는 생각을 하니까 마음 한쪽으론 불안해서 견딜 수가 없었어. 핏줄이 대체 뭔지, 어떻게 엄마가 되는 건지, 만약 아기가 정말로 생겼다면 어떻게 대해줘야 하는지 난 전혀, 아무것도…… 모르니까."

핼쑥한 얼굴로 힘없이 지혁의 품 안으로 파고드는 그녀의 몸은 가엾은 어린 새처럼 떨리고 있었다.

한동안 은서의 가느다란 몸을 꽉 끌어안고서 등을 어루만져주던 지혁이 조용히 속삭여 물었다.

"넌, 처음부터 어떻게 사랑해야 하는지 알고서 날 사랑했어?"

그 소리에 은서의 어깨가 움찔했다.

"지금까지 난 너 이외의 사람에게서 단 한 번도 사랑받아본 적 없었어. 나 역시 핏줄이 뭔지, 가족이 뭔지, 부모가 뭔지, 어떻게 사랑해야 하는지……, 그딴 거 하나도 몰라. 그렇지만."

말을 끊은 지혁은 은서의 보드라운 목덜미에다 가볍게 입을 맞추며 단호하게 덧붙였다.

"세상 사람들이 몇십억 있어도 나한텐 너밖에 없어. 그런 네가 품은 내 아이라면, 그런 것 따위 전혀 몰라도 사랑할 수밖에 없을 거야. 분명."

지혁의 가슴 안에서 세차게 뛰고 있는 심장박동에 가만히 귀기울이고 있던 은서는 뒤늦게 마음을 놓았던지 후련한 한숨을 내쉬고 속삭였다.

"맞아. 항상 그 자리에 있었지. 아무리 어둡고 긴 밤이라도, 언제나 꼭 그 자리에 있어줬어. 그래. 난, 오빠만 있으면 돼. 불안해해도 돼. 아무것도 몰라도 돼. 언제나처럼 오빠가 날 이끌어줄 테니까."

한 치의 틈도 없이 서로의 몸을 껴안은 채 한동안 미동도 하지 않던 두 사람은 이내 천천히 떨어져 동시에 진단시약 박스를 내려다봤다.

"지금 해보자."

"응."

은박 포장을 길게 뜯은 후 그 안에 들어 있던 스틱을 꺼내 은서에게 건넨 지혁은 설명서를 펼치며 상세히 읽어내려가기 시작했다. 자사 생산품이지만 이런 식으로 보게 될 줄은 전혀 몰랐기에 다소 신기한 기분이었다.

그러던 중, 은서가 아까부터 아무런 움직임도 없이 멀뚱히 서 있다는 것을 깨달은 그는 설명서를 접으며 그녀를 내려다보고 물었다.

"뭐 해?"

창피했던지 얼굴을 확 붉힌 은서가 가자미눈을 하고 지혁을 흘겨봤다.

"오빠야 말로 안 나가고 뭐 해?"

"괜찮아. 하루 이틀 본 사이도 아니고, 더한 짓도 함께 했는데 뭐 어때?"

"그래도 안 돼!"

밖으로 세게 떠밀려 나온 지혁은 눈앞에서 쾅 닫힌 문을 망연

폴
라
리
스

자실 바라보고 있다가 웃음을 터뜨렸다.

부드러운 무드 조명만을 켜둔 거실 탁자 위에다 스틱을 내려놓고서 나란히 턱을 괴고 앉은 두 사람은 천천히 분홍색으로 물들어가기 시작하는 검사 창을 내려다봤다.

"움직인다."

"감질나서 못 보겠는데."

"덮어놓을까?"

"그게 좋겠다."

손바닥으로 살며시 스틱의 허리 부분을 덮은 은서는 천천히 고개를 돌려 지혁을 바라봤다.

지혁 역시 부드러운 눈길로 은서를 바라보다 조그맣게 속삭여 물었다.

"포지티브, 네거티브, 어느 쪽을 원해?"

"오빠 먼저."

"난 포지티브. 네거티브 인생은 이제 질리려고 하거든. 넌?"

"난 언제나 오빠가 원하는 걸 원하지."

"기회주의자로군."

"어려운 문자 쓰면서 잘난 척은 그만두고, 솔직하게 빠순이라고 해."

키득거리던 두 사람의 눈길이 어둑한 조명 너머로 맞닿았다.

천천히 손을 내밀어 서로의 뺨을 쓰다듬어보던 그들은 누가 먼저랄 것도 없이 동시에 다가와 입을 맞추었다.

평소처럼 욕망으로 잔뜩 달아오른 성마르고 격렬한 키스가 아닌, 그저 부드럽고 다정한 키스는 지금 이 순간 두 사람이 느끼는 일체감과 알 수 없는 기대 등으로 다소 생경하게 느껴지기까지 했다.

"사랑해, 은서야."

"나도. 사랑해, 오빠."

푹신한 카펫 위로 살며시 은서의 몸을 눕힌 지혁은 깊은 애정이 담긴 시선으로 그녀의 얼굴을 한참이나 들여다보고 또 들여다보다, 마침내 왼손을 뻗어 테이블 위의 스틱을 집어 들었다.

검사 창을 살피는 지혁을 올려다보던 은서는 가만히 눈을 감았다.

이윽고, 그녀의 귀에 흥분으로 가늘게 떨리는 지혁의 목소리가 들려왔다.

"누굴 닮았을까?"

차지혁과 서은서가 이 세상에 태어나서 살았으며 오롯이 서로를 사랑했다는 증거.

아기가 생겼다.

은서는 알 수 없는 감정으로 벅차오르는 가슴을 가만히 눌러보며 조용히 대답했다.

"오빠랑 붕어빵일 거야, 분명히."

은서의 곁에 나란히 누운 지혁은 한동안 좋아서 어쩔 줄을 몰라 하더니 그녀의 어깨를 끌어당겨 품에다 꽉 안아보았다.

여전히 세차게 뛰고 있는 그의 심장박동을 느끼며 그녀는 문득 졸음을 참을 수가 없어졌다.

모든 불안과 걱정을 떨치고 오랜만에 지혁의 따뜻한 품 안에서 든 잠은 솜사탕처럼 포근하고도 달콤했다.

야심한 밤, 범애제약 저택 본관에서 격한 다툼 소리가 새어나오고 있었다.

"뻔뻔스러운 것도 유분수지! 감히 나를 이 꼴로 만들고서 무사할 줄 알아?"

차 회장이 막무가내로 들이닥쳐 고래고래 소리를 지르고 평소 습관처럼 물건들을 집어던지기 시작했지만, 박 여사는 전처럼 고분고분한 반응을 보이는 대신 히스테릭한 비명을 지르며 대거리를 했다.

"말 똑바로 해, 이 인간아! 지금 모든 걸 이 꼴로 만들어놓은 게 누군데! 내가 지금껏 당신이 좋아서 이렇게 살아왔다고 생각해? 당신 곁이 나한테는 지옥이었어! 그래도 끝까지 참은 건 민수 때문이었는데 그런 멀쩡한 장남 내팽개치고 밖에서 낳아 온 천한 자식만 싸고돈다 했더니 꼴좋다, 참 꼴좋아! 그렇게 싸고돌던 그 미친 녀석한테 회사 뺏기고 감방 구경이나 실컷 하라지! 나가! 여기가 어디라고 당신이 발을 붙여?"

"나가긴 어딜 나가! 이 집은 내 집이라고!"

"당신 집? 하! 언제 집으로 생각한 적이나 있었어? 잘못 찾았어! 당신 집은 여기가 아니지. 함부로 몸뚱이 굴리는 그 천박한 계집들 소굴이 당신 집이잖아? 게다가 명의만 당신 명의일 뿐, 이 집

담보로 은행에서 긁어다 쓴 돈이 대체 얼마야? 그 돈 다 알량한 부동산들에 발목 잡혀서 **빼**도 박도 못하는 상황 아니냐고! 어디 한번 끝까지 가보자고! 위자료는 한 푼도 양보 못 해!"

"위자료? 그래! 말 한 번 잘했군! 이혼 소송? 귀책 사유가 나한테만 있을 거라 생각하나? 민정이는 대체 누구 딸이야?"

"그, 그게 무슨 소리야!"

민정 이야기가 나오자마자 박 여사의 얼굴에 그늘이 드리워졌고, 차 회장은 사천왕상을 하고서 펄펄 뛰며 흥분을 해댔다.

"내가 없는 동안 운전기사하고 붙어먹었나? 그러고도 당신이 나한테 손가락질할 자격이 있어?"

"무, 무슨 소리야! 그런 적 없어!"

두 사람의 실랑이가 격해지며 마침내 차 회장이 손을 들어 박 여사의 **뺨**을 내리치려는 순간, 문이 벌컥 열리며 밖에서 대기 중이던 김래연이 뛰어와 차 회장에게 덤벼들었다.

"이것 놔! 이런 배은망덕한 인간을 보았나! 너희들이 작당을 하고 감히 나를!"

"회장님이야말로 그만두십시오!"

차 회장과 김래연이 몸싸움을 벌이고 박 여사가 비명을 지르는 그 극심한 혼란의 소용돌이 안에서 갑자기 별채 쪽이 훤하게 밝아졌다.

세 사람의 고개가 창 쪽으로 돌아가는 순간, 펑 하는 소리와 함께 별채 한쪽이 맹렬한 화염에 휩싸이기 시작했다.

"꺄악! 저, 저게 뭐야! 불이!"

창가로 뛰어가 매달린 박 여사와 차 회장의 눈동자 한가득, 불길이 일렁이는 건물 앞에 서 있는 한 남자의 모습이 비쳤다. 라이터를 껐다 켰다 하며 이쪽을 올려다보고 기묘한 미소를 짓고 있는 그 남자는 다름 아닌 그들의 장남 차민수였다.

"민수야! 민수야!"

놀란 박 여사가 이미 제정신이 아닌 듯 보이는 아들의 이름을 되풀이해서 부르는 동안, 실내에 무척이나 의심스러운 냄새가 퍼지기 시작했다. 휘발유 냄새였다.

이윽고 천장의 스프링클러가 세차게 물을 뿜어내는 것이, 아무래도 저택 본관에도 불이 붙은 모양이었다.

"사모님! 어서 피하셔야 합니다!"

차 회장은 벌써 꽁지가 빠져라 도망쳤고 혼자 남은 김래연이 팔을 잡아끌었지만 박 여사는 뒤늦게 정신을 차리고 뒷방의 간이 금고를 향해 달리기 시작했다.

"아, 안 돼! 돈! 내 돈 찾아야 해!"

경영권을 포기한 후 쓸모없어진 주식을 모두 팔아 현금화한 박 여사는 이혼 소송 때 재산이 드러나는 것을 피하기 위해 그 돈을 오래전부터 조성한 비자금과 함께 안방 금고와 집 안 곳곳에 묻어두었던 것이다.

"지금 돈이 문제가 아닙니다, 사모님!"

매캐한 연기와 함께 사방에서 불길이 치솟자 김래연은 박 여사를 강제로 들쳐 메고 복도로 뛰어나가 달리기 시작했다.

"아익! 안 돼! 이것 놔! 내 돈! 내 도오오온!"

집착과 탐욕으로 얼룩진 박 여사의 비명은 공허하게 울리다 타오르는 불길 속으로 사라지고 말았다.

아직 해도 뜨지 않은 새벽부터 속이 좋지 않다며 욕실에 들어가 나올 생각을 않던 은서는 샤워를 마치고 나오자마자 냉장고로 달려가 과일 박스를 뒤지기 시작했다.

밤새 잠을 이루지 못해 부스스한 안색으로 나타난 지혁은 그녀가 식탁 위에다 화려하게 펼쳐놓은 레몬, 귤, 딸기 등, 보기만 해도 시디신 과일들을 내려다보며 놀란 표정을 지었다.

"정말로 이런 걸 먹고 싶어져?"

"모르겠어. 기분 탓인지 속이 느글느글해서."

피식 웃으며 은서의 뺨에다 가볍게 입을 맞춘 지혁은 아침식사 준비를 하려는 은서를 억지로 끌고 가 거실 소파에 앉힌 후 주방으로 향했다.

"내가 할게."

은서는 지혁의 반응이 재미있다는 듯 박수를 치며 웃었고, 그는 그녀를 한 번 흘겨보며 식탁 위의 과일들을 집어 쟁반으로 옮겼다.

개수대의 과일세척기 안에다 그 과일들을 넣으려던 순간, 거실에서 텔레비전을 보고 있던 은서가 다급하게 지혁을 불러댔다.

"오, 오빠! 얼른 와서 이것 좀 봐!"

화면에선 새벽 뉴스 아나운서가 무미건조한 어조로 속보를 전하고 있었다.

[오늘 새벽 한 시경. 비리 사건으로 검찰의 수사를 받고 있는 범애 제약 차영철 회장 자택에서 방화로 추정되는 불이 났습니다. 자택 건물 두 동과 창고를 태우고 큰 재산상의 피해를 낸 이번 화재의 유력 용의자는 차민수 범애제약 전(前)부사장으로, 경찰은 최근 부자 간 갈등으로 경영일선에서 물러난 이후 차 전 부사장이 불안 증세를 보여 정신과 치료를 받았다는 주변 인물들의 증언에 따라 차 전 부사장을 불구속 입건해……]

지옥보다 못했던 집, 끔찍한 기억 속의 그 창고까지 모두 다 새카맣게 타버린 자료화면을 무표정하게 바라보고 있는 지혁의 얼굴에서 복잡한 심경이 배어 나왔다.

은서는 가만히 그의 허리를 껴안으며 중얼거렸다.

"깔끔하게 다 없어져버렸네."

"으응……."

"후련해?"

"아니, 뭐랄까……. 좀 씁쓸하네. 어떤 표정을 지어야 할지…… 잘 모르겠어."

기분 전환을 시켜주려는 듯, 은서는 고개를 들어 지혁을 올려다보며 말했다.

"오늘 산부인과 예약해뒀는데 같이 갈래?"

"그래. 시간 내서 나올게. 몇 시?"

"두 시."

창 밖엔 어느새 봄이 성큼 다가와 있었다.

주말엔 은서, 그리고 뱃속의 아이와 함께 가까운 곳으로 꽃놀이 여행을 떠나는 것도 괜찮을 것 같았다.

"그럼 한 시에 집 앞으로 데리러 올게."

"오늘 병동 레슨 있는 날이라서 병원으로 바로 오면 돼. 도착하면 전화해."

모든 게 다 끝난 줄만 알았었다. 이제는 정말로 아무 일도 없을 거라 생각했다.

봄꽃처럼 화사한 미소를 짓는 은서의 말갛고 고운 얼굴에 취해서 한 착각이었는지도 몰랐다.

지혁이 작은 종이봉투를 건네받은 건 오후 5시경, 경찰에 신고하기 직전이었다.

"이게 뭐죠?"

그가 잔뜩 초조하고 예민한 태도로 비서를 호출해 묻자 그녀는 우물쭈물하며 잘 모르겠다는 표정으로 대답했다.

"조금 전 로비에서 누군가가 사장님께 전해달라는 부탁을 하고 갔다는데……, 살펴보니 위험한 건 아닌 것 같아 가져왔습니다."

"뭐가 들어 있던가요?"

불길한 예감은 꼭 들어맞았다.

"여자 목걸이가……."

이어지는 비서의 말을 듣기도 전, 지혁의 동공이 최대치로 벌어지고 두피가 쫙 잡아당겨지며 머리카락이 일제히 솟구쳤다. 봉

폴
라
리
스

투를 거꾸로 들고 손바닥 위에다 쏟아보자 좌르륵 소리를 내며 제법 묵직한 목걸이가 모습을 드러냈다.

1캐럿 다이아몬드가 한가운데에 박힌 별 모양 프레임을 보는 순간, 눈앞이 새카맣게 변하며 반대로 머릿속은 하얗게 탈색됐다.

"빌어먹을······!"

정신이 하나도 없는 하루였다.

오전 10시, 주주총회에서 마침내 차영철 회장을 해임하고 경영 일선에서 물러나게 하는 결의안을 채택했다.

그리고 오후 1시, 시간 맞춰 한국대학병원으로 가 은서의 산부인과 외래검진을 받았다. 아빠가 된다는 실감은 전혀 안 났지만, 아기의 우렁찬 심장 소리를 두 귀로 똑똑히 들으며 눈물을 참느라 혼났었다.

속이 좋지 않아 며칠째 음식을 제대로 못 먹었던 은서에게 약한 탈수 증상이 의심된다며 의사는 수액을 맞고 가라고 권했다. 그래서 수액실에 그녀 혼자 눕혀두고 온 것이 3시경. 당시 은서의 수행을 맡은 경호원은 다른 환자들에게 방해가 되지 않도록 밖에서 대기 중이었다.

경호원에게서 긴급하게 연락을 받은 것은 4시가 막 지난 시각이었다. 수액실에서 은서가 자취를 감추었다는 충격적인 내용이었다. 여자화장실에서 그녀의 것으로 보이는 링거 대와 주삿바늘이 발견되었다고 했다.

언제 사라졌는지, 누구에게 끌려간 것인지도 알 수 없는 상황이었지만, 이런 짓을 저지르고서 은서의 목걸이를 보내 태연자약하게 약을 올릴 인간은 단 한 명뿐이었다.

자리에서 벌떡 일어난 지혁은 목걸이를 움켜쥔 주먹으로 책상을 콱 내리치며 부들부들 떨었다.

"이제 좀 사람답게 살아보겠다는데⋯⋯, 기어이, 기어이 날 괴물로 만들 작정이야⋯⋯?"

선뜻한 냉기에 정신이 든 은서는 눈을 뜨고 몸을 일으키자마자 헛구역질을 시작했다.

세상이 빙빙 돌고 온몸이 쑤셨지만, 그보다 더 참을 수 없는 건 공포였다.

텁텁한 시멘트 냄새가 나는 넓은 폐공장 안은 온통 어둠에 잠겨 있었고 건축자재들과 폐품들이 곳곳에 널브러져 있었다. 군데군데 구멍이 뚫린 지붕에서 희미한 빛줄기들이 새어 들어오는 것으로 보아 아직 해가 완전히 지지는 않은 모양이었다.

"발칙한 년. 지금껏 그 순진한 얼굴로 나를 속이고 그 녀석을 도왔단 말이지?"

어둠 속에서 울리는 목소리는 굳이 찾지 않아도 그 주인을 알고도 남을 박 여사의 것이었다.

은서는 뒤로 묶인 손 때문에 부자유스러운 몸을 추슬러 자리에 앉고서, 목소리가 울린 곳을 바라보며 말했다.

"속인 걸로 따지자면 누가 먼저 시작했는지 아줌마가 더 잘 아시잖아요?"

"입 닥쳐, 되바라진 년아. 너희 둘 때문에 내 인생도, 내 아들

인생도 졸지에 바닥으로 떨어졌어."

당신들 인생은 애초부터 바닥이었다고 말해주고 싶었지만 지금 이 상황에 건드려서 좋을 것 하나 없다는 생각에 은서는 말을 돌렸다.

"납치감금은 엄연한 범죄예요. 나중에 어쩌려고 이렇게까지 하세요?"

"아무리 썩었대도 너한테서 충고 들을 정도는 아니니 건방떨지 마라."

"지혁 오빠가 가만히 안 있을…….."

말이 끝나기도 전, 지금껏 근처에 앉아 있던 김래연이 일어서서 뚜벅뚜벅 다가왔다. 이윽고 은서의 관자놀이 부근에 생전 단 한 번도 마주한 적 없던 섬뜩한 느낌이 와 닿았다. 묵직하고 차가운 금속성 감촉과 끼릭, 하는 불길한 소리.

완전히 공포에 질린 채 곁눈질하는 은서의 눈동자에 조잡한 사제 권총 한 자루가 비쳤다.

"미, 미쳤어…….., 당신들?"

대답 없이 씩 웃으며 내려다본 김래연은 비어 있는 왼손으로 휴대전화를 꺼내 들더니 어딘가로 영상통화를 시도했다. 상대가 누구인지는 물어볼 것도 없었다.

- 은서 어디 있어?

전화를 받자마자 다짜고짜로 묻는 지혁의 목소리는 등골이 서늘할 정도로 위협적이었다.

느긋하게 웃던 김래연은 총구가 똑바로 겨눠진 은서의 얼굴을 카메라에다 비춰준 후 말했다.

"사모님의 요구조건만 맞춰주면 험한 꼴 당할 일은 없을 거다."

- 위치 불어.

"인감도장 가지고 인천으로 와. 30분 후 내가 다시 전화하지. 똑똑하신 도련님이시니 설마 경찰 달고 오는 바보짓은 않겠지?"

화면 안의 지혁이 섬뜩한 어조로 으르렁거렸다.

- 당장 갈 테니까 그것 치워.

"아이고, 무서워라. 그렇게 내가 경고했잖아. 소중한 보물은 이 아저씨가 찾지 못하도록 꼭꼭 숨겨놓으라고 말이야, 도. 련. 님."

김래연은 약이라도 올리려는 듯 잔인한 미소를 지으며 천천히 총구를 내려 보란 듯이 은서의 뺨을 쿡쿡 찔러댔다.

두려움에 떨면서도 애써 아무렇지도 않은 표정을 지으려는 은서의 굳은 얼굴이 카메라에 비치자 화면 속 지혁의 눈에 불길이 치솟았다.

- 소중한 보물은 꼭꼭 숨겨놓으라고? 그거, 꼭 나한테만 해당하는 이야기는 아닐 텐데.

지혁의 얼굴이 비쳐 있던 화면이 갑자기 바뀌는 순간, 이번엔 김래연과 박 여사의 얼굴이 동시에 파랗게 질렸다.

"아니⋯⋯!"

"이, 이런⋯⋯!"

- 어, 엄마아⋯⋯. 갑자기 뭐야, 이게. 흐흑.

차 뒷좌석인 듯 보이는 곳에 손발이 묶인 채 앉아 어린애처럼 징징 울고 있는 건 다름 아닌 민정이었다.

"아악! 이 짐승만도 못한 놈이! 그래도 반은 피가 통한 남매 아니냐! 어떻게 동생한테 그럴 수가 있어! 내 딸 놔줘, 이 미친놈아!"

박 여사가 김래연의 전화를 뺏어들고 격하게 소리를 지르자 다시 화면에 나타난 지혁이 광기(狂氣)로 오싹하게 번들거리는 눈을 하고 협박했다.

─ 말 잘했어. 난 짐승만도 못한 미친놈이니까, 은서 털끝하나도 건드리지 마. 만약 은서한테 무슨 일 생기면 이 계집애가 죽어. 각오해.

전화가 끊기자 화면이 깜박이며 갑자기 사방이 어두워졌다.

후드득후드득, 양철지붕이 가느다란 소리를 내더니 이내 쏴아아, 하고 세찬 비가 내리기 시작했다.

20. 자업자득

　어둠이 깔린 사방에 차창을 쉴 새 없이 때리는 빗소리만이 음산하게 울리고 있었다.

　훌쩍거리다 지친 민정은 운전하는 내내 한 번도 돌아보지 않는 지혁의 뒷모습을 쳐다보다 또 한 번의 후회에 치를 떨었다.

　역시, 서은서와 얽힌 일이 제대로 되는 꼴을 못 봤다.

　처음부터 별다른 뜻은 없었다. 도저히 억울해 견딜 수가 없어, 남들 다 보는데 속 시원히 물이라도 끼얹어버릴 생각이었다. 그래서 은서가 일주일에 한 번 자원봉사 레슨을 하러 다니던 대학병원 소아암 센터 입구 근처에 숨어 있던데, 거기에서 믿을 수 없는 장면을 목격했던 것이다.

　뜬금없이 나타난 지혁이 은서와 다정하게 손을 맞잡았다. 그 둘이 좋아서 어쩔 줄을 모르는 눈으로 서로를 바라보는 것을 확인한 순간 민정의 머릿속이 뒤죽박죽 엉켜들었다. 영락없이 원수라고 알고 있던 저 둘이 언제부터 저런 사이였을까. 지혁과 은서가 작당을 하고 자신들을 무너뜨렸다는 것을 뒤늦게 깨닫고 나니 약이 올라 견딜 수가 없었다.

쓰고 온 모자를 더욱더 깊이 눌러쓴 후 살금살금 뒤를 밟아 두 사람이 들어간 곳까지 따라가니 아주 가관이었다. 임신까지 한 모양인지, 인파로 북적이는 산부인과 외래 대기실 모니터에 서은서의 이름이 선명하게 떠 있었다.

어디 맛 좀 보라는 생각으로, 전부터 도무지 지혁의 꼬리를 잡지 못해 발을 동동 구르던 모친에게 가 그걸 그대로 일러바친 게 화근이었다.

상쾌한 기분으로 네일 관리 받다가 꼴사나운 개처럼 이렇게 질질 끌려오게 될 줄이야. 무릎 위에 꽁꽁 묶인 손에 반쯤 발리다 만 빨간 매니큐어를 내려다보던 민정은 차가 급정거하자 중심을 잃고 조수석 등받이에 머리를 부딪혔다.

"악! 아악! 이게 무슨 꼴이야! 오빠, 아니, 너 같은 건 오빠도 아니야! 차지혁! 네가 어쩜 나한테 이럴 수가 있어! 가만 안 둘 거야!"

민정이 철없이 빽빽 악을 쓰는데도 지혁은 여전히 아무 반응도 없이 차에서 내려 뒷문을 열고 발을 풀어준 후 그녀를 거칠게 끌어내렸다.

"아파! 살살 좀 해!"

자동차 헤드라이트만이 유일한 조명인 폐공장은 몹시 외지고 을씨년스러웠다.

맹렬하게 퍼붓는 빗방울이 외투를 금세 흠뻑 적시자 민정은 갖은 엄살을 다 떨기 시작했다.

"아아, 추워! 여긴 대체 어디야! 얼어 죽겠잖아!"

"닥쳐."

지혁은 홑몸도 아닌데 차디찬 곳에서 두려움에 떨고 있을 은서가 걱정돼 미칠 것만 같았다. 민정을 데리고 서둘러 낡은 공장 서쪽 출입구로 간 그는 문을 난폭하게 발로 걷어차 열었다.

콰당!

선전포고라도 하듯 열린 문에 폐공장 안에 있던 세 사람의 시선이 일제히 쏠렸다.

"은서야!"

은서는 캠핑 랜턴 불빛이 희미해지는 경계선쯤에 불편한 자세로 무릎을 꿇고 앉아 있었다. 그녀의 핏기 하나 없는 얼굴을 보는 순간 지혁은 하마터면 분노로 이성을 상실할 뻔했다.

"은서야, 괜찮아?"

"응, 괜찮아! 걱정하지 마, 오빠!"

은서는 그런 지혁의 낌새를 금세 감지했던지 필사적으로 고개를 끄덕이며 괜찮은 것을 확인해주었고, 그 덕분에 그는 간신히 냉정한 정신을 유지할 수 있었다.

"그만 떠들고 민정이 이쪽으로 보내!"

무척이나 다급하고 초조한 목소리로 먼저 소리친 것은 어미인 박 여사가 아니라 김래연이었다.

"김 기사님, 아주 충성심이 대단하시군."

지혁은 혐오감이 잔뜩 담긴 눈으로 김래연과 박 여사를 노려본 후 민정의 팔뚝을 꽉 잡으며 덧붙였다.

"인감도장 가져오라는 거 보니 은서를 볼모로 협박해 뭔가 계약이라도 할 생각인 모양인데, 대체 어디까지 바닥을 드러낼 작정이지? 꼭 이렇게 끝까지 가야만 했어?"

분노 서린 지혁의 목소리가 넓은 공간 안에 쩌렁쩌렁 울리다 잦아들자 박 여사가 마주 소리쳤다.

"너 때문에 난 빈털터리가 됐어! 내 인생은 완전히 지옥이 됐단 말이다!"

일순 지혁의 눈에 시퍼런 불꽃이 튀었다. 그는 피를 토하듯 쥐어짠 목소리로 고함을 지르기 시작했다.

"지옥이란 말 그 주둥이에 담지도 마! 진짜 지옥이 뭔지 당신이 알기나 해? 나는 당신들 때문에 지금까지도 지옥이었고 앞으로도 남은 평생을 지옥에서 살아가야 해! 당신들이 욕심에 눈이 멀어 저지른 일들 때문에 얼마나 많은 사람의 인생이 희생됐는지, 눈이 있으면 좀 돌아봐! 그 집안에 지금 정상인 사람이 단 한 명이라도 있냐고!"

썰렁한 공장 안에 공허한 메아리가 돌다 그치자 양철지붕에 떨어져 내리는 빗소리만이 격렬하게 울려 퍼졌다.

박 여사는 잠시 입술을 잘근잘근 깨물더니 냉정한 어조로 내뱉었다. 사람이기를 이미 포기한 듯 보였다.

"내가 알 게 뭐냐. 어쨌든 나는 잃은 것만큼은 되찾아야겠으니 내 말에 고분고분 따라! 네 지분 양도하고 우리 민수 다시 경영진에 포함시켜!"

말을 마친 박 여사는 협박을 위해 은서의 긴 머리채를 휘감아 끌어당겼다.

은서는 중심을 잃고 넘어지면서도 비명 한 번 지르지 않은 채 똑바로 지혁을 쳐다보며 여전히 자신은 괜찮다는 것을 지속적으로 알리고 있었다.

어금니를 깨물고 가까스로 평정을 유지한 지혁은 보란 듯이 민정의 팔을 아프도록 세게 비틀어버렸다. 그의 의도대로, 평소에 엄살이 심했던 민정은 조금만 힘을 줬을 뿐인데도 숨넘어가는 비명을 착실하게 질러댔다.

"아악! 으아악, 아파!"

"한심하기 짝이 없군. 이 계집애는 어떻게 돼도 좋다는 말이지?"

예상대로, 박 여사 대신 김래연이 또 한 번 격한 반응을 보였다.

"그만두지 못해?"

지혁은 김래연의 손에 들린 사제 총에 시선을 두고 빈정거렸다.

"돈이라면 뭐든지 되는 세상이라지만 설마 그런 것까지 동원할 줄은 몰랐어. 아저씨, 그거, 걸리면 꽤 클걸."

"까불지 마라, 애송아."

"나 그때의 유치원생 아니야. 좋게 말할 때 그거 내려놔."

김래연이 전혀 움직일 기미를 보이지 않자, 지혁은 좀 더 세게 민정의 팔을 비틀어 올리더니 그 손목을 꽉 잡아 손가락을 쳐들게 하고서 협박했다.

"자아, 어디부터 부러뜨려줄까? 손가락 정도야 나중에 다시 붙을 테니 걱정하지 마. 나처럼 몸에 큰 흉터 남는 것도 아니잖아?"

"아아악! 하지 마, 이 자식아! 무서워! 아파! 아파!"

이제야 좀 아플 정도의 힘을 줬건만 민정은 벌써 온 손가락이 다 부러진 듯 숨넘어가게 울부짖었다. 엄살이 심한 것이 아주 효과 만점이었다.

민정이 펄펄 뛰는 것을 보자 동요했던지 김래연이 미묘하게 주춤거렸다. 그러나 곁에 서 있던 박 여사는 오히려 날카로운 눈으로 그를 노려보며 명령했다.

"김 기사, 말려들면 안 돼! 저 녀석, 말만 저렇게 하지 민정이한 테 아무 짓도 못해!"

"글쎄, 시험 삼아 한번 해볼까?"

"꺄악! 안 돼! 하지 마! 하지 마!"

지혁이 광기 어린 눈으로 민정의 새끼손가락을 세게 움켜쥐자 겁에 질린 그녀는 더욱더 앙칼지게 빽빽 소리를 질러댔고, 박 여사와 김래연의 얼굴에서 서서히 핏기가 가셨다.

"허풍떨지 마라! 넌 못해!"

그 순간, 폐창고에 우두둑 하고 섬뜩한 소리가 울려 퍼지며 처절한 비명이 이어졌다.

"으아아아아아악!"

민정은 힘을 잃고 덜렁거리는 자기 새끼손가락을 바라보며 고통과 분노 섞인 비명을 질러대다 제 모친을 향해 저주와 차마 입에 담기 힘든 욕설까지 퍼붓기 시작했다.

"당신이 엄마야? 아악! 아악! 당신은 사람도 아니야, 나쁜 년아! 으흐흑!"

지혁은 박 여사 대신 몹시 동요하고 있는 김래연을 자극하는 쪽을 택했다.

"이봐, 김래연 씨! 세컨드로 사는 동안 한몫 챙긴 것도 아니고 그렇다고 대우를 잘 받는 것도 아닌데, 저렇게 개털 된 사모님한테 아직도 충직한 머슴 노릇 해주는 이유가 대체 뭐지? 20년 넘게 붙인 몸 정이 있으니 의리라도 지키겠다는 거야, 아니면 저 여자가 당신 딸 내팽개치고 남의 아들만 싸고도는 게 못 미더워 그러는 거야?"

그 소리에 민정의 얼굴이 갑자기 핼쑥해졌다. 그녀는 비명을 멈추고 경악한 눈으로 지혁과 박 여사, 그리고 김래연을 번갈아 바라보더니 이내 고개를 설레설레 저으며 떨리는 목소리로 물었다.

"무, 무슨 말이야, 이게? 누가 말 좀 해봐! 무슨 말이냐고!"

지혁은 이성을 잃고 소리치는 민정을 깡그리 무시한 채 박 여사를 향해 조소 어린 질문을 던졌다.

"이봐, 아줌마, 얘 대체 누구 딸이야?"

귀를 막고 싶었지만 그러지도 못했던 민정은 완전히 얼이 빠졌던지 부러진 손가락의 아픔도 잊은 채 박 여사를 쳐다보며 떨리는 목소리로 물었다.

"어, 엄마, 이게 지금 무슨 말이야? 무슨 말이냐니까!"

지혁은 민정을 깡그리 무시한 채 김래연을 향해 소리쳤다.

"은서 이쪽으로 보내!"

"놔주지 마, 김 기사! 차지혁 넌 헛소리 집어치우고 이리 와서도장이나 찍어!"

"엄마! 엄만 내가 다 죽게 생겼는데 그깟 돈이 문제야? 나부터 풀어줘! 그리고 아까 그거 무슨 소리……, 꺄아악!"

지혁이 또다시 손아귀에 힘을 주자 이번엔 민정의 팔 관절에서 우두둑 소리가 났다. 다시 한 번 고래고래 소리를 지르며 민정이 펄펄 뛰자 김래연이 당황한 표정으로 다급하게 끼어들어 박 여사를 제지했다.

"민정이 먼저 풀어주고 생각합시다!"

"저 녀석 더 이상 아무 짓도 못할 거야! 일단 계약서 먼저……!"

"으아악! 엄마! 아파! 나 좀 살려줘!"

끔찍한 혼란이 계속되는 가운데, 김래연이 돌연 박 여사가 들고 있던 계약서를 뺏어들고 박박 찢어버렸다.

"미쳤어? 이게 뭐 하는 짓이야!"

앙칼진 목소리로 화를 내는 박 여사에게 김래연이 씁쓸한 표정으로 내뱉었다.

"그래. 그동안 내가 당신 뒤치다꺼리에 머슴 노릇까지 하면서 죽어지낸 거, 반은 민정이 때문이었지. 그러니 민정이가 먼저야. 그만큼 내팽개치고 다녔으면 됐어. 더 이상 내 딸한테 함부로 대하지 마."

"아아, 이 미친놈! 네가 미쳤구나, 네가! 어떻게 만든 유일한 기회인데 네가 이걸 이런 식으로 날려……? 아아!"

박 여사가 탄식을 내뱉으며 오열했다. 김래연은 그런 그녀를 잠시 안쓰럽게 내려다보았지만 이내 마음을 정했는지 큰 목소리로 지혁에게 제안했다.

"중간에서 맞교환하자! 민정이 이쪽으로 보내!"

"그 총 먼저 버려."

김래연이 한동안 미적거리자 지혁이 서슬 퍼렇게 명령했다.

"어서!"

쩌렁쩌렁 울리는 지혁의 목소리에 김래연은 땅바닥에다 총을 조심스럽게 내려놓고 발로 밀어 멀찍이 떨어뜨렸다.

박 여사는 파국 끝에 모든 걸 포기한 듯, 미친 사람처럼 뭔가를 중얼거리며 폐공장 안을 이리저리 방황하기 시작했다.

"은서야! 이쪽으로 와!"

지혁의 말을 신호로 천천히 자리에서 일어난 은서는 김래연과 박 여사 쪽을 조심스럽게 살핀 후 긴장으로 후들거리는 몸을 추스르며 걸음을 옮기기 시작했다.

은서가 착실하게 걷는 것을 확인한 지혁은 민정의 팔을 붙잡아 세게 떠밀며 내뱉었다.

"꺼져."

충격을 심하게 받은 듯 휘청휘청 걸어가던 민정은 은서와 스쳐 지나는 순간 누구한테 하는 것인지 모를 말을 허공에다 크게 내뱉었다.

"미쳤어! 다들 미쳤다고!"

은서는 싸늘한 눈으로 민정을 한 번 곁눈질한 후 차분히 걸음을 옮겨 지혁의 바로 앞으로 다가섰다.

"괜찮아, 은서야? 다친 데 없어?"

"응."

재빨리 은서의 몸을 살핀 지혁은 여전히 김래연 쪽을 주시하며 재킷을 벗어 그녀의 어깨 위에다 걸쳐준 후 등 뒤로 그녀를 숨게 했다.

넋이 나간 채 걷다 말고 바닥에 주저앉은 민정을 부축하던 김래연 역시 지혁을 날카롭게 노려보더니, 지지 않겠다는 듯 사납게 위협했다.

"기회는 언제든 있다! 이걸로 끝이라는 생각은 하지 마라!"

그 소리에 지혁은 왼팔을 들어 손목시계를 확인한 후 씩 웃고서 내뱉었다.

"안타깝겠지만, 당신들한테 기회는 이걸로 끝이야."

출발하기 전 지혁은 현석에게 만약 두 시간 내에 다시 연락이 없거든 차량에 미리 장착해뒀던 GPS 장치로 위치를 추적하고 경찰을 부르도록 당부했었다.

빗소리를 뚫고 멀리서 경찰차의 사이렌 소리가 들려왔다.

험악한 표정으로 나지막이 욕설을 내뱉은 김래연은 민정과 박여사를 데리고 도주하기 위해 다급하게 주변을 두리번거리기 시작했다.

모두의 시선이 한 곳으로 집중된 것은 바로 그때였다.

"용서 못한다, 절대 네놈만은 용서 못해!"

박 여사가 5미터쯤 떨어진 곳에서 위협용으로 가져왔던 사제총을 들고서 똑바로 지혁과 은서 쪽을 겨누고 있었다. 경찰이 밖에 깔려 있는 것도 전혀 알아차리지 못할 정도로 이미 제정신이 아닌 듯했다.

"오, 오빠⋯⋯!"

놀란 은서가 지혁을 감싸려 했지만 방아쇠를 당기는 박 여사의 손이 좀 더 빨랐다.

마치 슬로모션처럼 그들을 둘러싼 모든 것이 느리게 움직이기 시작했다. 오랫동안 쌓인 증오와 증오들이 서로 맞부딪쳐 거대한 블랙홀을 만들어냈고, 그 블랙홀이 모든 것을 집어삼킨 듯 사방에는 적막만이 감돌았다.

그런데 바로 그 순간.

철컥!

박 여사의 손 안에 있던 사제 총이 기묘한 소리를 냈다. 총알이 걸린 모양이었다.

"쳇!"

이것마저 마음에 들지 않는다는 듯 박 여사는 우악스럽게 다시 공이를 젖히고 방아쇠를 당기려 했다.

"안 돼! 쏘면 안 돼!"

김래연이 다급하게 그녀를 제지하며 뛰어들었지만 한발 늦은 후였다.

뒤늦게 뭔가를 눈치 챈 박 여사가 손을 멈추려 했으나, 총알은 이미 떠난 후였다.

불량 탄환의 탄두로 총열이 막힌 상태에서 후속탄이 격발되자 조악한 사제 총은 압력을 이기지 못해 순식간에 폭발하고 말았고,

폭발한 총기의 부속품들은 목표가 아니라 사수(射手)를 향해 엄청난 힘으로 덮쳐들었다.

"꺄악!"

"크아악!"

"기, 김 기사! 괜찮아?"

"크윽……."

박 여사를 한쪽으로 밀어내고서 방패막이가 된 바람에 얼굴 한쪽이 완전히 망가진 김래연은 극심한 고통에 몸부림을 치며 바닥을 뒹굴었다.

이윽고 문이 열리고 한 무리의 경찰들이 들이닥쳐 그들을 에워쌌다.

피투성이가 되어 바닥에 널브러진 김래연, 어쩔 줄을 몰라 하는 박 여사, 그리고 아직도 멍하니 주저앉아 미친 사람처럼 중얼거리고 있는 민정까지, 그 세 명이 자아내는 비탄은 마치 무성(無聲) 영화를 보는 듯 전혀 실감이 나질 않았다.

멀리서 은서를 끌어안은 채 서 있던 지혁은 극심한 통증을 이기지 못해 짐승처럼 울부짖는 김래연을 씁쓸한 표정으로 바라보다 나지막이 중얼거렸다.

"저 인간도 아픔이란 걸 느낀다니……."

일곱 살 어린 등에다 평생 지울 수 없는 흉터를 잔뜩 남겨둔 벌이었을까. 피투성이가 된 김래연의 얼굴에도 이날 일이 영원히 남을 터였다.

은서는 지친 얼굴로 그들을 돌아보다 이내 천천히 고개를 들고서 물었다.

"오빠……, 이제 정말 끝난 거지?"

"그래. 이젠 다 끝났……?"

지혁은 말하다 말고 뭔가에 놀란 듯 눈을 깜박이며 멍한 표정을 지었다.

"왜 그래, 오빠?"

뭔가 이상하다 했더니, 비만 오면 욱신거리던 등의 통증이 말끔히 사라지고 없었다.

"아니. 아무것도 아니야."

어쩌면 그건 몸의 통증이 아니라 한(恨)의 무게였을지도 모른다는 생각이 들었다.

밖으로 나와보니 추적추적 내리던 비가 말끔히 그친 밤하늘에 어느새 별이 촘촘히 박혀 있었다.

조만간 자신에게 출국금지 명령이 떨어질 거라는 소식을 접한 차 회장은 대충 짐을 싸 트렁크에 실은 후 다급하게 차를 몰고 공항으로 향했다.

"하아……, 이런 젠장! 이놈이고 저놈이고 간에 사람 우습게 보고! 모두 다 쓸어버릴 테다!"

오른발에 힘을 주고 페달을 더욱더 깊숙이 밟자 부우웅, 하며 RPM이 급격히 치솟았다. 어지럽게 오르내리는 RPM 게이지만큼이나 차 회장의 혈압도 제멋대로 올랐다 내렸다 하고 있었다.

흥분한 나머지 난폭운전을 일삼으며 영종대교로 접어들 무렵,

어느새 비가 그치고 도로에 밤안개가 스멀스멀 퍼지기 시작했다.

앞에서 알짱거리는 차를 시속 170킬로미터를 넘나드는 속도로 아슬아슬하게 피한 후 액셀러레이터에서 발을 뗀 차 회장은 문득 7년 전의 일을 떠올리고 오싹한 느낌에 몸서리를 쳤다.

그날도 이렇게 밤안개가 자욱했던 날이었다.

별장에서 서종근 사장과 대립각을 세우고 있었던 것은 개발에 착수한 지 7년이 넘도록 투자 대비 이익이라곤 아직도 까마득해 보이던 항암 신약 BA−34 때문이었다.

끝까지 이견(異見)이 좁혀지질 않자 화가 난 서종근은 먼저 차를 몰고 별장을 떠났고, 자신은 담배 한 대를 다 태운 후 의전차량 운전기사인 이 기사와 함께 한발 늦게 출발했다.

오늘은 어느 계집년한테 가서 스트레스를 풀까 고르고 있던 중 인적 없는 지방도로에서 서종근의 차가 천천히 앞서 달리고 있는 게 눈에 띄었다. 소아마비로 두 다리를 모두 쓸 수 없던 서종근은 장애인용으로 개조된 차량을 몰았는데, 운전 스타일이 항상 점잖았다.

어디 맛 좀 봐라, 하는 생각에 이 기사를 시켜 곧이라도 추돌시킬 듯 꽁무니에다 바싹 차를 가져다 붙이도록 했다. 놀란 서종근이 속도를 내기 시작하자 차간거리가 다소 멀어졌다.

약이 오른 나머지 더욱더 속도를 내도록 지시하자 이 기사는 위험하다며 더 이상의 위협 운전을 거절했다. 운전기사까지 눈에 거슬린 차 회장은 시키는 대로 하지 않으면 해고해버리겠다고 사납게 협박했고, 을의 입장에서 어쩔 수 없었던 이 기사는 다시 한 번 속도를 내 서종근의 차를 추격했다.

가로등 하나 없이 어두운 도로의 굴곡 구간이 펼쳐지자 서종근이 그만하라는 듯 경적을 몇 번 시끄럽게 울렸다. 그러나 차 회장은 완강했다.

그렇게 과속을 하던 중, 앞서던 서종근의 차가 갑자기 크게 휘청거렸다.

정말 순식간이었다. 서종근의 차 후미등이 자욱한 안개 사이로 빨려 들어가듯 사라진 것은.

안개 속에서 잇따라 들려왔던 그 불길한 굉음들이 아직도 귀에 왕왕 울렸다.

동업자든 뭐든 간에 누군가가 자신의 눈앞에서 알짱거리는 건 질색이었다. 서종근이 오랜 시간 동안 그렇게 사사건건 자신의 골머리를 썩였던 게 너무 괘씸하고 분해서 그저 골려줄 생각이었는데 그게 그렇게 사고로 이어질 줄이야.

"하아……, 왜 하필 이럴 때 그 일이 떠오르는 거지……?"

차 회장 외에 그 일을 아는 사람은 단 한 사람, 그날 운전대를 잡았던 이 기사뿐이었다. 그만둔 후 지금은 완전히 도박 폐인이 된 작자 말이다.

일전에 은서가 그에게 운이 좋다며 빈정거렸던 말은 사실이었다. 뒷조사를 통해 알아냈다 해도 전직 운전기사의 말 외엔 이렇다 할 증거도 없었다. 더 이상 서종근의 죽음에 대해 의문을 제기하는 사람은 아무도 없고 앞으로도 없을 것이다. 그러니 지금 그 일에 대해선 걱정할 게 아무것도 없었다. 그런데도 불안한 기분이 도무지 가시질 않았다. 어쩌면 그것이 그가 가진 마지막 비밀이기 때문이었을까.

"음?"

문득 룸미러를 올려다본 차 회장의 미간이 심하게 좁아졌다.

차 회장의 자동차 뒤를 웬 검은색 세단이 바싹 따라오고 있었다. 앞창에 붙은 차량용 장애인 스티커가 눈에 띄자 차 회장의 얼굴이 별안간 핼쑥해졌다.

액셀러레이터를 꽉 밟고 속도를 최대로 냈건만, 뒤따르던 차 역시 최대로 속도를 내고 있는지 차간거리는 여전히 일정했다. 아니, 오히려 더욱더 좁아지고 있었다.

문득 오싹한 기분이 들며 등에 식은땀이 쭉 흘러내렸다.

"빌어먹을, 대체……? 아, 아니……!"

이상한 낌새에 고개를 돌려보니, 조수석에 누군가가 앉아 이쪽을 똑바로 쳐다보고 있었다. 그날 세상을 떠났던 전 동업자 서종근이었다.

"으, 으아악!"

피투성이 얼굴로 자신을 똑바로 노려보고 있는 서종근의 모습에 차 회장은 두려움에 질려 고래고래 울부짖었다.

"자, 잠깐! 일부러 그런 게 아니야! 내 잘못이 아니란 말일세! 자네 딸한테도 언젠가 그 돈 돌려주려고 했……!"

그때였다. 줄곧 무서운 표정으로 입을 다물고만 있던 서종근의 환영이 천천히 미소를 지었다.

그의 실루엣이 서서히 흐릿해지며 마치 안개가 걷히는 것처럼 사라지는 순간, 뒤늦게 중앙분리대가 엄청난 속도로 다가오고 있는 게 차 회장의 눈에 들어왔다.

콰직!

굉음과 함께 세상이 빙글 돌았고, 일순 모든 것이 아득해졌다.

[속보입니다. 조금 전, 비리 사건으로 현재 검찰의 조사를 받고 있던 차영철 범애제약 회장이 몰던 벤츠 승용차가 영종대교에서 중앙분리대를 들이받았습니다. 이 사고로 차 회장은 즉시 병원으로 후송되었지만 상태가 위중한 것으로 전해지고 있습니다. 경찰은 사고의 원인을 안개길 부주의 운전으로 보고······.]

21. 되찾은 봄

"자기야."

병실 문 사이로 고개를 들이밀고서 우스꽝스러운 목소리로 부르고 있는 정현의 얼굴을 확인하자마자 은서는 터져 나오는 웃음을 참을 수가 없어 큰 소리로 웃고 말았다.

"어서 와, 정현아."

"몸은 좀 괜찮아? 더 있어야 하는 것 아니야?"

"너무 갇혀만 있었더니 답답해서."

은서의 팔에 매달린 줄을 통해 링거액이 규칙적으로 떨어져내리는 것을 확인한 정현은 고개를 돌려 병실 벽에 걸린 달력을 바라봤다.

4월 18일.

그 일이 있던 날로부터 벌써 한 달이 흘렀다.

그날 밤, 추위와 공포 속에서 오랫동안 떨었던 은서는 약한 유산기를 보여 병원에 바로 입원했다. 지혁과 은서는 조마조마한 마음으로 며칠간 잠도 제대로 못 잤지만 아이는 다행히 무사했고 은서는 입원 일주일 만에 퇴원할 수 있었다.

그런데 이번엔 입덧이 문제였다. 물조차도 삼킬 수가 없는 심한 입덧에 퇴원한 지 이틀도 지나지 않아 다시 병원 신세를 지더니, 이후로 한 달 동안 은서는 계속해서 입원과 퇴원을 반복하고 있었다.

"먹고 싶은 건 없고?"

"아직은."

"아들인지 딸인지 아직도 안 보인대?"

정현의 밑도 끝도 없는 질문에 은서는 어이없다는 표정으로 대꾸했다.

"애 아빠도 안 궁금해하는 걸 왜 네가 궁금해하는데?"

"어젯밤 꿈에 내가 광활한 고추밭에서 황금 고추를 하나 땄거든. 근데 따서 보니 너무도 거대한 것이, 고추가 아니라 거의 유전자 변이 피망 수준이더라고. 엄청난 놈이 나올 것 같은 예감이 들어."

은서의 눈매가 가늘어졌다.

"정현아, 혹시 그거……."

"그거 뭐?"

"네 태몽 아니니?"

갑자기 얼굴을 확 붉힌 정현은 자리에서 펄쩍 뛰더니 버럭 화를 냈다.

"서은서, 너, 지금 무슨 말도 안 되는 소리를 하는 거야! 솔로한테 그러는 거 아니지!"

너무나 격한 반응을 보이는 정현이 우스웠던 은서는 한동안 숨도 쉬지 못하고 자지러지게 웃다가 사이드테이블 위의 신문을 내려다봤다.

벌써 한 달이 지났는데 아직까지도 그 일에 대한 기사들이 보도되고 있었다. 오늘의 헤드라인은 비리 혐의로 기소된 후 교통사고를 당해 식물인간이 된 차 회장의 첫 공판에 대한 뉴스였다.

"귀신은 뭐 하나 했더니, 눈에 보이진 않아도 착실하게 일하고 있었단 말이지."

정현이 내놓는 말에 은서는 여전히 신문으로 향한 눈길을 거두지 않은 채 중얼거렸다.

"다들 그렇게 어이없이 무너질 줄은 몰랐어."

"더 이상 손 더럽힐 필요도 없다는 계시 아니겠어?"

"그런가?"

"그래."

납치감금과 협박에 동원했던 불법무기 때문에 김래연은 그 자리에서 체포되어 재판을 받고 3년 징역을 선고받았다.

그 일을 사주했던 박 여사는 오랜 기간 불행한 결혼생활로 인해 심각한 우울증을 앓고 있던 점이 정상참작 되어 정신감정을 받은 후 보석과 집행유예로 풀려났다. 풀려난 뒤 그녀가 가장 먼저 한 일은 남편인 차 회장에게 걸었던 이혼소송을 취하한 것이었다. 공판이 끝난 후 차 회장은 어마어마한 추징금을 물어야 할 것이 불을 보듯 훤했고 그 앞으로 된 빚 역시 꽤 많았지만, 그것들을 제외하고도 얼마간의 재산은 남을 터였다. 박 여사가 병수발을 핑계로 얼마 안 되는 그 재산을 노린 것이란 계산은 어렵지 않게 할 수 있었다.

지혁은 그냥 내버려두라며 박 여사를 무시해버렸다. 이젠 벗어나지도 못한 채 돈만 보고 살아야 하는 인생 역시 지옥이나 마찬가지일 테니 말이다. 아니나 다를까, 차 회장의 친자로 확인된 이 외에도 또 다른 친자라고 주장하는 이들까지 합세해 속속 소송을 걸기 시작해 벌써부터 진흙탕 싸움이 따로 없었다.

장남 차민수는 그날의 방화(放火)로 집 안에 있었던 고용인 한 명이 심한 화상을 입어 징역 3년을 선고받았다. 그러나 그 역시 심신장애 상태가 인정되어 구속집행정지로 풀려나 지난주부터 정신병원에서 입원치료를 받고 있었다.

민정은 결국 시형에게 버림받은 후 도망치듯 훌쩍 미국으로 떠나버렸다. 출국 직전, 아파트 주차장에 세워둔 지혁의 차를 사방으로 싹싹 돌려가며 긁어놓고 도망간, 제 성격만큼이나 치졸한 복수도 잊지 않았다.

"이러니 사람은 사람답게 살아야 한다는 말이 나온 거구나 싶어."

정현의 말에 은서는 천천히 고개를 끄덕였다.

차 회장을 몰아내고 대표이사로 등극하며 회사 경영권을 완전히 손에 넣은 지혁은 처음 약속했던 대로 지산제약과의 합병을 추진했다. 이 우호적 합병이 완전히 마무리되면 회사는 명실공히 국내 최대의 제약업체로 자리매김할 터였다.

지혁은 합병에 있어서 완전 고용승계 외엔 아무런 조건도 덧붙이지 않았지만 단 한 가지, '범애제약'의 네임 밸류가 아까우니 그 이름을 합병 후에도 계속 유지하자는 지산제약 측의 제안만은 단칼에 거절했다. 그건 아마도 이젠 과거로 돌아가고 싶지 않다는 그의 의지가 반영된 결정이었을 것이다.

"참, 은서야, 너 그 돈 진짜 다 기부할 거야? 꼭 그렇게까지 해야 하나?"

범애재단에 들어가 있는 서종근 사장의 유산은 소송을 통해 일부를 제외하곤 다시 은서에게 돌아올 예정이었다. 그녀는 그 돈을 탈세와 비리의 온상이었던 범애재단에서 빼낸 후 소아암 재단에 전액 기부하기로 결정했다.

"응. 아빠라면 분명 그렇게 하고 싶어 하셨을 거야."

"좀 아깝다. 차지혁 씨는 아무 말 안 해?"

"당연하지."

"하긴, 죽을 때 싸 들고 갈 것도 아닌데 돈은 쌓아둬서 뭐 하겠니. 그나저나 완전히 잊고 있었네. 차종민 씨는 어쩌고 있어?"

은서는 말없이 휴대전화를 꺼내들더니 사진 한 장을 화면에 띄워 정현에게 보여주었다.

화면 안의 커다란 배낭을 메고 서 있는 새카맣게 탄 남자를 본 정현이 물었다.

"웬 동남아 걸인?"

"종민 오빠야. 지금은 인도 여행 중이래."

"흐음, 그렇구나."

가만히 무릎을 끌어안은 은서는 무척이나 평온한 표정으로 고개를 끄덕이며 종민이 보낸 메시지를 내려다봤다.

 - 한 여행의 끝은 다른 한 여행의 시작이라고 생각해. 그렇다면 인생은 영원히 끝나지 않는 여로(旅路)의 연속이겠지. 은서야, 너하고 형은 지금 어떤 여행의 한 발짝을 떼고 있니? 묻지 않아도 행복한 여행이겠지. 분명. -

병상 위에 누워 있는 차영철의 얼굴은 단 한 달 사이에 몹시도 야위어 있었다. 한껏 멋을 부리고 자식뻘 되는 젊은 처자들과 난잡하게 어울려 다니던 사람이라곤 생각할 수 없을 정도로 불쌍한 몰골이었다.

꺼멓게 죽은 피부와 깊은 주름, 희끗희끗한 수염으로 뒤덮인 그의 초라한 얼굴을 내려다보는 지혁의 눈에 만감(萬感)이 교차했다.

"종국엔 이렇게 될 거면서…… 왜 그렇게 욕심을 부렸습니까……. 왜 그렇게 여러 사람을 괴롭게 만들었냐고요……."

지금 자신의 처지를 아는지 모르는지, 차영철은 아무런 대답도 없이 그저 숨만 쉬고 있을 뿐이었다.

긴 한숨을 내쉰 지혁은 피곤할 텐데 음료수라도 사 마시라고 간병인에게 얼마간의 돈을 쥐여준 후 천천히 뒤돌아 출입문을 향해 걸어갔다.

기척도 없이 병실 문이 벌컥 열린 것은 바로 그때였다.

"차지혁……! 네놈……. 네놈이……! 절대 용서 못한다. 언젠가는……!"

한 달 만에 보는 박 여사의 얼굴은 전보다 훨씬 더 독기로 충만했지만 차 회장의 얼굴이나 마찬가지로 역시 초라하기 그지없었다. 모든 게 다 끝나고 보니 지금껏 이런 사람에게서 그런 고통을 받으며 지옥 같은 삶을 살았던 게 한심하게 느껴질 정도로 그저 불쌍한 중년 여인이었다.

지혁은 그런 그녀를 내려다보며 아무런 원망도, 증오도 담기지 않은 담담하고 조용한 어조로 말했다.

"평생……."

"뭐?"

"평생 그렇게 살아. 부탁이니, 먼 훗날 내가 당신이나 아버지를 동정하는 일이 절대 없도록……, 제발 계속 그렇게 살아."

절망 어린 표정으로 망연자실 올려다보는 박 여사를 외면하고서 지혁은 그대로 걸음을 옮겨 자리를 떴다.

엘리베이터에서 내린 후로도 도무지 끝나지 않을 것처럼 긴 병원 복도를 걸어 마침내 건물 밖으로 나오니, 문득 심한 현기증과 갈증이 몰려왔다.

대기 중이던 차에 오르자 운전기사가 물었다.

"사장님, 다시 회사로 모실까요?"

잠시 창 밖을 내다보며 생각에 잠겼던 지혁은 천천히 고개를 저으며 대답했다.

"아니, 오늘은 오랜만에 좀 쉬고 싶네요."

생전 처음 보는 교도소 면회실의 두 평 남짓한 공간을 구석구석 살피던 현석이 신기한 표정을 짓고 있던 중, 교도관이 파란 수의를 입은 김래연을 데리고 들어왔다.

모르는 사람이 면회를 왔는데도 김래연은 그다지 놀란 얼굴은 아니었다.

그가 방사형의 구멍이 뚫린 아크릴 유리와 철망을 사이에 두고 마주 앉자 현석은 기다렸다는 듯 재킷 안 포켓에서 뭔가를 꺼내며 반말로 툭 내뱉었다.

"지혁이가 보내서 왔어."

차지혁의 이름이 나오자 아니나 다를까, 김래연의 눈동자에 불길이 치솟았다.

현석은 그런 그의 눈을 가만히 들여다보다가 포켓에서 꺼낸 서류를 펼쳤다.

"순정파 아저씨한테 주는 선물이라더군."

현석이 쫙 펼쳐 유리에다 대준 서류엔 복잡한 스펙트럼들이 열맞춰 프린트 되어 있었다.

단 한 번도 본 적 없는 어려운 서류였지만, 김래연은 그것이 친자 확인용 유전자 검사 결과 보고서라는 것을 본능적으로 알 수 있었다.

"좋은 세상이야. 쓰던 칫솔이나 코 푼 휴지 같은 걸로도 가능한 모양이더라고. 여기 이 줄 두 개 보여? 이게 대립 유전자라는 건데, 부모하고 둘 중 최소 하나는 겹친대. 윗줄하고 아랫줄을 잘 살펴봐. 여기, 여기, 여기……, 그리고 여기도, 모두 다 하나씩은 겹치지? 이게 바로 친자 확인이 됐다는 뜻이지."

김래연이 다소 의아한 표정으로 건너다보자 현석은 씩 웃고 서류를 한 장 더 넘기며 싸늘하게 말을 이었다.

"신(神)은 당신에게 무시무시한 완력과, 어린 소년을 죽음 직전에 이르도록 짓밟고도 태연하게 살 수 있는 잔인함과, 자기 자식은 끔찍이도 사랑하고 돌볼 수 있는 부정(父情), 그리고……."

잠시 말을 끊은 현석은 뜬금없는 한 마디를 덧붙였다.

"명품 삽을 한 자루 들려주셨지."

"뭐?"

현석은 그것도 모르는 표정으로 능청을 떨며 삽으로 땅을 파는 시늉을 했다.

"삽 몰라? 삽. 푹푹 땅 팔 때 쓰는 삽 말이야."

"무슨……?"

"20년 넘게 삽질했어, 아저씨."

"그게 대체 무슨 소리지?"

느긋하게 웃으며 자리에서 일어선 현석은 김래연을 똑바로 내려다보며 차갑게 내뱉었다.

"차민정, 당신 딸 아니야. 차영철 친딸이지."

눈앞이 캄캄해진 김래연의 머릿속에서 온갖 생각들이 뒤엉키기 시작했다.

박영자는 어쩌면 이 사실을 알고 있었는지도 몰랐다. 차지혁 그 애송이 말이 맞았다. 그간 바보처럼 철저히 이용당하며 살아왔던 것이다.

"으……, 으악……! 으아아악!"

짐승의 울부짖음처럼 처절한 절규가 좁은 공간 안에서 메아리 쳤다. 현석이 웃으며 자리를 뜬 후로도 한참이나.

머리카락 사이로 지나다니는 부드러운 손길에 눈을 뜬 은서는 자신을 가만히 내려다보고 있는 지혁의 평온한 얼굴을 발견했다.

채광이 좋은 병실의 반투명 블라인드 사이로 환한 오후 햇살이 쏟아져 들어오고 있었다.

"미안, 오빠. 깜박 졸았어."

"몸은 좀 어때? 정말 퇴원해도 되겠어?"

"날아갈 것 같아. 얼른 집에 가고 싶어."

느긋한 대답을 내놓는 은서의 얼굴은 다소 창백했지만 여전히 눈이 멀어버릴 정도로 아름다웠다.

"먹고 싶은 건 없고?"

다정한 표정으로 내려다보는 지혁의 얼굴을 물끄러미 올려다 보던 은서는 문득, 오래전 그날의 일을 떠올렸다.

"기억나, 오빠?"

"뭐가."

"그때……, 그 집 들어간 지 얼마 안 됐을 때, 내가 오빠 학교까 지 찾아갔었잖아. 밥 사준다고 학교 앞 분식점에서 라면이랑 떡볶 이랑 순대랑 시켜놓고…….'

"그래. 네가 백만 원짜리 수표 흔들어 보이면서 바꿀 돈 있냐고 물었었지. 결국 음식은 네가 다 먹고 돈은 내가 냈었고."

지혁이 피식 웃으며 중얼거리는 말에 은서 역시 나지막이 웃음을 터뜨렸다.

"아직도 기억하고 있네."

"어떻게 잊겠어, 그걸."

아직은 소녀티를 다 벗지 못했던 그 시절 은서의 모습이 지금
도 눈에 선했고 사랑스럽던 목소리 역시 또렷하게 기억났다.

모든 것을 끝냈던, 그리고 모든 것을 시작하게 했던 그 말.

"오빠의 문제가 뭔지, 숨기고 있는 게 뭔지는 모르지만, 언젠가
는 오빠의 그런 것들도 내가 다 해결해줄게요. 아빠가 나한테 나누
어줬던 걸 이젠 내가 오빠한테 전해줄게요."

"은서야."

"응?"

지혁은 은서의 가느다란 손가락을 검지로 하나씩 쓰다듬어내
리며 물었다.

"내가 너한테 고맙다는 말 한 적 있었던가?"

"갑자기 그게 무슨 소리야?"

"고마워."

은서는 무슨 뜻인지 눈치를 챈 듯 지혁의 손을 맞잡았고, 그는
담담하고 평온한 어조로 고백을 이어갔다.

"반쯤은 미쳐 있었어. 시간이 가면 갈수록 더욱더 미쳐갔지.
네가 없었다면……, 모든 게 다 끝난 지금 아마도 완전히 미쳐버렸
거나 반대로 허무해서 죽고 싶었을 거야. 네가 아니라면 나한테 있
어서 돌아갈 곳도, 반길 사람도, 사는 의미도, 아무것도…… 없으
니까."

무표정한 그의 얼굴을 살핀 그녀가 뜬금없이 물었다.

"오빠, 우리 몇 살까지 살 수 있을까?"

"응……?"

"아흔 살까지 산다고 가정하면, 오빠가 올해 서른 살이니까 3분의 1 정도 살았네?"

뒤늦게 속뜻을 이해한 지혁은 이내 평온한 표정으로 중얼거렸다.

"그래. 남은 3분의 2는 너하고 나 둘이서 행복하게 살자. 남들이 뻔뻔스럽다고 하든, 괴물이라고 하든 아무 상관없어. 악역이니까."

잡은 손을 뗀 후 지혁의 뺨을 가만히 쓰다듬던 은서는 진지한 어조로 한 단어 한 단어 못을 박듯 단호하게 말을 이었다.

"처음부터 지금까지, 그리고 앞으로도 영원히 나한테는 오빠밖에 없어."

"나도 너밖엔 없어."

"사랑해."

"사랑해."

단단하고 진한 유대감, 그리고 깊은 사랑이 깃든 눈동자로 서로의 눈을 들여다본 두 사람은 동시에 상대의 뺨을 붙잡고 입술을 찾아 달콤한 키스를 나누었다.

입술이 떨어지자마자 그제야 은서의 뺨에 부드럽게 홍조가 돌기 시작했다.

문득 눈을 크게 뜬 은서가 명랑하게 소리쳤다.

"아! 그 분식점 떡볶이랑 순대 먹고 싶다!"

"가는 길에 들르자."

"응! 이번엔 내가 낼게, 오빠."

"또 백만 원짜리 수표로 낚시질하려는 건 아니겠지?"

"속고만 살았어?"

아무것도 보이지 않던 길고 긴 밤이 끝나고 영원히 이어질 것
만 같던 차디찬 겨울도 마침내 물러갔다.

세상은 어느새 봄이 한창이어서, 벚꽃이 아찔한 향기를 뿜어내
며 사방에 흩날리고 있었다.

Epilogue

　새벽녘, 침대 매트리스가 가볍게 출렁거리는 느낌에 선잠에서
깨어난 은서는 어둠 속에서 손을 내밀어 지혁의 빈 베개를 쓰다듬
어봤다. 아직 온기가 가시지 않은 베개는 그의 지독한 불면을 대변
하듯 베갯잇 여기저기가 구겨져 있었다.

　"아…….."

　커다랗게 부푼 배를 손으로 감싸고 천천히 몸을 일으킨 은서는
가쁜 숨을 몰아쉬었다. 자기 전부터 배가 살살 뭉치는가 싶더니 지
금은 증세가 더 심해져 있었다.

　베드벤치에 놓아두었던 가운을 걸쳐 입고서 살며시 방문을 열
고 나가보자 아직도 어둠에 잠긴 거실 전면 창 앞에 지혁이 밖을
내다보고 서 있었다.

　은서의 출산 예정일이 다가오기 이미 한참 전부터 지혁은 아무
렇지도 않다가도 돌연 심각해지거나 멍하니 생각에 잠기거나 하
는 일이 잦아졌다. 예정일을 하루 앞둔 오늘은 급기야 밤새 한숨도
자지 못한 것 같았다.

지혁이 그동안 무엇을 걱정했는지 어렴풋이 알고 있으면서도 굳이 내색하지 않았던 은서는 그의 등 뒤로 다가가 살며시 안아주려 했지만 남산만 한 배 때문에 어째 여의치가 않았다. 아니나 다를까, 손끝이 미처 등에 닿기도 전에 배가 그의 둔부에 찰싹 붙어 버렸다. 이 사람을 대체 어떻게 안아줘야 하나 한참이나 고민하며 우물쭈물하자 지혁은 그녀를 돌아보며 의아한 표정으로 물었다.

　"뭐 해?"

　"아니, 뭐, 그냥."

　"제대로 못 잤어? 큰일이네. 푹 자야 하는데."

　"그거 그대로 오빠한테 해당하는 말이라는 건 알고 있지?"

　은서가 짓궂게 되묻는 말에 지혁은 피식 웃음을 터뜨렸지만 더이상 아무 설명도 덧붙이지 않았다.

　한동안 걱정스러운 표정으로 그를 올려다보던 그녀가 물었다.

　"오빠가 임신한 것도 아닌데 왜 요즘 통 잠을 못 자?"

　이어지는 질문에 지혁은 다시 시선을 창 밖으로 옮기며 퉁명스럽게 대답했다.

　"그걸 알면 이러고 있었겠어?"

　"하긴. 그것도 그러네."

　창백한 새벽빛이 드리워진 지혁의 조각 같은 옆모습을 올려다보던 은서는 손을 내밀어 그의 뺨을 쓰다듬으며 덧붙여 물었다.

　"옛날 꿈 꿨어? 괴로워?"

　"아니. 전혀. 말했잖아. 나, 내가 생각했던 것보다 훨씬 더 나쁜 놈이었다고. 지금 난 그 어느 때보다 더 편안해."

모든 일이 끝난 후로 벌써 6개월이 흘렀다.

지산제약과 합병된 회사는 그동안 착실하게 제자리를 찾았고, 뱃속의 아이 역시 초기에 그런 일들이 있었는데도 기특하게 잘 자라주어 어느덧 탄생을 눈앞에 두고 있었다.

그동안 차 회장은 단 한 번도 눈을 뜨지 못하면서도 끈질기게 생명을 이어가고 있었다. 덕분에 그가 오래 버티지는 못할 거라 여기고 얼마 되지도 않는 유산을 선택했던 박 여사는 당장 죽여도 시원치 않을 남편을 수발하느라 벌써 6개월째 하루하루 피 마르는 일상을 보내고 있었다.

"그럼 뭐야?"

"그 집⋯⋯."

지혁이 나지막이 중얼거리는 말에 은서는 화마(火魔)에 휩쓸려 이전의 모습을 찾아볼 수 없던 범애제약 회장 저택의 마지막 모습을 떠올렸다. 본관과 별채는 튼튼한 뼈대 덕분에 간신히 제 구조를 유지하고 있었지만 창고 쪽은 완전히 폭삭 주저앉아 불탄 자재 더미나 마찬가지였다. 훗날 그 광경을 현장에서 눈으로 직접 봤을 때, 지혁은 그 자리에 선 채 실성한 사람처럼 한참이나 자지러지게 웃었다.

"그 집이 갑자기 왜?"

"어제 퇴근길에 잠깐 들렀었거든."

"뭣 때문에?"

"네가 그 동네 베이커리에서만 판다는 샐러드빵 사 오라고 했었으니까."

"아아, 맞다."

"다 팔렸다고 안 된다는 걸 얼마나 애원해서 다시 만들어 왔는지 알기나 해? 재료도 없다고 하기에 내가 근처 마트에서 직접 사서 가져다 줬다."

"세상에, 그런 줄은 몰랐네. 미안해."

"미안할 것까지야. 이틀 걸러 한 번 했던 네 음식 셔틀도 곧 끝이라고 생각하니 좀 서운하긴 하다."

"어머, 무슨 소리야? 계속 시켜먹을 생각이었는데."

지혁이 눈을 가늘게 뜨며 내려다보자 은서는 짓궂게 까르륵 웃다가 물었다.

"공사 마무리 다 돼가지?"

"그래."

"마음에 들어?"

"응. 내가 예상했던 것보다 훨씬 더."

경매로 나온 그 집을 지혁이 사들이겠다고 하는 것을 은서는 굳이 막지 않았었다. 그에게 있어서 그곳은 언제까지나 개운치 않은 기억으로 남을 테니 앞날을 위해서라도 깔끔하게 리모델링해 기억에서 지워버리는 편이 낫다고 생각했기 때문이었다.

그의 요구에 따라 본관은 넓은 단층 건물로 짓고 별채는 아예 다 밀어버렸다. 별채가 사라지며 생긴 공간엔 아담한 연못을 만들었고, 어린 시절 지혁에게 있어서 큰 트라우마로 남았던 창고 자리엔 작은 모래 놀이터를 만들었다. 곧 태어날 아이, 그리고 몇 명이 될지는 모르지만 이후로 태어날 아이들이 놀이공간으로 원 없이 이용할 수 있도록 미끄럼틀과 놀이집도 놓을 생각이었다.

집 내부도 곧 인테리어 완공을 앞두고 있었으며, 은서의 산후 조리가 끝나면 바로 그곳이 세 사람의 보금자리가 될 예정이었다.

"그런데 뭐가 문제야?"

"너무 마음에 들어서."

"뭐?"

"너무 마음에 든다고. 너무 좋아서……, 오히려 실감이 안 나는 거야."

창 밖의 먼 곳을 물끄러미 바라보던 은서가 지혁의 말에 맞장구를 쳤다.

"아, 그 기분 알 것 같아. 어설픈 그림처럼 현실감 없는 거 말이지?"

"그래. 다음 달이면 거기서 살게 될 텐데, 아직 어떻게 생겼는지도 모르는 애를 데리고 들어가 앞으로 거기서 살 생각을 하니까…… 기분이……."

"이상해?"

"아니. 뭐랄까. 그런 건 아니고……."

지혁은 고개를 가로젓고 그 이후로도 한참이나 더 고심하더니 덧붙였다.

"그래. 설렜다는 말이 맞겠다."

부드러운 미소를 지으며 은서를 내려다본 그는 한동안 그녀의 배를 쓰다듬어보았다.

"오늘은 웬일로 얌전하네. 잘 자고 있나?"

지혁은 천천히 고개를 숙여 은서의 입술을 찾아들었다. 부드럽고 따뜻한 키스를 한참이나 이어가는 동안 그의 손은 단 한 번도 그녀의 배를 떠나지 않고 있었다.

그런데 평소와는 뭔가가 다르게 느껴졌다. 은서의 배가 한동안 딱딱하게 뭉쳤다가 부드럽게 풀리기를 반복하고 있는 것이 감지되었다.

"오빠."

오랜 키스 끝에 입술을 떼고서 한 발 뒤로 물러난 은서의 눈동자가 반짝거렸다. 그녀의 눈에도 어느새 지혁이 느끼고 있는 생소한 감정이 그대로 비쳐 있었다.

"너…… 언제부터 이랬어?"

"자기 전부터."

"진작 말하지 그랬어?"

"괜찮을 줄 알았거든. 그리고……, 간격이 점점 일정해지고 있어."

"그럼……."

"이제 곧 만날 수 있겠지?"

설렘과 두려움이 교차하는 은서의 얼굴을 가만히 내려다보던 지혁은 살며시 그녀의 어깨를 끌어안아보았다.

두 사람의 몸 위로 찬란한 아침 햇빛이 창을 통해 쏟아져 들어왔다.

5년 후, 때 이른 더위 덕분에 전국이 몸살을 앓고 있는 여름이었다.

　회사 합병 후 지산제약의 영업담당 사장이 된 지혁은 해운대 벡스코에서 열린 대규모 팜 엑스포에 참석하기 위해 부산 출장을 나섰는데, 이번만큼은 이례적으로 가족들이 동행했다. 일정을 조정하지 못해 출장기간에 겹쳐버린 결혼기념일 때문이었다.

　너른 창가에 노을이 부드럽게 내려앉았다.

　백사장은 조금도 한산해지 않은 채 여전히 인파로 북적였지만, 지혁이 미리 디너를 예약해두었던 특급 호텔 레스토랑의 전망 좋은 룸 안엔 오직 그들 다섯 식구만이 단란하게 자리하고 있었다.

　두 살 터울로 낳은 아들 둘에 올해 초 또 아들을 낳은 은서는 세 아이의 엄마라는 사실이 무색할 정도로 여전한 미모를 과시하고 있었다.

　은서의 늘씬한 다리, 잘록한 허리에 풍만한 가슴, 성숙한 분위기가 물씬 풍기는 얼굴을 그윽한 눈길로 바라보던 지혁이 와인 잔을 들며 건배를 권하자 그녀 역시 조용히 잔을 들었다.

　소란이 시작된 것은 두 사람이 한참이나 서로를 바라보다 잔을 부딪친 순간이었다.

　"짠!"

　"쨍! 쨍!"

　도준과 도진이 장난스럽게 서로의 컵을 부딪치며 장난을 치고 있었다. 형들이 장난치는 게 신기했던지, 유아용 하이체어에 앉아 있던 도현이 저도 끼겠다는 듯 침을 주르륵 흘리며 팔을 허우적거렸다.

"깨지면 위험하니까 조심해라."

아이들에게 나지막이 주의를 준 지혁은 한 모금도 마시지 못한 와인 잔을 내려놓고 팔을 뻗어 도현을 데려다 자기 무릎에 앉혔다.

그런데 어째 심하게 따끈따끈한 체온이 영 의심스럽다. 도현의 두툼한 기저귀를 더듬어본 지혁이 난처한 표정으로 다급하게 말했다.

"미안. 기저귀 갈아주고 올게."

은서에게서 기저귀 파우치를 건네받은 지혁은 도현을 안고 곧장 일어나 자리를 떴다.

아빠가 자리를 뜨는 것을 확인하자마자, 도준과 도진은 물 만난 물고기처럼 포크를 휘두르며 마구 장난을 치기 시작했다.

"얘들아, 포크는 장난감이 아니야. 내려놓자."

네 살 도진은 엄마의 눈치를 보고 얌전히 손을 거두었지만, 이제 여섯 살이라고 얼마 전부터 슬슬 말이 안 먹히던 도준은 여전히 포크를 잡은 손으로 장난을 계속하고 있었다.

"도준이, 엄마 말 들어야지."

"싫어."

"어머머머, 얘 봐라?"

"메롱. 엄마 바보."

"차도준!"

도준과 은서가 실랑이를 하는 것을 구경하던 도진은 그 사이를 못 참고 꼼지락거리다 기어이 테이블 위의 컵을 엎질러버렸다. 물을 토해내고 넘어져 테이블 위를 가로질러 굴러간 컵은 지혁의 와인 잔까지 쓰러뜨려 하얀 테이블클로스에 거대하고 흉한 얼룩을 만들어냈다. 그러나 사고는 거기서 끝이 아니었다. 이번엔 도준이 놓친 포크가 샐러드 접시 위로 떨어져 사방에 드레싱과 채소 이파리가 튀어 올랐다.

"아악! 이 녀석들이 정말! 너희들 이리 와!"

막내의 기저귀를 갈고 돌아온 지혁은 얼굴이 벌게진 채 두 아들을 나무라고 있는 은서와 엉망이 된 테이블, 그리고 웃음을 참으며 테이블을 정리하고 있는 웨이터를 번갈아 바라보다 긴 한숨을 내쉬고 말았다.

"결국 올해 결혼기념일도 이렇게 넘어가게 되는 건가……."

한심하게 중얼거리던 지혁의 눈이 갑자기 빛났다.

"아니. 그럴 순 없지."

무슨 좋은 생각이라도 든 건지, 지혁은 돌연 각오에 찬 눈으로 주먹을 꽉 쥐며 희미한 미소를 지었다.

세 아들을 돌보느라 셰프 특선 최고급 코스 요리가 입으로 들어가는지 코로 들어가는지 전혀 알 수도 없던 식사를 마치고 나오던 길, 지혁은 갑자기 해변 구경이나 하자며 아이들을 이끌고 바닷가로 갔다.

종일 엄마 등쌀에 안 그래도 피곤했을 도준과 도진은 아빠가 시키는 모래 놀이에 캐치볼에 씨름까지 온갖 놀이를 다 하고서 결국 완전히 지칠 대로 지쳤다. 그런데도 지혁은 거기서 멈추지 않고서 레고시티 풀세트 경품을 걸고 두 아들에게 해변 왕복달리기를 시키기까지 했다.

그가 바라는 게 뭔지 진작부터 눈치를 챘던 은서 역시 꾸벅꾸벅 조는 도현을 붙잡고 계속해서 재우지 않았고, 그 결과 녹초가 된 삼형제는 호텔에 들어와 목욕을 시키자마자 광속으로 잠에 빠져들었다.

고진감래라 했던가. 눈물겨운 노력 끝에 부부는 드디어 초저녁부터 오붓한 시간을 즐길 수 있게 되었던 것이다.

아이들이 자고 있는 침실 문을 꼭 닫고 나온 은서는 은은한 조명과 음악, 그리고 향초로 이미 분위기가 무르익은 메인 침실로 건너왔다.

삼형제를 상대한 후 목욕까지 시키느라 피곤했을 지혁은 뜨거운 물에 몸을 담그고 피로를 푸는 중이었다.

"애들은 다 재웠어요."

욕실 문을 열고 들어간 은서는 말을 마치며 그 끝에다 의미심장한 단어를 덧붙였다.

"오빠."

도준이 태어난 직후부터 은서는 지혁에게 꼬박꼬박 존댓말을 했으며 아이들 앞에서 '오빠'라는 호칭을 사용하지도 않았었다.

한동안 듣지 못했던 그 말에 오랜만에 다시 예전으로 돌아간 기분이었던지 지혁은 눈을 지그시 감고서 아련한 표정을 지었다.

"언제까지 거기서 구경만 하고 있을 거야?"

수면 위로 드러난 지혁의 상체엔 물방울이 송골송골 맺혀 있었다. 5년의 세월이 흘렀건만 여전히 탄탄한 그의 육체를 가만히 감상만 하고 있던 은서는 뒤늦게 정신을 차리고 욕실 한가운데에 놓인 욕조로 다가갔다.

"결혼기념일인데 애들은 다른 사람에게 맡겨두고 좀 느긋하게 쉴 걸 그랬나?"

얇은 카디건을 벗고서 원피스의 어깨끈을 살며시 끌어내리는 은서를 느긋하게 올려다보던 지혁이 덧붙여 물었다.

"서운해?"

"말도 안 되는 소리."

아이들만큼은 누구의 힘도 빌리지 않고서 키우겠다고 다짐했던 약속을 두 사람은 잘 지키고 있었다. 자신들이 어렸을 때부터 그렇게 바라 마지않던 부모의 사랑을 아이들에게 질리도록 퍼부어주고 싶었던 것이다. 물론 말처럼 쉽지만은 않았지만, 적어도 두 사람은 이에 대해 한 점 후회도 없었다. 그것만으로 이미 행복한 인생을 살고 있다고 생각하고 있었다.

'사소하지만 아주 사소하지만은 않은' 약속 하나가 지금껏 두 사람의 발목을 붙잡고 있는 것을 빼고는 아무런 문제도 없었다.

"오늘만큼은 꼭."

"응."

은서의 몸을 따라 천천히 흘러내린 원피스는 연약한 소리를 내며 바닥에 떨어졌다. 그녀가 이어서 속옷을 하나씩 벗어갈 때마다 지혁의 입술 사이로 나지막한 한숨이 흘러나왔다.

서로의 동정을 가졌던 그날 이후로 지금까지 지혁은 단 한 번도 은서의 몸을 아름답다고 생각하지 않은 적이 없었다. 임신 때문에 몸이 급격히 불어났을 때에도, 심지어 출산 후 미처 몸이 회복되지 않았을 때조차도 어느 한 군데 예쁘게 보이지 않는 곳이 없었다. 아마도 그녀에 대한 이 감정은 죽을 때까지 변하지 않으리라. 사람이 누군가를 이렇게까지 원하고 사랑할 수도 있을까. 알면 알수록 신기한 일이었다.

"이리 와."

지혁의 손을 잡고서 욕조 안으로 들어온 은서는 가만히 그의 품 안으로 파고들었다. 미지근한 물이 출렁거리며, 흥분으로 이미 달아오른 두 사람의 피부를 더욱더 자극하고 있었다.

은서는 물기가 촉촉하게 밴 지혁의 귓불을 가볍게 깨물고서 속삭였다.

"신혼여행 땐 오빠가 몸 사리는 바람에 한 번밖에 못했었지."

"누군들 몸 사리고 싶어서 사렸나? 도준이 임신 중이었잖아."

"그래. 그래서 그 다음 해 기념일로 넘겼다가 그땐 도준이가 급성 장염으로 입원하는 바람에 실패. 그 다음 해엔 도진이 가지는 바람에 또 실패. 또 그 다음 해엔 뭐였더라……?"

"비행기 안에서 실컷 자고 난 애들이 밤새도록 망나니짓을 하는 바람에 실패."

"맞아. 그래서 앞으로 기념일엔 절대로 멀리 가지 말자고 약속도 했었지. 그리고……."

"이제 그만두자. 이런 얘긴."

"응."

"별거 아닌 것도 같은데 해마다 대체 왜 그렇게 어려웠던 걸까?"

"거기에 집착하는 우리가 더 무서워."

"뭐, 어쨌든 됐어. 오늘만큼은 꼭 성공할 테니까."

키득거리던 두 사람은 천천히 몸을 떼고서 서로의 눈동자를 들여다보다 이내 깊고 진한 키스를 나누었다.

"사랑해."

"나도."

은서의 턱 선을 따라 천천히 입 맞춰 내려온 지혁은 그녀의 목덜미에다 얼굴을 박고서 거친 키스를 퍼붓기 시작했다. 그의 입술과 혀가 지나간 자리에는 어김없이 선홍색 자국이 남았지만, 그는 애초부터 그럴 작정이었던지 전혀 조심하지 않는 눈치였다.

물속에서 은서의 날씬한 허리를 잡고서 몸의 방향을 돌리게 한 지혁은 그녀를 자신의 허벅지 위에다 앉혔다.

엄마가 된 이후 은서의 가슴은 전보다 한층 더 풍만해졌다. 지혁이 뒤에서 안은 채 젖가슴을 가만히 그러쥐자 그녀의 입술 사이로 가느다란 신음소리가 새어나왔다.

"아앗……."

연약하면서도 더없이 요염한 그 효과음은 그동안 그가 점잖은 남편과 아빠 역할을 하기 위해 애써 억눌러왔던 욕망을 일시에 깨우기에 충분했다.

"좋아?"

"응."

고열에 시달리는 환자처럼 뜨겁게 달아오른 손바닥으로 그가 그녀의 가슴 전체를 지그시 눌렀다가 떼기를 반복하자 예민한 돌기가 기다렸다는 듯 바짝 곤두섰다. 딱딱하게 굳은 채 머리를 내밀고 있는 돌기를 손가락으로 돌리며 희롱하자 그녀의 입술 사이에서 흐느끼는 것 같은 한숨이 새어나왔다.

"아……, 안 돼."

찌릿한 느낌과 함께 욕조의 물 위로 탁한 유즙 몇 방울이 떨어져내리자 은서는 몹시 당황하며 가슴을 가리려 했지만, 지혁은 전혀 아랑곳 않는 듯 손을 멈추지 않았다.

노골적인 유혹에 몸을 이리저리 비트는 은서의 허벅지 사이로 뜨겁고 단단한 지혁의 남성이 와 닿았다. 그와 동시에 아랫배 깊은 곳에선 곧이라도 말라 죽을 것만 같은 갈증이 꿈틀거리기 시작했다.

물속에서 천천히 손을 움직여 은서의 가장 깊은 곳을 찾아든 지혁은 그녀의 귓가에 바짝 입술을 들이대고서 나직이 속삭였다.

"어디서부터 어떻게 해줄까?"

지혁의 은밀한 목소리와 손길에 흥분으로 이미 눈앞이 까맣게 변해버린 은서는 대답 대신 가쁜 숨만 몰아쉬고 있었다.

"말해봐. 일단 여기서 한 번……. 그 다음엔 역시 침대가 좋겠지? 그리고……."

"흐…… 윽."

몸을 긴장시킨 채 숨을 잔뜩 들이마셨다가 참는 것을 반복하느라 은서의 등이 크게 요동쳤다.

"창가에서 한 번. 다음엔 테이블에서……."

한 손으론 젖가슴을 어루만지면서 나머지 한 손으론 은밀한 부분을 자극하는 손가락을 멈추지 않은 채, 그는 끈질기게 그녀를 희롱했다.

"하아, 하아, 오빠 그만……."

희열에 들떠 날씬한 허리를 비트는 은서의 뒤태는 쉴 새 없이 흘리고 있는 음란한 신음이 전혀 어울리지 않을 정도로 무척이나 고혹적이고 아름다웠다.

"아아. 중간에 한 번 씻어야지. 그래. 샤워부스에서 온몸에 비누거품을 묻히고 선 채 입으로……."

"아웃!"

긴장으로 바르르 떨던 은서의 허리가 일순 활처럼 크게 휘더니 목구멍 안쪽에서 고양이처럼 가르랑거리는 소리가 길게 울렸다. 가쁜 숨을 몰아쉬며 몇 번이나 경련을 일으키던 그녀는 건전지가 다된 인형처럼 일시에 힘이 빠져 그의 품 안에서 무너지고 말았다.

"아아, 대체 언제까지 계획만 세우고 있을 거야? 제발 빨리……."

은서가 몸을 떨며 간절히 애원하자 지혁은 욕망으로 흐릿해진 눈으로 그녀를 내려다보다 천천히 상체를 일으켰다.

"걱정하지 마. 밤은 기니까……?"

그때, 지혁의 눈길이 곧장 어딘가로 향했다.

"왜……, 오빠?"

"아니, 지금 분명……."

제발 잘못 들은 것이기를 바랐지만 그러기에 그의 귀는 너무도 예민했다.

　도도도 하는 작은 발소리가 곧장 이쪽으로 이어지는가 싶더니 아니나 다를까, 이내 욕실 문이 살짝 열리고 그 사이로 도준의 얼굴이 비죽이 튀어나왔다.

　"헉⋯⋯!"

　"어머나!"

　얼마나 충격을 받았던지, 차마 입을 다물지 못한 지혁과 은서의 얼굴이 벌겋게 달아올랐다.

　"엄마, 도진이 자다가 침대에 오줌 쌌어요."

　잠이 덜 깨 부스스한 얼굴로 눈을 비비적대며 도준은 연방 충격적인 말을 쏟아내기 시작했다.

　"그리고 도진이 우는 소리에 도현이도 깨서 울어요. 울다가 똥도 쌌어요. 냄새 짱 구려요. 빨리 기저귀 갈아줘요."

　욕조 안에서 부동자세로 멍하니 앉아만 있는 두 사람을 번갈아 본 도준은 늘어지게 하품을 하더니 눈치도 없이 덧붙여 말했다.

　"둘이서만 물놀이라니, 치사하게. 나도 같이 할래요."

　은서가 먼저 풋, 하고 웃음을 흘렸고 그 뒤를 이어 지혁이 폭소를 터뜨렸다. 한동안 배꼽을 잡고 눈물 나게 웃어대던 두 사람은 이내 한숨을 내쉬며 고개를 저었다.

　"그러면 그렇지, 내 팔자에 무슨."

　"아니, 세상에. 이런데 오빠 또 딸을 낳자고 해?"

　"하나 정도 더 느는 거야 어때? 지금이랑 비교하면 티도 안 날

걸."

"뭐, 그렇긴 하겠다."

"네가 좀 가서 봐줘. 난 지금 바로 나갈 수가 없는 상태라."

"아, 특히 하반신 쪽이?"

"잘 아네."

욕조에서 나와 가운을 걸치면서도 계속해서 웃음을 참지 못하던 은서는 도준의 손을 잡고 욕실을 떠나려다 문득 뒤를 돌아봤다.

"오빠."

"응."

"행복해?"

한동안 아련한 눈으로 은서를 건너다보던 지혁은 욕조 난간에 턱을 괴더니 이내 나른한 어조로 대답했다.

"그래, 행복해. 미쳐 죽을 것 같을 정도로. 넌?"

대답할 필요도 없다는 듯, 은서는 부드럽게 눈웃음만 지을 뿐이었다.

– fin.

작가 후기

　2011년 3월 말경에 완결된 소설이 다소 늦게 세상에 나오게 되었습니다. 지병인 게으름 탓입니다. 은근슬쩍 게으름을 병(病)으로 치부하고 넘어가네요. 역시 얄팍합니다.

　게으름만큼이나 모자람이 많은 제게 있어서 책을 내는 것은 매번 힘든 일이었지만, 이번 작품만큼은 유독 어려움이 더했습니다. 덕분에 후기를 쓰는 지금, 체력도, 정신력도 모두 방전 상태입니다. 일본 모 유명 만화의 대사를 빗대자면 '하얗게 불태웠어!' 정도가 되겠네요.

　필력이 활활 불타는 작가에게 모든 것을 하얗게 불태운 순간은 더없이 만족스럽겠지만, 유감스럽게도 제 필력은 화력이 심하게 메롱인지라 홈쇼핑을 통해 대량 구입한 반건조 오징어 한 마리도 제대로 굽지 못하는군요. 슬픕니다. 이건 거의 생물 오징어 수준입니다.

　언젠가 제 안의 이 반건조 오징어를 빠른 시간 안에 바싹 구울 수 있을 때까지, 계속 열심히 노력할 생각입니다.

출간 작업 내내 여러모로 세심하게 신경써주신 도서출판 가하 이승진 과장님을 비롯한 편집부 여러분과 출판 관계자 여러분, 힘들 때 든든한 버팀목이 되어주셨던 우리 금조 님, 비향 님, 수림 님, 수정 님, 승희 님, 은숙 님, 현미 님, 효진 님(가나다 순) 외 한국로맨스소설작가협회 작가님들, 사랑하는 오후의 차향 가족 여러분, 멀리 계시지만 항상 가까이 계시는 수진 언니, 마지막으로 긴 시간 함께해주신 독자 여러분들께 진심 어린 감사 인사 올립니다.

2014년 1월
정경윤